낯익은 타인들의 도시

낯익은 타인들의 도시

1판 1쇄 발행 │ 2011년 5월 23일
1판 7쇄 발행 │ 2011년 6월 11일

지 은 이 │ 최인호
펴 낸 이 │ 김성봉, 서경현
총괄기획 │ 김태윤, 김미선, 배호진, 정지현
책임편집 │ 김문식
디 자 인 │ 박소현

펴 낸 곳 │ (주)여백미디어
등   록 │ 1998년 12월 4일 제 03-01419호
주   소 │ 서울시 용산구 한남동 1-364 (140-884)
전   화 │ 546-5116
팩   스 │ 546-5130
E - mail │ yeobaek@hitel.net

ⓒ 최인호, 2011, Printed in Korea
ISBN - 978-89-5866-094-1 03810

인   쇄 │ 서진인쇄
제   본 │ 대흥제본

낯익은 타인들의 도시

최인호 장편소설

7月21日 11. 인천공항

美.

여백

작가의 말

이 소설은 2010년 10월 27일에 시작하여 같은 해 12월 26일에 끝난 작품이다. 정확히 두 달 만에 쓴 장편소설이다.

두 달 동안 나는 계속 항암치료를 받았고, 그 후유증으로 손톱 한 개와 발톱 두 개가 빠졌다. 아직도 컴퓨터를 사용하지 않고 직접 원고지에 만년필로 소설을 쓰는 수작업을 고집하고 있기 때문에, 빠진 오른손 가운데 손톱의 통증을 참기 위해 약방에서 고무골무를 사와 손가락에 끼우고 20매에서 30매 분량의 원고를 매일같이 작업실에 출근해서 집필하였다.

고도의 집중력이 요구되는 작업을 어떻게 완성할 수 있었는지 나로서도 불가사의하다. 내가 쓰는 것이 아니라 누군가 불러주는 것을 받아 적는 것이 아닐까 하는 경외감을 느낄 때도 있었다.

그만큼 창작욕에 허기가 진 느낌이었고 몸은 고통스러웠으나 열정은 전에 없이 불타올라 두 달 동안 줄곧 하루하루가 '고통의 축제'였다.

이 소설은 작가인 내게 있어 몇 가지의 의미를 가지고 있다.

첫 번째는 청탁으로 쓴 연재소설이 아니라 자발적으로 쓴 최초의 전작소설이라는 점이다.

1963년 고등학교 2학년 때 신춘문예를 통해 문단에 데뷔한 이래 50년 동안 나는 헤아릴 수 없는 수십 편의 장편소설과 대하소설을 집필하였다. 그 모든 소설은 외부의 청탁에 의해 쓴 신문이나 잡지의 연재소설이었다. 그러나 이번에 쓴 『낯익은 타인들의 도시』는 누군가의 청탁으로 이루어진 작품이 아닌 스스로의 열망으로 쓴 최초의 장편소설이다. 독자를 의식해서 쓴 작품이 아니라 나 혼자만의 독자를 위해 쓴 수제품인 것이다.

고독한 독자인 나를 위로하기 위해 애써준 또 하나의 작가인 나에게 진심으로 감사드린다.

두 번째로 이 소설은 오래전부터 꿈꿔왔던 체질 개선 후의 첫 작품이다.

원래 내 본령은 현대소설이다. 그러나 세월이 이끄는 순리대로 살다보니 나로서는 뜻밖으로 『잃어버린 왕국』, 『제4의 제국』, 『해신海神』과 같은 역사소설이나, 『상도商道』와 같은 대하소설, 『길 없는 길』이나 『유림儒林』 같은 종교소설들을 30년 이상 주로 집필해왔다.

그 중간 중간에 『구멍』, 『겨울 나그네』, 『내 마음의 풍차』, 『지구인地球人』과 같은 현대소설을 쓰지 않은 것은 아니지만 대부분의 작품은 현대소설 이외의 것이었다.

이로 인해 내 문장 스타일은 어느덧 장거리나 마라톤 주행에 익숙해졌다. 마라톤 선수가 완주할 때까지 속도 조절, 힘의 배분, 완급 조절과 같은 장거리용 호흡에 집중해야 하듯 내 문장도 이에 길들여져 있었던 것이다.

100미터를 달리는 스프린터들은 0.01초를 단축하기 위해서, 무호흡으로 질주한다고 한다. 나 또한 「타인의 방」이나 「술꾼」과 같은 단편소설을 쓸 때의 단거리 주법을 되찾고 싶어 다시는 역사소설이나 대하소설을 쓰지 않겠다고 『유림』을 끝낸 후 기자간담회에서 공언까지 했었다. 그 후 나름대로 단거리 호흡법으로 숨 고르기에 집중하고 있었는데 덜컥 암에 걸리고 말았다. 3년 가까이 소설을 쓰고 싶어도 쓸 수 없는 무장해제의 포로 신세였다.

그러나 역설적으로 말해서 3년간의 백기투항이 장거리 주법의 호흡을 앗아가는 역전의 기회를 제공하였다. 만약 내가 암에 걸리지 않고 일상생활을 하면서 체질 개선을 하겠다고 몸부림쳤더라면 아마도 공염불에 지나지 않았을 것이다. 그 점에 있어서 나는 암에게 고마움을 느낀다. 암은 지금껏 내가 알고 있던 모든 지식과 내가 보는 모든 사물과 내가 듣는 모든 소리와 내가 느끼는 모든 감각과 내가 지금까지 믿어왔던 하느님과 진리라고 생각해왔던 모든 학문이 실은 거짓이며, 겉으로 꾸미는 의상이며, 우상이며, 성 바오로의 말처럼 사라져가는 환상이며, 존재하지도 않는 헛꽃[幻花]임을 깨우쳐주었다.

그런 의미에서 『낯익은 타인들의 도시』는 암이 내게 선물한 단거리 주법의 처녀작이다.

하느님께서 남은 인생을 더 허락해주신다면 나는 1987년 가톨릭에 귀의한 이후의 '제2기의 문학'에서 '제3기의 문학'으로, 이 작품을 시작으로 다시 출발하려 한다. 남에게 읽히기 위한 문학이 아닌 오직 나만을 위한, 나중에는 단 하나의 독자인 나마저도 사라져버리는 본지풍광 本地風光과 본래면목 本來面目의 창세기를 향해서 당당하고 씩씩하게 나아갈 것이다.

하느님께서는 나를 나의 십자가인 원고지 위에 못 박고 스러지게 할 것임을 나는 굳게 믿는다.

끝으로 내가 홍보대사로 있는 서울성모병원의 강진형 교수님과 국립암센터의 조관호 박사님 두 분의 노고와 헌신에 깊은 감사를 드린다. 그리고 나의 보석 손주 정원이와 윤정이에게 자랑스런 할아버지가 되고 싶었다. 그런 감사와 소망이 없었더라면 이 소설을 쓸 수 없었을 것이다.

최인호

목/차

"나는 이 작품을 평생 동안 스승이자 벗이자 수호신인,
사랑하는 나의 아내 황정숙 아나스타샤에게 바칩니다."

모세가 하느님께 아뢰었다.
"그들이 '하느님의 이름이 무엇이냐'라고 물을 터인데,
제가 어떻게 대답하여야 하겠습니까?"
하느님께서 모세에게 대답하셨다.
"나는 곧 나다."

「탈출기」

토
요
일

제 1 부

1장 7시

⟨POWER ON⟩

느닷없는 소음 때문에 K는 잠에서 깼다. 강제로 깨어난 불쾌감 때문에 K는 어리둥절하였다. 잠과 현실의 모호한 경계에서 K는 자신을 깨운 소리의 정체가 무엇인지 잠시 생각해보았다.

자명종 소리였다.

따르릉 따르릉 따르르릉—

자명종은 자신의 존재를 드러내기 위해 필사적으로 울부짖었다.

따르릉 따르릉 따르르릉—

K는 투덜거리며 머리맡 탁자 위에 놓인 자명종의 버튼을 눌렀다.

비명 소리는 멎었다.

K는 아직 잠에서 덜 깬 상태였다. 자명종의 버튼을 눌러 끈 K는 필름을 영사기에 걸어 스크린에 투영하는 영사기사처럼 끊긴 잠의 필름을 의식적인 접착제로 강제로 이어 붙인 후 다시 잠들기 위해 눈을 감았다.

순간 K는 의식이 명료해졌다.

자명종이 울렸다면 일어나야 할 시간이 된 것이다. K는 무거운 눈꺼풀을 겨우 떠 시계의 숫자판을 쳐다보았다.

정각 7시였다.

7시라면.

K는 낮은 소리로 투덜거렸다.

일어나야 하는 시간이다. 일어나서 채비를 하고 출근을 서둘러야 하는 시간이다. K는 상반신을 일으켰다.

그러나 K는 뭔가 이상하다는 느낌이 들었다. 오늘은 토요일이 아닌가.

토요일이라면 회사에 출근할 필요가 없는 것이다. 평소에 K가 그래왔듯이 느긋하게 늦잠을 자고 천천히 아침을 먹고 게으름을 부릴 수 있는 특권이 허락된 토요일이 아닌가.

일으켰던 상반신을 다시 누이면서 K는 입맛을 다셨다.

분명 오늘이 토요일인가. K는 도망치는 도마뱀이 남기고 간 꼬리처럼 여전히 꿈틀거리는 잠의 꼬리를 재빠르게 잡으려고 노력하면서 생각하였다.

그래, 오늘은 분명히 토요일이다.

그래서 어젯밤 퇴근 후 H와 더불어 밤늦도록 술을 마시지 않았던 가. 또 집으로 돌아와 아내와 섹스를 나누지 않았던가. 그것은 K가 정해놓은 불문율이다. 휴일 전날 밤이 아니면 K는 아내와 섹스를 나누지 않았다. 섹스를 나눌 때면 K는 아내에게 은밀히 속삭이고는 하였다.

'둘만의 전야제를 벌입시다.'

전야제 前夜祭.

그것은 K가 아내와 섹스를 나누고 싶을 때 주고받는 암호다. 다음 날 휴일이 아닐 때 섹스를 나누는 것은 부담스럽고 피곤한 일이다. 어제 아내와 섹스를 나눴다는 것은 오늘이 분명 휴일이라는 사실을 명확하게 증명해주고 있었다.

그렇다면.

잠의 꼬리는 더 이상 꿈틀거리지 않았다. 잠의 도마뱀이 꼬리를 완전히 끊어버리고 어디론가 알 수 없는 미궁의 숲속으로 자취를 감춰버린 것이다. 잠을 포기하고 K는 생각하였다.

오늘이 토요일이라면 K는 충분히 늦잠을 잘 수 있다. 그런데 어째서 자명종이 울렸던 것인가. 간혹 K는 회사에 늦지 않기 위해 7시에 맞춰 자명종의 알람 기능을 설정해놓곤 하였다. 하지만 요즘에는 그런 버릇이 거의 없다. 굳이 자명종이 아니더라도 기상 시간을 놓치면 아내가 K를 깨우곤 하지 않았던가. 도대체 누가 토요일 아침임에도 불구하고 7시에 자명종이 울리도록 미리 버튼을 눌러놓았단 말인가. 아내인가. 그럴 리는 없다. 워낙 기계치인 아내는 그런 간단한 알람 설정도 엄두를 못 냈다. 그렇다면 K 자신인가.

K는 눈을 감고 침대에 누워 기억을 더듬어보았다. 어젯밤 평소보다 술을 많이 마시고 늦게 집으로 돌아온 것은 사실이지만 술김에 자명종의 버튼을 누를 만큼 정신이 없거나 기억을 잃을 만큼 과음한 것도 아니었다.

그럼 누구란 말인가. 아내도 아니고 K 자신도 아니라면 도대체 누가 토요일 아침에 자명종 버튼을 눌러 아침잠을 방해하고 골탕을 먹인단 말인가.

K는 더 이상 잠을 청하는 것은 무리라고 생각하였다. 상반신을 일으킨 후 비로소 눈을 뜨고 기지개를 켰다. 젖힌 커튼 사이로 밝은 태양 빛이 부챗살처럼 쏟아져 들어왔다. 부엌 쪽으로부터 달그락거리는 소리가 들려오고 식빵에 버터를 발라 굽는 익숙한 냄새가 풍겨오는 것으로 보아 아내는 벌써 일어나 아침을 준비하고 있는 모양이었다.

그 냄새가 익숙하고 젖힌 커튼의 물방울무늬가 낯이 익었다.

내 방이로군.

K는 소리를 내어 중얼거렸다.

참을 수 없는 요의가 느껴져서 K는 용수철이 튕기듯 벌떡 일어나 화장실로 갔다. 변기 뚜껑을 열고 세찬 소변을 보면서 K는 자신의 성기에서 노란 액체의 분비물이 거품을 일으키며 수직 낙하하는 것을 보았다. 소변에서는 시금털털한 알코올 냄새가 풍겼다. 변기 물을 내리고 돌아서는 순간 K는 소스라치게 놀랐다. 맞은편 거울 속에 벌거벗은 사람이 우뚝 서 있었다. 그 사람이 다름 아닌 K의 모습이 투영된 자신이라는 사실을 깨닫는 데 K는 필요 이상의 시간을 소비하였다. 거울 속 사람이 자신이 아니라 타인처럼 느껴졌기 때문이다. 물끄러미 거울 속의 모습을 보고 있는 동안 놀란 것도 무리가 아니라는 생각이 들었다. 거울 속 사람은 실오라기 하나 걸치지 않은 완전한 나신이었다. 한 번도 잠옷을 걸치지 않은 나체로 잠들어본 적이 없는 K로서는 뜻밖의 낯선 모습이었다. K는 거울 속의 벌거벗은 모습을 타인처럼 유심히 바라보다가 자신도 모르게 물어 말하였다.

"당신 누구야, 누군데 거기 숨어 있어."

K의 목소리는 공명을 일으키며 메아리처럼 울려 퍼졌다. 그 질문의 내용이 너무나 회극적이어서 K는 자신의 질문에 스스로 대답하며 크게 웃었다.

"그야 나지, 누구긴 누구야. 흐잇흐잇 흐흐흐."

거울 속에서 웃고 있는 벌거벗은 사내의 모습은 외설적이었다. 비만한 뱃살 아래의 성기는 괘종시계의 추처럼 매달려 있었고, 웃고 있는 육체의 진동으로 박절기拍節器처럼 일정한 박자에 맞춰 흔들거렸다. K는 킬킬거리면서 누가 자신의 옷을 벗겨낸 것일까 하고 생각하였다.

아내일까.

K는 머리를 흔들었다. 아내는 섹스를 할 때 K의 벌거벗은 모습을 보고 싶어 하지 않았다. 그것은 신혼 때부터의 습성이었다.

'사람의 육체는 푸줏간에 내걸린 정육과 같은 것이에요. 징그럽고 불결한 것이지요.'

아내는 불을 끄고 캄캄한 어둠 속에서 K의 애무와 교접을 받아들일 뿐이었다. 아내에게 벗은 모습을 보이고 싶지 않은 것은 K도 마찬가지였다. 아무리 아내라 하더라도 자신의 치부를 보여준다는 것은 수치스럽고 부끄러운 일이었다.

그렇다면 누가 옷을 벗겨 K의 몸을 실오라기 하나 걸치지 않은 맨몸으로 만들었단 말인가. K는 물에 끓여 털을 모두 뽑아버린 생닭과 같은 무방비 상태의 나체를 보면서 생각하였다.

스스로 잠결에 잠옷을 벗어던지고 벌거숭이 상태로 잠들었던 것은 아닐까.

그것은 불가능한 일이다. 잠결이라 하더라도 스스로 옷을 벗는다는 것은 몽유병 환자 아니면, 창녀들이나 하는 짓이다.

K는 화장실에서 나와 자신의 잠옷이 어디 있는지 살펴보았다. 만에 하나라도 아내가 K의 잠옷을 벗겼다면 침대 근처 어딘가에 개켜져 놓여 있을 것이다. K는 침대 주위를 샅샅이 살펴보았다. 그러나 없었다. 잠옷은 어디에도 보이지 않았다.

"여보."

K는 아침을 준비하고 있는 아내를 향해 소리를 질렀다. 아내는 음식 준비에 열중이었는지 대답이 없었다.

K는 아내가 듣지 못한 것에 만족하였다. 결혼한 이후로 단 한 번도 남편의 나체를 보지 못했던 아내는 K의 나신을 마주하는 순간

골목에서 자신의 성기를 보여주는 변태성욕자를 만난 여인처럼 크게 놀라 비명을 지를지도 모른다. K는 옷장을 뒤져 러닝셔츠와 팬티를 찾아 입고 그 위에 낡은 와이셔츠를 걸쳤다.

다시 화장실로 들어가서 칫솔에 치약을 듬뿍 바른 후 이를 닦기 시작하였다. 지난밤에 술을 과하게 마셨기 때문인지 욕지기가 치받았다. K는 변기에 목을 꺾고 약간 토하였다. 쓰디쓴 위액이 치약 거품과 함께 점액질이 되어 흘러나왔다. K는 이를 닦으며 거울에 비친 자신의 얼굴을 쳐다보았다. 거울 속에는 낯익은 K의 얼굴이 데칼코마니의 수법으로 무늬를 찍어 판박이 한 것처럼 우울하게 떠올라 있었다. 그 침울한 표정이 마음에 안 들었다. K는 수염을 깎으면 훨씬 밝아 보이리라 생각하였다.

즐거운 토요일의 아침을 골치 아픈 거래처 사람들을 만나 상담을 펼치듯 우울하게 보낼 수는 없지 않은가.

K는 비누 거품이 충분히 나도록 붓질을 한 후 얼굴에 듬뿍 발랐다. K의 얼굴은 털북숭이 애완견처럼 부얼부얼하였다. 수염이 자라는 속도가 빨라서 K는 하루라도 면도를 하지 않으면 얼굴이 거뭇거뭇하였다. K는 면도칼로 비누 거품을 밀어내면서 수염을 깎기 시작하였다. 전기면도기를 사용하는 것이 시간도 절약되고 편리했으나 K는 날카로운 수제 면도칼을 고집하였다. 털이 칼날에 의해서 무자비하게 잘려나갈 때의 감촉은 사정 직전에 삽입을 멈추었을 때처럼 분출하려는 정액의 욕망을 단칼에 끊어버린 브레이크 작동과 같이 아슬아슬한 스릴과 쾌감을 느끼게 해주었다.

K는 자신도 모르게 휘파람을 불기 시작하였다. K의 휘파람 소리는 욕실의 공명이 더해져 〈희미한 옛사랑의 그림자〉라는 노래 중간에 나오는 휘파람 연주처럼 세련되고 근사하게 들렸다. K의 휘파람은 어떤 노래의 곡조를 따라 부르는 것이 아니라 순간적인 악상에 의해 기분 따라 나오는 즉흥곡 같은 것이었다.

면도 도중 칼날에 턱 부위가 살짝 베어 붉은 피가 나왔다. 흔히 있는 일이었다. K는 휴지를 조금 뜯어 상처에 접착시켰다. 깨끗하게 수염을 깎자 K의 얼굴은 훨씬 밝아졌다. 드문드문 비누 거품이 남아 있어 K는 미지근한 물로 얼굴을 깨끗이 닦았다. 그러고 나서 손바닥 가득히 스킨을 따라 얼굴에 바르기 시작하였다. K는 아침에 일어나 세수를 하고 수염을 깎고 머리를 빗는 일련의 작업 중에서 면도를 끝낸 후 스킨을 바르는 그 순간을 가장 좋아하였다.

그 순간은 아침 일과의 클라이맥스였다.

스킨의 강력한 성분은 면도를 하다 다친 상처를 불에 달군 낙인으로 지지는 것처럼 강하게 자극한다. 얼굴이 얼얼해지면서 찌릿찌릿한 감전의 쾌감이 얼굴을 강타한다. 동시에 강렬한 냄새가 피어오른다. K는 따로 향수를 사용하지 않고 얼굴에 바르는 스킨으로 대신하고 있었다. 그래서 K는 미혼의 청년시절부터 사용해온 'V'라는 브랜드의 스킨만을 고집해왔다. 'V'의 향은 K만의 독특한 체취가 되었으며 고유한 K의 이미지로 고착되어 느껴질 정도였다.

K는 순간 무언가 이상하다고 직감하였다. 얼굴에 바른 스킨이

왠지 낯설다는 느낌이 든 것이다.

어째서일까.

K는 스킨의 병을 들어 상표를 확인해보았다.

Y.

알 수 없는 낯선 브랜드였다. 한 번도 쓰지 않았던, 이름조차 알 수 없는 화장품이었다.

이럴 수가.

K는 난감하였다.

K는 기억을 더듬어보았다. K의 기억이 정확하다면 어제도, 그제도, 열흘 전에도, 한 달 전에도, 1년 전에도, 수년 전에도, K가 결혼 전에도 애용하던 스킨의 상표는 'V'였다.

'V'는 K 고유의 등록상표와 같은 것이다. 당황한 K는 어딘가에 자신이 사용하는 'V' 브랜드의 스킨이 있으리라 생각하며 세면대 위에 놓인 물건들을 살펴보았다.

치약과 칫솔을 넣는 자기 통(그 통의 겉에는 하느님은 사랑이시다, 라는 글귀가 새겨져 있다. K가 다니는 성당에서 창립 10주년을 맞아 신자들에게 나눠준 기념품이다)에는 귀에 물이 들어갔을 때 사용하는 면봉을 비롯하여 손톱깎이, 코털제거기, 머큐로크롬과 같은 상비약, 샤워 후 가끔씩 건조한 피부에 바르는 보습제, 화장실의 악취를 없애주는 방향제 등이 K가 진열해놓은 그대로 가지런히 놓여 있었다. 화장대가 따로 있는 아내는 화장실을 사용하지 않았으므로 거울 앞 세면대와 서랍은 K만의 독립 공간이었다.

K는 수납장도 열어보았다. 그곳에는 별의별 물건들이 가지런히 놓여 있었다. 정리를 좋아하는 K는 있어야 할 낯익은 자리에 자신이 정해놓은 규칙 그대로 물건이 놓여 있지 않은 것을 싫어하는 편이었다. 서랍 안쪽에는 콘돔과 같은 피임기구, 발기가 안 될 때 사용하는 발기부전 치료제가 놓여 있었다(그 약은 K가 산 것이 아니라 제약회사에서 샘플용으로 보내온 것을 의사인 친구 H가 선물한 것이다. K는 그것이 당장은 소용없지만 언젠가는 필요할지 모른다는 생각으로 아내의 눈에 띄지 않게 은밀한 곳에 숨겨놓고 있었다).

K는 발기부전 치료제를 들여다보았다. 단단하게 밀봉된 셀로판지 포장 속에 두 개의 파란 알약이 들어 있었다.

이 약이 여기에 있는 것을 기억하고 있었더라면.

K는 아차, 하는 후회로 혀를 차면서 생각하였다.

어젯밤에 이 약을 먹을 것을.

어젯밤 술에 취해 집으로 돌아온 K는 아내에게 둘만의 '전야제'를 벌이자는 무언의 신호를 보냈다. 특별한 이변이 없는 한 휴일 전날 밤은 둘만의 섹스를 벌이는 약속이 있었으므로 아내 역시 이를 마다할 이유가 없었다.

K는 갖고 있었다. 비록 깊은 바다 속과 같은 어둠 속에서 섹스를 나눈다 해도 아내 역시 섹스의 쾌락을 모르지는 않을 것이라는 확신을. 쾌락의 절정이 가까워지면 아내의 몸은 비등하는 물처럼 끓어올라 삽입한 K의 성기가 온도를 재는 체온계처럼 눈금이 가파르게 상승하는 것을 느낄 수 있었다. 실제로 절정에 다다르면 아내의

몸은 암흑 속에서 빛나는 심해어의 형광색처럼 발광하였다.

그런데 어젯밤 K는 아내와 섹스를 나눌 수가 없었다. K의 성기가 발기되지 않았던 것이다. 그것은 결혼한 이후 한 번도 없었던 이변이었다.

아내의 몸이 얼음처럼 차가웠다. 그 차가운 느낌을 뭐라 표현할 수 있을까. 마치 죽은 사람의 몸을 매만지는 느낌이었다. 오래전 어머니가 돌아가시던 날, 입관 직전 K가 어머니의 얼굴을 무심코 만졌을 때 느꼈던 차가움을 넘어선 냉혈冷血의 느낌이었다. 얼음이나 돌과 같은 무생물의 냉혹冷酷함이 그 냉기 속에 깃들어 있었다. 그 냉기가 아내의 몸에서 느껴졌던 것이다.

그렇다면 K는 지금 시체와 누워 있는 것일까. 이것은 부부간의 섹스가 아닌가. 정육점에서 은밀하게 밀도살하듯 강간을 저지르는 것도 아니며, 엽기적인 변태성욕자처럼 시간屍姦을 시도하고 있는 것도 아니지 않은가.

'아니 왜 그래요.'

커튼 사이로 스며드는 야경의 불빛조차 허락하지 않는 칠흑 같은 어둠 속에서 아내가 달뜬 소리로 물었었다.

'발기가 되지 않아.'

K는 대답하였다.

'피곤해서 그럴 거예요. 당신, 술을 많이 마셨잖아요.'

K는 푸른 빛깔의 알약을 쳐다보며 어젯밤 일을 후회하였다.

이 약이 있는 줄 미리 알았더라면 아내 몰래 약을 먹고 한 번 더

시도해보았을 텐데.

K는 그 약을 찾기 위해 서랍을 연 게 아니라는 사실을 뒤늦게 상기하였다. K가 찾으려는 것은 한결같이 사용하던 자신의 스킨이다. 그러나 그 어디에도 없었다.

어떻게 이런 일이 있을 수 있을까.

누가 K의 스킨을 치운 것일까. 누가 K의 스킨을 치우고 다른 제품으로 바꿔치기한 것일까. 아내일까. 그럴 리는 없다. 그 스킨은 항상 K가 직접 구입하는 애용품이었으므로 아내가 신경 쓸 일은 없을 것이다. 그렇다면 K 자신인가. K가 자신도 모르게 무의식적으로 스스로를 속이기 위해 여러 개의 컵 중 하나에 주사위를 숨겨놓고 이리저리 뒤섞어 야바위를 치고 있는 것일까.

K는 변기 뚜껑을 젖히고 그 위에 앉았다. 변의를 느껴서가 아니었다. 무엇인가 뒤죽박죽된 주위의 혼돈 상태를 정리해야 할 것 같은 불안감 때문이었다.

7시 정각에 자명종이 울린 것으로부터 이 혼란은 시작되었다. 그 누구도 작동하지 않은 자명종이 스스로 울린 것이다. 그리고 K는 결혼한 지 15년의 세월 동안 단 한 번도 해본 적 없는 벌거숭이 상태로 침대에서 일어났으며, 잠옷 또한 마술사의 손끝에서 순식간에 사라지는 비둘기처럼 증발해버렸다. K가 매일 아침 사용하던 스킨이 흔적도 없이 사라졌으며 그 자리에 K가 전혀 알 수 없는 천박한 상표의 스킨이 놓여 있는 것이다.

이 일련의 사건들은 도대체 어디에서 기인한 것일까. K가 지금 착각에 빠져 있는 것이 아닐까. 아니다. 이 정체를 알 수 없는 속임수의 시작은 오늘 아침부터가 아니라 어젯밤부터 비롯되었다. 어째서 아내의 몸이 냉동된 시체처럼 느껴져 정욕情慾이 아닌 섬뜩한 살기를 느끼게 된 것일까. 그렇다면 아내가 마치 스킨처럼 다른 상표의 여인으로 바뀐 것일까.

K는 변기에 앉아서 머리를 흔들었다.

K는 지금 착각에 빠져 있는 것이다. 외계의 사물을 있는 그대로 보는 것이 아니라 실제와 달리 왜곡해서 받아들이고 있는 것이다.

K는 벌떡 변기에서 일어났다. K는 뜨거운 물이 나오도록 샤워기의 손잡이를 돌렸다. 손바닥으로 그 물의 온도를 헤아려보았다. 삽시간에 낯익은 뜨거운 물이 샤워꼭지로부터 쏟아졌다. K는 물을 잠그며 안심하였다.

틀림없는 어제의 뜨거운 물이군.

K는 자신이 환상에 빠져 있는 것이 아니라고 확신하였다.

K는 간단하게 샤워를 하고 낯익은 마른 수건으로 얼굴을 닦고 거울을 들여다보았다. 낯익은 얼굴이 찍어낸 판화처럼 거울 속에 떠올라 있었다.

K는 자신이 착각에 빠져 있는 것이 아니라고 재차 확신하였다. K는 빗을 들고 머리를 정성들여 빗었다. 언제부터인가 머리 속에 드문드문 새치가 보이기 시작하였다. 처음에는 거울을 보면서 직접 흰머리를 솎아냈다. 그러나 시간이 흐를수록 늘어나는 흰머리를 감당할 수 없었다. 일일이 뽑아내다가는 대머리가 될 판이었다.

그래서 포기하고 그대로 내버려두기로 하였다. 낯익은 새치였다. 어제와 변한 것은 없었다.

거울 속에는 낯익은 코, 낯익은 입술, 낯익은 귀를 가진 K 자신이 투영되어 있었다. K는 보다 확실하게 하기 위해 간혹 얼굴에 불쑥 솟은 피지와 같은 분비물을 짜낼 때 사용하는 확대경을 들고 얼굴을 찬찬히 살펴보았다. 확대경 너머로 과장되고 그로테스크한 얼굴이 데스마스크처럼 떠올랐지만 분명 낯익은 K의 얼굴 그대로였다. K는 보다 확실하게 확인해야 한다는 생각으로 입을 벌려보았다. 입안의 치아 상태, 잇몸 안쪽에 생긴 충치를 금으로 덧씌운 치과 치료의 흔적을 발견하고 나서야 K는 확대경을 내려놓았다.

틀림없이 낯익은 K의 어금니였다. K는 그제야 비로소 불안으로부터 벗어날 수 있었다.

이것은 환상도 아니고 착각도 아니며, 가상의 무대 위에 세워진 연극 세트도 아니며 가상현실도 아니다.

마음이 가벼워진 K는 이 불안의 종지부를 찍기 위해 휘파람을 불며 화장실을 나와 침실 겸 안방을 거쳐 문을 열고 거실로 나왔다.

요리를 하고 있는 낯익은 아내를 확인할 수 있다면 이 가상의 그림자놀이는 완벽하게 종막을 고하게 될 것이다.

2장 8시 15분

　아내는 부엌의 싱크대 앞에서 무언가를 썰고 있었다. K가 아침마다 먹는 채소들이었다. K는 아침이면 양상추, 셀러리, 토마토, 바나나, 시금치, 브로콜리, 양파 등을 썰어서 만든 샐러드를 주로 먹고는 하였다.

　"잘 잤어, 여보."

　K가 아내의 뒷모습을 보고 말을 건넸지만, 아내는 채소를 써는 일에 열중하느라 K의 목소리를 듣지 못하였다. 아내는 도마 위에 놓인 시금치를 탁탁 소리를 내며 썰고 있었다. K는 다시 말을 걸지 않고 자신의 머그잔에 끓여놓은 커피를 따른 후 식탁 앞 의자에 앉았다. K는 커피를 좋아했으므로 기대감을 가지고 한 모금 들이켰다.

기대했던 대로 낯익은 커피의 맛이었다. K는 낯익은 커피를 마시면서 식탁 위에 놓인 신문을 집어 들었다.

알카에다, 예멘 한국 송유관 폭탄테러

지난밤 예멘이라는 낯선 나라에서 우리나라 석유공사가 운영하는 송유관이 알카에다의 테러로 폭발했는지, 송유관에서 검은 연기가 치솟고 있는 사진이 톱뉴스를 장식하고 있었다.

예멘이라는 나라의 이름은 K에게 있어 들어본 이름 같기도 하고 안 들어본 이름 같기도 하였다. 어쨌든 우리와는 거리가 먼 아라비아 반도의 어느 조그만 나라에서 벌어진 사건이었다. 화염이 타오르든, 검은 연기가 치솟든 K에게는 아무런 상관없는 일이었다. K는 신문을 펼쳐 보려다가 말고 그대로 식탁 위에 놓았다. 그 순간 뭔가 이상하다는 느낌이 들었다.

K는 채소를 썰고 있는 아내의 뒷모습을 보았다. 뒷모습이 무언가 생경하였다. K는 아내가 자신의 잠옷을 입고 있다는 사실을 깨달았다.

낯익은 물방울무늬, 전체적으로 감도는 푸른색의 옥빛과 한 겹으로 접은 바지의 아랫단, 그것은 틀림없는 K의 잠옷이었다. K가 발가벗은 자신의 모습을 거울 속에서 발견한 후 당황하며 찾았던 문제의 잠옷이었다. 그 잠옷을 어째서 아내가 입고 있단 말인가. 아내가 K의 잠옷을 강제로 빼앗아 입었단 말인가.

여보.

아내를 부르려다 말고 K는 멈칫하였다. 채소를 썰고 있는 저 여인이 과연 아내임에 틀림이 없는가, 아니면 타인인가. 간밤에 K의 잠옷이 벗겨진 경위야 어떻든 지금까지 한 번도 보인 적 없는 돌연한 태도로 K의 잠옷을 입고 저렇게 뻔뻔하고 몰염치하게 시치미를 떼고 아내의 역할을 대행하고 있는 저 여인은 도대체 누구인가.

"여보."

K는 용기를 내 큰 소리로 말하였다. K의 목소리를 들은 듯 채소를 썰던 아내가 몸을 돌려 K를 보았다.

"일어났어요."

틀림없는 아내의 목소리, 아내의 얼굴이었다.

"언제 일어났어요."

"방금."

K는 아내의 표정을 예민하게 관찰하면서 태연을 가장한 얼굴로 질문을 던졌다.

"잘 잤어, 여보."

"네. 잘 잤어요."

아내는 여전히 뒷모습을 보이고 있었다. 한순간 아내가 재빠르게 K의 얼굴을 보고 고개를 돌리자, K는 아내가 자신의 표정을 드러내지 않기 위해 일부러 숨바꼭질 하듯 숨겼으리라 생각할 정도였다. K는 보지도 않는 신문을 들추며 가볍게 물었다.

"당신이 어젯밤 자명종을 건드렸어."

"뭐라고요."

아내가 얼굴을 돌리지 않은 채 되물었다.

"자명종이 아침 7시에 울리게 해놨냐구."

"무슨 소리예요. 나는 작동하는 방법도 모르는데."

"자명종 소리에 잠이 깼단 말이야."

"당신이 해놓은 거 아니에요, 어젯밤에."

"오늘이 토요일인데, 내가 왜."

"당신이 해놓지 않았다면 자명종이 오작동되었겠죠, 뭐."

대수롭지 않다는 듯 아내가 말하였다. K는 무시당한 느낌이었다. K는 억울해서 말을 덧붙였다.

"내 스킨은 누가 치웠어."

"뭐라고요."

아내는 힘들여 썰던 당근 한 조각을 입에 넣고 씹으면서 우물우물 말하였다.

"내 스킨은 어디로 갔냐구."

"당신 스킨을 누가 치워요."

"누가 내 스킨을 Y 브랜드로 바꿔놓았단 말이야."

"Y라니요. 나는 그런 이름은 들어본 적도 없어요."

"그렇다면 당신이 입고 있는 그 옷은 누구 거야."

"뭐라고요."

"지금 당신이 입고 있는 그 옷은 바로 내 잠옷이란 말이야."

아내는 유리그릇에 가득 담긴 야채샐러드를 들고 돌아서서 K 앞으로 다가왔다.

"이 옷 말이에요. 내 옷은 빨래를 해서 입을 옷이 마땅치 않아 잠깐 빌려 입었어요."

"그럼."

K는 멍청한 느낌이 들었다.

"당신이 내 옷을 벗긴 거야."

"내가요."

아내가 웃었다. 그 얼굴이 낯설었다. 아내로부터 냉기가 느껴졌다. K는 본능적으로 아내로부터 멀어지며 가만히 노려보았다.

"내가 미쳤어요. 당신 옷을 왜 벗겨요. 왜요, 강간이라도 하려고요."

아내는 웃자는 식의 농담을 하였으나 K는 웃을 기분이 아니었다. 아내는 미리 구운 버터 바른 빵과 딸기잼, 그리고 우유를 식탁에 내려놓았다.

"그럼 누가 벗겼단 말이야."

"당신이겠지요."

"내가, 내가 잠옷을 벗었다고."

"이봐요."

아내는 깜빡 잊었다는 듯 화제를 바꾸며 말하였다.

"오늘이 무슨 날인지 알죠."

"오늘이 무슨 날이냐고. 토요일이지. 그리고 휴일이지."

"으이구, 건망증 하고는. 오늘이 결혼식 아니에요."

"결혼식이라니."

"당신 처제 말이에요. 내 여. 동. 생."

순간 K는 당황해하며 멋쩍어했다.

"깜빡 잊고 있었어. 몇 시지."

"12시예요. 그러니까 서둘러야 해요. 식장에 가기 전 미용실에 들러 신부화장도 해야 하니까."

"신부화장이라니. 당신이 신부는 아니잖아."

"그런 게 있어요. 예식용 화장 같은 거. 그러니까 적어도 10시에는 집을 나서야 해요. 당신 정장은 깨끗이 세탁을 해서 옷장에 걸어놨어요."

K는 빵에 잼을 발라 먹으며 우유도 한 모금 마셨다. 곁들여 토마토와 셀러리도 먹었다. K는 셀러리의 쓴맛이 좋았다.

"나는 말이야."

K는 아내의 눈치를 보면서 조심스럽게 물었다.

"누가 내 잠옷을 벗겼는지 그것이 정말 궁금해."

"당신 아니면 귀신인가 보죠."

"그렇다면 당신이 벌거벗은 내 몸을 보았다는 것인데."

"축 늘어진 비계 덩어리를 누가 봐요."

찰싹 K의 손등을 때리면서 아내가 웃었다. K는 섬뜩하였다. K의 손등을 때리는 아내의 몸에서 살기와 같은 적의를 느꼈기 때문이다. 지금까지의 친숙하고 정겹고 익숙하고 다정했던 아내의 손이 아니었다. 아내의 손은 겨우내 동면을 하는 변온동물의 살갗처럼 차가웠고 수술용 메스처럼 예리하였으며 휘두르는 채찍처럼 날카로웠다.

나는…… 이해할 수가 없어. 자명종도 그렇고…… 바뀐 스킨도
그렇고…… 당신이 입고 있는 잠옷은 더더욱.

K는 말더듬이처럼 혼잣말을 하였다.

"자, 자, 서둘러요. 시간이 없어요. 애."

아내는 먹는 둥 마는 둥 하면서 일어서서 바깥쪽 방으로 걸어가
며 소리를 질렀다.

"일어나서 서둘러. 너도 화장을 해야지."

"알았어요. 엄마 조금만 더 자고요."

동시에 딸아이 방에서 강아지의 울음소리가 들렸다.

"오늘이 이모 결혼식 날이란 걸 알지."

"알고 있어요, 엄마."

신경질적인 딸아이의 목소리가 들려왔고, 컹컹컹 – 강아지의 울
음소리가 커져갔다.

K는 더 이상 입맛이 당기지 않았다. 대충 먹고 나서 덜 마신 커피
잔을 들고 베란다 안으로 들어갔다. 이중창으로 된 거실 쪽 유리문
을 닫자 외부의 소음과 내실의 소음이 동시에 차단된 혼자만의 공
간이 되었다. 그곳은 어쩌다 기념일이면 보내오는 난초들과 화분
들이 함부로 방치된 곳이었다. K는 이곳으로 혼자 유배되어 낡은
의자에 앉아서 마약을 투약하듯 담배를 피우곤 하였다. 하루에 세
대. 아침에 한 대, 점심에 한 대, 저녁에 한 대. 특별한 경우에는 잠
들기 전에 한 대, 도합 서너 대의 담배가 K의 하루치 정량이었다.

담배를 피우기는 했지만 못 견딜 정도의 중독 상태는 아니어서 담배 한 갑을 사면 사나흘, 어떨 때는 일주일 정도를 태우기도 하였다. 그러나 오늘 아침 K는 담배 두 대를 연거푸 피웠다. 설명할 수 없는 일련의 사건으로 야기된 불안의 정체를 혼자서 곰곰이 심사숙고해야 할 필요성 때문이다.

나는 이해할 수 없다.

K는 담배를 피우며 중얼거렸다.

아내는 우연일 뿐이라고 대수롭지 않게 웃어넘기며 귀신의 장난이라고 농을 했지만 그것은 거짓말이다. 아내가 K를 속이고 있는 것일까. K 모르게 자명종의 버튼을 누르고 K 모르게 옷을 벗기고 스킨을 다른 제품으로 바꿔치기한 것일까. 아무도 침입한 흔적이 없는 것으로 보아 속임수를 부릴 사람은 아내밖에 없다. 아내는 도대체 무엇 때문에 남편인 K를 속이고 있는 것일까. 사건의 은폐를 위해 자연스럽게 K의 잠옷까지 입고서 늘상 그래왔다는 식의 알리바이까지 성립시키면서 무엇을 노리고 있는 것일까.

담배 연기가 빠져나갈 수 있도록 반쯤 열어 놓은 창 너머에서 자동차의 경적 소리와 함께 맞은편 중학교의 교정에서 뛰노는 사람들의 고함 소리와 이리저리 차는 공의 경쾌한 타격 음이 들려왔다. 휴일마다 개방하는 학교 교정에서는 유니폼을 맞춰 입은 동네 축구팀이 시합을 벌이고 있었다. 아파트 주민들도 인조잔디를 깔아 놓은 운동장 트랙을 태엽을 감은 장난감처럼 뒤뚱뒤뚱 걷고 있었다. 낯익은 휴일 아침의 낯익은 풍경이었다. K는 담배 한 대를 끝까지 피우고 다시 불을 붙여 입에 물었다.

이 알 수 없는 불안은 어디에서부터 시작된 것일까. K는 그런 징조가 오늘 아침이 아닌 어젯밤부터 시작된 것임을 새삼스럽게 상기하였다.

아내와의 섹스. 한 번도 느껴보지 못한 냉동창고에 보관된 어물과 같이 냉각된 아내의 몸, 발기하지 않던 성기.

어젯밤, 도대체 무슨 일이 있었던 것일까.

K는 담배를 피우며 어젯밤에 있었던 일들을 꼼꼼하게 체크해보았다.

K는 18시 30분쯤에 퇴근하였다.

회사를 나와 H의 병원을 향해 걸었다. 차를 타지 않았던 이유는 H가 19시까지 환자를 보기 때문이었다.

회사에서 H의 병원까지는 평소 걸음으로 대충 15분 정도 걸리는 가까운 거리였다. K는 H의 진료가 끝나는 시간에 맞추기 위해 일부러 강변도로를 우회하여 두 블록 정도 천천히 걸었다. 젊은 연인 한 쌍이 지나가는 K에게 휴대폰을 내밀고 자신들을 찍어줄 수 있느냐고 정중히 물었다. 충분한 시간이 있었지만 K는 바쁘다고 손사래를 치면서 거절하였다. 거절한 후 실제로 바쁜 행색을 보이기 위해 걸음을 재촉했다.

이미 땅거미가 내려앉아 건물마다 휘황하게 불빛이 밝혀지고 있었다.

사람들이 어깨를 스치면서 지나갔다. 누군가가 횡단보도를 건너는 교차로에서 K에게 광고지를 내밀었다. K는 받고 싶지 않았다. 하지만 광고지에 달려 있는 1회 분량의 은단이 포장된 비닐봉지가 눈에 띄자 K는 그것을 받아 들었다. 받자마자 K는 은단을 입안에 털어넣고 전단은 휴지통 속에 꾸겨 넣었다. 은단은 쓰고, 맵고, 시고, 텁텁하였다.

가까운 곳에 새로 개업한 상점이 있는지 거의 팬티가 보일 정도로 짧은 치마를 입은 내레이터모델이 춤을 추면서 마이크를 통해 가게를 홍보하고 있었다. 지나가는 나이 든 사람들이 곁눈질을 하며 여인들의 각선미를 훔쳐보았다. 여인들은 그런 호기심적 관음을 즐기고 있는 듯한 눈치였다. K는 여인들에게 심리적 만족을 주고 싶지 않아 춤추고 있는 내레이터모델의 시선을 애써 외면하면서 시계를 보았다. 정각 19시였다.

H의 병원이 가까워지고 있었다. 주머니에서 휴대폰을 꺼내 H에게 전화를 걸었다. 전화를 받은 간호사는 분명히 전화를 건 사람이 원장의 친구인 K임을 알면서도 누구냐고 따져 물었다. 바로 그런 태도가 싫어서 K는 H의 병원에 들어가는 것을 꺼려했다.

간호사가 마치 H의 아내인 것처럼 하는 행동은 H와 간호사 사이에 보이지 않는 육체의 끈 때문임을 K는 눈치채고 있었다. 하지만 K는 끝까지 모른 체할 작정이었다. K가 눈치를 채지 못한 것 같은 태도를 보이는 것이 그 간호사에게는 오히려 못마땅한 일이었다. 간호사는 자신이 H의 정부를 넘어 아내와 동등한 위치라는 입장을 확실하게 각인시키기 위해 일부러 그런 태도를 과장되게 보이는 것이라고 K는 생각하고 있었다. 만약 관심을 보인다면 간호사는 우월감을 느낄 터이프로 K는 더 무관심을 가장하였다.

K의 그런 태도가 신경에 거슬렸는지 H가 잠깐 병원을 비운 사이 K가 방문했던 날 간호사는 은밀한 눈빛으로 K에게, 죄송하지만 등 뒤의 지퍼를 올려줄 수 있느냐고 넌지시 물었던 적이 있었다. K는 충분히 응해줄 수 있었지만 손가락을 다쳐서 그럴 수 없다고 대답하였다. 그날 마침 연필을 깎다가 칼로 손가락 끝부분을 베어 밴드를 감고 있었던 것이다. 간호사는 날카롭게 K를 노려보며 방을 나가버렸다. 그 이후로 간호사는 K가 전화를 걸면 으레 이렇게 묻곤 하였다.

"원장님은 안 계십니다. 그런데 누구시라고 전할까요."

K는 개의치 않고 언제나 또박또박 대답하였다.

"나는 원장의 친구 K라고 합니다."

K는 참을성을 가지고 H가 전화를 받기만을 기다렸다.

H가 나왔다. 들어오지 않고 그래, 하고 H는 말하였다. K가 그냥 병원 앞에서 기다리겠다고 말하자 H는 옷만 갈아입고 곧 나가겠다고 짧게 대답하였다.

K는 병원 옆 상점의 쇼윈도 쪽으로 다가갔다. 한 무리의 사람들이 쇼윈도 앞에 모여 있었다. 몇몇 사람은 휴대폰을 들고 쇼윈도 안을 촬영하고 있었다. 쇼윈도 안에는 마네킹이 서 있었다. K는 상점마다 있는 마네킹을 무엇 때문에 저렇게 구경하고 있는지 의아해하면서 가까이 다가가 살펴보았다. 그 마네킹은 실물 크기의 여인

을 정교하게 모방한 살아 있는 사람처럼 보이는 마네킹이었다.

"야아, 눈꺼풀이 움직였다."

중학생으로 보이는 소년이 K 옆에서 감탄하며 말하였다. K는 그 소년의 말처럼 마네킹의 눈꺼풀을 바라보았다. 실제로 눈이 깜빡거리고 있었다. 그 마네킹은 마네킹이 아니었다. 사람이었다. 사람의 시선을 끌기 위해 상점 측에서 실제의 여인을 마네킹처럼 분장시켜 일종의 무언극을 벌인 것이다. 온몸은 꼼짝하지 않고 버틸 수 있지만 눈꺼풀의 깜빡임은 참을 수가 없었던 모양이다.

K는 조금 짜증이 났다. 실제 사람을 마네킹으로 착각했다는 자신의 아둔함 때문이 아니었다. 살아 있는 사람에게 마네킹 역할을 시켜 사람들을 끌어모으려는 천박한 상업주의가 불쾌했기 때문이다. 교대 시간이 되었는지 마네킹은, 아니 실제 여인은 마네킹처럼 돌아서서 마네킹처럼 문을 열고 마네킹처럼 사라졌다. 쇼윈도 앞에 서 있던 사람들은 이내 뿔뿔이 흩어졌다.

H가 아직 병원에서 나오지 않았으므로 K는 지루한 연극의 2막을 기다리는 관객처럼 쇼윈도 앞에 서서 인내심을 가지고 지켜보았다. 잠시 후 문이 열리고 또 다른 마네킹이 나타났다. 이번에는 여자가 아닌 남자였다. 남자는 잘 발달한 근육을 가지고 있었고, 팬티만 입은 알몸이었다. 남자 마네킹은 마치 원반을 던지는 그리스의 조각처럼 포즈를 취하며 자신의 근육을 뽐냈다. 남자는 학비를 벌기 위해 아르바이트를 하는 고학생이 아니라, 뭇 여인들의 시선을 끌기 위해 육체미를 과시하는 이상성욕자처럼 보였다. 팬티 안

에 어떤 첨가물을 넣었는지 성기가 유난히 도드라져 보였고, 몸에는 에나멜과 같은 기름을 잔뜩 발라 거리의 불빛이 몸 위에서 반사되어 청동으로 만든 동상처럼 번쩍이고 있었다. 발길을 멈추지 않고 흘깃 보고 지나가는 사람들이 대부분이었지만 잠시 후 한 무리의 여인들이 활발하게 모여들어 휴대폰으로 청년의 모습을 찍어댔다. 여인들이 뭐라고 떠들었지만 내용은 알 수 없었다. K는 그 여인들이 일본이나 중국에서 온 관광객임을 눈치챘다.

그때였다. K의 등 뒤에서 H가 어깨를 툭 치며 말하였다.

"오래 기다렸지."

K가 돌아보니 H와 간호사가 서 있었다. 간호사는 K의 시선을 일부러 외면하고 있었다.

"어디 가서 저녁부터 먹자고. 날씨도 쌀쌀하니까 간단하게 국물이 있는 전골요리에 따뜻한 정종 어때."

K는 H가 간호사를 동반해서 나온 것이 못마땅하였다. 간호사는 일부러 보란 듯이 H와 팔짱을 끼고 있었다. 살찐 돼지 같은 H와 키가 큰 간호사가 서로 팔짱 낀 모습은 블랙코미디 영화에나 나올 법한 우스꽝스런 모습이었다.

세 사람은 가까운 일식집에 들어가 샤브샤브를 주문하였다.

술을 좋아하는 H가 복어의 지느러미가 들어 있는 뜨거운 정종을 시켜서 밥을 먹기 전에 우선 한 잔씩 하였다.

딱히 할 말도 없는 데다 간호사까지 합석하고 있었으므로 K는 줄곧 침묵을 지켰다. 지나치게 데운 정종 한 잔을 마시자 땀이 났다. 저녁 식사는 한 시간 이상 계속되었지만 뚜렷이 기억나는 장면은 별로 없었다. 그나마 기억하는 것은 H가 화장실을 간 사이에 그틈을 노렸다는 듯 간호사가 던진 공격적인 질문이었다.

"사모님을 사랑하세요."

뜬금없는 질문이었지만 K는 간호사의 의도를 간파하였다. K가 자신을 못마땅하게 생각하고 있다는 사실을 잘 알고 있는 당사자로서는 자신이 H와 은밀한 연인 사이로 있는 것은 불행한 결혼생활을 하는 H를 위로하기 위한 일종의 자선 행위임을 인식시킬 필요가 있었던 것이다. 아내를 사랑하고 있지 않다고 대답하면 간호사의 행동을 정당화하는 것이고, 아내를 사랑하고 있다고 말한다면 H의 불륜이 비도덕적인 간음 행위가 되는 것이므로 K는 그 같은 함정에 빠져들고 싶지 않아서 애매하게 대답하였다.

"글쎄요, 대답하기 난처한 질문이군요."

간호사는 조금 더 캐물었다.

"K 선생님은 도덕주의자이신가요."

당황스런 물음에 K는 뜨거운 정종을 황급히 들이켰다. 도덕주의자라니, K가 한 번도 들어보지 못한 낯선 단어였다. 분명히 말해서 K는 도덕주의자는 아니었다. K가 그 간호사를 싫어했던 것은 친구인 H와 남의 눈을 피해 불륜을 저지르고 있는 행위에 대한 도덕적 단죄 때문은 아니었다. K가 거부감을 느낀 것은 나이답지 않은 애교, H를 사로잡고 있다는 의기양양함, H의 아내가 아니면서도 아내 역할을 충실히 하려는 그 연극적인 태도, 그런 가식적인 행동 때문이었다.

"나는 모럴리스트가 아닙니다."

H가 다시 술자리로 돌아오자 두 사람의 대화는 자연스럽게 끝이 났다. K가 간호사와의 동행을 싫어한다는 것을 아는 H는 정종을 반주로 하는 저녁 식사가 끝나자 간호사를 택시에 태워 보냈다. K 가 잠시 한눈을 파는 사이 H는 간호사와 짧게 키스를 나눴다.

"사랑해요."

정종 두 잔에 혀가 꼬부라진 여인은 차가 출발하기 전에 H에게 귓속말로, 그러나 K가 충분히 들을 수 있는 소리로 속삭였다. 택시 가 사라지자 갑자기 더러운 것을 털어내듯 H는 침을 뱉으며 중얼 거렸다.

"미친년."

H는 이를 악물고 소리를 높였다.

"더러운 쌍년."

H는 쌍욕을 하면서 2차를 가자고 하였다. 자신이 새로 개발한 술집이 있다며 K를 부추겼다. K는 내키지 않았지만 그렇다고 다른 특별한 일이 없었으므로 고개를 끄덕였다. 20시가 지난 이른 저녁 이었다. 이대로 집에 돌아갈 수는 없다고 K도 생각하였다. 더구나 다음 날은 휴일이 아닌가.

저녁밥은 K가 계산했으므로 2차 술값은 H의 몫이었다. 두 사람 은 택시를 탔고 H는 기사에게 행선지를 말하였다.

K와 H는 친구 사이로 고등학교 동창생이었다. 그러나 고등학교

나 대학교를 졸업할 때까지 우정을 쌓을 기회가 없었으며 특별한 친밀감도 없었다. K가 H를 만난 것은 극히 최근의 일이었다. 아내의 강박관념 때문이었다. 아내는 신혼시절 불안하면 눈을 깜빡깜빡하고 얼굴을 씰룩이는 틱장애를 가지고 있었다. 외출을 할 때면 가스 불을 잠그고, 다리미의 코드를 뽑고, 문을 잠갔다는 사실을 수십 번 확인해야 하는 떨쳐버릴 수 없는 불안감에 시달렸다. 최근에는 그 증상이 더욱 심해졌으므로 K는 동창명부를 뒤져 정신과를 전공하는 동창생을 찾았다. 그때 알게 된 사람이 H였다. 아내는 H에게 정신과 상담을 하고 두 달 동안 치료를 받았지만 곧 중단하였다.

"강박증은 약을 먹는다 해도 호전되지 않아. 최선의 방법은 참고 견디는 것이라고 할 수 있지."

H는 미안해서 찾아온 K에게 치료를 불신하는 아내의 태도를 오히려 두둔하였다. 그런 태도가 K는 마음에 들었다. 찾아간 K에게 H는 소파에 비스듬히 누워 자신의 신세를 한탄하였다.

K는 의사용 의자에 앉아 있었고 H는 환자용 소파에 누워 마치 정신과 상담을 받는 환자처럼 중얼거렸다. 환자와 의사가 입장을 바꾸어 치료를 하는 역할 분담의 연극 무대처럼. H는 자신의 아내가 바람을 피운다고 말하였다. 처음에는 H의 눈을 피해 조심스럽게 행동했으나, 최근에는 대담해져서 노골적으로 외박을 하기도 하고 이제는 태연하게 그 남자로부터 걸려오는 전화를 받고, 어떨 때는 보란 듯이 휴대폰 액정 화면에 남자의 사진을 띄워놓고 있다

는 것이었다. 그러나 H 스스로도 자기 자신에 대해 이해할 수 없는 것은 아내의 불륜 때문에 자신이 분노하고 있는 것이 아니라, 자신이 아내에게 무시당하고 있다는 그 모멸감에 더 화가 나 있다는 사실이었다.

"미친년. 더러운 쌍년."

H는 침을 뱉으며 소리를 질렀다. 별로 친하지도 않은 K 앞에서. K는 잠자코 있었다.

"똥갈보 같은 화냥년. 저주받을 년."

K는 H의 눈에서 흘러내린 눈물을 보았다. 그 눈물은 방울져 흐르는 것이 아니라 화장을 지우는 클렌징 오일처럼 얼굴의 주름을 얇게 도포하며 흘러내리고 있었다. 그래서 땀인지 눈물인지 분간이 가지 않을 정도였다. H는 눈을 번쩍이며 K에게 말하였다.

"언젠가는 그 미친년과 미친 새끼를 내 손으로 죽일 거야."

K는 H가 절대로 그들에게 폭력은커녕 손끝 하나도 대지 못할 위인임을 잘 알고 있었다. 오히려 H가 아내로부터 버림받을 것임을 예감하였다. 그날 이후로 두 사람은 친구가 되었다. 그것은 우정의 끈이 아니라 H의 비밀 폭로에 따른 강력한 공범의식 때문이었다.

"언젠가는 내가 자네에게 아내를 보여주지."

그러나 한 번도 K는 H의 아내를 본 적이 없다. 그래서 어떨 때는 H가 아내가 없는 독신이며 H의 고통은 수많은 비정상적인 환자를 치료하면서 생긴 역설적인 병적 증상의 망상일 뿐일지 모른다는 의심이 들기도 하였다. 아내의 부정은 간호사와의 불륜을 합리화하기 위한 거짓 자백이며, 아이를 갖고 싶어 하는 여인들이 겪는 상상임신과 같은 환상일지도 모른다. 어쨌든 그 불결하고 파렴치한 H의 색골 아내는 두 사람을 맺어주는 우정의 공통분모였다.

택시는 알 수 없는 곳으로 두 사람을 데려갔다. 두 사람은 낯선 거리에서 내렸다. H는 몇 번 가본 적이 있는 듯 앞장서서 어두운 거리를 지나 골목을 가로질렀다. 많이 마신 것은 아니었으나 급하게 마셨고 또, 뜨겁게 데운 정종이라 이미 취기가 올라 있었다.

술집 내부는 사람의 얼굴조차 구별할 수 없을 정도로 어두웠다. 왜 그렇게 조명이 어두울까 의아할 만큼 술집 내부는 사진을 현상하는 암실과 같았다. H는 종업원에게 자신이 마시다 남긴 위스키를 가져오라고 하였다. 두 사람은 별다른 이야기도 나누지 않고 술을 나눠마셨다. 조그마한 무대가 있는 카운터 앞에서 한 쌍의 남녀가 서로 부둥켜안고 밀착된 채 춤을 추고 있었다. 자극적인 포즈로 춤을 추고 있었기 때문에 일부러 돈을 받고 손님들에게 라이브쇼를 보여주는 전문 스트리퍼처럼 보일 정도였다.

그 술집에서 H와 나눈 대화는 정확히 기억나지 않는다. H는 끊임없이 아내를 욕하고 K는 그저 듣기만 하였다.

아내가 이혼을 해달라고 요구하는데 자기는 그 부탁을 들어줄 수 없다는 것이었다. 아내에게 미련이 있어서가 아니라 아내를 홀가분한 존재로 만들어 자유를 만끽하게 할 수는 없다는 것이 H의 주장이었다. 자신의 복수는 아내가 그 남자로부터 버림받는 순간을 기다렸다가 자신에게 돌아와 용서를 빌면 그때 자기가 먼저 이혼을 제의하는 것이라고 하였다. 간통의 증거는 충분히 가지고 있으므로 한 푼의 돈도 주지 않고 쫓아버리는 것만이 아내의 불륜에 대한 응징이라고 H는 말하였다. 아내에 대해 말할 때마다 H는 위스키를 마셨고, 그리고 침을 뱉으며 미친 년, 더러운 년, 하고 쌍욕을 해대었다.

이야기 도중에 남자와 외설적인 춤을 추던 여인이 H에게 다가와 춤을 추자고 하였다. H는 비틀거리며 일어나 무대에서 블루스를 추기 시작하였다. K는 H의 손이 치마 옆이 찢어져 걸을 때마다 허벅지가 보이는 치파오 속으로 슬며시 스며드는 것을 보았다.

그 여인이 잠시 후 K에게도 다가와 춤을 추자고 했는지, 아니면 술 한잔 사달라고 했는지 그 장면부터는 정확히 기억나지 않지만 그 여인이 K에게 치근거렸던 것은 어렴풋이 기억이 났다.

그리고, 그리고는.

K는 담배를 피우면서 어젯밤의 기억을 떠올리다가 그 장면 이후에는 필름이 끊긴 것을 깨달았다. 그 술집에서 무슨 일이 있었는지 더 이상 기억나지 않았다. 끊긴 필름이 다시 재생된 것은 23시경 택시를 타고 아파트 단지 안에 내린 기억부터였다. 식사를 끝낸 것이 20시가 조금 지나서였고, 택시를 타고 낯선 술집에 갔던 것은 20시 30분경이었을 것이다. 처음 한 시간 정도는 의식이 끊기지 않았으므로 21시 30분까지는 정상이었을 것이다.

그렇다면.

K는 잠시 생각에 잠겼다.

21시 30분부터 23시까지의 기억은 완전히 진공상태인 것이다.

그동안에 도대체 무슨 일이 있었던 것일까. 춤을 추자고 치근대던 거미 같은 여인과 춤을 추었을까. H가 K의 곁을 끝까지 지키고 있다가 택시를 태우고 기사에게 행선지를 정확히 알려주었던 것일까. H가 택시 기사에게 행선지를 정확히 가르쳐주지 않았다면 기억이 끊길 정도로 만취한 K는 어쩌면 노상에서 술에 취해 잠들었을지 모른다. 그 한 시간 반의 공백 동안 도대체 무슨 일이 K에게 일어났던 것일까. 어젯밤 아내와의 전야제에서 K가 아내의 몸을 냉동된 시체를 만지듯 생소하게 느낀 것은 그 한 시간 반 사이의 불가사의한 공백 때문이 아닐까. 또한 오늘 아침, 이해할 수 없는 낯선 현상들의 잇따른 출몰도 어젯밤 그 한 시간 반의 미스터리 때문이 아닐까.

K는 의자에서 일어났다. 더 이상 망설일 필요 없이 H에게 전화를 걸어 어젯밤의 행적을 묻는다면 정확한 사실을 알 수 있을 것이다.

K는 H의 휴대폰 번호를 기억하고 있지 않았다. H의 전화번호는 휴대폰에 저장되어 있었다. K는 안방으로 건너가 어젯밤 입었던 옷의 주머니를 뒤지기 시작하였다.

그러나 없었다.

상의 주머니에도, 바지 주머니에도 휴대폰은 없었다. K는 당황하였다. 휴대폰에는 K의 중요한 정보가 전부 들어 있었다. 거래처의 전화번호를 비롯하여 중요한 사람들의 인적사항까지 모두 휴대폰에 저장되어 있었던 것이다. 만약 휴대폰을 잃어버린다면 상당한 낭패를 볼 것이다. 샅샅이 주머니를 뒤져도 휴대폰이 보이지 않자 K는 다급히 아내에게 달려갔다. 설거지를 끝낸 아내는 식탁에 앉아서 커피를 마시고 있었다.

"당신 내 핸드폰 못 봤어."

"뭐라고요."

"내 핸드폰 못 봤느냐고."

"못 봤는데요. 없어요."

"없어."

"잘 찾아보세요."

아내는 대수롭지 않게 말하였다.

"잃어버리지 않았다면 어딘가에 있겠죠."

"없어. 주머니란 주머니는 다 뒤져봤어."

그러자 아내는 뭔가 아이디어가 떠오른 듯 눈을 반짝이며 말하였다.

"당신 핸드폰으로 전화를 걸어보세요. 집 안 어딘가에 있으면 벨소리가 날 테니까요. 벨소리가 나지 않으면 어디다 놓고 온 거예요. 잃어버렸거나."

아내의 생각이 옳았으므로 K는 유선전화기로 휴대폰에 전화를 걸었다. 자신에게 전화를 걸어본 적이 없었으므로 K는 전화번호를 기억해낼 수 없었다. 아내에게 물어 번호를 확인한 후 차근차근 버튼을 눌렀다. 이윽고 신호가 가면서 연결음이 울리기 시작하였다.

K는 어디에서 자신의 휴대폰 벨소리가 들려오는가를 집중해서

살펴보았다. 분명히 신호가 가고 있었지만 방 안 어디에서도 낯익
은 K의 휴대폰 벨소리는 들리지 않았다.

"없어요."

아내가 물었다.

"없어."

"이상하다."

아내는 혼잣말로 중얼거렸다.

"어젯밤에도 당신과 통화했었잖아요."

K는 금시초문이었다. 아내와 통화했던 기억이 전혀 떠오르지 않
았던 것이다.

"몇 시쯤이던가, 한 밤 10시쯤 됐을 거예요. 내가 당신에게 전화
를 걸어 언제 올 거냐고 물었잖아요."

22시쯤이라면 기억의 사각지대를 가리킨다.

"그래서 내가 뭐라고 했어."

"곧 들어갈 거라고 대답했었잖아요. 도대체 어디였어요. 시끄러
운 음악 소리가 흘러나오는 것으로 보아 술집 같았는데."

"술집이었을 거야, 아마."

"그럼 그 술집에 놓고 온것이 확실하네요. 누구하고 마셨는데요."

"닥터 H랑."

"그럼 둘 중 하나겠죠. 그 술집에 놓고 왔거나 아니면 친구분이
보관하고 있겠죠. 닥터 H에게 전화를 걸어보세요."

"전화번호를 몰라. 핸드폰에 저장되어 있으니까."

"그럼 돌아오겠지요. 당신이 전화를 걸었으니까, 전화번호는 입력되었을 테고 상대방이 남의 물건을 훔쳐가겠다는 생각만 없다면 주인에게 돌려주겠지요. 기다려보세요."

이제 막 잠자리에서 일어난 MS가 기지개를 켜면서 식탁으로 다가왔다.

"아빠, 안뇽."

MS가 습관처럼 K의 품에 안기면서 아양을 떨었다. K는 멈칫하고 물러섰다. 기습적인 딸의 포옹이 거부반응을 일으켰다. 자신의 딸임이 틀림없는 MS의 포옹에 어째서 징그러운 벌레를 만졌을 때처럼 혐오감이 느껴졌던 것일까.

"서둘러라. 10시에 집에서 나가지 않으면 안 돼. 당신도 준비하세요. MS도 나와 함께 미용실에 가서 화장을 해야 하니까요."

그때였다. 딸아이를 따라 나온 강아지가 갑자기 K를 보더니 으르렁댔다. 동물 털에 알레르기가 있는 K는 강아지를 딸아이의 방에서만 키우도록 제한했지만, 강아지가 K에게 적의를 보였던 적은 없었다. 강아지는 K를 보고 미친 듯이 짖기 시작하였다. 집 안에 들어온 낯선 침입자를 향해 경계의 신호를 보내듯이. K가 재채기를 하면서 자리를 피하려 하자 갑자기 돌발 사태가 벌어졌다.

강아지가 덤벼들어 K의 발목을 물어뜯은 것이다.

강아지의 이빨이 살 속을 뚫고 들어가는 고통을 느끼면서 K는 비명을 질렀다.

"뭐야. 이놈의 개가 갑자기 미쳤나."

아내가 달려와 K의 바지를 들어 올렸다. 이빨 자국이 선명한 발목의 상처에서 피가 흘러내리고 있었다. 강아지는 이내 MS에게 제압당해 자신의 방으로 끌려갔지만 낯선 사람을 경계하는 듯한 발작적인 울음소리는 멈추지 않았다.

"개가 예민해졌어요. 미안해요, 아빠."

딸아이가 전혀 미안하지 않은 말투로 K를 위로하였다.

"개가 발정기인 모양이에요. 시간이 있을 때 병원에 가서 거세를 해야겠어요. 하지만 걱정하진 마세요. 예방접종은 다 했으니까 세균 감염은 없을 거예요."

아내가 K의 상처에 머큐로크롬을 발라 소독하였다. 날카로운 균열이 난 상처에 소독약이 닿자 쓰라렸다. 거즈를 대고 반창고를 붙여 고정시킨 후 K는 아내의 말대로 서둘러 옷을 입기 위해 다시 안방으로 돌아왔다. 통증은 있었으나 몸을 움직이는 데는 무리가 없었다.

그러나 K는 몹시 기분이 언짢았다.

강아지가 적의를 보이며 K를 낯선 침입자 취급을 한 것처럼 낯익은 아내와 낯익은 딸, 낯익은 휴일 아침의 모든 풍경이 한 순간 갑자기 자기에게 반기를 들고 역모를 꾸미는 듯한 불길한 예감을 느꼈기 때문이다. 그들은 평화와 태평으로 위장하고 있지만 일치 단결해 K를 속이고 K의 허점을 노리고 있었다.

자명종은 낯이 익지만 어제까지의 자명종이 아니다. 아내 역시 낯이 익지만 어제까지의 아내가 아니다. 딸아이도 낯이 익지만 어제까지의 딸아이가 아니다. 강아지도 낯이 익지만 어제까지의 강아지가 아니다. 스킨도, 휴대폰도 어디론가 발이 달린 것처럼 제 스스로 사라져버렸다. 이 돌연변이의 기이한 현상은 도대체 어디에서부터 기인된 것일까.

섀도 박스 Shadow Box.

같은 종이를 여러 겹 오려 필요한 조각을 만든 후 실제 상황에 맞춰 입체감 있게 재배치해서 만든 전위적 예술 공간. 종이를 여러 겹 쌓았기 때문에 옆에서 보면 그림자가 지고 그로 인해 입체감이 느껴지는 3차원의 공간. 그 상자 속에 K가 갇혀 있는 것이 아닐까. K가 겪고 있는 이 수수께끼의 상황은 섀도 박스 속에서 벌어지고 있는 제3의 입체 공간일지도 모른다.

화장하는 여인의 분첩에서 분가루가 흩날리듯 은행나무 잎이 난분분 난분분 떨어지고 있었다. 어느덧 계절은 깊은 만추에 접어들고 있었다. 더없이 좋은 쾌청한 가을 날씨였다.

"결혼식 날 마침 날씨가 좋아서 다행이네."

옆자리에 앉은 아내가 혼잣말을 하였다.

그러나 K는 그렇게 생각하지 않았다. 이 화창한 가을날 내키지도 않은 처제의 결혼식에 인질처럼 끌려가 시간을 허비하는 건 부당한 일이었다. 뒷좌석의 딸아이는 귀에 이어폰을 꽂고 자신이 좋아하는 음악을 듣고 있었다. 미용실의 위치를 몰랐으므로 K는 아내가 지시하는 대로 좌회전을 하고, 교차로를 건너고, 유턴을 하였다.

K는 운전을 하면서도 뭔가 이상하다는 느낌을 지울 수가 없었다.

집을 나서기 전 아내의 강박증이 발동되지 않은 것이다. 지금까지 한 번도 없던 이상한 일이었다. 외출을 할 때면 최소한 5분간 아내는 변기와 수도꼭지, 가스레인지, 다리미 스위치, 문을 잠그는 자물쇠, 창문의 잠금장치 등을 하나씩 하나씩 확인하고 또 확인하는 강박증이 있었다.

아무리 급한 상황이 닥쳐도 아내는 그 점검의 고정 레퍼토리를 빠뜨리지 않았다(하나라도 빠뜨리면 처음부터 다시 확인해야 했으므로). K 역시 억지로 아내의 행동을 제지하거나 비난하면 불안이 한층 가중된다는 사실을 터득하게 되었다. 짜증이 나고 화가 나고 불쾌한 일이었지만 애써 모르는 척 방관하는 수밖에 없었다.

나이가 들어 아내의 강박증은 점점 더 심해졌다. 부부간의 섹스가 끝나면 아내는 오랫동안 변기에 앉아서 나오지도 않는 소변을 보기도 했다. 그런 증상에 대해 H는 전문가로서 말하였다.

'임신을 두려워하기 때문이야. 정액이 몸으로 스며드는 것이 두려워 심리적으로 수정을 막으려는 무의식적인 행동이지. 어렸을 때 성폭행을 당한 경험이 있는 여성들은 섹스 후 자신의 질 속을 강력한 세척제로 씻어내는 경우도 있으니까.'

아내가 어렸을 때 성폭행을 당했는지는 알 수 없는 일이다. 어쨌든 아내는 날로 증상이 심해져 H에게 두 달가량 정신과 치료를 받은 적도 있지 않은가.

그러나 오늘 아침의 아내는 달랐다. 한 번의 시선으로 가스 불을 확인하고 한 번의 집중으로 현관문을 확인하였다. 서둘러 미용실에 가야 한다는 급한 상황 때문인지는 모르지만, H의 말대로 중증의 강박증에 시달리고 있는 평소 아내의 태도로 봐서는 불가능한 일이었다.

치밀하게 알리바이를 준비하고 지문이나 흔적을 한 점도 남기지 않은 완전범죄라 할지라도 어딘가에서는 허점이 드러나기 마련이다. 아내 역시 사소한 곳에서 치명적인 허점을 드러낸 것이다. 아무리 아내가 K의 아내 역할을 완벽하고 정교하게 구사하고 있더라도 K의 잠옷을 입거나 강박 증상을 전혀 보이지 않는다는 점은 K의 아내라는 사실을 불신하게 만드는 중요한 단서인 것이다.

K는 진통제를 먹었지만 브레이크를 밟거나 액셀러레이터를 밟을 때면 오른쪽 발목 근처에서 찌르는 듯한 통증을 느꼈다.

그 망할 놈의 강아지가 K의 발목을 물어뜯은 것도 우연치고는 이해할 수 없는 현상이다. K가 자신을 좋아하지 않는다는 사실을 알고 있다 하더라도, 강아지는 본능적으로 자신을 기르는 집안에서 누가 가장 힘이 센 주인인가를 잘 알고 있다. 갑자기 K를 자신의 보금자리를 침입한 도둑이나 강도로 착각하고 공격한다는 것은 본능을 역행하는 일인 것이다.

차는 압구정동의 번화가를 지나 골목으로 접어들었다.

"다 왔어요, 여보."

아내가 다정하게 K의 어깨를 두드리며 말하였다. K는 그러한 아내의 다정함에 동의할 수 없었다. 수긍이 가지 않았다. 납득이 가지 않았다. 그러나 아내는 무표정으로 일관하고 있었다. 아무 일도 없는 것처럼 시치미를 떼고 있는 것은 아내도, 딸아이도, 강아지도 마찬가지였지만, K 자신도 어느덧 전염되어 그들과 똑같이 무표정을 가장하고 있었다.

"저기 보이는 곳이 미용실인데요, 한 시간 정도 걸릴 거예요. 그동안 어디 계실래요."

"잠시 둘러볼 데가 있어."

K는 자신이 가야할 장소를 말하려다가 입을 다물고 묵비권을 행사하였다.

"그럼 당신이 내 핸드폰을 갖고 계세요. 화장이 끝날 무렵 내가 전화를 할 테니까요."

K는 휴대폰을 건네받았다.

"시간에 늦지 마세요. 12시부터 결혼식이 시작되니까 11시 30분까지는 식장에 가야 해요. 여기서 한 15분 정도 걸릴 테니까 늦어도 11시 15분까지는 미용실에 도착해야 해요."

"알겠다구."

"갈까, 우리."

딸아이는 차에서 내리며 K에게 작별 인사를 하였다.

"아빠, 안뇽."

미용실은 단독주택을 개조한 단층 건물이었다. 앞마당에는 단풍나무 한 그루가 붉게 타오르고 있었다.

아내와 딸아이가 미용실로 사라진 후 K는 낯선 골목에 차를 세우고 주머니에서 성냥갑을 꺼냈다. 잃어버린 휴대폰을 찾다가 발견한 물건이었다. K는 그 성냥갑이 어째서 자신의 주머니에 들어 있는지 알 수 없었다.

야누스.

한눈에 보아도 세련되게 디자인된 성냥갑 표면에 가게의 상호가 적혀 있었다. 요즘에는 술집에서 홍보용으로 성냥갑을 제공하는 일은 드물다. 일회용 라이터라면 몰라도. 그러나 그 성냥갑은 수집하고 싶을 만큼 세련되고 고급스러워 보였다. 그리스 신화에 나오는 두 개의 얼굴을 가진 야누스는 어젯밤 H와 들렀던 술집의 이름일 것이다. 휴대폰을 잃어버려 H와 통화할 수 없다면 그 술집으로 직접 가서 잃어버린 휴대폰을 되찾을 수밖에 없다. 아내의 말이 정확하다면, 적어도 그 술집에 있을 때까지는 K가 휴대폰을 가지고 있었을 테니까.

성냥갑에는 전화번호가 명기되어 있었다. K는 휴대폰의 폴더를 열고 그 번호를 눌렀다. 신호가 가기 시작하였다. K는 참을성 있게 연결음이 열한 번 반복할 때까지 기다렸다. 연결음을 세고 짝수가 아닌 홀수에서 전화를 끊는 것은 K의 오랜 버릇이었다. K는 아내처럼 강박관념에 시달리거나 미신적인 행동에 좌우되는 사람은 아니었다. 그러나 K는 짝수보다 홀수를 좋아했고, 적어도 열 번 이상 벨소리가 울릴 때까지는 기다렸다가 전화를 끊는 것이 최소한의 예의라고 생각하고 있었다. 야누스에서는 열한 번의 연결음에도 전화를 받지 않았다. 밤늦게까지 영업하는 야간업소였으므로 아직 종업원들이 출근하기에는 이른 시간일 것이다.

내친 김에 K는 잃어버린 자신의 휴대폰 번호를 눌러 통화를 시도하였다. 누군가 자신의 휴대폰을 습득하였다면 주인인 K가 전화를 걸어 연락처를 남겨줘야만 통화가 가능하기 때문이다. 이미 통화를 시도했었지만, 그것은 집의 유선전화였다. 전화를 습득한 사람이 휴대폰에 찍힌 전화번호를 눌러 통화를 시도한다 해도 현재 상태로는 받을 사람이 없는 부재중인 것이다.

하나, 둘, 셋, 넷······.

K는 참을성 있게 연결음 소리를 들었다. 막연히 도시의 숲 어딘가에서, 소방차의 사이렌 소리가 들리는 거리에서, 닫힌 창문과 낡은 벽지들이 얼룩진 여인숙 탁자 위에서, 벌거벗은 한 쌍의 남녀가 부둥켜안고 잠든 싸구려 침대 밑 벽 구석에서 가을날의 귀뚜라미 소리처럼 애잔하게 울고 있는 듯한 자신의 휴대폰 벨소리의 환청을 K는 들었다.

"지금은 연결이 되지 않습니다. 삐 소리가 나면 소리샘으로 연결되며, 통화료가 부과됩니다."

한참 동안 이어지던 연결음이 끝난 후 자동으로 안내원의 목소리가 흘러나왔다. K는 생각하였다.

지금 메시지를 녹음해두는 방법도 있다.

"음성녹음은 1번, 호출번호는 2번."

K는 1번을 눌렀다.

"삐 소리가 나면 녹음하시고 별표나 우물 정 자를······."

삐- 하는 신호음이 났다. K는 마이크 테스트를 하는 녹음 기사처럼 말하였다.

"나는 핸드폰의 주인입니다."

진지한 K의 목소리에는 애써 상대방의 마음을 움직이려는 노력이 담겨 있었다.

"혹시 핸드폰을 습득하신 분께서 내 메시지를 들으신다면 입력된 전화번호로 연락주시면 감사하겠습니다."

K에게 그 휴대폰은 아주 중요한 물건이었다. 그 안에 K의 정보가 모두 들어 있으므로 K는 한층 호소력 짙은 목소리로 덧붙였다.

"돌려주시면 후사하겠습니다. 부탁합니다."

K가 녹음을 끝내고 별표 버튼을 누르자 자동응답 멘트가 흘러나왔다. 녹음을 확인하고 싶으면 2번을 누르라는 안내 멘트에 K는 다시 한 번 내용을 확인하기 위해서 버튼을 눌렀다. 그러자 낯익은 자신의 목소리가 흘러나왔다. K는 겸연쩍고 부끄러워졌다. K는 서둘러 전화를 끊었다.

K는 다시 운전대를 잡았다. 성냥갑에는 야누스로 가는 약도가 그려져 있었다. 그 약도가 지시하는 대로 가면 어젯밤에 들렀던 야누스를 찾을 수 있다. 그곳에서 K의 휴대폰을 찾을 수 있을 것이다.

그 술집은 압구정동에서 멀지 않은 곳에 있었다. K는 약도에 그려진 대로 강변도로로 접어들어 한강을 가로지르는 다리를 건넜다. 다리 아래로 보이는 강물도 단풍이 물들었는지 녹수緣水였다.

강을 건너 남산터널 아래에서 좌회전을 하자 관광객을 상대로 영업하는 상점들이 밀집된 거리가 나타났다. 단체로 짝퉁 명품을 구입하려는 관광객이 몰려들어 도로에 관광버스들이 줄지어 서 있었다. 한글과 영어를 섞어 쓴 간판들이 즐비한 국적 불명의 거리로 수많은 외국인이 오가고 있었다. 한낮에는 분명히 K가 알 수 있는 낯익은 거리였지만 어젯밤 택시를 타고 갔을 때는 어째서 그처럼 낯설고 알 수 없는 거리였는지 K는 이해가 가지 않았다.

간밤에 뭔가에 홀린 것 같다고 K는 생각하였다.

K는 교차로에서 좌회전하여 언덕길로 올라갔다. 골목길에서 급커브를 틀자 성냥갑에 그려진 대로 야누스란 술집이 나타났다. K는 주차할 마땅한 공간을 찾았다. 그러나 골목길이 너무 협소하여 그대로 차에서 내렸다. 잠깐이면 볼일이 끝날 것이므로 문제가 없을 거라 K는 생각하였다.

술집 입구는 붉은 페인트로 칠해져 있었다.

K는 조심스럽게 문을 밀어보았다. 다행히 문은 열려 있었다. 아무도 없을 것이라 생각했던 K는 순간 기분이 밝아졌다. 하지만 지하로 내려가는 계단을 밟으면서 K는 뭔가 이상한 기분이 들었다.

어젯밤 H와 술집을 찾았을 때는 분명 지하로 내려가는 계단이 없었으며 입구로 들어서자 문에 걸린 딸랑딸랑 방울 소리와 함께, 여인 하나가 활짝 웃으며 어서 오세요, 원장님, 하고는 콧소리가 잔뜩 섞인 목소리로 둘을 맞이했었다. 하지만 야누스의 출입문에는 방울이 달려 있지 않았다. 게다가 지하로 내려가는 계단이 K를 향해 입을 떡 벌리고 있지 않은가. 그러나 K에게는 다른 선택의 여지가 없었다.

K는 계단을 내려가 지하층 입구에 서서 문을 밀었다. 문은 열리지 않았다. 바깥에 자물쇠가 걸리지 않은 것으로 보아 안에서 문을 잠근 모양이었다. 문은 투명한 유리로 되어 있어 내부가 엿보였다. 술집 안은 조명이 켜져 있었고, 유심히 살펴보자 사람의 그림자가 어른거리는 것이 보였다.

K는 창문을 흔들고 문을 두드려 인기척을 하였다. 문틈으로 음악 소리가 흘러나오는 것으로 보아 시끄러운 음악 때문에 문을 두드리는 소리를 듣지 못한 듯 아무런 반응이 없었다. K는 다시 문을 두드리다가 문 바로 옆에 있는 초인종을 발견하였다. K는 초인종을 눌렀다. 그제야 불빛 사이로 희미한 그림자가 가까이 다가왔다.

"영업시간이 아닌데요."

문이 열리지 않은 채 안쪽에서 한 여인이 말하였다.

"알고 있습니다."

K가 대답하였다.

"급한 볼일이 있어서 왔습니다."

유리문 너머로 낯선 사람을 살피기 위해서 얼굴 하나가 유령처럼 떠올랐다. K는 섬뜩하였다. 산 사람이 아니라 죽은 사람의 얼굴이었다. 물에 빠져 익사한 시체의 얼굴이 수면 위에 떠오른 것처럼 부풀어 오르고 푸른빛으로 변색된 모습이었다.

"들어오세요."

안심하였다는 듯이 둔탁한 쇳소리와 함께 유리문이 열렸다. K는 실내로 들어섰다.

"무슨 일인가요."

여인은 담배를 피우면서 K를 보았다.

여인은 분명히 여인이었으나 목소리는 남자였다. 순간적인 혼란으로 K는 여인의 얼굴을 물끄러미 보았다. 한마디로 거구의 여인이었다. 과장된 화장에, 과장된 노출 복장, 드레스 위로 튀어 오른 과장된 젖가슴.

"어젯밤 이 술집에서 술을 마셨습니다."

K는 이 여인이 어젯밤 무대에서 H와 부둥켜안고 블루스를 추던 그 거미를 닮은 여인이 아닌가 생각하며 입을 열었다.

"내가 기억나지 않으세요."

K가 묻자 여인은 흥미롭다는 듯 담배 연기로 도넛을 만들며 K를 바라보았다. 여인의 손톱은 썩은 시체를 파먹은 승냥이의 입에 묻은 선혈과 같은 매니큐어로 채색되어 있었다.

"글쎄요."

여인은 종전과는 달리 간드러진 여인의 목소리로 대답하였다.

"워낙 많은 사람이 오니까요. 호호홋."

웃는 여인의 목젖이 흔들리고 있었다.

K는 주위를 살펴보았다. K가 생각했던 것과는 달리 술집 내부에는 춤을 출 수 있는 무대가 없었다. 있는 것이라고는 주문을 받고 칵테일을 만들 수 있는 바와 그 앞에 붙은 몇 개의 키 높은 스툴, 그

리고 좁은 공간을 활용해 칸막이로 나눈 커튼이 드리워진 몇 개의 밀실이 전부였다. K는 이곳이 게이바임을 직감하였다. 동성애자들이 드나드는 전용 술집. 주체할 수 없는 금단의 욕정을 채우기 위해, 극복할 수 없는 절망적인 남성(♂)과 여성(♀), 그 뛰어넘을 수 없는 성의 정체성에서 용납되지 않은 금기를 향해 항문을 들이대는 인간들의 양계장.

"그, 그런데."

K는 말을 더듬었다.

"어젯밤 내가 이 술집에서 핸드폰을 잃어버렸습니다. 아마도 술김에 핸드폰을 놓고 온 것 같습니다만, 혹시 분실물을 발견해서 보관해두지는 않았나요."

"핸드폰이라."

여인은 아니, 남자는 아니, 두 개의 얼굴을 가진 야누스는 이번에는 남자의 목소리로 중얼거렸다. 야누스의 내부에 깃들어 있는 수컷과 암컷이 타이밍 조절 능력을 잃어버린 고장 난 기계처럼 제멋대로 작동하고 있는 것 같았다.

"아무것도 발견하지 못했는데, 한번 직접 찾아보세요. 어젯밤 술을 마신 장소가 어디였던가요. 바였나요, 아니면 룸."

"기억이, 기억이 나질, 나질 않습니다."

K가 대답하자 야누스는 바에서 맥주를 한 병 가져와 두 잔의 컵에 가득 따랐다. 야누스는 한 잔은 자기가 마시고 다른 잔은 K에게 내밀며 말하였다.

"술꾼은 술을 한잔해야 기억이 나는 법이에요. 드세요. 호호홋."

야누스는 이번에는 여인의 목소리로 말하였다.

K는 맥주를 들이켰다.

"단지 그것뿐인가요."

야누스는 키득키득 웃으면서 K를 보았다.

"핸드폰 때문에 이곳을 찾아오신 게 맞아요. 다른 이유는 없나요. 이를테면."

야누스는 혀를 빨았다. 야누스, 야누스, 어디선가 목쉰 소리가 들려왔다. 이 술집에 두 사람 말고 다른 사람이 있는지 K는 주위를 둘러보았다.

"이를테면 핸드폰을 핑계로 나를 만나러 온 것은 아닌가요. 안그래요, 자기. 그렇다면 문을 잠글까요."

야누스, 야누스, 다시 목쉰 소리가 들려왔다.

"우리 말고 이곳에 누가 있습니까."

K가 물었다.

"천만에. 이 술집에는 당신과 그리고 나 둘뿐이에요."

야누스, 야누스.

"한 잔 더 하실래요."

"됐습니다."

야누스, 야누스.

두 개의 얼굴을 가진 해와 달의 신 야누스, 야누스.

"시끄러워 이 새끼야."

야누스가 소리를 질렀다.

"망할 놈의 앵무새."

K는 야누스가 소리 지른 방향을 바라보았다. 천장에는 새장 하나가 걸려 있었고 그 새장 속에서 앵무새가 큰 부리로 절규하고 있었다.

야누스, 야누스.

K는 서둘러 일어서며 정중하게 야누스에게 말을 하였다.

"그만 가겠습니다."

"왜. 좀더 있다 가지."

야누스가 K를 노려보면서 만류하였다.

"아닙니다."

K가 대답하였다.

"어차피 핸드폰을 찾으러 왔던 것뿐이니까요."

"그럼 꺼져."

야누스는 포악한 남자의 목소리로 으르렁거리며 말하였다.

"문 닫고 가."

K는 야누스의 명령대로 문을 닫고 꺼지기 위해 계단을 올랐다. 밝은 거리로 나서자 등골에서 땀이 흐르는 것이 느껴졌다. 호랑이가 그려진 검은 점퍼를 입은 흑인이 K가 나오자 유창한 한국말로 말하였다.

"이 차 당신 거요."

"그런데요."

"차를 이렇게 주차해놓으면 어떻게 해. 썬 오브 어 비치."

"아이 엠 쏘리."

K는 빠르게 차에 올라 골목길을 빠져나오며 잠시 생각하였다.

이것은 악몽이다. 섀도 박스 속에서 일어나고 있는 착시이며, 착각이며, 인위로 조작된 데쿠파주Découpage다. 겹쳐진 종이 때문에 보는 사람의 시각에 따라 자유자재로 형상이 변하고 원근이 바뀌고 이미지가 혼합되는 3차원의 페이퍼툴Papertole인 것이다. 나의 의식은 겹겹으로 쌓아 올린 오려낸 종이쪽지다. 야누스는 분명히 어젯밤 H와 찾아온 그 술집이 아니다. 어젯밤 술집에는 문 위에 방울이 매달려 있었으며, 춤을 출 수 있는 무대가 있었다. 그 무대 위에서 한 여인이 춤을 추었고, H의 손이 찢어진 치마 속으로 들어가 여인의 허벅지를 만지고 있었다. 그 여인인지 다른 여인인지 분간이 가지 않는 거미와 같은 여인이 나에게 다가와 함께 춤을 추지 않겠느냐고 은밀하게 속삭였으며, 술을 한잔 사달라고 아양을 떨기도 하였다. 그러나 그 여인은 야누스가 아니며, 야누스가 남자도 여자도 아닌 것처럼 그 여인 역시 그 거미와 같은 여인이 아닌 것이다. 그렇다면 이 낯선 야누스는 필름이 끊어진 한 시간 반 남짓의 '잃어버린 시간'과 무슨 연관이 있는 것일까. 그 비밀을 풀기 위해서는 H를 만나야 한다. H를 만나기 위해서는 H의 전화번호를 알아내 전화를 걸어야만 한다. H의 전화번호를 찾기 위해서는 빨리 휴대폰을 찾아야 한다.

K는 골목에 차를 세우고 아내의 휴대폰을 꺼냈다. 발신자 정보

를 확인했지만 전화가 걸려온 흔적은 없었다.

K는 아차, 하는 낭패감을 느꼈다.

좀 전의 음성메시지가 휴대폰을 습득한 사람에게는 무용지물임을 깨달았던 것이다. K가 설정한 비밀번호를 누르지 않으면 내용을 확인할 수 없다. 습득자는 음성메시지를 듣고 싶어도 비밀번호를 모르기 때문에 확인할 수 없을 것이다.

K는 차선책을 떠올렸다. 자신의 휴대폰에 문자메시지를 보내는 방법이었다. K는 문자메시지 창이 나오도록 메뉴 버튼을 누른 후 메시지를 작성하였다.

안녕하세요. 나는 핸드폰의 주인입니다. 혹시 핸드폰을 습득하셨다면 연락주시기 바랍니다. 부탁합니다.

K는 전송 버튼을 눌렀다. 곧 안전하게 전송되었다는 답신이 왔다.

그때였다. 안심하고 휴대폰을 승용차 콘솔박스 속에 넣으려는 순간 전화벨이 울렸다. K는 휴대폰을 들고 본능적으로 발신번호를 확인하였다. 낯선 번호였다. K는 폴더를 열고 전화를 받았다.

"당신이에요."

아내의 목소리였다.

그 목소리를 들은 순간 K는 위로받는 느낌이 들었다.

"어디 있어요."

"가까운 곳에."

"10분 정도면 화장이 끝나요. 미용실로 오세요."

"알았어."

전화를 끊고 K는 운전대를 잡았다. 아내의 목소리를 듣자 시금 치를 먹은 뽀빠이처럼 힘이 솟고 기운이 났다. K는 미용실을 향해 차를 몰았다.

아내를 만나면 이 새도 박스로부터 탈출할 수 있을지도 모른다. 이 정체를 알 수 없는 그림자, 이 정체를 알 수 없는 미스터리의 액 자로부터 벗어날 수 있을지도 모른다.

4장 11시 35분

결혼식을 30분 앞두고 있는데도 호텔 앞은 이미 많은 사람으로 붐비고 있었다. K는 차를 주차하기 위해 아내와 딸을 먼저 예식장으로 들어가게 한 후 지하주차장으로 내려갔다. 주말이었으므로 주차장도 초만원이었다. 지하 4층까지 내려가서야 겨우 빈자리를 발견할 수 있었다.

조심스럽게 주차를 하고 난 후 차 문을 열고 나오려고 할 때, 옆 차가 심하게 흔들리는 것을 K는 보았다. 차는 내부를 들여다 볼 수 없을 정도로 짙게 선팅이 되어 있었다.

아무도 없는 차가 왜 저처럼 흔들리고 있을까.

이상하게 느껴진 K가 무심코 얼굴을 차창에 바짝 들이대고 내부를 살피자, 어둠 속에서 하나의 풍경이 실루엣으로 떠올랐다. 눈에 띄도록 선명한 엉덩이가 뒷좌석에서 쉴 새 없이 출렁거리고 있었다. 그 출렁거리는 진동으로 차가 흔들리고 있었으며, 동시에 가늘고 긴 여인의 신음 소리가 새어나오고 있었다.

K는 엘리베이터를 타고 2층에 있는 컨벤션홀까지 올라갔다. 한결같이 정장을 입은 하객들이 복도를 가득 메웠고, 수많은 화환이 보낸 사람의 이름표를 걸고 벽을 따라 줄지어 서 있었다.

K는 자신이 신부 측 가족인가 신랑 측 가족인가를 생각하였다. 처음에는 신랑 측 가족인가 싶어 신랑 측이라는 안내판이 내걸린 오른쪽 출입구로 가려다가 오늘이 아내의 하나뿐인 여동생이자 처제의 결혼식이라는 사실을 깨닫고 신부 측으로 갔다.

축의금을 받는 접수대 옆에 아내와 딸아이가 서서 찾아오는 손님들을 맞고 있었다. 이미 미용실에서 화장을 끝내고 나왔을 때 느꼈던 가면을 쓴 것 같은 아내와 딸의 모습은 식장 앞에서 더욱 과장되게 보였다. 아내와 딸은 사람이 되기를 꿈꾸는 만화 속 요괴인간들처럼 보였다. 아내 곁에는 낯익은 장모가 한복을 입고 서 있었다. 오랜만에 보았으므로 K는 장모를 알아보지 못하였다.

"어서 오게."

장모가 먼저 K를 알아보고는 손을 내밀었다. K는 어색하게 장모와 악수를 나누었다.

"어서 오게. 오랜만일세."

장모 옆에 서 있는 점잖은 사람이 K를 보고 반갑게 악수를 청하였다. K는 내미는 손을 잡으면서도 사내가 누군지 알아보지 못하였다. 분명히 낯익은 것 같은 목소리에, 낯익은 것 같은 얼굴이었지만 누군지 정확하게 떠오르지 않았다.

"여기 와 서세요."

아내가 K의 손을 잡아끌며 빈 옆자리를 가리켰다.

K는 아내와 딸 사이에 수수깡처럼 끼어들었다. K와 상관없는 사람들이 K와 악수를 하며 인사를 나누고, 차례차례 주머니에서 돈이 든 봉투를 꺼내 접수하고 그리고 사라져갔다. 그들의 손을 잡으면서 K는 자신이 그들과 무슨 상관이 있을까 생각해보았다. 무엇보다 K를 초초하게 만든 것은 장모 옆에 서 있는 사람의 정체였다.

K가 알기로는 장모는 홀몸의 미망인이었다. 아내의 의견을 종합해본다면, 장모의 남편은 고급 공무원이었으며 K가 아내와 결혼하기 직전에 불의의 사고로 사망하였다. 그래서 K와 결혼식을 올릴 때 아내는 친부가 아닌 작은아버지의 손을 잡고 입장하였다.

헌데 저 남자는 어째서 장모 곁에 서 있단 말인가. 서 있는 위치로 본다면 당연히 장모의 남편에 해당되는 중요한 자리인 것이다. 그렇다면 장모는 내가 모르는 사이에 재혼을 했단 말인가. 아니면.

"결혼을 축하합니다."

정체를 알 수 없는 살찐 사람이 K의 손을 잡으면서 머리를 숙였다. 손에 지나치게 힘을 주어서 K는 화가 났지만 고개를 숙이며 감사합니다, 라고 대답하였다. 그러나 뭐가 감사한 것인지, 뭐를 축하하는 것인지 알 수 없는 가면무도회에 던져진 느낌이어서 K

는 마음이 편치 않았다.

혹시 저 사람은 15년 전 아내와 결혼을 했을 때 죽은 아빠 대신 아내의 손을 잡고 입장했던 바로 그 작은아버지가 아닐까.

그러나 아니었다. 작은아버지 역시 작년에 병으로 세상을 뜨지 않았던가. 그 장례식에 K가 아내와 함께 참석하였던 것이 선명하게 기억났다. 아내는 자신의 손을 잡고 결혼식장에 대리 입장하였던 분이 죽었다며 소리 내어 울지 않았던가. 죽은 사람이 산 사람의 결혼식에 참석하기 위해 잠깐 동안이나마 환생한 것일까.

식장 안은 더워서 K의 얼굴에 땀이 흘렀다. 손수건을 꺼내 흐르는 땀을 계속 닦았지만 K는 벌써 지치고 피로하였다.

맞은편 신랑 측은 신부 측보다 더 손님이 많았다. 양가에서 누가 더 많은 손님을 끌어모으는가 경쟁이라도 하듯 사람들이 입장권을 사려는 관객들처럼 긴 줄을 이루고 있었다. 잠깐 신부 측으로 와서 상견례를 했던 신랑은 열병식을 올리는 의장대 대원처럼 자신의 부모 옆에 빳빳하게 서 있었다.

K는 신랑이 뭘 하는 사람인지, 어디에 살고 이름이 무엇인지 아무것도 몰랐다. 단지 아내의 여동생, K에게는 처제의 남편이 될 사람이라는 사실 하나만으로, 반갑게 인사를 하고 악수를 나누는 신랑이 마음에 들지 않았다. 지나치게 자신만만해 보여서 이미 대여섯 차례 결혼식을 경험해본 적이 있는 배우처럼 보였다.

"말씀 많이 들었습니다."

신랑은 고개를 숙이며 말하였다. K는 신랑이 거짓말을 하고 있다고 생각했다. 처제가 K에 대해 말을 많이 하였을 리 없다고 생각하였기 때문이다. K도 처제를 잘 모르기 때문에 다른 곳에서 처제에 대해 말했던 적이 한 번도 없었다. 처제도 형부인 K에 대해서 전혀 아는 바가 없기 때문에 자기 남편 될 사람에게 K에 관한 이야기를 하였을 가능성은 없는 것이다.

홀 내부 쪽에서 우렁찬 팡파르가 울리고 곧 예식이 시작될 예정이오니 양가의 부모님과 친지 가족들은 모두 입장해주시고 하객들도 홀 안으로 들어오라는 안내방송이 있었다. K는 그 말을 기다렸다는 듯 식장 안으로 들어가 지정석에 앉았다.

K의 자리는 맨 앞줄 신부 측 부모님 뒤쪽의 특별석이었다.

홀 중앙 정면 벽에는 스크린이 펼쳐져 있었으며, 스크린에서는 예비 신랑 신부가 찍은 여러 사진이 투영되고 있었다.

K는 앞자리에 장모가 앉은 것을 보았고 그 정체불명의 사내도 장모 옆자리, 그러니까 신부의 아버지 자리에 앉는 것을 보았다. 지나치게 검은색으로 염색한 머리는 주름진 얼굴과 조화를 이루지 않아 탈바가지를 쓴 형상이었다. 웃을 때마다 흰 의치가 드러나서 검게 염색한 머리와 대비를 이루고 있었다.

"저 사람은."

K는 조심스럽게 아내를 쳐다보면서 물었다.

"도대체 누구야."

가면을 쓴 아내는 거울을 들고 그 가면이 행여 벗겨질까 꼼꼼하게 확인을 하면서 말을 받았다.

"누구 말이에요."

"장모 곁에 앉아 있는 사람."

"아니, 당신 장인도 몰라요. 아빠 아니에요."

K는 쿨럭쿨럭 기침을 하였다. 아내로부터 아빠, K의 장인으로 지칭된 사람은 신부와 함께 입장하는 역할을 수행하기 위해 자리에서 일어났다. K는 주의 깊게 사내를 지켜보았지만, 그 사람은 K의 장인도, 아내의 아빠도 아닌 전혀 낯선 사람이었다. K가 알고 있는 아내의 아빠는 이미 죽은 사람이 아니었던가. 어떻게 15년 전에 죽은 사람이 딸의 결혼을 축하하기 위해 저승에서 부활할 수 있단 말인가.

K의 이러한 의혹과는 상관없이 결혼식은 진행되었다.

모리배처럼 생긴 주례가 흰 장갑을 끼고 연단 위에 섰다. 서커스단의 어릿광대 같은 사회가 결혼식의 시작을 알리자 병정인형 신랑이 익숙한 표정으로 당당하게 걸어 들어와 주례 앞에 섰다. 딴딴따단 딴딴따단 하는 통속적인 행진곡에 맞춰 바비인형 신부가 종이로 만든 인형 옷 같은 흰 드레스를 입고 행복해서 죽을 것 같은 가식적인 미소를 띤 채 부활하여 사람인지, 유령인지, 귀신인지 알 수 없는 아버지라는 사람의 손을 잡고 식장 안으로 걸어 들어오고 있었다. 마치 싸구려 술집의 라이브쇼 무대처럼 안개가 피어오르고, 형형색색의 조명이 행진을 하는 신부에게 집중되었다.

아내는 감격에 겨워 질질 울었고, 장모 역시 살찐 몸매를 들썩이며 눈물을 흘렸다. 신부가 연단 앞에 서자 신랑은 릴레이 경주에서 바통 터치를 하듯 신부 아버지에게서 신부를 건네받았다. 그 정체 불명의 사내는 의치를 드러내며 딸아이를 잘 부탁한다는 식으로 자상하고 달콤한 사기꾼의 표정을 지어 보였다. 그리고는 신랑의 등을 두드리고 결승 테이프를 끊은 육상선수처럼 만족감을 나타내며 자신의 자리에 지친 듯 주저앉았다.

결혼식은 일사천리로 진행되었다. 예물 교환이 있었고 성혼선언문 낭독이 이어졌다. 신랑 누구누구는 신부 누구누구를 기쁠 때나 슬플 때나 병들었을 때나 한결같이 사랑하겠느냐는 반 공갈적인 협박에 신랑이 큰 소리로 예─ 하고 대답하였다. 그것은 신부에 대한 사랑을 맹세하기 위한 것이 아니라 하객들을 웃기려는 코믹한 제스처였다. 실제로 사람들은 크게 웃었다. 신부는 들릴락 말락 예─ 하고 대답하였다.

이어서 주례사가 있었다. 사회는 주례를 신랑의 대학교 은사라고 소개하였다. 주례는 결혼식장을 강의실로 만들었다. 결혼의 사회적 책임에서부터 현대에 있어서 가정의 붕괴에 따른 미래지향적 부부상을 느릿느릿한 말로 이어나갔다. 지루하고 따분해서 K는 졸음이 왔다. 자지 않으려고 테이블 위의 물을 마시고 음료수도 한 잔 들이켰지만 소용이 없었다. K는 결국 잠이 들었다. 얼마만큼 잤을까, 누군가 흔들어서 깜짝 놀라 눈을 떴다. 아내가 눈을 흘기면서 K를 쳐다보고 있었다.

"어디서 잠을 자요."

주례사는 아직 끝나지 않았다. 주례는 끝장을 보려는 듯 힘주어,

러시아 속담에 싸움터에 나갈 때는 한 번 기도하고, 바다에 나갈 때는 두 번 기도하며, 결혼을 할 때는 세 번 기도하라는 말이 있다고 강조한 다음, 두 사람은 세 번이 아니라 평생을 두고 수천 번씩 기도하라고 말하였다. 하객들은 지루하면서도 감명 깊은 표정으로 고개를 끄덕였다.

K는 졸음을 이기지 못해 아내의 말을 무시하고 다시 잠들었다. 꿈까지 꾸었다. 차를 타고 도로를 달리는 꿈이었다. 브레이크가 말을 듣지 않아 K는 비탈길을 미끄러져 내려가고 있었다. 그 공포감으로 인해 잠에서 깨어났다. 주례사가 끝나고 신랑 신부는 양가 부모에게 인사를 드리고 있었다. 장모는 손수건으로 눈물을 찍으며 인사를 받았고, 그 정체불명의 사내는 친정아버지의 역할을 충분히 하려는 듯 일어서서 인사를 받았다.

저 사람은 어디서 고용된 것일까. 친정아버지의 역할을 맡기기 위해 무명배우조합 같은 데서 그럴듯한 사람을 찾아 고용한 것일까. 그렇지 않으면 분명히 죽었던 아내의 아빠가 어떻게 부활하여 결혼식장에 나타날 수 있단 말인가. 그렇다. 저 사람은 신부의 아버지 역할을 맡은 대역배우일 것이다. 아니면 장모가 그새 새로운 남자를 만나 재혼했을지도 모른다. 충분히 그럴 가능성이 있다.

K는 장모의 화냥기를 잘 알고 있었다. 고리대금업을 하는 장모는 충분한 돈을 가지고 있었다. 노예를 부릴 만큼 돈이 많았으므로 젊은 노예들을 데리고 온천 여행을 다니는 것이 장모의 취미이기도 하였다. 아내는 엄마의 화냥질을 남편이 없는 여자의 고독을 달

래주는 유일한 스트레스 해소법으로 미화하고는 하였다. 그것은 장모가 가진 막대한 유산과도 무관하지 않을 것이다. K는 장모가 자신을 좋아하지도 신뢰하지도 않는다는 사실을 잘 알고 있었다. K 역시 장모를 좋아하지 않았다. 장모를 볼 때면 「비계 덩어리」라는 소설 제목이 떠오를 정도였다.

K는 장모가 신혼시절부터 아내에게 이혼을 부추기고 있다는 사실을 잘 알고 있었다. 따분하게 살 바에는 인생을 즐기며 혼자서 사는 게 훨씬 낫다는 것이 장모의 지론이었다.

K는 친정아버지 역할을 하는 대역배우를 쳐다보며 생각하였다.

저 사람은 장모가 원하는 노예 타입이 아니다. 그렇다면 장모는 그동안 자신의 나이에 맞는 맞춤형 남자를 간택하여 사채놀이 하듯 담보로 잡은 것은 아닐까.

결혼식이 끝나고 신랑 신부가 퇴장하였다. 곧이어 연회가 시작되었다. 종업원들이 동일한 접시에 담은 스테이크를 내왔다. K는 배가 고팠으나 스테이크가 너무 질기고 맛이 없었기 때문에 몇 조각 먹다가 욕지기를 느꼈다.

K는 토하기 위해서 자리를 빠져나와 화장실로 갔다. 변기 뚜껑을 열고 조금 토하였다. 손을 씻던 중 K는 문득 휴대폰이 생각났다. 결혼식이 시작될 무렵 벨이 울리지 않도록 휴대폰을 진동으로 전환해둔 사실이 떠올랐기 때문이다. K는 주머니에서 아내의 휴대폰을 꺼내 화면을 확인하였다.

기대했던 대로 부재중 통화가 찍혀 있었다. 발신자 번호는 잃어버린 K의 휴대폰 번호였다. 마침내 K의 휴대폰을 습득한 사람과 연락이 되었음을 직감하였다. K는 통화 버튼을 눌러 연결을 시도하였다.

따르릉 따르릉—

K는 자신의 휴대폰이 진저리를 치며 울고 있는 소리를 들었다.

"여보세요."

낯선 사람의 목소리가 휴대폰에서 흘러나왔다.

"여보세요. 나는 지금 전화를 받고 계신 분께서 들고 있는 핸드폰의 주인인데요."

"아."

상대방이 짧게 수긍을 하였다.

"그렇지 않아도 문자를 보고 좀 전에 통화를 시도했었는데 전화를 안 받으시더라고요."

"아, 내가 지금 전화를 받을 수 없는 곳에 있었습니다. 미안하게 되었습니다."

전화를 못 받은 것이 자신의 불찰이기라도 한 듯 K는 공손하게 예의를 갖추었다.

"아, 아니에요. 그런데 어떻게 핸드폰을 돌려드릴까요."

"시간이 괜찮으시다면 오후에 만나기로 하지요."

"좋습니다. 어차피 휴일이니까요. 괜찮으시다면 저희 집 근처로 오시는 것이 어떨까요."

K는 사내와 시간 약속을 하였다. 사내의 집은 잠실에 있는 서민

형 아파트였다. 그 아파트 근처의 상가에서 K는 사내와 14시 30분에 만나기로 약속을 하였다.

"저는 빨간 등산모를 쓰고 있겠습니다."

"알겠습니다."

전화를 끊고 K는 화장실을 나왔다. 홀 안으로 다시 돌아가고 싶지 않았지만 아내에게 휴대폰을 돌려주기 위해 어쩔 수 없이 테이블을 찾아갔다. 아내와 딸은 포크와 나이프를 바삐 움직이며 맛있게 음식을 먹고 있었다. 옷을 갈아입은 신랑 신부가 식장을 돌며 테이블마다 인사를 하고 있었다. 여기저기서 형식적인 환호성과 박수 소리가 터져 나왔다.

"어디 갔었어요."

스테이크를 썹으며 아내가 물었다.

"속이 좋지 않아 화장실에 갔었어."

"먼저 들어가세요. 어차피 조금 있으면 폐백도 있고, 친정에도 들러야 하니까요."

"그렇지 않아도 내 핸드폰을 주은 사람으로부터 연락이 와서 만나기로 했어."

"칠칠치 못하게. 뭘 그렇게 흘리고 다녀요."

K는 아내의 휴대폰을 돌려주었다.

"가기 전에 묻겠는데."

K는 눈치를 살피면서 아내를 쳐다보았다.

"저 사람은 도대체 누구야."

"누구 말이에요."

아내는 질긴 스테이크를 썰기 위해 나이프에 힘을 주면서 말하였다.

"장모님 옆에 앉은 저 사람 말이야."

K는 장모 곁에 앉아서 열심히 포도주를 마시고 있는 정체불명의 사내를 가리켰다.

"아빠라고 했잖아요."

간단하게 아내는 대답하였다.

"아빠라니."

K는 말을 받았다.

"당신이 말했잖아. 당신 아버지는 우리 결혼 직전에 사고로 돌아가셨다고."

"그건 말이에요."

아내가 정색을 한 얼굴로 K를 쳐다보며 말을 이었다.

"나는 말이에요. 부모가 이혼한 집의 딸이란 사실이 밝혀지는 것을 원치 않았어요. 이혼한 집의 딸보다는 사고로 죽은 미망인의 딸이 더 좋았으니까."

"그렇다면 죽은 게 아니었다고."

"두 사람은 이혼했어요. 그래서 내가 당신에게 그렇게 말했던 것뿐이에요."

"그렇다면."

K는 여전히 이해가 가지 않았다.

"이혼한 장인이 왜 저 자리에 앉아 있는 거야."

"손을 잡고 들어갈 만한 마땅한 사람이 없었으니까요. 작은아버지가 돌아가셨잖아요. 그래서 오늘 하루만."

아내는 대수롭지 않다는 표정으로 말하였다.

"두 사람이 부부 역할을 하기로 했어요. 결혼식이 끝나면 아빠는 자신의 가정으로 돌아가겠지요. 엄마는 엄마대로 친정으로 돌아갈 거고요."

K는 묵묵히 음료수를 마셨다. 둔기로 한 방 맞은 느낌이었다.

아빠가 자신의 아내와 자식이 있는 가정으로 돌아가고, 엄마가 젊은 노예들이 기다리고 있는 노예시장으로 돌아가면, 몇 시간 동안의 부부 연기는 완전범죄로 끝이 나게 된다.

가면무도회.

남편의 가면을 쓴 남자와 아내의 가면을 쓴 여자는 무도회가 끝난 후 가면을 벗고 각자의 집으로 돌아갈 것이다. 소매치기를 끝내고 집으로 돌아가는 절도범처럼. 낯선 골목에서 여인들의 목덜미에 이빨을 들이대고 피를 빤 후 다시 관 속으로 들어가는 흡혈귀처럼. 신랑의 가면을 쓴 남자와 신부의 가면을 쓴 여자는 합법적인 계약이 성립되었기에 신혼여행을 떠나 낯선 호텔방에서 합법적인 섹스를 할 것이다. 신부는 처녀 행세를 할 것이며, 신랑은 섹스의 초능력자처럼 행동할 것이다.

"바쁘더라도 가족사진은 찍고 가세요."

아내가 부드럽게 말하였다.

연단 위에서는 주례를 중심으로 신랑 신부가 사진을 찍고 있었다. 이 결혼이 사기가 아니라 합법적인 것임을 증명하는 주례는 두 사람 사이에 공증용 법무사처럼 끼어 서 있었다. 촬영이 끝나자 사회가 말하였다.

"양가의 가족과 친척들은 모두 앞으로 나와주세요."

"나가요."

아내가 먼저 일어섰다. K도 아내를 따라서 딸아이와 함께 신부측 자리에 섰다. 신부 바로 옆자리에 장모와 한때 장모의 남편이었으나 지금은 완전한 타인인, 그러나 오늘은 완벽한 남편인, 대리인이 천천히 나와 섰다.

"자네 말은 많이 들었네."

장인 역할의 사내가 K를 보자 다시 손을 내밀었다. K는 고개를 숙이고 악수를 나누었다.

"내 딸에게 평소에 그렇게 잘해준다니, 항상 고맙고 믿음직스럽군."

사내는 K에게 공치사를 하였다. 뭐라고 K도 답변을 해야 했으나 마땅한 말이 떠오르지 않아 얼버무렸다.

"마땅히 할 일을 한 것뿐인데요, 뭘."

"어디 우리 손녀딸 얼굴 좀 보자."

가면의 할아버지는 딸아이의 얼굴을 감싸 쥐었다. 가면의 딸아이가 대답하였다.

"할아버지, 안뇽."

알 수 없는 가족들이 한자리에 모였다. 누가 누군지 모르는 타인들의 집합체 같았다. 잠시 시간을 내 연병장에 모인 오합지졸의 예비군 같은 모임이었다. 서로 피를 나눈 혈연관계라고는 하지만 친숙함이나 다정함 같은 것은 전혀 보이지 않아 가족이라는 이름으로 모인 사기도박꾼 집단처럼 느껴졌다.

"자, 카메라를 보세요. 저 뒷줄 맨 오른쪽 분 바짝 더 다가서세요."

사진사는 오합지졸의 예비군들을 통솔하는 조교처럼 익숙하게 사람들을 다루었다. K는 너무 더워 땀이 났으므로 손수건을 꺼내 얼굴을 닦았다. K는 자신이 구색을 맞추기 위해 잘 팔리지도 않으면서 매대에 진열된 유통기한이 지난 우유 같다고 생각하였다. 가족이라는 슈퍼마켓에 아내는 아내라는 이름의 상표로, 장인은 신부의 아버지라는 라벨로, 처제는 신부의 역할을 맡은 신상품의 견본으로 이렇게 함께 서 있는 것이다.

"웃으세요."

사진사가 어느 정도 정돈이 끝났는지 개들을 훈련시키는 조련사처럼 카메라에 연결된 셔터 줄을 허공에 치켜들고 소리쳐 말하였다.

"자, 김치―"

K는 자신도 모르게 김치― 하고 시키는 대로 따라 하였다. 그러는 자신의 맹목적인 순종에 K는 짜증이 났다. 촬영이 끝나고 자리로 돌아온 K는 아내에게 말하였다.

"난 갈게."

"그래요, 먼저 가세요. 나는 폐백까지 보고 친정에 들러 저녁때쯤 들어갈 테니까요."

"아빠 간다."

K가 딸아이에게 말하자 MS는 배를 누르면 자동으로 녹음된 말이 나오는 인형처럼 단조로운 어투로 말하였다.

"아빠, 안뇽."

테이블에서 벗어나 식장을 나오자 K는 해방감을 느꼈다.

지하주차장으로 내려가면서 K는 옆자리의 차 안에서 낯선 남자와 여자의 은밀한 카섹스가 끝났는지, 아니면 여전히 계속되고 있는지 궁금한 생각이 들었다. 그것은 호기심 때문만은 아니었다. 좁은 공간에 줄지어 주차를 해놓아서 아무리 조심스럽게 문을 열어도 옆 차 옆구리에 닿지 않을 수 없었기 때문이다. K는 백주에 벌어지고 있는 정사를 방해하고 싶지 않았다.

K는 엘리베이터를 타고 지하로 내려가 주차해둔 차로 다가갔다. K는 여전히 흔들리고 있는 차를 보았다. 검은 차는 잠투정하는 아이를 달래기 위해서 흔드는 요람처럼 꿈틀거리고 있었다. K는 방해하고 싶지 않았다. 그러나 어쩔 수 없었다. 잠금장치를 해제하고 조심스럽게 문을 열면서 K는 살며시 옆 차를 보았다. 여전히 선팅을 짙게 한 차 내부는 잘 볼 수 없었다. 엉킨 두 육체만이 어렴풋이 파도에 일렁이는 해초처럼 흔들리고 있었다.

와이퍼에 뭔가 인쇄된 종이가 삽입되어 있는 것이 K의 눈에 띄었다. 운전할 때 시야에 방해가 될 수 있다고 생각한 K는 그것을 빼어 들고 다시 차 문을 열고 운전석에 앉았다.

K는 종이에 적힌 내용을 읽어보았다.

간과 콩팥을 사고팝니다.

광고물을 확인한 K는 인근 고깃집에서 배포한 전단지쯤으로 생각하였다. 생고기 전문 식당의 메뉴에 적힌 등심, 살치살, 안창살, 갈비살, 간, 콩팥, 천엽, 육회, 곱창 등 소고기의 부위별 명칭이 떠올랐기 때문이다.

K는 전단지를 뒤집어 뒷면을 확인해보았다.

간이나 콩팥 모든 장기를 원하시는 분과 건강한 간이나 콩팥, 안구 등을 파실 분은 연락바랍니다.

전단지 밑면에는 또 다른 문구가 적혀 있었다.

당신의 귀중한 선택이 한 사람의 소중한 생명을 살립니다.

순간 K는 이 전단지가 고깃집이나 정육점에서 배포한 전단지가 아니라 인육人肉을 사고파는 업체에서 살포한 '불온삐라'임을 깨달았다.

그렇다면.

K는 차를 몰고 지하주차장을 빠져나오면서 잠시 생각하였다.

옆 차에서 벌어지고 있는 남녀 간의 섹스는 섹스가 아니라 살아 있는 몸에서 간이나 콩팥의 일부를 적출해내고 있는 불법 수술 현장인지도 모른다. 합법적으로 허가받지 않은 도살장에서 밀매꾼이 밀도살을 하고 있듯이.

K는 피비린내를 맡았다. 그 역한 냄새에 욕지기가 솟구쳤지만 K는 이를 악물고 참았다.

지상의 거리는 눈이 부셨다. 지하에서 벌어지고 있는 속임수의 결혼식, 추악한 카섹스, 비열한 인육의 거래 들을 일순에 덮어버리듯 휘황한 일루미네이션의 가을 햇살은 무차별한 포격의 전쟁터처럼 거리를 뒤덮고 있었다.

인근 운동장에서 야구경기가 열리고 있는지 수많은 관중이 거리를 가득 메우고 있었다. 각자 자기가 응원하는 야구팀의 유니폼을 입은 젊은이들이 큰 소리로 팀 이름을 연호하면서 걷고 있었고, 건너편 거리에서는 상대 팀을 응원하는 젊은이들이 다른 유니폼을 입고 "아냐, 아냐. ○○가 최고야. 이 세상에 ○○ 없으면 무슨 재미로. 해가 떠도 ○○, 달이 떠도 ○○, ○○가 최고야"라고 떼를 지어 노래를 부르며 행진하고 있었다. 그 뒤를 짧은 치마를 입은 여인들이 풍선을 들고 종종걸음으로 쫓아갔다. 아이를 목말 태운 아버지들도 지나갔다. 그들의 일방적인 행진을 거슬러 올라가는 사람은 K 혼자뿐일 정도로 거리는 야구장을 찾아가는 관중들로 물결을 이루고 있었다.

휴대폰을 습득한 남자와 약속한 장소는 곧 눈에 띄었다. 강남에서도 신시가지라고 할 수 있는 잠실은 K가 기억하는 한 얼마 전까지만 해도 허허벌판이었지만 어느새 고층 아파트와 상가가 즐비한 뉴타운으로 변해 있었다. K는 아직 시간이 남아 있는 데다가 주차장에 차를 안전하게 세워두었으므로 느긋한 마음으로 건물 안으로 들어섰다. 사내가 말한 간단한 음식과 커피를 파는 카페는 1층 양지바른 곳에 있었다.

전망이 좋아 젊은이들이 창가에 바짝 붙어 앉아서 커피를 마시며 창밖의 거리 풍경을 물끄러미 내다보고 있었다.

K는 빨간 등산용 모자를 쓰고 있겠다는 사내의 말이 떠올라 카페 안에 앉은 사람들의 머리를 훑어보았다. 빨간 모자는 어디에도 보이지 않았다. K는 아직 오지 않은 것이라고 생각하며 빈자리에 앉았다. 자리에 앉고서 K는 배가 고프다는 사실을 깨달았다.

아침에 일어나 빵 한 조각과 약간의 샐러드, 그리고 커피를 마신 것이 전부였다. 결혼식장에서 스테이크를 한 조각 먹기는 하였으나 이내 토하였으므로 안 먹은 것이나 마찬가지였다. K는 허기를 느꼈으나 무엇을 먹어 배를 채우고 싶은 생각은 들지 않았다. K는 카페라떼를 주문하였다. 커피를 들고 와 의자에 앉자 오른쪽 발목 근처에서 욱신거리는 통증이 일었다. 아침에 재수 없이 강아지가 물었던 상처 부위였다.

K는 바짓단을 올려 상처를 확인해보았다. 이빨 자국이 선명한 환부는 빨갛게 성이 올라 있었다.

개의 이빨로부터 바이러스가 옮기는 것은 아닐까.

K는 쓰디쓴 커피를 한 모금 마시며 생각하였다.

광견병 세균이 침투해 미친개가 되는 것은 아닐까. 광견병에 걸리면 물을 무서워한다는데.

K는 그렇게 생각하면서 딸려 나온 찬물을 한 모금 들이켰다. 물이 무섭지가 않았다. K는 다행이라 생각하면서 맞은편 쪽을 물끄러미 바라보았다.

그곳에 한 여인이 앉아 있었다. 누구를 기다리는지 가끔 시계를 들여다보는 눈치였으나, K가 보기에는 누구를 기다리기 위해서가 아니라 그냥 갈 곳도 없이 앉아서 시간을 죽이고 있는 여자처럼 보였다.

여인은 가을용 트렌치코트를 입고 있었다. 코트 속에 검은 원피스를 입고 있어 포개어 놓은 여인의 허벅지가 지나치게 드러나 있었다. K는 관음증을 가지지는 않았지만 여인이 앉아 있는 위치가 K가 시선을 피할 수 없는 정중앙이었으므로 어쩔 수 없이 여인의 모습을 정면으로 마주할 수밖에 없었다. 여인은 K의 시선을 충분히 의식하고 있었는지 이따금 손으로 짧은 치마의 끝자락을 내렸다. 하지만 그럴수록 치맛단은 더 올라갔다. 치마를 내리는 것이 아니라 짐짓 올리고 있는 것처럼 보여서 여인이 K의 시선을 오히려 즐기며 유혹하는 형국이 되고 말았다. 한 손에 휴대폰을 들고 문자를 보내거나 누군가와 통화를 나누는 척도 하였지만, 그것은 거짓 제스처에 지나지 않았다. 짙은 선글라스를 쓰고 있어서 여인의 눈을 확인할 수 없는 것이 그나마 다행이었다.

K는 자리를 옮길까 하고 생각하였다. 마주 보는 것이 불편해서가 아니라 여인의 자극적인 포즈에 자신이 흔들리고 있는 듯한 오해를 불러일으키는 것이 못마땅하기 때문이었다.

단언하건대 K는 여인의 넓적다리에서 성욕을 느낄 만큼 이상성욕자도 아니고, 뇌쇄적인 몸짓에서 유혹을 느낄 만큼 파렴치한도 아니었다. K는 여성의 육체는 일정한 액수의 동전을 넣고 버튼을 누르면 커피나 콜라가 튀어나오는 자판기에 지나지 않는다고 생각하고 있었다. 자판기가 아닌 여성의 육체는 오직 아내 한 사람뿐이었다.

그러나 K는 그대로 앉았다. 자리를 옮기지 않는 이상 그 여인을 의식할 필요가 없으며, 차라리 노골적으로 보는 편이 더 현명하다고 K는 생각하였다.

그렇게 하면 여인이 먼저 다른 곳으로 자리를 옮길지도 모른다.

K는 정면으로 그 여인을 보았다.

그때였다. 누군가 한 사람이 나타나서 그 여인의 맞은 편 자리에 앉았다. 남자의 넓은 어깨와 머리가 여인을 일부 가리기는 하였으나, 기다렸다는 듯 코트를 벗는 바람에 여인의 몸매는 더 확실하고 분명하게 보였다. 동시에 선글라스도 벗었다. 어디서 많이 본 듯한 낯익은 얼굴이었다.

무슨 드라마에서 본 얼굴 같기도 하고 영화에서 본 얼굴 같기도 하였으나, K는 곧 그 낯익음이 아는 사람이기 때문이 아니라 조금

전 호텔 주차장에서 발견한 간과 콩팥 등 장기를 파는 전단지의 문구처럼 어떤 미의 표준에 맞춰 보톡스 주사를 맞고, 눈을 뜯어고치고, 코를 높이고, 턱을 깎고, 인공치아를 밀어 넣는 대수술 끝에 만들어진 공통분모의 성형 얼굴이기 때문임을 깨달았다. 여인의 얼굴은 성형수술을 전문으로 하는 성형외과에서 뿌리는 전단지에 등장하는 견본모델 같았다.

K는 여인이 왜 선글라스를 벗었는지 그 이유를 알 것 같았다. K의 시선을 충분히 의식하면서도 한편으로는 자신의 유혹을 숨기고 시치미를 떼려 했던 여인이, 남자가 오자 타인의 시선에 대해 거리낌 없이 맞대응하자는 적나라한 대담함을 노골적으로 드러내 보인 것이다.

여인의 한쪽 눈은 앞자리에 앉은 남자를 쳐다보았고, 다른 쪽 눈은 맞은편에 앉은 K를 마주 보았다. 여인은 시선적인 간음 행위를 즐기고 있었다. 그 증거로 여인은 포갠 다리를 슬그머니 내려 양 무릎 사이를 조금씩 벌리고 있었다. 남자들의 노출증이 자신의 성기를 노골적으로 드러내는 것이라면, 여자들의 노출증은 튀어나온 남성의 성기와는 달리 거세된 것 같은 열등의식으로 인해 약간의 가슴 노출, 아슬아슬한 경계의 노출에 국한된 것이 일반적이다. 하지만 이 여인의 노출증은 성기에 집중되는 남자처럼 두 다리 사이를 벌리는 것으로 만족을 얻는 눈치였다. 창밖의 가을 햇살을 역광으로 받고 있었으므로 다리가 벌어질수록 맨살의 허벅지는 수정처럼 빛나고 그늘진 부분은 무엇이든 빨아들이고 삼키겠다는 어두운

터널의 블랙홀처럼 느껴졌다. K는 전혀 흥분을 느끼는 기색 없이 현미경을 들여다보는 생리학자처럼 그 블랙홀을 바라보았다. K의 시선에 반응하듯 여인은 무방비 상태의 포즈로 입을 벌리며 크게 하품을 하였다. K는 그 하품이 몸이 달아오르고 가벼운 클라이맥스를 느낀 육체의 무의식적인 반응임을 알고 있었다.

여인의 하품에 K는 불쾌감을 느꼈다. 그 여인에게 자신이 농락당한 것 같은 기분이 들었기 때문이다. K는 자리를 옮기기 위해 일어섰다. 그러자 카페의 안쪽에서 붉은 모자가 눈에 들어왔다.

K는 커피 잔을 들고 빨간 모자 쪽으로 다가갔다.

"안녕하십니까."

K가 먼저 빨간 모자에게 말을 걸었다.

빨간 모자는 스파게티를 먹다가 황급히 K의 인사를 받았다.

"나와 통화를 했던 분이신가요."

"그, 그렇습니다."

사내는 모자를 벗었다. 모자를 그대로 쓰고 있는 것이 나았을 정도로 사내는 대머리였다. K는 벗겨진 머리를 조금이라도 가리기 위해 길게 기른 옆 머리카락을 활주로 같은 머리 위에 얹은 것을 보고 조금은 안쓰러운 마음이 들었다. 그것은 마치 몇 가닥의 해초를 머리에 이식한 모습이었다.

"고맙습니다, 제 핸드폰을 보관해주셔서. 정말 감사합니다."

K는 인사말을 건넸다. 사내의 눈은 지독한 사시斜視였다. 초점이 맞지 않는 두 개의 눈동자가 서로 원수지간이기라도 한 듯 양쪽으

로 벌어져 있어 K는 도대체 어느 쪽의 눈동자가 자신과 이야기를 나누고 있는지를 분간할 수 없었다. 그래서 골고루 한 번은 사내의 왼쪽 눈을 보고 이야기를 하고, 한 번은 오른쪽 눈을 보고 이야기를 하였다. 그러나 오히려 그런 공평무사함이 사내를 더 불쾌하게 할 수도 있다는 생각이 들어 두 눈동자 사이의 정중앙에 있는 콧등을 쳐다보기로 결정하였다.

사내는 스파게티를 먹으면서 주머니에서 휴대폰을 꺼냈다. 틀림없는 K의 잃어버린 휴대폰이었다. 사내는 포크를 들지 않은 나머지 한 손으로 휴대폰을 매만지기만 할 뿐, 언뜻 K에게 건네주지 않았다.

"당황하셨을 겁니다. 내가 일부러 보고 싶어서 그런 게 아니라 도대체 누구의 핸드폰인가를 확인하기 위해 몇 가지 기능을 점검해봤더니, 상당히 많은 정보가 들어 있더군요. 만약 잃어버리셨다면 큰일 날 뻔했습니다."

"그, 그렇습니다."

K는 콧등을 바라보면서 수긍하였다. 주독이 올라 있는지 사내의 콧등은 개에 물린 K의 발목처럼 벌겋게 부어 있었다.

"몇 번 전화를 하셨더군요. 내가 늦잠을 자느라 못 받았습니다. 음성메시지도 남기셨고. 비밀번호를 몰라서 확인하지는 못했습니다. 문자메시지를 받고서야 핸드폰의 주인이 나를 찾고 있다는 것을 알았습니다. 어차피 찾기를 포기한 사람이라면 몰라도 결국 자신의 핸드폰으로 메시지를 보내기 마련이니까요. 마치 범인이 범죄 현장을 반드시 들러보는 것과 마찬가지죠."

사내는 자기가 말하고 자기가 웃었다. 엉터리 같은 비유고, 엉터리 같은 유머지만 K는 크게 웃었다. 사내의 비위를 맞추기 위해서. 사내는 여전히 K의 휴대폰을 한 손으로 만지며 눈치를 살피고 있었다.

"그런데 조심하셔야 했어요, 선생님."

사내의 웃는 표정이 더욱 커지자, 사내의 얼굴이 마치 하회탈처럼 우스꽝스럽게 변하였다.

"핸드폰 주인이 누구인지 확인하는 과정에서 아주 흥미로운 동영상을 발견했는데요. 잘 아시겠지요. 남에게 보여서는 안 될 낯뜨거운 동영상 말이에요. 허허헛."

사팔뜨기의 두 눈이 엇갈린 방향으로 웃고 있었다. K는 사내의 오른쪽 눈을 보았다. 오른쪽 눈동자는 웃고 있었다. K는 사내의 왼쪽 눈을 보았다. 왼쪽 눈동자는 K를 비웃고 있었다.

"내가 임의로 그 동영상을 지울까 하다가 그것은 월권이기도 해서 그대로 간직하고 나왔습니다만 주의하세요, 선생님. 점잖은 분이 갖고 다니기엔 너무나 낯뜨거운 장면이니까요."

K는 사내가 도대체 무슨 이야기를 하는지 종잡을 수 없었다. 그러나 사내는 채권자였고 K는 채무자였으므로 고개를 끄덕여 수긍을 하는 척하였다.

"이 고마움을."

사내가 휴대폰을 만지작거리기만 할 뿐 돌려주지 않자 K는 조바심이 나서 말을 덧붙였다.

"어떻게 보답해야 할까요."

"고맙다니요."

사내의 오른쪽 눈은 여전히 웃고 있었지만 왼쪽 눈은 교활하게 무엇인가를 계산하고 있었다.

"이렇게 잃어버린 물건은 주인에게 돌려주는 것이 당연한 일이지요. 더구나."

휴대폰을 만지작거리다 사내는 폴더를 열었다. K에게 보여주려고 일부러 그런 짓을 하는 것 같았다.

"남에게 보여서는 안 될 동영상까지 있으면 반드시 주인에게, 그것도 남의 눈에 띄지 않게 감쪽같이 반환해야 하지요."

"하지만 요즘 세상에 습득한 물건을 주인에게 돌려주는 일은 쉬운 일이 아닙니다. 귀찮고 시간도 없고 골치 아픈 부담감이 있거든요."

K가 말하자 사내의 오른쪽 눈은 여전히 웃고 있었지만 왼쪽 눈은 정색을 하였다.

"솔직히 말하기로 하지요. 사실 귀찮고 거추장스러운 일이기도 하니까요. 그래서 처음에는 못 본 체하려고도 했습니다. 누군가 주워서 돌려주든 자신이 갖든 그것은 내가 상관할 바가 아니니까요. 또 그 자리에 놔두면 주인이 되찾아 갈지도 모른다고 생각했으니까요. 하지만 한 시간 반 동안 주인이 찾아가지 않는 것을 보고 어쩔 수 없이 내가 그 물건을 맡아 처리할 수밖에 없다고 생각을 했지요."

"한 시간 반 동안이나 그 자리에 있었다고요."

"그렇습니다."

"도대체 그 핸드폰을 주은 장소가 어디였나요."

"아니."

사내의 왼쪽 눈과 오른쪽 눈이 동시에 진지해졌다.

"자신의 물건을 잃어버려 놓고도 잃어버린 장소조차 모른단 말씀이십니까."

K는 잠자코 식은 커피를 들이켰다. 긴 침묵이 흘렀다. 그 침묵의 무게를 이기지 못한 사내가 먼저 입을 열었다.

"그래서 말인데요. 핸드폰을 돌려드리는 대신 약간의 부담감을 드려도 될까요."

"물론입니다."

K가 대답하자 사내는 기다렸다는 듯 말을 쏟아내기 시작하였다.

"난 보험설계사입니다. 주로 생명보험을 취급하고 있는데, 보험 하나를 들어주셨으면 합니다. 요즘 암보험이 인기입니다, 아시다시피 암은 성인 남성 세 명 중에 한 명이, 여성 네 명 중에 한 명이 걸리는 흔한 질병 중 하나입니다. 암에 걸리면 심리적 충격은 물론 막대한 경제적 타격도 받게 됩니다. 일시에 엄청난 치료비가 필요하게 됩니다."

사내의 말은 미리 녹음된 테이프를 재생하는 것 같았다.

"한 달에 불과 1만 4천 원만 내면 암에 걸렸다는 진단을 받는 동시에 일시불로 2천만 원을 지급받게 되며, 그 납입금은 시세에 따라 변동되지 않습니다."

"들겠습니다."

K는 사내의 말을 잘랐다. K는 지쳐 있었다. 사내의 오른쪽 눈이 미안한 기색을 비추고 있었지만 왼쪽 눈은 승리의 쾌재를 부르고 있었다. 사내는 가방에서 계약서를 꺼냈다.

"약관을 살펴보시겠습니까."

"아니요, 그런 조항은 어차피 보험회사에게 유리한 항목들이니까요."

"결정 잘하신 겁니다. 솔직히 암보험은 보험회사에 이익이 되지 않습니다. 가까운 시일 내에 없어질 가능성이 높습니다. 암보험은 그래서 갑甲이 을乙보다 훨씬 유리합니다."

"나는 어느 쪽인가요."

"갑입니다."

K는 사내가 내민 계약서에 서명을 하고 자신의 계좌번호를 적어 보험료 납입 방법을 자동이체로 기재하였다. 서명이 끝나자 사내는 계약서 한 장을 K에게 내밀었다. K는 일단 그것을 받았다.

"이러려고 선생을 만난 것은 아니었는데."

'을'이 겸연쩍은 얼굴로 말하였다.

"신경 쓰지 마십시오."

'갑'인 K가 말을 받았다. 계약서를 상의 안주머니에 넣는 것과 동시에 휴대폰이 K의 손에 전해졌다.

"본인의 것인지 한번 확인해보시지요."

'을'이 말하였다. '갑'은 형식적으로 폴더를 열어 화면에 저장된 아내와 딸이 함께 찍은 사진을 확인하였다.

"내 것입니다. 고맙습니다."

"그럼 이만 일어나기로 할까요."

'을'이 일어서려 하자 '갑'인 K가 황급히 제지하며 물었다.

"이 핸드폰을 어디서 발견했습니까. 술에 취해 어젯밤의 일이 기억나지 않아서요."

"극장입니다."

'을'이 대답하였다.

"어젯밤에는 휴일 전날이라 시간이 있어서 늦은 식사를 하고 심야 극장을 갔었지요. 영화를 보는 도중 앞좌석 포켓 속에서 핸드폰을 발견했습니다. 영화가 끝날 때까지 주인이 찾으러 오겠지 하고 기다렸는데 끝나고 나서도 아무도 찾는 사람이 없어 극장 측에 맡겨 두고 올까 하다가 내가 보관하고 있었던 겁니다."

"극장이라면 어느 극장을 말하는 건가요."

"바로 이 건물 3층에 있지요. 가만 있자."

'을'은 주섬주섬 자신의 바지 주머니를 뒤졌다.

"아, 여기 있군. 어젯밤에 보았던 영화의 입장권입니다."

"내게 주시겠습니까."

"가지려면 가지세요. 내겐 소용없는 물건이니까."

'을'이 일어섰다. 행여 '갑'이 마음을 바꿔 계약을 취소할까 두려운 듯 '을'은 서둘러 일어나 빨간 모자를 눌러썼다.

"이만 가보겠습니다. 배가 고파서 스파게티 하나를 먹었습니다. 계산을 부탁합니다."

'을'은 사라졌다.

'갑'은 아니, K는 자리에 앉아서 '을'에게 받은 입장권을 쳐다보았다. 입장권은 절반이 뜯겨 나가고 남은 것은 좌석 번호가 찍힌 좌석권뿐이었다.

어째서 K의 휴대폰이 극장의 의자 포켓에 들어 있었던 것일까. 이 건물의 극장이라면 K는 한 번도 와본 적이 없는 미지의 낯선 장소였다. 그리고 극장이라니. K는 수년간 영화를 보기 위해 극장을 간 적이 없었다. K는 인위적인 상황에서 벌어지는 부자연스러운 배우들의 연기와 의도된 연출 기법 따위를 좋아하지 않았다. 그렇다면 어젯밤 잠시 필름이 끊긴 한 시간 반 사이에 이 낯선 극장에 찾아와 낯선 영화를 보고 휴대폰을 남겨둔 채 집으로 돌아왔단 말인가. 아니다. 시간상으로 그것은 절대 불가능한 일이다. 초능력을 가진 슈퍼맨의 순간이동 능력이라면 몰라도 그런 기적적인 일이 한 시간 반 사이에 일어날 수는 없는 것이다.

어젯밤에 술을 마셨던 장소가 어디인지는 몰라도 택시를 타고 한강 다리를 건너 강북으로 간 것이 정확하다면, 술집에서 이곳까지의 이동 거리만 해도 족히 한 시간은 걸릴 것이다. 입장권을 산 후 좌석에 잠깐 앉았다가 영화 관람을 하지도 않고 극장을 나와 집으로 왔다 해도 최소 몇 시간은 소요됐을 것이다. K가 지난밤에 극장에 와서 휴대폰을 놓고 갔다는 것은 시간상 공간상 전혀 성립되지 않는 현장부재증명이다.

그렇다면 누가 K의 휴대폰을 훔쳐서 아이를 버리고 도망가는 비정한 엄마처럼 이 낯선 극장에 유기하고 사라진 것은 아닐까. K의 머릿속에 H 병원의 간호사가 떠올랐다. 그 간호사라면 충분히 그럴 수 있었다. K를 골탕 먹이기 위해 저녁 식사 자리에서 휴대폰을 훔친 후 아직 시간이 일러 이 극장에서 영화를 보고 일부러 좌석 포켓에 휴대폰을 두고 사라졌을지도 모른다.

하지만 그것도 과장된 추리에 지나지 않는다. 22시쯤 아내는 K에게 전화를 걸었고 K는 지금 술을 마시고 있지만 곧 집에 들어간다고 대답한 것을 아내가 증언하지 않았던가.

K는 휴대폰 폴더를 열고 어젯밤에 온 통화목록을 확인해보았다. 가장 최근에 걸려온 전화 세 통은 아내와 K의 집 전화번호였다. 그것은 명확한 사실이었다. K는 오늘 아침부터 음성메시지를 전송하고, 문자메시지를 보냈으며, 연거푸 세 번이나 전화를 걸었다. 처음에는 K의 집 전화로, 나머지 두 번은 아내의 휴대폰으로. 휴대폰의 통화목록은 K의 기억과 한 치의 오차도 없이 일치하였다. K는 어제저녁의 통화목록을 살펴보았다.

기억이 정확하다면 K는 퇴근하고 19시쯤 병원 앞에서 H에게 전화를 걸었으며, 22시쯤 아내로부터 전화를 받았다. 그 두 번의 통화가 어젯밤 K의 기억 속에 저장된 통화목록이었다. K의 두뇌와 휴대폰의 전자칩은 일치하였다.

지난밤의 통화목록을 확인하자 어제 날짜와 19시 13분이라는 정확한 시간까지 명기되어 있었다. 아내로부터 걸려온 집 전화번호를 누르자 어제 날짜와 22시 14분이라는 글자가 떠올랐다. 그러나 이상한 것은 그 통화 기록이 '부재중 통화'라는 시그널과 함께 떠오른 것이었다.

부재중 통화.

부재중 통화라 함은 아내로부터 걸려온 전화를 K가 받지 않았다는 것이다. 아내는 아침에 분명히 22시쯤 전화를 걸었고, K와 통화를 했다고 말하였다. 그런데 어째서 '부재중 통화'라는 기록이 남겨져 있는 것일까. 과연 아내와 통화를 한 사람은 누구인가. 아내에게 곧 집으로 돌아가겠다고 말한 그 사람은 누구인가. 누가 거짓말을 하고 있는가. K 자신인가, 아내인가, '을'인가, 휴대폰인가, 어제라는 시간인가, 오늘이라는 시제인가. 극장이라는 공간인가, 술집이라는 장소인가.

K는 혼란스러웠다.

이럴 것이 아니라 '을'이 말했던 극장이 이 건물 3층에 있으므로 직접 가서 자신의 눈으로 확인해야겠다는 생각이 들었다. 'K'는 그 자리에서 일어났다. '을'에게 받은 좌석권을 손에 들고서.

6장 15시 31분

극장에는 세 개의 상영관이 있었다. '을'이 준 티켓에 3관이라고
적혀 있었기 때문에 K는 매표소 앞에 서서 3관에서 상영하는 영화
가 무엇인지 살펴보았다.

눈먼 자들의 도시.

전혀 생소한 제목의 영화였다. 2회가 시작된 것이 14시 30분이
었고, 3회는 16시 30분에 시작되는 것으로 보아 두 시간 간격으로
영화가 상영되는 듯하였다.

K는 마지막 회가 몇 시에 시작되는지 확인해보았다. 마지막 회
는 22시 30분에 시작하였다. '을'이 심야영화를 보았다고 하였으므
로 휴대폰이 발견된 시간은 분명 그 이후일 것이다. 그렇다면 K의
휴대폰은 그 이전부터 그 자리에 방치되고 있었음을 뜻한다.

"〈눈먼 자들의 도시〉한 장 주십시오."

K는 매표소에 돈을 내밀고 말하였다.

"3회를 사셔야 하는데, 아직 50분 정도 남아 있는데요. 중간에 입장하실 수는 없습니다. 괜찮으시겠어요."

K는 다른 대안이 떠오르지 않았으므로 머리를 끄덕였다. 매표소 구멍에서 혓바닥을 내밀듯 입장권이 나왔다. 표를 받아들고 K는 휴게실에 앉았다.

휴일이라 많은 관람객이 휴게실을 가득 메우고 있었다. 대부분 젊은이들이었고 나이 든 중년 신사는 K 혼자뿐이었다. 그들은 팝콘이나 음료수 같은 것을 사서 같이 온 연인이나 친구와 수다를 떨며 나눠 먹고 있었다. 세 개의 상영관이 모여 있는 멀티플렉스 극장이었다. 다른 상영관에서는 한국영화가 상영되고 있었다. 젊은이들은 대부분 그 영화를 관람하러 온 것처럼 보였고, K가 구입한 〈눈먼 자들의 도시〉를 보러 온 사람들은 드물었다.

K는 극장 벽면에 붙은 영화 포스터를 보았다.

노벨문학상을 수상한 포르투갈의 작가 사라마구의 장편소설을 영화화한 최고의 명작

K는 아무런 호기심도 느낄 수 없었다. 노벨문학상을 받은 원작이라는 것도, 해외 영화제에서 최고의 작품성을 인정받았다는 선전 문구도 K는 관심이 없었다.

눈먼 자들의 도시.

제목 자체가 불쾌하다고 K는 생각하였다. 지나치게 의미를 부여하고 문제성을 야기하려는 자칭 예술가의 호사 취미 같은 것이 느껴졌기 때문이다. 그런 불쾌한 제목의 영화를 K가 보았을 리 없다. 영화를 본 것 자체가 언제인가 기억할 수 없을 만큼 까마득한 일인데 그처럼 불쾌한 제목의 영화를 K가 무의식 상태 속에서라도 보았을 리가 없다.

시간이 흐를수록 휴게실은 밀려드는 관객들로 가득 차서 K는 계단을 올라 3관의 대합실로 갔다. 그곳에는 서너 명의 관객만이 앉아 있었다. K처럼 〈눈먼 자들의 도시〉 입장 시간을 기다리는 관객들처럼 보였다.

한국영화를 보러 온 젊은 관객들과는 달리 그 서너 명의 관객은 싸구려보다는 명품을 찾은 고급 손님이라는 식의 거드름 같은 분위기를 풍기고 있었다.

K는 일어서서 극장 벽면에 붙은 좌석표를 쳐다보았다. 그 좌석표에는 3관의 좌석이 일목요연하게 게시되어 있었다. K는 '을'로부터 받은 입장권의 번호를 확인하였다.

C열 45번.

K는 입장권에 적인 좌석 번호가 어디인가 살펴보았다. C열은 알파벳 순으로 배열된 극장 좌석 중 앞쪽에 해당하는 곳이었고, 45번은 C열의 가장 왼쪽 자리였다.

K는 시계를 보았다. 아직도 3회 시작까지는 45분 정도 남아 있었다. K는 이처럼 무의미하게 시간을 허비할 수 없다고 생각하였

다. 입구에 앉아 있는 극장 직원에게 다가가 말하였다.

"미안하지만 지금 입장할 수 없나요. 시간이 없어서요."

무료한 듯 뜨개질을 하고 있던 여직원은 흘깃 K를 쳐다보더니 입구를 차단하고 있던 끈을 풀었다.

"다른 사람에게 방해가 되지 않도록 조용히 입장하세요. 장내가 어두우니 가까운 빈자리에 앉으세요."

K는 상영관 안으로 들어섰다. 여직원의 말처럼 극장 안은 캄캄했으며 잠시 후 K는 어째서 여직원이 그렇게 쉽게 입장을 허락했는지 알 수 있을 것 같았다.

상영관 안은 민망할 정도로 텅 비어 있었고, 중간에 입장한다 해도 좌석을 찾느라 부산하게 분위기를 해칠 필요가 없었다. K는 그러나 어둠이 눈에 익기를 기다렸다. K는 영화를 보기 위해서가 아니라 C열 45번 좌석을 확인하기 위해 입장하였으므로 어느 정도 어둠이 가신 후 더듬거리며 미리 좌석표에서 확인해둔 자리로 다가갔다.

빈 의자들을 가로질러 중간 통로를 찾은 후 C열 45번 자리로 찾아가는 동안 K는 무심코 좌석에 앉아 있는 사람을 만졌다. 그 사람은 옆자리의 여인과 거의 섹스를 하는 듯한 포즈를 취하고 있었다. 그들 역시 K처럼 영화 관람을 위해 입장한 것은 아닌 것으로 보였다. K가 C열 45번 좌석을 찾아 헤매듯 두 사람은 격렬한 성적 욕구를 해소하기 위해 일부러 관객이 들지 않는 예술성 짙은 영화를 골라 대낮에 두 사람만의 어두운 공간, 사방이 어둠으로 가려진 쪽방

A열 42번, B열 17번, F열 31번 등 마치 복권 추첨 박스에서 빠져나온 공을 집어 당첨 번호를 확인하듯, 아편 중독자가 몸속에 거짓 쾌락의 독소를 찔러 넣기 위해 공중화장실을, 골목길을, 비상구의 계단을, 옥상을, H열 15번, J열 23번을 찾아 헤매듯, 동성애자들이 자기 엉덩이의 항문에 장미를 꽂아 넣기 위해 어두운 극장 한구석을, 쓰레기 하치장을, A열의 13번을, F열의 43번을 찾아 헤매듯 그렇게 무작위의 번호 속에 자신의 욕망을 던져버리고 있는 것이다.

K가 찾는 C열 45번은 비어 있었다. K는 자리에 앉았다. 그제야 완전히 어둠이 눈에 익은 K는 스크린에서 반사되는 밝은 빛으로 한층 더 분명해진 극장의 내부를 살폈다. 상영관 안에는 불과 대여섯 명의 사람이 앉아 있었고 K의 주변에는 아무도 없었다.

K는 우선 '을'이 말했던 앞좌석 뒷부분에 있는 포켓을 살펴보았다. K는 자신의 휴대폰을 꺼내 그 포켓 속에 넣었다 뺐다를 반복해 보았다. 포켓 속에는 아무것도 없었다.

휴대폰이 발견된 곳은 바로 이 자리의 이 주머니 속. 그러나 K는 그곳에 없었다. 그곳에 존재할 수도, 존재하지도 않았다. 그럼에도 불구하고 K의 휴대폰은 그곳에서 발견되었다. 의식이 단절된 한 시간 반 남짓의 진공상태 속에서 알 수 없는 그림자가, 알 수 없는 극장, 알 수 없는 C열 45번의 포켓 속에 K의 흔적을 중요한 단서처럼 남겨 놓고 사라진 것이다.

K는 혼돈 상태 속에서 스크린에 투영되고 있는 영화 장면을 바라보았다. 앞부분은 보지 않았지만 짧은 시간 안에 K는 영화의 내

용을 감지할 수 있었다.

평범한 어느 날 오후, 차를 운전하던 남자가 차도 위에서 신호를 기다리던 도중 갑자기 눈이 멀어버리는 것으로 시작된 실명은 곧 남자를 치료한 안과의사와 병동의 환자 등 많은 사람에게 전염되는 공황 상태로 이어지게 된다. 정부에서는 이 실명 현상을 전염병으로 여기고 눈먼 자들을 격리 수용한다. 아수라장의 지옥을 연상시키는 병동에서 오직 안과의사의 아내만이 눈이 멀지 않은 상태로, 군인들이 전염될까 봐 사람들을 무자비하게 죽이고 성욕을 채우기 위해 여인들을 겁탈하는 장면을 지켜본다. 그러던 중 병원에 불이 나고 병동을 지키던 군인들이 사라지자 수용되었던 사람들은 병동 밖으로 뛰쳐나온다.

K가 보기 시작한 영화의 내용은 수용되었던 사람들이 병동 밖으로 탈출하는 장면부터였다. 영화의 내용은 제목처럼 불쾌하였다. 보는 관객들이 '백색실명전염병'에 걸리기를 강요하는 영화의 주제처럼 K는 자신 역시 전염병에 걸린 듯한 착각을 느꼈다. 그러나 K가 실제로 걸린 것은 '백색실명전염병'이 아니라 '백색망각전염병'이었다.

병동을 탈출한 환자들은 눈이 보이는 유일한 증인, 의사 아내의 안내를 받으며 거리에서 먹을 것을 찾아 헤맨다. 그들은 아비규환의 도시 속에서 아무 곳에나 배설을 하고, 굶주린 개들이 길거리에서 죽은 시체를 뜯어먹는 처참한 광경과 맞닥뜨리게 된다.

개들이 시체를 뜯어먹는 장면에서 몇 명의 관객이 합심한 듯 웃었다.

그러나 K는 웃지 않았다. 연이어 병에 걸린 사람들이 식료품점
에 들어가 허겁지겁 음식을 먹는 장면에서 관객들은 낮은 소리로
(큰 소리로 웃기에는 관객이 너무 없었으므로 소극적으로, 그러나 웃지 않을
수 없었으므로) 숨죽여 방귀를 뀌듯 웃었다.

K는 어리둥절하였다. 어째서 대여섯 명의 관객이 도저히 웃을
수 없는 그런 장면에서 함께 웃는 것일까. 그 장면에 웃음을 유발하
는 코믹한 요소나 몸개그가 있었기 때문일까. 아니다. 관객들은 개
가 시체를 뜯어먹는 장면에서도 웃었다. 그것은 K가 생각하고 있
는 코미디의 본질과는 동떨어진 것이다. 어째서 그 잔혹한 장면에
서 대여섯 명의 관객이 약속이나 한 듯 웃었던 것일까. 이 영화의
주인공들이 '백색실명전염병'에 걸려버린 듯 관객들도 '백색웃음
바이러스'에 동시에 감염되어버린 것일까.

K는 소외감을 느꼈다. 모든 관객(불과 대여섯 명에 불과하지만)이
웃는 그 현장에서 K는 어째서 혼자 눈뜬 의사의 아내처럼 소외되
어 있는 것일까.

K는 순간 자신이 과연 웃었던 적이 있었던가 자문해보았다. 삶
의 무수한 현장과 그 실존의 현상 속에서 과연 웃었던 적이 있었던
가. K는 곰곰이 생각했지만 자신이 웃었던 기억이 전혀 떠오르지
않았다. 그때 관객들이 또다시 도둑방귀를 뀌듯 다함께 하하 흐훗,
하고 웃었다.

눈이 보이는 의사의 아내가 거리에서 눈먼 자들을 전부 집으로

데려오는 그 어수선한 에피소드가 웃음을 유발한 듯 관객들은 또 한 번 하하 흐흣, 하고 웃었다. 그들에게 소외받지 않기 위해 K도 의식적으로 어깨를 들썩이며 흐흐흣, 하고 웃었다. 면밀하게 말해서 그것은 웃음이 아니라 풍선에서 바람이 빠져나가는 식의 헛웃음에 지나지 않았다.

K는 웃는 방법을 잊어버린 사람 같았다. 눈이 멀어버린 영화의 주인공들과는 달리 K는 웃음이 멀어버린 것이다.

웃는 방법을 상실하다니.

K는 기억을 떠올려보았다.

언제 내가 웃은 적이 있었던가.

머리에 떠오른 단편적인 기억이 있었다. 초등학교 저학년 때였을까. 어느 날 어린이용 잡지를 보다가 K는 크게 웃었던 적이 있었다.

어느 날 똘똘이는 학교에 가기 싫었다. 그래서 꾀를 냈다. 담임선생에게 전화를 걸어 말했다.

"똘똘이 선생님이시죠. 우리 똘똘이가 오늘 몸이 아파서 학교에 갈 수가 없어 전화를 하였습니다."

전화를 받은 담임선생이 물었다.

"실례지만 전화를 건 사람은 누구시죠."

"예. 저는요, 우리 아버지입니다."

우리 아버지.

그것은 어린 K에게 너무나도 재미있는 유머였다. 만나는 사람마다 그 이야기를 입에 달고 살았지만 반응을 보이며 웃어준 사람은 오직 어머니뿐이었다. 어머니는 호호홋 웃으며 아주 재미있는 이야기로구나, 하고는 K의 등을 두드려주었다. K는 그 이야기를 떠올리자 자신도 모르게 얼굴에 웃음을 터뜨리기 직전의 미소가 피어오르는 것을 느꼈다. 여차하면 참던 재채기가 터져 나오듯 웃음이 쏟아질 것 같은 느낌이었다.

'우리 아버지. 저는 우리 아버지입니다, 선생님.'

K는 호호홋, 하고 웃었다. K는 웃는 방법을 잊어버린 것이 아니라 웃을 기회를 잃어버렸다는 사실을 새삼 깨달았다. 과연 그것이 K가 웃었던 단 한 번의 기억일까. K는 웃었던 기억을 떠올려보려 했지만 더 이상 아무것도 떠오르지 않았다.

K의 기억 속에 웃음에 관한 단 한 가지의 단상만이 떠오른 것은 K의 감정 속에 웃음코드가 사막처럼 메말라 있음을 뜻하는 것은 아닐까.

영화는 클라이맥스에 다다르고 있었다.

눈이 보이는 의사의 아내와 집으로 온 일행은 음식을 먹고 몸을 씻고 잠을 잔다. 그러던 어느 날 처음으로 눈이 먼 남자가 돌연 앞을 보게 된다. 남자의 시야로 찬란한 빛이 쏟아져 들어오고 다른 눈먼 자들의 시력도 서서히 회복되기 시작한다.

감동적인 라스트신이었다. K는 관객들의 표정을 살펴보지는 않았지만 차분하게 분위기가 가라앉아 감수성이 예민한 관객은 눈물을 흘리고 있다는 사실을 본능적으로 알아차릴 수 있었다.

순간 K의 머릿속에 다른 의문이 떠올랐다.

웃음과 정반대인 울음을 터뜨려본 적이 있었던가.

울음의 기억도 쉽사리 떠오르지 않았다. 그렇다면 마찬가지로 K는 우는 기회를 잃어버렸던 것일까. 영화 속 사람들이 '백색실명전염병'에 감염되었듯 K는 '백색울음증후군'에 감염된 것은 아닐까.

초등학교 저학년 때 똘똘이의 이야기를 읽고 웃었던 기억처럼, 그 무렵 똑같이 책을 읽다가 어린 K는 크게 울었던 적이 있었다. 무슨 책이었더라, 아마도 마크 트웨인의 「톰 소여의 모험」이었을 것이다. K는 대충 기억을 더듬어보았다.

톰 소여는 허클베리 핀과 더불어 놀고, 장난치고, 소란을 피워 폴리 이모(이름이 정확하게 기억나지는 않지만 폴리든 릴리든 엘리자베스든 톰 소여의 이모인 것은 확실하다)의 속을 썩인다. 톰 소여가 하도 말썽을 피우자 어느 날 폴리 이모가 톰에게 말한다. 미시시피 강에 빠져 죽으라고(실제로 이렇게 말했던 것이 「톰 소여의 모험」에 나오는가는 명확지 않지만 K는 그렇게 기억한다). 톰은 자신이 실제로 미시시피 강에 빠져 죽어 이모가 자신의 시체 앞에서 엉엉 우는 모습을 상상한다. '아이고, 하느님. 어떻게 이럴 수 있단 말입니까. 톰은 장난꾸러기였지만 천사처럼 착하고, 예의바르고, 용감한 아이였습니다.'

어린 K는 그 장면에서 크게 울었다. 두고두고 그 장면을 떠올릴 때마다 눈물이 흘렀던 기억이 있다. 실제로는 죽지 않았지만 자신이 죽은 후의 모습을 상상하는 톰이 어린 K와 동일시되었던 것이다. 톰처럼 한강에 K가 빠져 죽으면 어머니도 울면서 하소연했을 것이다.

'하느님(실제로 어머니는 독실한 가톨릭 신자였다. K가 아직도 성당에 나가는 것은 어머니의 영향 때문일 것이다). 우리 K는 착하고, 성실하고, 거짓말을 하지 않고, 잘생겼고, 내 마음에 드는 아이입니다.'

K는 자신이 생각해도 착한 아이가 아니었다. 그러나 상상 속의 K는 착한 아이였다. K는 성실하고 잘생긴 소년이 아니었다. 그러나 상상 속의 K는 소공자 같은 고귀한 소년이었다. K의 눈물은 제 서러움에 도취되어 억지로 울었던 것에 지나지 않는다. 초등학교 6학년 무렵 아버지가 교통사고로 죽었을 때도 K는 울지 않았다. K는 아버지가 싫었다. 알코올 중독자에 가까웠던 아버지가 이따금 어머니를 폭행하는 것을 볼 때마다 마음속으로 하느님 아버지를 없애주세요, 하고 기도하였다. K는 당시 하느님이라는 어떤 힘센 사람이 자신의 기도대로 아버지를 없애주었다는 안도감마저 들었을 정도였다.

K가 평생 동안 가장 크게 울었던 것은 어머니가 돌아가셨을 때였다. 어머니는 K가 기억하는 한 K의 말에 함께 웃어주고, 함께 울어주고, 함께 감정을 교감하던 유일한 대상이었다. 어머니가 병으로 숨질 무렵 K는 군대에서 휴가를 나와 어머니 곁에 있었다. 어머니가 K에게 말하였다.

"K야, 이제 그만 사다리에서 내려와라."

K는 자신이 사다리에 올라간 적이 없었으므로 멍하니 서 있었다. 그리고 어머니는 큰 호흡과 함께 숨을 거두셨다.

"아이고, 아이고. 엄마, 엄마."

누이가 울면서 소리를 지르자, K도 덩달아 함께 울었다. 그것은 슬픔 때문이 아니라 소중한 장난감이나 아끼던 귀중품을 잃어버렸을 때의 상실감 때문이었다. K가 불안해하면 어머니는 이야기하였다.

'걱정하지 마라. 오늘 걱정은 걱정인형에게 맡기거라.'

걱정인형은 어머니가 믿는 하느님이었다. 어머니의 죽음은 K가 가진 단 하나의 걱정인형을 잃어버린 것과 같았다. 걱정할 때 그 걱정을 대신해준 어머니. 걱정인형이 없다는 것은 K에게 공포 그 자체였다.

어머니.

K는 나지막이 소리 내어 어머니를 불러보았다. 생전의 모습은 전혀 떠오르지 않았지만 그 단어를 부르자 K의 눈꺼풀 뒤에 있는 눈물샘과 그 주위에 산재한 누선으로부터 결막낭 안으로 투명한 액체가 고여 들었다. 내안각內眼角의 눈물주머니 속에 모여 있던 약알칼리성의 눈물이 눈동자를 적시는 것을 K는 느꼈다. 그러나 그 양이 미미해, 액체는 흐를 수 있는 상태가 되지 못한 채 그저 촉촉하게 눈동자를 적시다가 서서히 말라갔다.

이윽고 영화가 끝났는지 장내에 불이 켜졌다.

어둠 속에 숨어 있던 들쥐들처럼 관객들은 좌석에서 일어났다. K가 실수로 더듬었던 한 쌍의 연인은 시치미를 떼고 모든 동물은 교미 후에 슬픔을 느낀다는 듯한 공허한 표정으로 물끄러미 스크린에 올라가는 엔딩 크레딧을 바라보고 있었다.

K는 밝은 불이 켜진 상영관 좌석에 그대로 앉아 있기로 하였다. 아직 못 본 영화의 내용이 반 이상 남아 있어 궁금하기도 했지만 그보다 다음 영화가 시작될 때까지 10여 분간의 휴식시간 동안 '을'과 헤어졌을 때부터 마음속에 찌꺼기처럼 남아 있던 의문점을 해결하기 위함이었다.

'을'은 말하지 않았던가.

'핸드폰 주인이 누구인지 확인하는 과정에서 아주 흥미로운 동영상을 발견했는데요. 잘 아시겠지요. 남에게 보여서는 안 될 낯뜨거운 동영상 말이에요.'

남에게 보여서는 안 될 낯뜨거운 동영상.

K는 '을'의 말이 무엇을 의미하는지 알 수 없었다.

K는 주머니에서 다시 휴대폰을 꺼냈다. 폴더를 열고 휴대폰의 내용을 확인하였다. 틀림없는 K의 휴대폰이었다. 가장 중요한 정보라고 할 수 있는 거래처의 이름과 전화번호, K가 간직해야 할 가족들의 신상 정보도 휴대폰에 그대로 저장되어 있었다.

K는 버튼을 눌러 '카메라 앨범' 메뉴로 들어갔다. K는 휴대폰으로 사진이나 동영상을 찍는 방법에 익숙하지 못하였다. 보관된 사진이나 동영상을 확인하는 것도 서툴렀다. 버튼을 누르자 보관된 사진의 목록이 축소되어 나타났다. K가 찍은 것이 아니라 딸아이가 찍은 것이었다.

지난봄 가족들과 성당에 갔을 때 벚꽃이 만발한 사제관 뒤뜰에서 찍은 사진들이 대부분이었다. K는 일일이 사진을 확인해보았다. 주로 아내의 얼굴이 찍혀 있었고 간혹 K의 모습도 보였다. 사진 속 아내는 활짝 웃고 있었지만 벚꽃의 화려함 때문에 아내의 미소는 초라하고 억지로 짓는 비웃음처럼 느껴졌다.

딸아이가 찍은 강아지의 모습도 보였다. 강아지의 모습을 보자 이제는 참을 만한 발목 상처의 통증이 새삼스레 떠올랐다. K는 동영상의 재생 버튼을 눌렀다. 짧은 침묵이 흐른 뒤 뭔가가 심하게 흔들리는 장면이 화면 위에 떠올랐다.

K는 그 흔들리는 물건의 정체가 무엇인지 알 수 없었다. 살색으로 보이는 물체가 출렁이고 있었으며, 그 움직임 때문에 초점이 맞지 않은 물체는 마치 억지로 과장되게 확대 촬영한 과일처럼 보였다. 그러나 곧 K는 그것이 호텔 주차장의 옆 차에서 보았던 것처럼 사람의 엉덩이라는 것을 깨달았다. 저장되어 있지 않아야 할 동영상이 화면 속에서 흔들리고 있었던 것이다.

'을'의 말대로 정말 낯뜨거운 동영상이었다. 침대 위에서 벌거벗은 남녀가 섹스를 하고 있는 노골적인 장면이었다. 흔들리는 엉덩이와 함께 여자의 성기도 보였고, 그 성기를 향해 돌진하는 발기된 남자의 성기도 보였다. 더 낯뜨거운 것은 그 동영상에 소리가 겹쳐 흘러나오고 있다는 것이었다. 처음에는 신음 소리처럼 들렸지만 자세히 귀 기울여 들어보니 여자의 욕설이었다. 섹스 장면을 촬영한 제3의 인물은 짓궂게 두 사람의 몸에서 얼굴로 카메라의 방향을 바꾸었다. 한 여인의 얼굴이 나타났다. 동시에 10여 초 분량의 동영상은 끝이 났다.

K는 자신의 눈을 의심하였다. 동영상 마지막에 클로즈업된 여자의 얼굴이 낯이 익었기 때문이다. 그 낯익은 얼굴은 다름 아닌 아내의 얼굴이었다.

K는 충격을 받지는 않았지만 불쾌감 때문에 약간 화가 났다.

침대 위에서 섹스를 나누고 있는 여인은 분명 아내의 모습이었다. 그러나 침대는 K의 안방에 있는 물건이 아니었으며 배경으로 보이는 커튼 무늬도 K의 것이 아니었다. 아내는 어디서 누구와 섹스를 나누었단 말인가. 저 들썩이는 엉덩이는 K 자신의 엉덩이인가. 저 외설적인 여자의 교성과 욕설은 아내의 목소리인가.

아내는 K가 아닌 다른 남자, 다른 장소에서 다른 여인으로 변신하여 낯선 남자와 간음을 했단 말인가. 그런 비밀스런 장면이 어째서 K의 휴대폰에 저장될 수 있는가. 누군가 K에게 아내의 불륜 사실을 알리기 위해 몰래 카메라로 찍어 K의 휴대폰으로 전송한 것은 아닐까. 제1의 용의자는 다름 아닌 '을'이다. '을'은 일부러 K의 관심을 끌기 위해 자신이 가지고 있던 동영상을 K의 휴대폰에 저장시켜 놓았을지도 모른다.

그때였다.

휴대폰이 부르르 몸을 떨었다. K는 화면을 확인해보았다. 아내의 전화번호가 찍혀 있었다. K는 폴더를 열고 전화를 받았다.

"당신이에요."

아내의 목소리였다.

"나야."

"당신이 받는 게 맞죠."

"맞아."

"그렇담 핸드폰을 돌려받은 거네요."

"응."

아내의 목소리를 듣자 K는 마음이 밝아졌다. 틀림없는 아내의 틀림없는 목소리였다.

"잘됐네요. 그런데 당신 지금 어디에 있죠."

"혼자 앉아 있어. 당신은 말해도 어딘지 몰라."

K는 자신의 현재 위치를 밝히고 싶지 않았다.

"어쩌면 오늘 늦을지 몰라요. 친정 식구들끼리 모여서 저녁을 먹을 것 같아요. 딸아이도 함께요. 그러니까 당신도 저녁을 먹고 집에 들어가는 게 좋을 것 같은데."

"알겠어."

"아주 늦지는 않을 거예요."

아내는 말을 끊었다. 피차 어색한 침묵이 왔다. K는 아내가 먼저 전화 끊기를 바랐다.

"미안해요, 여보."

짧은 침묵 동안 아내는 수많은 이별의 단어를 떠올린 듯 정답을 말하는 퀴즈 프로그램에 나오는 출연자처럼 작별 인사를 하였다. 아내가 전화를 끊고 나서야 K는 전화를 끊었다.

아내의 목소리를 듣자 K는 하루 종일 마음을 짓누르던 이질감,

이질감이라기보다는 비현실감, 비현실감이라기보다는 혼돈감, 혼돈감이라기보다는 카오스적 무질서, 무질서라기보다는 속고 있는 것 같은 기만감, 기만감이라기보다는 극도의 고열로 인한 가수면 상태의 기면睡眠과 같은 환상, 그러한 불안감이 한꺼번에 소멸되는 것 같은 위로를 느꼈다. 위안으로 안심이 되자 K는 잠시나마 휴대폰 속의 여인을 아내와 동일시했던 자신의 순간적인 의처증에 대해서 미안함을 느꼈다. K는 아내가 통화 마지막에 미안해요, 여보, 라고 말했듯 그 소리를 흉내 내어 중얼거렸다.

미안해, 여보.

동영상 속 여인은 아내와 닮아 있어 낯이 익었다. 그러나 낯이 익다는 것은 어디선가 본 듯하다는 느낌이 들 뿐, 그 여인이 아내는 아닌 것이다.

K는 짧았던 위로가 스러지고 또 다른 혼돈이 뇌리를 스치는 것을 느꼈다.

오늘 아침 일어나는 순간부터 지금까지 K는 수많은 낯익은 인물과 낯익은 존재와 만나고 헤어졌다. 낯이 익은 자명종 소리와 낯익은 침대, 낯익은 K의 방, 낯익은 아내와 낯익은 딸, 낯익은 강아지, 낯익은 처제의 얼굴과 낯익은 장모의 모습. 그와 반대로 낯선 벌거숭이의 몸, 낯선 성냥갑, 낯선 게이바와 낯선 결혼식, 낯선 장인의 등장과 휴대폰을 주운 낯선 '을'과의 만남, 낯선 여인의 넓적다리와 낯선 〈눈먼 자들의 도시〉의 영화 내용, 낯선 C열 45번, 휴대폰에 저장되어 있는 아내의 얼굴과 닮은 동영상 속 낯선 여인의 얼굴.

K는 자신이 온종일 겪은 낯익은 사물과의 익숙함과 낯선 사물과의 이질감 사이에서 방황을 하고 갈팡질팡하는 인식이 자신을 불안케 하는 근본적인 원인임을 깨달았다. 어젯밤에도 마찬가지가 아니었던가.

K는 어젯밤 낯익은 H와 술을 마셨다. 하지만 함께 술을 마신 낯익은 H가 H임에 틀림없을 것인가.

결정적인 것은 아내로부터 기인한다. 어젯밤의 아내는 낯익은 아내임에 틀림없으나 아내의 몸은 썩지 말라고 일부러 냉동고에 보관해둔 행려병자의 시신과도 같았다. 낯익은 아내의 체온이 아니었으며, 늘 친숙감을 주던 뜨거운 낯익은 아내의 몸이 아니었다.

어젯밤에 아내는 낯선 타인이었다. 낯선 여인이 어둠 속에서 낯익은 아내의 역할을 교묘하게 연기하고 있었다. K가 발기를 하지 못했던 것은 아내처럼 낯익은 여인이 실제의 아내가 아니기 때문이었다.

그렇다면 실제의 아내는 어디 있는가. 실제의 자명종은 어디 있으며, 실제의 딸, 실제의 강아지는 어디 있는가. 실제의 장모는 어디 있으며 실제의 장인은 어디 있는가. 장인은 죽었는가, 아니면 살아 있는가. '을'은 실제로 K의 휴대폰을 극장에서 습득했는가. 영화를 보다가 K의 휴대폰을 C열 45번 자리에서 분실한 사람은 누구인가. K인가, 제3의 인물인가. 휴대폰에 낯뜨거운 동영상을 저장한 사람은 누구인가. K인가, '을'인가, 제3의 인물인가.

순간 K는 자신이 거대한 음모에 빠져 있는 것 같은 느낌을 받았다. K가 보는 이 현실은 거대한 연극 무대의 세트인지도 모른다.

실제의 아내는 돈을 주고 자신의 역할을 대신할 전문배우를 고용했을지도 모른다. K는 오래전 어디선가 본 뉴스의 기억을 떠올렸다. 적성국가에서는 간첩을 파견하기 전 실제 적국의 도시를 똑같이 재현해놓은 가상의 세트 속에서 오랫동안 생활하게 한다는 내용이었다.

간첩은 그곳에서 적국의 생활을 낯이 익도록 익힌다. 사투리를 없애고 표준말을 쓰면서 적국의 지폐를 사용하고 공중전화를 걸며, 적국의 창녀로 가장한 여인과 섹스를 하기도 한다. 적국의 옷을 입고, 물건을 사고, 모든 풍습과 일상생활을 철저하게 학습한다.

마찬가지로 K는 지금 가상의 세트 속에 던져져 있다. 아내의 역할을 하는 낯익은 여배우를 아내라 부르고, 딸 역할을 하는 낯익은 아역배우를 딸이라고 믿고 있다. 추호도 의심하지 않으며 이런 종류의 것은 의심할 만한 건덕지가 되지 못한다.

그러나 아무리 철저하게 모든 것을 학습했다 하더라도 결국 간첩은 체포되고 만다. 완전범죄가 없듯이 간첩은 의외의 곳에서 허점을 보이기 마련이다. 무전을 송신하다 발각될지도 모르고, 무심코 튀어나온 사투리와 팁을 주는 방식에 서투르다가, 생각지도 않은 곳에서 보상금을 노린 이웃주민에 의해 체포된다.

H는 K의 친구가 아니다. H는 친구 역할을 하고 있는 대리인일 뿐이다. 대리모代理母가 불임 부부의 부탁을 받고 낯선 남자의 정액을 자신의 자궁 속에 흘려 넣은 후 아이를 낳고 보상을 받는 것처럼

K가 만나는 모든 인물들은 대리모처럼 고용된 사람들이다. 그 사생아는 출생의 비밀을 모르기 때문에 자신을 열 달 동안 품은 대리모의 존재 역시 모를 것이다. 실제 엄마가 아닌 대리모를 고용한 사람을 엄마라고 부를 것이다. 대리모를 통해 태어난 아이라 할지라도 자식임에는 틀림이 없다. 그러나 그것은 사랑의 열매가 아니고 차가운 금전적 거래의 산물이다. 자식은 어미와 아비를 가졌으나 실은 고아인 것이다.

K는 고아이며, 독자獨子다. K는 사생아다. 창조주보다 더 교활한 이 거대한 무대의 연출자는 K를 지켜보며, 훔쳐보며, 낄낄거리고, 웃고, 박수를 친다. 대리 아내와 대리 딸, 대리 강아지, 대리 H, 대리 '을', 대리 장인은 그 연출자에게 고용되었으며, 이 연극에 출연하기 전부터 철저한 훈련을 받았을 것이다.

그러나 모순은 존재한다. 진실처럼 보이는 진리가 진리가 아니고 궤변이듯, 이 가상의 연극 무대 위에서 실수로 놓친 모순들이 조금씩 조금씩 궤도를 이탈하고 있다.

극장 안에는 새로운 관객들이 들어와 있었다. 먼젓번보다는 숫자가 많은 열 명 정도의 관객이 좌석에 앉아 있었다.

고개를 돌려 관객을 둘러보는 동안 K는 영화를 감상하기보다 섹스에 열중하던 한 쌍의 남녀도 그대로 C열 37번과 38번 자리에 앉아 있는 모습을 보았다. 그들도 영화가 상영되는 도중에 입장한 관객이라 못 본 영화의 전반부를 보기 위해 앉아 있는 것이라고 생각하였다. 그러나 유심히 살펴보니 그들은 공허한 표정으로 앉아 있던 한 쌍의 연인이 아니었다. 같은 옷에 같은 분위기를 가지고 있는 한 쌍의 닮은 연인이기는 했지만 분명 다른 사람들이었다.

K는 다른 관객들도 살펴보았다.

먼젓번 좌석 그 자리에 낯익은 관객들이 앉아 있었다. 그렇다면 먼젓번의 관객들 모두가 재상영이라도 하듯 함께 흐흐훗 웃고, 함께 공통의 눈물을 흘리기 위해 극장 안으로 다시 입장한 것일까. 그러나 아니었다. 분명히 낯익은 관객들이지만 그들은 2회 입장권이 아닌 3회 입장권을 사들고 들어온 새로운 관객들인 것이다.

A열 27번 손님은 어디론가 사라지고, A열 27번 좌석은 새로운 손님으로 채워졌다. 좌석은 채워졌지만 그 의자의 주인은 전혀 다른 사람인 것이다. K가 앉아 있는 C열 45번에는 어젯밤 '을'이 앉아 있었으며 지금은 K가 앉아 있고 K가 극장 밖으로 나가면 새로운 사람이 앉을 것이다.

그러나 비록 C열 45번 의자가 공원 숲 속에 놓인 빈 벤치와 같더라도, 그리고 손님을 기다리는 러브호텔의 물침대와 같을지라도 C열 45번의 지정석은 입장권에 적힌 시간 동안은 절대의 구속력을 가진 고유넘버와 같은 것이다.

매트릭스 Matrix.

K는 곰곰이 생각하였다.

화폐를 주조할 때는 각인기刻印機를 사용해 대량으로 제조한다. 이러한 반복된 기조를 수학에서는 행렬이라고 부른다. 활자를 주조할 때 자형을 만들고, 이것으로 동일하게 인쇄된 책을 생산해내듯 수많은 복제품, 복사품, 녹음테이프, 레코드, 위조지폐, 미술품 등은 단단한 각인기가 필요하다. 이 각인기를 활자에서는 자모字母라고 부르며, 보석 등에서는 원석이 되고 컴퓨터에서는 같은 부품들을 종횡으로 배열하고 이들을 그물 모양의 도선導線으로 연결한 회로를 말한다. 이것을 통칭하여 매트릭스라고 부른다.

그렇다면.

K는 생각하였다.

모든 사물에는 근본인 모지母地가 있다. 인간의 모지는 어디인가. 어머니의 땅을 가리키는 모지母地. 그렇다면 인간의 모지는 어머니의 자궁인가. 어머니의 자궁은 일란성쌍둥이를 출산할 수 있지만 저렇게 닮고 낯익은 인간의 복제품, 인간의 복사품, 위조인간, 인간의 모사품은 생산해낼 수 없다. 어머니의 자궁은 한마디로 말해서 기계가 아니다. 그렇다면 저와 같은 복제인간이 움직이고 있는 이 순간 K의 두뇌는 회로가 망가진 컴퓨터란 말인가.

그렇다.

K는 고개를 끄덕이며 결론을 내렸다.

낯이 익다는 것은 속임수다. 낯이 익다는 것과 낯이 설다는 것은 이음동의어에 지나지 않는다. A열 27번의 관객이 먼젓번 관객과 닮았고, K 옆 좌석의 젊은 한 쌍의 연인이 먼젓번 연인들과 닮아, 낯이 익다고 해도 같은 사람은 아닌 것이다. 주의해서 보지 않으면 여러 장의 같은 사진을 전신에 부착하고 다니는 샌드위치맨으로도 착각할 수 있지 않은가.

낯이 익다고 해서 대리아내가 실제의 아내는 아닌 것처럼 지금 앉아 있는 저 관객들은 모두 복제품인 것이다. 대리모는 자궁에서 하나의 복제인간을 출산한다. 그러나 대리신代理神은 동시에 수많은 복제품 매트릭스를 양산할 수 있다.

K는 휴대폰을 들고 아침부터의 숙제인 H의 전화번호를 찾았다. K는 통화 버튼을 눌렀다. H의 연결음이 흘러나왔다. 팝송이었다.

"여보세요."

H였다.

"나야."

K는 작은 소리로 말하였다.

"웬일이야, 휴일 날."

낯익은 목소리로 H가 물었다.

"좀 만났으면 해서. 자네 어디야."

"……병원에."

잠시 망설이다가 H가 대답하였다.

"휴일인데 병원에 있다니."

"볼일이 있어서. 곧 일이 끝나니까 이리로 오지 않겠어."

"알았어."

K는 전화를 끊었다.

동시에 다시 영화를 시작하는 벨소리가 울렸다. K의 귓가에 밑도 끝도 없는 어머니의 마지막 유언이 떠올랐다.

'K야, 이제 그만 사다리에서 내려와라.'

어머니가 마지막으로 보았던 것은 이 세상에 존재하지 않아 올라갈 수도 내려갈 수도 없는 환상의 사다리인 것이다.

K는 어머니가 시키는 대로 미련 없이 C열 45번 사다리에서 내려와 극장을 나왔다.

계단을 걸어 1층까지 내려갔을 때 K는 '을'을 만났던 카페 앞에서 한 여인과 맞닥뜨렸다. 낯이 익은 여인이었다. K는 그 낯익은 여인이 카페에 앉아 있던 노출증 여인임을 단번에 알아차렸다.

여인은 K를 기다리고 있었다는 듯 일부러 어깨를 부딪치면서 가볍게 중얼거렸다.

"어머, 미안해요."

여인의 행동이 의도적인 것을 알고 있었으므로 K는 무표정으로 침묵하였다. 여인은 바짝 K의 곁을 스쳐 지나갔다. 스쳐 지나가는 동안 여인의 몸에서 악취가 났다. 뭔가 썩고 있는 듯한 부패의 냄새였다.

건물 밖으로 나와 코너를 돌기 직전 매트릭스의 복제여인은 몸을 돌려 K를 보았다. 마치 따라오라고 유혹하듯이 손짓도 하였다. 그 유혹의 눈빛과 맞물려 저물어가는 하오의 햇살이 건물 유리벽에 반사되어 일광의 화살이 K의 눈을 찔렀다. K는 백선의 광선에 눈먼 장님처럼 더듬거리며 주차장을 향해 천천히 걸어갔다.

7장 18시 2분

　K는 주차장에 차를 세우고 엘리베이터를 타기 위해 중앙 통로를 찾아갔다. 엘리베이터는 작동하지 않았다. 휴일이라 건물 측에서 전원을 차단시킨 모양이었다. K는 비상계단을 통해 H의 병원이 있는 3층까지 걸어 올라가야만 하였다. K가 마주하기 싫었던 그 간호사는 휴일이라 출근하지 않았을 것이다. H를 만나러 갈 때마다 걸림돌이었던 간호사가 없다는 것은 마음 편한 일이다. 층수를 잘못 계산하여 K는 4층까지 올라갔다가 다시 한 층을 내려왔다. 비상구의 문은 열려 있었고 H의 병원에도 불이 켜져 있었다. 이미 거리에는 땅거미가 내려앉아 어두컴컴한 저녁이었다.

　K의 예상대로 간호사의 모습은 보이지 않았다. 그러나 누군가 H와 대화를 나누고 있는 듯 진료실 안에서 두런대는 목소리가 들려

왔다. K는 방문을 열고 자신이 왔다는 사실을 알리려고 간호사 테이블에 있는 호출기를 눌렀다. 곧 스피커에서 H의 목소리가 흘러나왔다.

"자넨가."

"방금 왔어. 대기실 소파에 앉아 있을게."

"그럼 잠깐만 앉아 있어. 조금 있으면 볼일이 끝나니까. 마시고 싶은 것이 있으면 냉장고에서 음료수를 꺼내 마셔."

K는 H의 말대로 냉장고의 문을 열었다. 냉장고는 여러 음료로 가득 차 있었다. 그중 K의 눈에 띈 것은 캔맥주였다. K는 맥주 한 캔을 들고 소파에 앉았다. 그리고 캔을 딴 후 한 모금 들이켰다.

정신과가 전문 분야였으므로 H의 병원에서는 다른 일반 병원에서 맡을 수 있는 소독약 냄새라든가 의료기기들은 볼 수 없었다. 돈 많은 사람들만을 따로 상대하는 프라이빗 뱅크처럼 보였다.

K는 H를 신뢰하지 않았다.

H가 드물게 약 처방을 하지만 환자의 정신병을 치료하는 약이 아니라 통증을 가라앉히는 진통제와 같은 임시방편의 약임을 알고 있었다. K는 H를 의사라기보다는 심령술사 같은 사람으로 여겼다. H에게 정신적 불안과 노이로제 같은 증상을 상담한다는 것도 쓸모없는 짓이라고 생각하였다.

K는 잘 알고 있다. 그 어떤 사람도 일기장에 백 퍼센트 진실만을 쓰지 않는다는 것을. 인간은 일기를 쓰면서도 누군가 일기장을 읽어보리라는 것을 항상 염두에 두기 마련이다. H를 찾아오는 그 어

떤 환자도 소파에 누워 카운슬러인 H에게 백 퍼센트 비밀을 털어
놓고 자신을 완전하게 무장 해제시키지 못한다. 어차피 이런 일들
은 뇌를 담보로 빌리는 고리대금과 같은 요식 행위에 지나지 않는
것이다. 환자와 H는 비밀을 공유함으로써 공범이 되며 H는 환자
와 합법적인 공범이 됨으로써 그에 합당한 수수료를 받는 것이다.

　그러나.

　K는 맥주를 마시면서 생각하였다.

　오늘 K는 H를 친구로서가 아니라 의사로 찾아온 것이다. H와
공범이 되기 위해서. K는 H에게 온종일 느끼고 있었던 정신적 위
화감과 혼돈과 불안을 상의할 것이며 H를 카운슬러로 인정하게 될
것이다. 그래서 평소와는 달리 H를 기다리는 K의 마음은 판독 결
과를 기다리는 암환자처럼 초조하였다.

　이윽고 진료실의 문이 열리고 H는 한 남자와 나란히 대기실에
나타났다. 키가 크고 한눈에 보아도 격투기 선수처럼 건장한 남자
였다. 사내는 흘깃 K를 보았다. 눈빛이 날카로웠다.

　"자, 그럼."

　H가 사내에게 손을 내밀어 악수를 청하였다. 두 사람은 악수를
나누었고 사내는 옷걸이에 걸려 있던 중절모를 눌러쓰고 병원을
나섰다.

　"들어와."

　H가 K에게 말하였다. K는 진료실에 들어가 침대처럼 젖혀 있는
소파에 기대앉았다. H는 몹시 지친 표정으로 한동안 두 손으로 얼

굴을 가리고 있었다. 잠시 후 일어나서 책장에 있는 책을 몇 권 뽑
아내고 그 안에 숨겨져 있던 위스키 병을 꺼냈다. H는 마시던 찻잔
에 자신이 먼저 가득 위스키를 따라 혼자서 꿀떡꿀떡 들이켰다. 그
러고 나서 K에게 말하였다.

"한잔 마실래."

K는 대답대신 마시고 있던 맥주 캔을 들어 보였다. H는 한 잔을
단숨에 마시고 나서 또다시 두 손으로 얼굴을 가렸다. 난처한 일이
있거나 곤란한 일이 생겼을 때 보이는 H의 버릇이었다.

"미친년."

H는 낮은 목소리로 그러나 증오를 가득 담아 말을 뱉었다.

"더러운 년, 똥갈보, 흘레붙은 똥개 같은 년."

K는 H가 누구를 향해 욕을 퍼붓는지 잘 알고 있었다.

H의 미친년은 H의 아내였다. H의 똥갈보는 한 번도 본 적이 없
는 H의 아내였다. H가 자신의 아내를 향해 차마 입에 담을 수 없는
쌍욕을 하는 것은 술에 취했을 때였다. 위스키 한 잔을 단숨에 들이
켰다고는 하지만 아직 취할 겨를도 없는 짧은 순간에 아내를 저주
하는 것은 전에 없는 일이었다.

"복수할 거야. 야비한 년, 미친년."

K는 생각하였다.

H의 아내가 H의 저주대로 미친년이라면 비정상적인 미친 사람
들을 전문적으로 치료하는 전문의인 H는 어째서 아내의 미친병을
치료하지 못한단 말인가. 치료하지 못하고 언덕 위를 향해 끊임없

이 바위를 굴려 올리는 시지프스처럼 아내를 증오하고 그 증오하는 자신을 저주하는 것일까. 미친 사람은 오히려 아내가 아니라 H 자신이 아닐까.

"도대체 무슨 일이야."

K가 묻자 H는 잠자코 위스키를 한 잔 더 따라 마시면서 대답하였다.

"이것을 좀 봐."

H는 서류봉투를 내밀었다. K는 소파를 끌어당겨 H와 좀더 가까이 앉은 다음, 봉투를 열고 그 속에 담긴 내용물을 테이블 위에 펼쳐놓았다. 봉투 속에서 나온 것은 대부분 사진이었다.

"그 사진을 잘 살펴봐."

K는 한 장 한 장 사진을 살펴보았다. 대단한 내용은 아니었다. 대상을 조준해서 사람을 찍은 것이 아니라 몰래 도둑촬영을 한 것 같은 스냅사진이었다. 필름으로 찍어 인화한 사진이 아니라 폴라로이드 카메라로 찍은 사진이었다. 대부분 초점이 맞지 않았다.

머플러를 쓴 여인이 한 남자와 건물에서 나오고 있는 장면을 연속해서 찍은 사진도 있었다. 차 안에 나란히 앉아 있는 사진도 있었으며, 조수석에 앉은 여인이 운전을 하고 있는 사내의 볼에 입을 맞추는 장면도 있었다. 차에 앉아 있을 때는 머플러를 벗고 있었으므로 확실하게 여인의 얼굴이 드러났다.

"이게 무슨 사진이지."

"미친년의 사진이야."

K는 H가 말한 미친년, H의 아내의 얼굴을 사진으로나마 처음 확인할 수 있었다. 얼굴이 무척 낯이 익었다.

"이 사진을 보고 자네가 그토록 흥분할 이유는 없잖아."

K는 의아한 얼굴로 물었다.

"이 사람 참."

H가 혀를 차면서 말하였다.

"사진을 보면 몰라. 이 연놈들이 팔짱을 끼고 나오는 건물이 어디인가 봐봐."

K는 H가 지적한 대로 머플러를 쓴 여인이 다정히 남자와 팔짱을 끼고 나오는 건물을 살펴보았다. 그 건물에는 '파라다이스 여관'이라는 간판이 붙어 있었다.

"그냥 우연히 그곳을 지나가던 모습이 찍혔을 수도 있지 않을까."

"나를 위로하려 들지 마."

우두둑 우두둑 손마디를 꺾으며 H가 말하였다.

"두 사람이 한낮의 정사를 벌였던 불륜의 범행 장소야."

"그것을 어떻게 확신하지."

"지켜본 사람이 있어."

"그게 누구야."

"좀 전에 다녀간 사람. 그 사람은 전직 경찰관 출신의 홍신소 직원이야. 내가 고용했어, 비싼 돈을 들여서. 불륜의 현장을 잡아달라고 내가 의뢰했거든."

"하지만 벌거벗은 채 침대 위에 있는 게 아니잖아. 두 사람이 단지 팔짱을 끼고 여관에서 나온 것뿐인데, 여관 1층에는 보다시피 카페가 있고 또."

K가 조목조목 설명을 하였다.

"두 사람이 차에 타서 입맞춤을 한 것도 서로 입술을 빨고 혀를 삽입하는 프렌치키스가 아니라 가벼운 볼 터치잖아. 차에 태워줘서 고맙다는 인사치레일 수도 있고."

"남의 일처럼 말하는군."

H가 냉소적으로 말을 뱉었다. H는 자신의 아내가 결백하다는 변호사 같은 K의 변론을 신랄하게 비판하는 검사처럼 단정을 내렸다.

"자네 아내가 어떤 남자와 다정히 팔짱을 끼고 여관에서 나오고 나란히 차에 앉아 뺨에 입술을 부비는 장면을 보더라도 그렇게 변호할 수 있어."

H의 항변에 K는 뭔가가 떠오르는 것이 있었다. 어딘지 낯이 익은 머플러를 벗은 차 속의 여인이 아내의 얼굴과 쌍둥이처럼 닮아 있었기 때문이다. K는 입을 맞추고 있는 여인의 옆모습을 재차 확인해보았다. 틀림없는 K의 아내 얼굴이었다. 어째서 아내의 얼굴이 H가 의뢰한 흥신소 직원의 몰래카메라에 포착되어 있는 것일까. 그렇다면 K의 아내가 H의 아내인가. 아내는 두 명의 남편을 동시에 거느린 일처다부제의 원시인 추장인가. K의 아내가 H의 말대로 K가 모르는 다른 남자와 여관에서 흘레붙은 똥개처럼 정사를 벌이고 차 안에서 입맞춤을 나누고 있었단 말인가.

"이 여자가 누구지."

K는 손가락으로 여인의 얼굴을 가리키며 H의 얼굴을 쳐다보았다.

"누구긴 누구야, 미친년이지."

검사가 대답하였다.

"미친년이라면 누구를 말하는데."

변호사인 K가 다시 반론하였다.

"누구긴 누구야, 내 아내지."

"정말이야."

"지금 나와 농담 따먹기 하려는 거야."

"아니야."

변호사인 K는 증거물을 판사에게 제출하듯 자신의 휴대폰을 꺼내 저장해둔 사진을 찾았다. 성당의 사제관 뒤뜰 벚꽃나무 아래서 찍은 사진을 선택하고 나서 K는 화면에 떠오른 아내의 얼굴을 가리키며 물었다.

"그렇다면 이 여자는 누구지."

검사는 불리한 증거물을 애써 외면하려는 듯 곁눈으로 바라보았다. H는 짜증나는 얼굴로 K를 노려보았다.

"누구긴 누구야, 자네 아내지."

H는 한때 자신의 환자였던 K의 아내 얼굴을 정확히 기억하고 있었다. K는 물러서지 않았다. K는 사진 속 여인을 가리키며 재차 물었다.

"자네 표현을 빌리면 이 사진 속에 있는 미친년인 자네 아내와 이 핸드폰 속 여인이 같은 여자야, 다른 여자야."

H는 갑자기 소리 내어 웃었다.

"이 사진 속 미친년은 내 아내고."

H는 자신의 가슴을 가리키던 그 손으로 K의 가슴을 찌르며 말하였다.

"이 핸드폰 속 여인은 자네 아내지. 내가 환자였던 자네 아내의 얼굴을 모를 리가 있겠어."

"그런데 어째서."

K는 물러서지 않았다.

"내 눈에는 이 사진 속 여인과 핸드폰 속 아내가 어째서 동일 인물처럼 보이지."

"그건 불가능한 일이지. 자네 부인과 내 마누라가 동일 인물일 리가 없지. 별개의 인물이지."

H가 증거물을 들고 피의자를 심문하듯 말하였다.

"이 핸드폰이 자네 물건임은 분명해."

"분명하지. 아내의 사진이 저장된 것만 봐도 분명하잖아."

K는 순간 H에게 간밤에 휴대폰을 잃어버렸다가 '을'에 의해서 간신히 다시 찾았으며, 그 휴대폰이 생각지도 않은 낯선 극장에서 발견되었다는 '을'의 증언을 첨가해 설명하려다가 그만두었다. 너무 이야기가 미궁에 빠질 것 같은 느낌 때문이었다.

"얘기가 나와서 말인데."

K는 내친김에 자신이 H를 찾아온 중요한 목적을 털어놓기로 결

심하였다.

"오늘 내가 이상해."

"이상하다니."

"내 자신이 비상정상적인 것 같아. 솔직히 말해서 내 정신이 온전하지 못한 것 같아서 말이야."

"예를 들면."

H가 K를 예리하게 쳐다보면서 심문하듯 물었다.

"예를 들면 내 아내가 내 아내가 아닌 것 같아. 뿐만 아니라 내 딸이 내 딸이 아닌 것 같고, 심지어는 집에서 기르던 강아지가 어제의 강아지가 아닌 것 같아. 게다가 오늘 처제의 결혼식이 있었는데, 만난 가족들 모두 진짜 가족이 아니라 가짜처럼 느껴져. 또 거리에서 만난 사람들이 대부분 1인 2역, 혹은 1인 3역을 하는 배우들처럼 느껴져. 내가 생각해도 심각한 망상에 사로잡혀 있어. 나에게 자네 아내와 휴대폰 속 내 아내가 동일 인물처럼 보이고 정체불명의 한 여인이 1인 3역을 하면서 나를 속이고 있는 듯한 피해의식에 빠져 있어."

"어째서."

H는 흥미를 보이면서 위스키를 한 모금 들이켰다.

H의 눈빛이 어느새 취조하는 검사의 눈빛에서 환자의 증세를 경청하는 정신과 의사의 눈빛으로 바뀌어 있었다.

"자네 아내가 자네 아내로 느껴지지 않는단 말이야."

K는 침묵하였다. 한참을 곰곰이 생각하고 나서 K는 대답하였다.

"아내가 진짜 내 아내라면 어째서 나는 아내에게서 친숙감을 느끼지 못하는 걸까. 어젯밤 집에 돌아와 아내와 잠자리를 했는데 아내의 몸이 마치 죽은 시체와 같았어. 나는 죽은 시체를 간음하는 느낌이 들어 도저히 흥분할 수 없어 발기불능이 되었지."

"아내가 진짜가 아니고 가짜라고 느껴지는 것은 일종의 정신적 해리解離현상이라고 말할 수 있어. 그렇다면 진짜 자네 아내는 어디 있다고 생각하지."

"그 어디엔가 숨어서 나를 훔쳐보고 있는 것 같아."

"자네의 가짜 아내를 조종하면서."

"맞아. 조종할 뿐 아니라 고용도 했겠지."

"어째서, 왜, 무엇 때문에 그랬을 거라 생각하는 거지."

"그 이유를 모르겠어. 그런데 이상한 것은 아내와 전화 통화할 때는 가짜 아내와 통화하는 것이 아니라 어딘가 숨어 있는, 지금의 가짜 아내에게 납치되어 어딘가에 숨겨져 있을지도 모르는 진짜 아내와 통화를 하고 있는 느낌이야."

H는 다시 위스키를 한 모금 들이켰다. H는 아내의 불륜 사실에 따른 분노를 까마득히 잊어버린 듯 보였다. H의 두 눈은 조롱할 수 있는 흥밋거리의 쥐를 발견한 고양이처럼 번득이고 있었다.

"한잔해."

H는 K에게 위스키를 따라주었다.

"긴장이 풀어질 테니까."

K는 H가 주는 위스키를 한 모금 들이켰다. 목구멍에 불이 붙는

것 같았다.

"한 가지 실험을 해보지."

H가 노트북의 전원을 켜고 몇 가지의 버튼을 조작하자 벽에 붙어 있는 스크린에 영상이 떠올랐다.

"이제부터 내가 보여주는 영상을 보고 떠오르는 대로 말해봐."

H가 마우스를 클릭하자 영사막에 한 인물이 떠올랐다. 마릴린 먼로의 얼굴이었다.

"누구의 얼굴이지."

"마릴린 먼로지."

"틀림없어."

"틀림없지."

K는 고개를 끄덕이며 대답하였다.

"자, 이건 누구의 얼굴이지."

K는 영사막을 보았다.

"찰리 채플린의 얼굴이지."

"속도를 빠르게 올려볼게. 보이는 대로 대답해봐."

H는 화면이 빨리 바뀌도록 속도를 올렸다. 영사막에는 인물과 풍경, 사물의 영상이 무작위로 떠올랐다. K는 일일이 대답하였다.

"오바마, 케네디, 바나나, 김지미, 호랑이, 에펠탑, 만리장성, 박정희, 김일성, 예수, 세종대왕, 십자가, 색소폰……."

H는 화면을 멈추며 물었다.

"지금 자네가 본 사람이 확실히 오바마고, 예수가 맞다고 생각해."

"그야 물론이지."

"그렇다면 이 여자는 누구지."

H는 여관에서 나오는 불륜의 현장 속 여인을 가리키며 물었다.

"내 아내와 똑같지만 자네 부인이지."

"그럼 이 여자는."

H는 휴대폰 속 K의 아내 얼굴을 가리키며 말하였다.

"내 아내의 얼굴이지."

"틀림없어."

"틀림없지."

"아내와 전화를 걸 때는 진짜 아내와 통화를 하는 것 같은 친밀한 느낌을 받았다고 했지. 아내를 직접 만날 때는 가짜 아내처럼 느껴지면서도."

"그래."

"그럼 지금 여기서 아내와 통화를 해볼래."

"여기서."

"그래, 여기서. 자네 핸드폰 말고 병원 전화로. 그래야만 내가 두 사람의 대화를 엿들을 수 있으니까."

K는 H가 시키는 대로 하였다.

"될 수 있는 한 다정하고 친숙하게 말해. 이를테면 사랑한다는 식의 달콤한 말처럼. 물론 아내에게 사랑한다는 말을 해본 적은 있겠지."

"한 번도 없어."

"그럼 두 사람 사이에 섹스는. 자주해."

"일주일에 한 번씩은 고정적으로 하지."

"어째서 일주일에 한 번씩이지."

"일요일이 일주일에 한 번 돌아오는 것과 같은 이치야."

"부인과 섹스를 원할 때 어떤 제스처를 취하지."

K는 잠시 H를 보았다. 정신과 의사 H가 남의 은밀한 성적 행위를 엿듣거나 음담패설을 주고받는 데서 쾌락을 느끼는 변태성욕자가 아닌지 가늠해보았다. 하지만 그런 기색은 찾아볼 수 없었다.

"나는 이렇게 얘기하지. 오늘밤 전야제를 벌입시다, 라고 말이야."

"그럼 아내의 반응은 어때."

"대부분 수용하지. 특별한 경우를 제외하고는 말이야."

"특별한 경우라면."

"한 달에 한 번 있는 생리 때 말이야."

"멘스는 섹스와 아무런 상관이 없지 않나."

"내가 싫어. 그 붉은 피가 싫어. 아내의 몸에 칼로 상처를 입히는 것 같아서 말이야."

"아내는 섹스를 즐겨."

"겉으로 표현하는 편은 아니지만 충분히 즐기는 것 같기는 해. 그러나 모르지. 나는 아내가 아니니까."

"자, 이제 긴장이 풀렸어."

빙그레 웃으며 H가 말하였다.

H는 출발을 앞둔 육상선수나 수영선수 혹은 무거운 역기를 들어 올리기 직전에 선수들의 사기를 끌어올리기 위해 등을 두드려주거나 일부러 뺨을 때리는 코치처럼 K의 손을 때리며 말하였다.

"자, 그럼 지금 전화를 걸고 아내와 다정한 이야기를 나눠. 오늘 밤 전야제를 벌이자는 말도 빼놓지 말고."

K는 아내에게 전화를 걸었다. 따르릉 따르릉 신호가 갔다. H가 동시에 들을 수 있도록 스피커폰의 스위치를 올렸는지 연결음에 에코가 섞여 있었다.

"여보세요."

아내의 목소리였다.

"나야."

"이건 어디 전화번호예요."

"병원에 와 있어. 저녁 먹고 술이나 한잔하려고 H를 만났어. 당신은."

"저도 엄마와 친정집에서 저녁을 먹고 들어갈게요."

"당신 무슨 일 없어."

"무슨 일이라니요."

"아니, 특별한 일이 생기지 않았나 물어보는 것뿐이야."

통화 내용을 엿듣던 H가 K의 얼굴을 보면서 눈을 끔뻑끔뻑해 보였다. K는 H의 그 눈짓이 무엇을 뜻하는가를 간파하였다. K는 잠시 망설이다가 생각대로 말하였다.

"특별히 늦지는 않겠지."

"늦어도 밤 9시까지는 집으로 갈 거예요. 딸아이도 피곤해하니까요. 왜요."

"오늘밤 당신과 전야제를 벌이고 싶어서 말이야."

"뭐라고요."

잘 못 들었는지 아내가 되물었다. 빙긋이 웃으며 H가 K를 향해 두 손가락을 동그랗게 맞추어 오케이 사인을 하였다.

"전야제 말이야. 우리 둘만의 전야제."

"당신도 참."

아내는 뜻밖의 말을 들었다는 듯 웃으며 맞장구쳤다.

"어젯밤처럼 죽 쑤지만 마세요. 호호호홋."

딸깍 전화가 끊겼다. 마치 자신이 납치범이 시키는 대로 따라 한 인질 같아 K는 자존심이 상하였다.

"잘했어."

H는 의기양양하게 K를 칭찬하였다.

"영화배우 같아. 멋진 연기였어."

H는 손바닥으로 짝짝 박수까지 쳤다.

"한 가지 묻겠는데, 지금 통화한 사람은 누구지."

"내 아내."

"진짜 아내야."

"그렇게 느껴져."

"어째서 실제의 아내는 가짜처럼 느껴지고 통화를 한 아내의 목소리는 진짜로 느껴지는 걸까. 이런 이중성이 자네의 고민이 아닐까. 자네는 가족을 제외한 모든 풍경, 인물, 사물들에 대해서는 분명한 분별력을 갖고 있어. 마릴린 먼로를 알고 있고, 이순신을 알고 있어. 그런데 가장 가까워야 할 아내를 비롯한 가족과 거리에서 만난 몇몇의 특별한 사람은 가짜고, 가상현실이라고 느끼고 있지. 혹시 지금 나도 가짜라고 느껴져."

K는 물끄러미 H를 바라보았다. 틀림없는 H였다. 낯익은 H가 아니라 H 그 자체였다.

"아니 자네는 틀림없는 내 친구야."

K는 머리를 흔들면서 대답하였다.

"자네의 망상은 매우 특이해. 일찍이 인도 출생의 세계적인 뇌연구가인 찬드란이란 사람이 카프그라 증후군에 대해서 논문을 발표한 적이 있는데, 그 환자는 자네보다 훨씬 증상이 심각해서 자기의 아버지, 어머니가 모두 가짜고 자기를 속이고 있다는 극심한 망상에 빠져 있었지. 이런 특이한 증세는 찬드란이 논문으로 발표한 후 유명해졌지만 실제로는 아주 극소수에게만 일어나는 희귀병이니 자네의 망상과는 종류가 다르다고 말할 수 있지. 그런데 한 가지 다시 묻겠는데, 자네 혹시 어젯밤 가벼운 교통사고나 어딘가에 부딪쳐서 머리에 충격을 받은 거 아냐."

K는 간밤에 한 시간 반 정도 필름이 끊겨 무의식의 공백 기간이 있었지만 머리에 충격을 받을 만한 사건은 없었던 것으로 기억하고 있었다. 그 어떤 상흔도 머리 부근에 남아 있지 않았으며 피를

흘리거나 외상으로 인한 두통도 느껴지지 않았기 때문이다.

"왜냐하면 그 환자는 자동차 사고로 입은 머리 부상으로 그러한 증세가 나타났기 때문이지. 카프그라 증후군의 3분의 1은 외상이나 두뇌의 손상에 의해 일어난다고 보고 있거든."

H는 우두둑 우두둑 손마디를 꺾으며 말을 덧붙였다.

"그러나 자네가 그런 희귀한 정신병에 걸렸다고는 생각지 않아. 내가 보기에도 머리에 충격을 받은 듯한 외상을 발견할 수 없으니까. 내 생각이지만 일시적 공황장애에 빠진 듯 느껴져."

"공황장애라면."

"요즘 많은 사람이 겪고 있는 아주 흔한 정신질환 중 하나지. 일종의 불안신경이 갑자기 발작하는 증세야. 묻겠는데 오늘 호흡곤란이나 손발의 떨림, 자제력을 잃어 미칠 것 같은 두려운 생각이 들지 않았어."

K는 잠시 생각하였다. K는 머리를 흔들면서 대답하였다.

"그런 증상은 없었어."

"가슴에 통증이나 질식감, 땀 흘림 같은 증상은 없었어."

K는 결혼식장에서 더위를 느끼고 땀을 많이 흘렸던 기억을 떠올렸다.

"그런 증상은 없었고 땀은 많이 흘렸어. 그러나 그것은 더위서였고, 피곤하고 답답해서였어."

K는 자신이 사실을 은폐하기 위해 변명하는 피의자 같다는 느낌이 들었다. H의 말대로 차라리 공황장애 환자였으면 좋겠다는 생

각이 들 정도였다.

"비현실감이나 뭔가 꿈을 꾸고 있다는 느낌 같은 것은."

"맞아. 비현실감은 줄곧 느끼고 있었지. 내가 지금 가상현실 속에 있는 것이 아닐까 하는."

K는 H의 소견에 가장 합당한 증상이 자신에게 일어났다는 사실에 안도하며 대답하였다. 그러나 H는 K의 기대를 저버렸다.

"정확히 말해서 공황장애도 아니지만 어쨌든 갑자기 일어난 공포증임에는 분명해. 원한다면 신경안정제를 처방해줄 수는 있지만."

"약은 싫어."

K가 말하자 H는 의외로 선선히 수긍을 하였다.

"나도 약을 처방하기는 싫어. 내가 보기엔 일시적인 것 같으니까. 요즘 회사 업무 때문에 지나치게 과로하였다든가, 스트레스를 받지는 않았나. 과음을 했다거나 갑자기 일어난 돌발적인 사건에 대한 정신적 외상 때문일 수도 있으니까, 너무 염려는 마. 인지치료를 통해 쉽사리 극복할 수 있어. 가족을 통한 인지행동치료인데 내가 몇 가지 방법을 가르쳐주지."

"어떻게 하면 되지."

K가 묻자 H는 갑자기 쾌활하게 웃었다.

"오늘밤에 아까 약속한 대로 아내와 전야제를 벌여. 어젯밤처럼 친숙한 느낌을 받지 않거나 가짜 아내라는 느낌을 계속 느끼고 발기가 불가능한가를 실험해보는 거야. 일종의 생체실험 같은 건데,

자네가 실험용 모르모트가 되는 셈이지. 또 하나의 방법은 가족 중에서 가장 좋아했던 사람을 만나 자신의 상처받은 마음을 위로받고 정체성을 회복하는 거야. 가족 중에 가장 사랑했던 사람이 누구야."

K는 생각하였다. 머릿속에 돌연 아버지의 얼굴이 떠올랐다. K는 욕지기를 느꼈다.

"잠시 생각할 여유를 줘."

K는 욕지기를 참으며 양해를 구하였다.

"서두르지는 마. 시간은 충분하니까. 그리고 나는 자네가 생각하는 동안 근처 음식점에서 생선초밥을 주문할게. 어차피 아내에게 전화했던 대로 오늘밤 함께 술을 마실 테니, 술 마시기 전에 간단히 요기나 하자구. 시간도 절약하고 번거로운 것을 피하려면 배달시켜 여기서 먹는 게 훨씬 편하니까. 생선초밥 좋아하지."

K는 머리를 끄덕였다. 그렇지 않아도 K는 허기를 느끼고 있었다.

H가 음식점 전화번호가 적힌 수첩을 찾아 전화를 걸고 주문에 열중하는 동안 K는 눈을 감았다.

더이상 아버지의 얼굴은 떠오르지 않았다. 아버지라는 존재는 애초부터 없었던 것처럼 느껴졌다. 동정녀의 몸에서 태어난 예수처럼 자신도 아버지의 존재 없이 돌연변이로 어머니의 자궁에서 태어난 듯 느껴질 정도였다. 그러나 갑자기 아버지가 해주었던 옛날이야기가 이상하게 K의 의식에 떠올랐다. 아마도 K가 아버지에게 재미있는 옛날이야기를 해달라고 졸랐던 듯 여겨진다. K는 최

면에 걸린 사람처럼 길게 소파에 누워 가수면 상태에 이르렀다. 그
때 아버지는 이런 식의 옛날이야기를 해주었다.

　　　　　　　　　　　　·

　옛날 옛적에 아버지와 아들이 살고 있었다. 어느 날 아들이 아버
지에게 옛날이야기를 해달라고 졸랐지. 그래서 아버지가 아들에게
옛날이야기를 해주었어. 이렇게 말이야. 옛날 옛적에 아버지와 아
들이 살고 있었다. 어느 날 아들이 아버지에게 옛날이야기를 해달
라고 졸랐지. 그래서 아버지가 아들에게 옛날이야기를 해주었어.
이렇게 말이야. 옛날 옛적에 아버지와 아들이…….

　엇갈린 레코드판의 홈에서 바늘이 헛돌면서 같은 곡조를 계속 되
풀이하듯 아버지의 옛날이야기는 어린 K를 재미있게 하려고 일부
로 꾸민 이야기였다. 그러나 K는 웃지 않았으며 오히려 아버지가
이상한 사람이라고 느꼈다. 그것이 아버지였다. K의 기억에서 아
버지는, 몸뚱이는 사자이고 머리는 사람인 반인반수의 스핑크스였
다. 그 이상한 괴물은 어머니를 때리고 밤마다 어머니를 잡아먹었
다. 아버지는 어머니를 잡아먹는 식인종이었다. 그에 비하면 어머
니는 K에게 있어 단 한 사람의 특별한 존재였다. 낯선 극장에서 어
머니를 떠올렸을 때 잠시 눈물에 가까운 분비액이 눈동자에 스며
들었던 것은 K가 가지고 있는 어머니에 대한 다정함, 호의, 관심,
그런 감정 때문일 것이다. 그러나 그것이 사랑이라는 감정까지는
아직 미치지 않는다고 K는 생각하였다.

K는 사랑이라는 단어가 인위적으로 만든 이상적인 말일 뿐, 실제로는 존재하지도 않는 신화 속의 용어라고 생각하고 있었다. K가 믿는 가톨릭 신앙은 어머니의 영향 때문이며 K가 믿는 하느님은 어렸을 때 어머니가 말해주던 걱정인형과 같은, 어린아이를 달래주는 사람 모습의 인형과 같은 상징적인 존재라고 K는 믿고 있었다.

사랑 때문에 예수라는 사람이 십자가를 지고 못에 박혀 죽었다는 기독교의 교리는 사랑하는 사람을 위해 죽어 바다의 거품이 되었다는 인어공주 이야기처럼 잘 꾸며진 동화에 불과하며 예수가 죽은 사람들 가운데서 부활하였다는 기적도 백설공주가 독이 들어 있는 사과를 먹고 죽었다가 백마 탄 왕자의 키스를 받고 살아났다는 동화의 연장선상에 있는 픽션이라고 K는 생각하고 있었다.

그러나 비록 예수의 사랑이나 부활이 신화나 전설 혹은 동화나 픽션처럼 잘 꾸며진 이야기라 하더라도 학생이면 누구나 학교에 가야 하는 것이 당연하듯 성당은 일주일에 한 번씩 K가 들러야 할 만남의 회당이자 마을회관과 같은 곳이었다. 왜냐하면 매주일 성당에 나가 미사에 참석하는 것이 K에게는 어머니 때부터 길들여진 습관이었기 때문이다.

백설공주의 난쟁이나 인어공주의 이야기가 설사 꾸며진 동화라 할지라도 일단은 재미있지 않은가. 마찬가지로 성당은 K에게 있어 재미있고 흥미로우며, 롤러스케이트나 번지점프 혹은, 유령의 집이 있는 놀이공원이자 어린이들이 들어가 가상의 적을 향해 총을 쏘고 화면 속 자동차를 몰고 질주하는 성인용 게임장이었던 것이다.

어머니가 돌아가셨을 때 K는 분명히 울었었다. 그 분명한 증거로 K가 울자 누이가 손수건을 빌려주었고 '그만 울렴. 엄마는 하늘나라에 가셨을 테니까. 그만 슬퍼하렴' 하며 달래주었던 기억이 너무나 선명하게 떠올랐으니까.

그 순간 가수면 상태에 있던 K의 머릿속에 까마득하게 잊고 있었던 하나의 얼굴이 떠올랐다. 누이의 얼굴이었다. 뜻밖의 얼굴은 간이역이나 공공장소에 붙어 있는 철 지난 현상수배범의 얼굴처럼 낯설게 느껴졌다. 울고 있던 K에게 손수건을 건네주던 누이의 얼굴이 떠오르자 K는 누이의 이름이 무엇이었는가에 집중하였다. 어렴풋이 JS라는 이름이 떠올랐다. 하지만 실제로 누이의 이름이 무엇이었는지는 불분명하였다. 누이는 K가 가진 유일한 혈육이었다. 잘 기억나지는 않지만 K와는 다섯 살 정도의 터울이 있었다. 그도 그럴 것이 오랫동안 왕래를 끊고 혈육관계를 단절하다시피 하였기 때문이었다.

K는 누이를 좋아하지도 싫어하지도 않았지만 누이는 유달리 K를 좋아하였다. K가 누이를 인정한 부분은 누이가 남의 시선을 끌 만큼 예쁘고 한때는 영화 같은 데서 주연급은 아니지만 비중 있는 역할을 맡았으며 몇몇 텔레비전 드라마에 출연했던 배우 겸 탤런트라는 점이었다.

"어때, 결정했어. 가족 중에 가장 믿을 수 있고 사랑하는 사람이 떠올랐어."

흔들어 깨우는 H의 손짓에 K는 눈을 떴다.

"가족 중에 가장 좋아했던 사람은 어머니였어."

"살아 계셔."

"오래전에 돌아가셨어."

"그럼, 다른 가족들은."

"누이가 한 사람 있어."

K는 솔직히 털어놓았다.

"그러나 지금은 연락도 끊기고 왕래도 없어. 누이와 동생으로서의 인연은 끊어진 것과 같아."

"그건 오히려 잘된 일이야. 누이를 내일 한번 만나봐. 혈연이 끊긴 듯한 누이에게서 무엇을 느낄 수 있을까 하는 것이 바로 자네 정체성을 발견할 수 있는 포인트니까. 그리고 잊지 말고 가족 앨범도 뒤져봐. 이것은 중요한 정신과적 치료 방법 중 한 가지야. 반드시 행동으로 옮기고 그래도 같은 증상이 반복되면 다시 찾아와."

"알았어."

K는 머리를 끄덕였다.

그때였다.

전화벨이 울렸다. H는 전화를 받았다. 깜빡 잊고 스피커폰을 그대로 켜두었던 듯 상대방의 목소리가 스피커를 타고 확대되어 들려왔다.

"선생님이세요."

"응, 나야."

H는 대답하였다.

"어떻게 된 거예요. 핸드폰은 계속 안 받고 음식은 다 됐는데 연락도 없고. 도대체 무슨 일이에요."

낯익은 목소리였다. K는 간호사의 목소리임을 알아차렸다.

"오늘밤은 들를 수 없어. 바쁜 일이 생겼어."

미처 스피커폰을 끌 생각조차 못한 채 H가 절절매며 당황해하는 모습을 바라보던 K는, 민망해하며 자리에서 일어나 진료실을 나와 대기실 소파에 몸을 맡겼다. K는 생각하였다.

H의 아내가 H의 말대로 미친년이라면 H의 아내 입장에서 보면 H 역시 미친놈이다. H의 아내가 H의 말대로 홀레붙은 똥개라면 H의 아내도 H를 홀레붙은 수캐로 볼 것이다. H가 흥신소 직원을 통해 자신의 아내가 여관에서 불륜을 저지른 현장을 촬영하였다면, H의 아내 역시 흥신소 직원을 고용해 이 병원 진료실에서 혹은 방금 걸려온 전화의 내용대로 간호사의 집에서 불륜을 저지르고 있다는 사실을 알아낼 수 있을 것이다. 그러므로 H의 아내가 H의 표현대로 쌍년이라면 H의 아내는 H를 쌍놈이라고 생각할 것이며, 실제로 H의 아내가 비정상적이면 H 역시 비정상적인 사람인 것이다.

그렇다.

K는 단정을 내렸다.

정신병을 치료하는 H야말로 정신병 환자이며 섹스 중독자이며 더러운 개자식이다.

찾아간 술집은 어제의 그 술집이었다. 낮에 K가 찾았던 술집과는 정반대에 위치한 홍익대학교 앞에 있는 술집이었다. 젊은이들을 상대하는 라이브 카페와는 달리 조금 떨어진 외곽에 있는 비교적 나이 든 중년층 이상의 단골손님을 취급하는 멤버십 형태의 술집이었다.

K와 H는 어제와 같이 칸막이로 된 작은 룸에 앉았다. 남긴 위스키가 있는 듯 H는 자기가 맡긴 술을 가지고 오라고 하였다. 마담으로 보이는 여인이 술병을 가져왔다. H는 눈금을 재듯 반 정도 남아 있는 술을 확인한 다음 K에게 오늘은 이만큼만 마시도록 하세, 하고 말하였다.

H는 작정이나 한 듯 얼음이 든 언더락 잔에 술을 따라 성급하게

마시면서 이따금 혼잣말로 '미친년'이나 '더러운 년'이라는 욕을 습관적으로 가래침을 뱉듯 되풀이하였다.

한쪽 구석 테이블에는 흑인 서너 명이 술을 마시고 있었다. 벽면에 걸린 다트 판에 핀을 던져 점수를 내는 게임을 하고 있었는지 요란스런 함성이 일었다. 홀에서는 한 남자가 색소폰을 부르고 있었다.

"그런데 참."

뭔가 깜박 잊었었다는 듯 H가 말을 건넸다.

"어젯밤 어디로 도망친 거야."

"도망치다니."

"시치미 떼지 마. 내가 춤을 추고 자리로 돌아왔더니 이미 사라지고 없던데. 곧 돌아오겠지 하고 기다렸지만 한 시간이 지나도 돌아오지 않더라구. 나 몰래 어디 좋은 곳으로 혼자 빵소니친 것은 아니겠지."

"그게 몇 시쯤이었지."

"글쎄 9시 반쯤 되었을까."

K는 잠자코 술을 마셨다. H의 말이 정확하다면 21시 30분부터 집에 도착했던 23시까지의 한 시간 반은 필름이 끊긴 의식의 사각지대다. K는 그 한 시간 반 동안 어디서 무엇을 했던 것일까. 외계인에게 납치되어 머리 속에 과거를 망각하는 특수 칩을 이식받던 것일까, 아니면 K의 지갑을 노리는 불량배들에게 낯선 골목에서 둔기로 머리를 얻어맞고 기절을 했던 것일까. 하지만 잃어버린 것은 휴대폰뿐. 단지 휴대폰 때문에 그런 범죄의 대상이 되었을

리는 없다.

이미 확인했듯이 어디에도 외상이나 핏자국 같은 것은 없지 않은가. 그렇다면 자신도 모르게 시간과 공간을 초월하는 4차원의 세계로 진입했던 것일까. K는 잠시 죽었던 것일까, 그리고 그 죽음에서 부활한 것인가. H에게 기억의 사각지대를 말해봤자 동의를 구할 수 없을 것 같아 K는 더 이상 언급하지 않고 찔끔찔끔 술만 마셨다.

"오래전에 말이야."

H가 다시 말을 꺼냈다. K가 앞에 앉아 있었지만 H와의 대화는 연극 무대에서 상대역 없이 홀로 독백하는 혼잣말처럼 느껴졌다.

"어느 책에서 읽었던 우스갯소리가 있는데 말이야. 어느 날 존이라는 사내가 출장 갔다 집에 돌아왔는데, 글쎄 자신의 아내 메리가 다른 남자와 침대에서 간통하는 현장을 본 거야. 존은 몹시 화가 나서 어떻게 할까 생각하다가 사내가 들고 온 우산을 발견하고 그것을 부숴버린 후 이렇게 말했어. 망할 자식, 집에 갈 때는 비를 흠뻑 맞을 거야, 하고 말이야. 이보게, 내가 바로 우산을 망가뜨린 존과 같다는 말이야. 우산을 부숴버리는 것이 유일한 나의 비겁한 복수지."

H는 성급하게 술을 들이켰다.

"우리나라의 기록에도 어느 날 처용이라는 사람이 달 밝은 밤에 집에 돌아와 보니 자기의 아내가 다른 남자와 자고 있는 것을 보고 이렇게 노래했다는 기록이 나오지. '밤늦도록 노닐다가 돌아와 보니 가랑이가 넷이로구나. 둘은 내 것이었고 둘은 누구의 것이었던가. 본디 내 것이었지만 빼앗긴 것을 어찌하리오.' 처용은 화를 내기는커녕 달밤에 춤을 추었는데, 나도 처용처럼 춤을 추는 것이 유일한 나의 비겁한 복수지."

K는 H가 이해되지 않았다.

H는 무엇 때문에 저처럼 화를 내고 분노하는가. 아내가 낯선 남자와 저지른 불륜 때문인가. H의 아내는 H의 소유인가. 값비싼 보석이나 부동산 같은 거액의 재산인가. 유목민들이 목숨처럼 여기는 낙타나 양과 같은 재화인가. 가랑이가 두 개인 H의 아내는 결혼을 계약으로 맺은 H의 동거인이기는 하지만 H의 소유는 아니다. 계약은 얼마든지 파기할 수 있으며 위약금을 내면 새로운 계약을 맺을 수 있는 것이다. 그런데 어째서 H는 이토록 분노하고 있는가.

K는 생각하였다.

만약 두 개의 가랑이를 가진 나의 아내가 내가 아닌 다른 두 개의 가랑이를 가진 W와 네 개의 가랑이를 만든다 해도 나는 분노하지 않을 것이다. 그것은 밝은 등불에 손바닥을 비추어 그림자놀이를 하는 유희에 지나지 않는다. 내가 이해할 수 없고 납득할 수 없는 것은 아내의 부정이 아니라 자신의 정체를 숨기고 가짜 아내가 진짜 아내의 역할을 대신하면서 나를 속이고 우롱하는 것이다. 불륜은 육체의 그림자놀이에 불과하지만 거짓은 영혼을 병들게 하는 검은 그림자다.

K가 제일 싫어하는 것은 거짓말이었다.

K는 지금까지 기억이 허락하는 한 단 한 번의 거짓말도 하지 않았다는 사실에 자부심을 가지고 있었다. 온종일 K가 혼란에 빠져

있었던 것은 아내의 부정이나 불륜 때문이 아니라 자신을 속이고 진짜 아내가 원격으로 가짜 아내를 조종하면서 K를 거짓으로 속이고 있다는 망상 때문이었다.

"나는."

H가 비틀거리며 일어섰다.

"나는 춤추겠어. 그것이 내가 할 수 있는 유일한 복수니까. 달밤에 춤추었던 처용처럼 말이야."

어젯밤처럼 H는 거미 같은 여인과 무대에 서서 부둥켜안고 춤을 추기 시작하였다. 키 큰 여인의 품에 매달린 H의 모습은 큰 나무 등걸에 매달려 우는 매미처럼 우스꽝스러웠다.

그때였다.

H가 앉았던 자리 앞 테이블에서 벨소리가 울렸다. H가 놓고 간 휴대폰이었다. 일단 끊긴 벨소리가 잠시 뜸을 들였다가 다시 울리자 K는 전화를 받았다. K는 H가 아니었으므로 상대방이 먼저 말하기를 기다렸다.

"뭐야 왜 전화를 받지 않는 거야…… 아, 여보세요…… 여보세요…… 전화를 받았다면 말을 해. 이 미친놈아…… 더러운 자식…… 개만도 못한 미친 자식…… 나는 네가 어디서 무엇을 하고 있는지 다 알고 있어……."

K는 전화를 끊었다. H의 아내로부터 온 전화인 모양이었다. K는 여전히 여인에게 매달려 춤을 추고 있는 H를 보며 생각하였다. H의 부부는 숨바꼭질 놀이를 하고 있다. 불륜이라는 은폐물 속에

숨어서 때로는 술래가 되고 때로는 일부러 머리카락을 보이면서. 다시 H의 전화벨이 울리기 시작하였다. 일부러 모른 체할 수도 없어서 K는 일어나 룸을 나왔다.

좁은 복도를 지나 화장실로 들어서자 한 흑인이 세면대 위에 팔을 올려놓고 뭔가를 찔러 넣고 있었다. 흑인은 환자의 엉덩이에 주삿바늘을 찌르는 간호사처럼 좁은 화장실에서 자신의 몸에 불법 의료 행위를 하고 있었다. 흑인은 K를 보고 놀라거나 당황하지 않았다. K도 놀라지 않고 잠자코 소변을 보았다. 용무를 끝내고 손을 씻기 위해 세면대 앞에 서자 흑인은 주사를 다 놓고 주사기를 뽑아 변기 속에 버린 후 스위치를 내렸다. 입맛을 다시는 소리와 함께 물소리가 났다. 흑인은 주사기가 사라졌는지를 확인한 후 돌아서 나가며 K를 보고 말하였다.

"갓 블레스 유."

K는 손을 씻기 위해 수도꼭지를 틀었다. 흰 세면대 한쪽에 주삿바늘을 찔렀을 때 흘러나온 흑인의 붉은 피가 몇 방울 떨어져 있었다. K는 그 핏자국을 씻어 내렸다.

갓 블레스 유, 갓 블레스 유. 흑인의 갓God은 흑인에게 주사액을 주고 블레스bless의 은총을 줄 수 있을까. 흑인의 갓은 블레스의 행복을 주고 블레스의 구원을 줄 수 있을까.

K는 화장실을 나와 룸으로 돌아왔다. H는 보이지 않았다. 무대를 살펴보았으나 거미 같은 여인과 춤을 추던 H의 모습은 어디에도 보이지 않았다. 테이블 위에 있던 H의 휴대폰도 함께 사라지고

없었다.

K는 빈 잔에 위스키를 따라 홀로 자작하며 테이블에 붙어 있는 벨을 눌렀다. 곧 거미 같은 여인이 커튼을 열고 나타났다.

"부르셨어요."

"같이 왔던 친구는 어디 갔습니까."

"글쎄 모르겠는데요. 실내가 시끄러우니까 잠깐 통화를 하러 밖으로 나가셨을 테죠."

"어쨌든."

K는 시계를 보았다. 22시 3분이었다.

"대리운전 기사를 불러주십시오."

H가 어디로 사라졌든, 여인의 말대로 잠시 볼일을 보기 위해 바깥으로 나갔든 말든 K는 잠시 후면 집으로 돌아갈 예정이었다. 술이 취했으므로 자신을 데리고 갈 대리운전 기사를 미리 호출해두는 것은 당연한 일이었다.

"알겠어요. 저하고 잠시 춤이라도 추지 않으실래요."

여인은 웃으며 K에게 손을 내밀었다.

내키지 않았으나 어젯밤에도 여인의 권유를 거절했던 기억이 떠올랐다. K는 여인의 손을 잡고 룸을 나섰다. 여인이 손뼉을 치자 색소폰의 연주자가 느린 음악을 연주하기 시작하였고 무대의 조명이 꺼졌다.

여인의 손이 K의 등을 부둥켜안았다. 거의 키가 같았으므로 K의 입술이 있는 곳에 여인의 입술이 있었고, K의 가슴이 있는 곳에 여인의 젖가슴이 있었고, K의 성기가 있는 곳에 여인의 성기가 있었다.

차이가 있다면 K는 가슴이 평평한데 여인의 가슴은 불룩하고 K의 성기는 튀어나온 돌출형인데 비해 여인의 성기는 찢어진 열창형裂創型이라는 점이었다. K의 가랑이가 있는 곳에 여인의 가랑이도 있었으므로 두 사람의 가랑이는 모두 네 개였다.

여인은 능숙한 솜씨로 K를 리드해나갔다. 자신도 모르게 K는 여인의 목 근처에 머리를 기댔다. 여인의 목 근처에 벌레가 한 마리 앉아 있었다. 그것은 나비 문신이었다. 너무나 사실적이어서 살아 있는 나비가 여인의 목에 앉아 있는 형상이었다. K는 그 나비를 쫓기 위해서 입술을 나비 위에 부딪쳤다. 나비는 날아가지 않았다. 그 대신 나비에게서 낯익은 냄새가 피워 올랐다.

뭔가 썩어가고 있는 추악한 냄새였다. 음식물의 쓰레기를 고양이 같은 동물이 냄새를 맡고 봉투를 찢어 더럽힐 것을 우려해 여러 겹의 비닐봉투로 밀봉하였지만 어디선가 새어나오고 있는 듯한 부패의 냄새였다.

그 냄새를 맡은 순간 K는 낮에 극장에서 나온 후 카페에서 마주쳤던 여인의 모습이 떠올랐다. K를 스쳐가는 여인에게서 풍겼던 악취. 억지로 방향제와 같은 향수로 감추려 했지만 혼합된 화학작용으로 더욱더 고약해진 냄새.

"혹시 오늘 오후에."

K는 춤을 추면서 물었다.

"잠실의 한 커피숍에 있지 않았습니까."

"그럴지도 모르지요."

여인은 춤을 추면서 대답하였다.

"커피숍에서 한 남자를 만나지 않았습니까."

"남자를 만나는 것은 흔한 일이니까요."

K는 여인의 모습을 엿보았다. 카페에서 본 모습 그대로 같은 헤어스타일에 같은 빛깔의 검은 원피스, 그리고 다른 사람에게서는 맡을 수 없는 신체의 일부가 썩어가고 있는 듯한 악취. 그것들은 모두 틀림없이 K가 복도에서 마주친 여인임을 증명해주고 있었다.

"어디선가 나를 본 기억이 없습니까."

"글쎄요. 어젯밤 바로 이 술집에서 보았겠죠."

약에 취한 듯 여인은 꿈을 꾸는 눈빛과 혀 짧은 소리로 대답하였다. 여인의 혀에는 피어싱을 한 방울이 매달려 있어서 말을 할 때마다 딸랑딸랑 소리를 내고 있었다.

"아니, 어젯밤이 아니고 오늘 낮에 말입니다."

"어제든 오늘이든 마찬가지예요. 어차피 나는 나비예요.(딸랑딸랑) 어디든 마음만 먹으면 날아갈 수 있으니까, 내겐 날개가 있으니까요.(딸랑딸랑)"

K는 여인이 자신을 속이고 있다고 생각하였다. 여인은 K를 감시하기 위해 끊임없이 미행하고 있다가 끝내는 술집까지 쫓아와서 춤을 추며 유혹하고 있는 것이다.

연주가 끝나자 춤은 자동적으로 멈추었다. 여인이 한 곡 더 추고 싫어 하였으나 K는 사양하고 룸으로 돌아왔다. H는 여전히 돌아오지 않았다. 술병에는 딱 한 잔 분량의 술이 남아 있었다. 그 술을 잔에 따르고 K는 이것만 마시면 H가 돌아오든 말든 그대로 집으로 돌아가겠다고 결심하였다. 천천히 술잔을 비우고 있을 때, 마담이 커튼을 젖히고 대리운전 기사가 밖에서 기다리고 있다고 말하였다.

K는 주머니에서 열쇠를 꺼내 마담에게 건네주며 5분 내로 나갈 테니 문 앞에 대기시켜달라고 부탁하였다.

마담이 사라진 후 K는 담배를 한 대 피웠다. 될 수 있는 대로 나비 문신을 한 여인의 눈에 띄지 않고 술집을 나가야 한다는 생각에 일부러 커튼이 젖히도록 내버려둔 후 내부를 살펴보았다. 여인은 바에 앉아 바텐더와 술을 마시며 떠들고 있었다.

K는 여인이 자신을 미행하고 있다는 사실을 이해할 수 없었다. 누구의 미행을 받고 감시를 받기에는 K는 평범한 사람이었다. 아무런 비밀도 없고 은밀한 목적을 가진 야심가도 아니었으며, 범죄자도 아니었다. 마약이나 밀수품을 나르는 운반책도 아니고, 폭력조직의 행동대원도 아니고, 사상적 이데올로기를 가진 첩보원도 아니며, 테러리스트는 더더욱 아니었다. 그런데도 저 여인은, 기억이 정확하다면 짧은 시간 동안 세 번이나 K와 마주치고 있는 것이다. 이것이 우연일까. 우연이라고 하기에는 너무나 의도적이며 또한 집요하다. 어쩌면 저 여인은 결혼식장에서부터 K를 엿보고 가족사진을 찍을 때 K 옆에서 함께 사진을 찍었을지도 모른다. 여인의 말대로 어젯밤에 K를 만났다면 한 시간 반에 걸친 의식의 사각

지대와 나비 문신의 여인은 밀접한 관계가 있을지도 모른다.

K는 약간 화가 났다. 자신은 위험한 사람이 아니다. H처럼 아내에 대한 의처증도 없고, 직장 동료로부터 불신을 당해본 적도 없다. 금융 계통의 회사에서 근무하면서도 K의 업무 능력은 탁월하고 정확해서 일부러 비밀이나 거짓을 만들 필요가 없었으므로 상대적으로 타인을 의심해본 적도 없었다. 그럼에도 불구하고.

K는 마지막 술을 들이켜고 생각하였다.

K는 어째서 나비 문신 여인에 대해서 강렬한 의심을 품고 있는가.

K는 자리에서 일어섰다. 다행히 여인은 다른 남자와 춤을 추고 있었다. 남자의 손이 여인의 치마 속으로 연체동물처럼 스며들어가 내부를 더듬고 있었다. H가 술값을 이미 지불했다고 마담이 말하였다. K는 술집 밖으로 나왔다. 술집 앞 정문에 K의 승용차가 시동을 켠 채 기다리고 있었다. 뒷좌석에 올라탄 후 K는 대리운전 기사에게 자신이 가야 할 집의 방향을 말한 후 차가 골목을 빠져 큰길로 나갈 때까지 창밖을 주시하였다. 행여 그 여인이 쫓아올지도 모른다는 강박관념 때문에 차가 교차로를 지나 낯익은 밤거리로 진입했을 때에야 K는 안심하고 좌석에 몸을 기대었다. 차 안의 열기로 취기가 올랐다. 깜빡 잠이 들었던 K는 갈증을 느끼며 눈을 떴다. 운전을 하고 있는 대리운전 기사의 뒷모습이 보였다. 대리운전 기사는 모자를 쓰고 있었다. 어디서 본 듯한 낯익은 빨간 모자였다.

"혹시."

K가 빨간 모자에게 말을 건넸다.

"마실 물을 갖고 있습니까."

"마침 생수가 한 병 있습니다. 내가 마시던 물은 아니고 새것입니다."

사내의 눈이 룸미러를 통해 K의 눈과 마주쳤다. 사내의 오른손이 운전대를 잡은 채 한 바퀴 돌려 곡예를 하듯 뒷좌석의 K 앞으로 다가왔다. 그 손에 생수병이 들려 있었다.

"잘됐네요. 마침 목이 말랐는데, 감사합니다."

K는 마개를 따서 물을 마시며 말하였다.

"천만에요."

사내는 빨간 모자를 벗었다. 대머리가 드러났다. 사내는 다시 모자를 썼다. 짧은 순간의 탈모脫帽였지만 K는 그 대머리가 낯이 익다고 생각하였다. 낯익은 빨간 모자와 낯익은 대머리가 합쳐져 낯익은 사팔뜨기의 얼굴이 합성되어 몽타주가 되었다. '을'의 얼굴이었다. 낮에 K가 만났던 휴대폰을 습득하였다가 돌려준 그 사람, 보험설계사의 모습이었다.

"밤에는 대리운전 기사를 하시고 낮에는 뭘 하십니까."

K가 묻자 자동적으로 사내의 시선이 룸미러를 통해 투영되었다. K의 예상대로 지독한 사시였다.

"낮에는 그냥 놉니다. 일거리가 있어야지요. 전에는 건설현장에서 노동일을 했습니다만, 요즘은 통 일거리가 없습니다."

사내가 K에게 대답하였다.

"오늘 낮에 우리가 한 번 만나지 않았던가요."

"글쎄요."

딱히 부정하지 않는 목소리로 사내가 대답하였다.

K는 생각하였다. 나비 문신 여인의 미행은 자동적으로 보험설계사 '을'에게 인계되었다. 특별히 눈에 띄지 않는 단역배우들이 제작비를 아끼기 위해 작은 배역들을 나눠 맡듯, 엑스트라들이 때로는 죽은 사람 A가 되고, 때로는 지나가는 행인 B가 되듯이 이 조연배우들은 보험설계사로, 대리운전 기사로, 카페에서 마주친 여인으로, 춤을 추는 댄서로 자신의 정체를 숨긴 채 K를 줄곧 미행하고 있는 것이다. 도대체 왜, 무엇 때문에.

K는 두려움은 느끼지 않았다. K는 두려움을 모르는 사람이었다. K는 눈물을 흘릴 만큼 슬픔을 느끼거나, 큰 소리로 웃을 만큼 기쁨을 느끼거나, 거짓말을 하거나, 의심을 품거나, 질투하거나, 분노하거나, 남을 동정하거나, 자비심을 느끼거나, 사랑하거나 하는 그런 감정들과는 무관한 사람이었다. 크레파스 통 속에 들어 있는 열두 가지 빛깔의 색채와는 관계없는 무채색의 인간이었다.

K는 'yes'와 'no' 흑백만을 대답하는 바이블적 인간이었다. 그 이외의 말은 거짓이라고 K는 생각하고 있었다. K는 한마디로 정직한 인간이었다. 사람을 미워하거나, 의심하거나, 증오하거나, 타인에게 폭력적인 충동을 느껴본 적이 없었다. 그래서 K가 나비 문신 여인과 대리운전 기사로 이어진 일련의 감시와 추적과 미행에서 느끼는 감정은 불안이나 두려움과 같은 공포심이 아니었다. K가 기

존에 인식하고 있었던 낯익은 인물에게서 느낀 낯선 이질감에서 기인한 조화에 대한 부조화, 질서에 대한 무질서, 코스모스에 대한 카오스, 이중성에 대한 이율배반과 같은 혼돈 그 자체였던 것이다.

차는 어느덧 아파트 광장에 정확히 멈춰 섰다. K는 사내가 원하는 금액에 5천 원을 얹어주었다. 사내는 빨간 모자를 벗고 대머리를 드러낸 채 웃고 있는 오른쪽의 눈동자로 K를 보며 말하였다.

"가끔 불러주십시오. 명함을 드리겠습니다."

K는 명함을 받아 주머니 속에 넣었다.

"자, 그럼 안녕히 가십시오."

빨간 모자를 쓰고 사내는 돌아섰다. K는 사내가 아파트 광장을 가로질러 완전히 사라질 때까지 한참을 지켜보았다. 미행자를 완전히 따돌린 후 K는 아파트 쪽으로 걸어갔다.

엘리베이터 버튼을 누르면서 K는 H의 말대로 오늘밤 아내와 전야제를 벌여야 한다는 사실을 상기하였다. H의 진단대로 그 방법만이 K의 알리바이를 증명할 수 있는 유일한 치료였으므로.

아내는 거실에서 텔레비전을 보고 있었다. K가 오자 딸아이는 방에서 나와 아빠 안녕, 하고 인사를 하였다. 강아지는 K를 보자 으르렁거리며 짖었지만 아침처럼 적의는 보이지 않았다.

훈훈한 실내로 들어오자 K는 딸꾹질을 하였다. 술을 마신 후 딸꾹질을 하는 것은 K의 생리적 현상이었다.

"찬물을 드릴까요."

신부화장을 지운 아내의 얼굴은 맞선을 보는 생면부지의 얼굴처럼 낯이 설었다.

"괜찮아, 내가 마실게. 피컥."

K는 냉장고에서 찬물을 꺼내 한 컵 가득 따라 단숨에 들이켰다.

"들어가서 먼저 샤워 좀 할게. 피컥."

K는 하지 않아도 될 말을 하였다. 그것은 전야제를 벌이기 전의 광고와 같은 선전용 멘트였다.

"알겠어요. 나도 곧 들어갈게요."

아내는 리모컨으로 채널을 계속 바꿔가며 대답하였다. 아내는 리모컨을 들고 계속해서 수십 개의 채널을 거의 10초 간격으로 돌려가면서 보는 특이한 시청 방식을 가지고 있었다. 마음에 드는 채널이 있으면 잠시 고정시키고 시청하였으나 길어도 5분 이상을 넘기는 적이 없었다.

텔레비전에서는 한 가수가 노래를 부르는가 싶더니 격투기 장면이 나왔고, 속옷 입은 여인들이 걸어 나오는 홈쇼핑 장면이 이어지고 있었다.

K는 딸꾹질을 하면서 찬물이 담긴 컵을 들고 안방으로 들어가 옷을 벗었다. 서랍에서 새 러닝셔츠와 팬티를 꺼내 침대 위에 놓고 다시 잠옷을 꺼내 침대 머리맡에 놓았다. 땀에 젖은 옷을 빨래통에 넣은 후 화장실 안으로 들어섰다. K는 미리 생각해둔 대로 수납장을 뒤져 안쪽에 숨겨둔 파란 알약을 꺼내 들었다. 발기부전에 특효를 보이는 알약은 두 알로, 포장지에 밀봉되어 있었다. K는 한 알을 꺼내 물과 함께 삼켰다.

'적어도 섹스 30분 전에는 먹어야 해.'

그 약을 줄 때 당부한 H의 말이 떠올랐다.

'이 약은 발기부전에 특효약이기도 하지만 심리적 효과도 큰 약이지. 갖고만 있어도 든든하니까.'

H의 말대로 가지고만 있어도 든든한 묘약이므로 K의 성기는 잠시 후면 어젯밤과는 달리 단단하게 무장할 것이다.

K는 칫솔에 치약을 묻혀 양치를 하면서 스킨을 쳐다보았다. 아침 그대로 스킨은 K가 애용하는 'V'가 아닌 'Y'였다. 양치를 하자 구역질이 나면서 속이 쓰렸다. K는 변기에 약간의 위액을 토해냈다. 그러자 곧 가라앉았다. K는 유리로 된 칸막이가 세워진 샤워실에 들어가 더운물을 틀었다. 시든 해바라기처럼 목을 꺾고 있는 샤워기에서 찬물이 나온 후 곧 뜨거운 물이 쏟아졌다. 다시 찬물의 밸브를 올려 적당하게 온도를 맞춘 후 K는 물줄기 속에 몸을 맡겼다. K는 언제나처럼 일정한 곡조나 리듬이 없는 즉흥 음악을 휘파람으로 연주하였다. 비누칠을 하고 샤워타월로 몸을 문지르자 거품이 일어 K의 몸은 털갈이를 하는 강아지와 같은 꼬락서니가 되었다. 무심코 성기에 거품을 내기 위해 손으로 문지르자 K의 성기는 염치를 모르는 초대하지 않은 손님처럼 발기하였다. 그것은 축소되었다가 필요할 때면 확산되는 습성을 잊어버리고 항상 우뚝 서 있는 국기 게양대처럼 직립하고 있었다. K는 조금 민망하였다.

그러한 차려 자세는 K가 샤워를 끝내고 타월로 물을 닦고, 면봉으로 귓속에 들어간 물기를 닦아내고, 약간의 스킨을 바르고, 소변까지 보는 모든 전야제의 준비를 끝낸 후 욕실에서 나와 침대 위에 놓인 러닝셔츠와 팬티를 갈아입고 그 위에 잠옷을 입을 때까지도 그대로 지속되었다.

K는 머리맡에 놓인 스탠드를 가장 희미한 불빛으로 고정시키고

침대 위에 누웠다. 지금까지의 진행 순서가 K의 고정된 전야제 레퍼토리였다. 보통은 여자가 먼저 준비를 끝내고 남자가 씻고 오기를 기다린다고 하지만 알몸을 보인 적이 없는 K는 자신만의 순서를 고수하였다.

K는 알고 있었다. 오늘밤이 전야제의 밤이고 한낮에 전화로 예약까지 해둔 셈이니 아내도 미리 몸을 씻고 모든 준비를 끝냈을 것이다. 이것이 H의 말대로 K의 정체성을 증명하는 유일한 정신과적 치료 실험이라면 K는 충분히 기니피그Guinea pig 역할을 해내야 할 것이다.

오늘밤 나는 인간이 아니라 실험용 모르모트다.

"딸꾹질 멈췄어요."

K의 아내가 컵에 꿀물을 타서 들고 들어왔다. 그것은 K의 딸꾹질을 멈추게 하는 특효약이었다.

"단숨에 들이켜세요. 숨을 쉬지 말고."

K는 시키는 대로 단숨에 들이켰다.

아내는 옷을 벗기 시작하였다. 윗옷을 벗고 연이어 바지를 벗었다. 브래지어를 한 아내의 상반신과 팬티만 입은 아내의 하반신이 그대로 드러났다. 중요한 부분을 가리긴 했지만 아내의 알몸을 본 적이 없는 K는 당황하였다. K는 스탠드의 줄을 잡아당겨 불을 껐다. 그러자 아내가 말하였다.

"불을 끄면 어떡해요. 캄캄한데 어떻게 옷을 벗어요. 뭐가 보여야 말이지요."

아내의 말은 모순이었다. 캄캄하여 빛이 스며들지 않는다 해도 옷은 충분히 벗을 수 있다. 앞을 못 보는 장님도 입은 옷을 벗을 수는 있을 테니까.

K는 다시 줄을 당겨 스탠드의 불을 켰다. 한 번만 잡아당기면 너무나 강렬한 빛이 발광하기 때문에 K는 한 번 더 줄을 잡아당겼다. 희미한 광선이 스며 나왔다. 그러나 사물을 분간키 어려운 미광微光이 아니라 옷을 충분히 벗을 수 있는 채광이었다.

아내는 K가 보는 앞에서 브래지어의 끈을 풀어 내렸다. 아내의 유두가 그대로 드러났다. 유두의 빛깔은 잘 익은 열매처럼 까만색이었다. 아내는 부끄러워하기커녕 홈쇼핑에서 브래지어와 팬티만을 입고 선전하는 광고모델처럼 위풍당당하였다. 아내는 팬티를 벗기 위해서 몸을 굽혔다. 일부러 손님들에게 보여주기 위해서 스트립쇼를 하는 스트리퍼처럼 보였다.

K는 다시 스탠드의 끈을 잡아당겼다. 캄캄한 어둠이 왔다. 커튼마저 굳게 닫혀 있었으므로 스탠드의 불을 끄자 등화관제를 한 것처럼 완전한 암흑이었다.

"뭐예요."

아내가 어둠 속에서 비명을 질렀다.

"뭐하는 거예요."

"우리는 항상 어둠 속에서 우리만의 전야제를 벌여왔잖아."

나는 한 번도 당신의 벗은 몸을 본 적이 없잖아, 라는 말을 덧붙일까 하다가 K는 말을 끊었다.

"언제요. 불 좀 켜세요. 매몰된 탄광에 갇힌 느낌이에요. 숨이 막힐 것 같아요."

K는 스탠드를 켰다. 희미한 불빛 속에서 아내는 체중계 위에서 몸무게를 재듯 팬티를 벗었고 실오라기 하나 걸치지 않은 알몸이 되었다. K는 아내의 두 가랑이 사이에 무성히 자란 음모를 보고 당황하였다. 맨몸으로 침대 시트 속으로 들어온 아내가 살며시 웃으며 K의 성기를 어루만졌다. K의 성기는 이런 낯선 상황과는 달리 여전히 직립 상태였다.

"오늘."

아내가 약간 흥분된 목소리로 말하였다.

"화가 많이 났나 봐요. 어젯밤과는 달리."

동시에 아내의 입술이 K의 얼굴을 찾았다. K의 입술에 아내의 입술이 부딪히고 혀가 미끄럽고 끈적한 점액을 토해내면서 K의 입속으로 파고들었다. 독사의 혀처럼 날름거리며 K의 입안을 맴돌았다. K는 강간을 당하는 듯한 압박감을 느꼈다.

이것은 아니다, 라고 K는 생각하였다.

이것은 어제까지 우리 부부가 벌이던 전야제와는 전혀 다르다. 이것은 매춘 행위와 다름없다.

아내가 먼저 K의 입술을 찾아 프렌치키스를 한다는 것은 상상조차 할 수 없는 일이다. 그것은 대가를 바라는 고급 콜걸이나 하는 짓이다. K는 아내의 몸이 어젯밤처럼 차가운 드라이아이스 같다고 생각하였다. K는 아내의 몸에서 부부로서의 친밀감이나 유대감과 같은 정을 느낄 수 없었다.

분명히 말해서 여인은 K의 아내가 아니었다.

K는 생각하였다.

나비 문신을 한 여인의 미행이 휴대폰을 습득한 보험설계사이자 대리운전 기사인 '을'로 승계되었다면 그 추적은 아내의 역할을 하는 지금 이 여인에게 자동적으로 인계된 것이다.

카페에서 만난 여인과 나비 문신을 한 여인, 보험설계사이자 대리운전 기사인 '을'이 1인 2역이나 1인 3역을 하는 단역배우라면 K의 아내 역할을 하는 이 여인은 주연을 맡은 주인공이자 일정한 거처를 확보한 고정간첩이다.

이 여인은 어디에서 파견되었는가.

K는 고급 정보를 가진 공무원이나 관리가 아니다. K는 평범한 금융회사의 차장일 뿐이다. 이데올로기와는 상관없는 K를 노려 접선할 리는 없다. 외계에서 파견된 것일까. 과학적으로 설명할 수는 없지만 지구 밖의 먼 행성에서 UFO를 타고 온 외계인이 K의 진짜 아내를 납치한 후 첨단기술로 복제한 여인을 K의 집에 잠입시킨 것은 아닐까.

"왜 그래요."

K의 성기는 마룻바닥을 훔치는 더러운 걸레처럼 초라하게 시들어버렸다.

K의 성기를 몸 안으로 집어넣기 위해 쪼그려 앉은 K의 아내가, 아니 아내로 불리는 낯선 여인이 시든 K의 성기를 확인한 후 지각

한 학생을 나무라는 선생처럼 혀를 차며 말하였다. 여인의 어조는 나무라는 투가 아니라 달래고 위로하면서 다시는 지각을 하지 말라는 담임선생의 목소리를 닮아 있었다.

"안 되겠어. 술을 많이 마신 모양이야."

K는 변명을 하였다.

"많이 피곤했나 봐."

여인이 K의 엉덩이를 소리가 나도록 찰싹 때리며 말하였다.

"괜찮아요, 여보."

여인은 자존심을 상하게 하지 않으려는 수간호사 같은 재치 있는 위로로 K를 달래었다.

"피로가 가시면 괜찮을 거예요. 그냥 잡시다, 여보."

K의 아내가 옆자리에 누우면서 말하였다.

"그러나 투 스트라이크인 것은 기억하세요. 한 번만 더 스트라이크가 되면 그때는 알죠. 삼진 아웃이라는 걸."

K는 스탠드의 끈을 잡아당겨 불을 껐다.

딸꾹질은 어느새 멎어 있었다. H는 K에게 비현실적 혼돈을 떨쳐버리고 정체성을 되찾는 방법으로 이 실험을 권유하였다. 그러나 실험 결과, 보다 분명해진 사실은 K의 아내가 K의 아내가 아니라는 점이었다. 이 여인은 낯이 익지만 절대로 아내가 아니다. 이 여인은 가짜다. 실제의 명품을 본떠서 같은 무늬의 천과 같은 모양의 디자인, 같은 바느질, 같은 상품의 라벨을 부착한 유사품이기는 하지만 이 여인은 짝퉁이자 가짜인 것이다. 진짜의 아내는 도대체 어디로 사라진 것일까.

어느새 잠이 들었는지 옆자리에 누운 낯익은 그러나 낯선 여인은 가늘게 코까지 골고 있었다. K는 오늘 아침에 저절로 울렸던 자명종의 오작동을 되풀이하지 않기 위해서 알람 설정을 해제한 후 눈을 감았다. K는 고독감을 느꼈다.

"당신."

K는 조용히 소리를 내어 물었다.

"도대체 누구야."

"예."

잠결에 K의 목소리를 들은 듯 잠에 취한 목소리로 여인이 물었다.

"뭐라고요. 당신 내게 뭐라고 했죠."

"아니야."

K는 대답하였다.

"아무 말도 하지 않았어. 잘 자."

"잘 자요, 좋은 꿈꿔요. 내일 봐요."

여인은 노래하듯 말하였다.

이내 여인은 코를 골기 시작하였다. K도 미끄럼틀을 타고 알 수 없는 꿈의 구멍 속으로 미끄러져 내려가는 듯한 속도감을 느꼈다. K 역시 깊은 잠의 구멍에 함몰되었다.

1부 끝.

일요일

제 2 부

1장 7시

느닷없는 소음 때문에 K는 잠에서 깼다. 강제로 깨어난 불쾌감 때문에 K는 어리둥절하였다. 잠과 현실의 모호한 경계에서 K는 자신을 깨운 소리의 정체가 무엇인지 잠시 생각해보았다.

자명종 소리였다.

따르릉 따르릉 따르르릉—

자명종은 자신의 존재를 드러내기 위해 필사적으로 울부짖었다.

따르릉 따르릉 따르르릉—

K는 투덜거리며 머리맡 탁자 위에 놓인 자명종의 버튼을 눌렀다.

비명 소리는 멎었다.

K는 아직 잠에서 덜 깬 상태였다. 자명종의 버튼을 눌러 끈 K는 필름을 영사기에 걸어 스크린에 투영하는 영사기사처럼 끊긴 잠의

필름을 의식적인 접착제로 강제로 이어 붙인 후 다시 잠들기 위해 눈을 감았다.

순간 K는 의식이 명료해졌다.

자명종이 울렸다면 일어나야 할 시간이 된 것이다. K는 무거운 눈꺼풀을 겨우 떠 시계의 숫자판을 쳐다보았다.

정각 7시였다.

7시라면.

K는 낮은 소리로 투덜거렸다.

일어나야 하는 시간이다. 일어나서 채비를 하고 출근을 서둘러야 하는 시간이다. K는 상반신을 일으켰다.

그러나 K는 뭔가 이상하다는 느낌이 들었다. 오늘은 일요일이 아닌가. 어제는 분명 토요일이었고 오늘은 두 번째 휴일인 일요일이다.

일요일이라면 회사에 출근할 필요가 없는 것이다. 평소에 K가 그래왔듯이 느긋하게 늦잠을 자고 천천히 아침을 먹고 게으름을 부릴 수 있는 특권이 허락된 일요일이 아닌가.

일으켰던 상반신을 다시 누이면서 K는 입맛을 다셨다.

분명 오늘이 일요일인가. K는 도망치는 도마뱀이 남기고 간 꼬리처럼 여전히 꿈틀거리는 잠의 꼬리를 재빠르게 잡으려고 노력하면서 생각하였다.

그래, 오늘은 분명히 일요일이다.

K는 어제의 기억을 더듬어보았다. 자명종 소리에 깨어나 아침을

먹고 아내를 미용실에 데려다주고, 잃어버린 휴대폰을 찾기 위해 주머니 속에 들어 있던 성냥갑에 적힌 술집을 찾아갔다가 헛걸음을 하고, 처제의 결혼식에 참석했던 일련의 기억이 떠오르자 오늘이 틀림없는 일요일이라는 사실을 K는 확신할 수 있었다.

또한 H의 충고대로 아내와 이틀에 걸쳐 전야제를 벌였으며 아내의 말처럼 K는 두 번의 스트라이크 볼을 치지도 못하고 멍하게 바라본 삼진 직전의 베이비 타자가 되었다. K는 아내의 말을 떠올리면서 생각하였다.

야구 규칙은커녕 간단한 룰도 모르는 아내의 입에서 스트라이크와 삼진 아웃이라는 전문 용어가 어떻게 자연스럽게 흘러나올 수 있단 말인가. 아내는 가짜다.

간밤에 내렸던 K의 추리가 아침의 몽롱한 의식에도 불구하고 명백한 단서가 되어 확실한 결론을 도출해냈다.

아내는 분명 가짜다. 15년 동안 함께 살아온 아내가 아니다.

K는 눈을 떴다.

유리창을 가린 커튼의 낯익은 무늬가 시야에 들어오고 커튼 사이로 밝은 햇볕이 칼로 벤 상처에서 나오는 선혈처럼 스며들고 있었다.

오늘도 청명한 가을 날씨였다. K는 얼굴을 돌려 주위를 살펴보았다.

물방울무늬의 커튼, 벽에 걸린 르누아르의 복사그림 액자, 옆자리에 누워 있던 아내의 흔적, 베개에 붙어 있는 몇 가닥의 아내 머리카락, 헝클어진 침대 시트, 머리맡의 스탠드, 스탠드 밑에 놓인 아내와의 결혼사진 액자, 부부 전용의 화장실 문, 반쯤 열린 옷장 문틈으로 보이는 아내의 외출복들.

침실의 풍경은 낯익은 K의 방이었지만 아내는 분명 아니다. K의 아내가 아니다. 기상 시간에 맞춰 미리 알람을 설정해놓지 않았음에도 불구하고 저 혼자서 7시 정각에 비명을 지르는 가짜 자명종처럼 아내 역시 가짜다.

이것은 단순한 심증이 아니라 확증이며, 아내는 현행범이다.

어젯밤 K는 낯선 경험을 되풀이하지 않기 위해 잠들기 직전 자명종 버튼을 확인하지 않았던가. 그럼에도 불구하고 자명종은 어제 아침처럼 한 치의 오차 없이 따르릉 따르릉— 울부짖으며 마땅히 늦잠을 잘 수 있는 K의 권리를 박탈하였다.

아내의 속임수가 우연이 아니듯 자명종의 속임수도 우연이 아니다. 이것은 정교한 스케줄과 치밀한 계산에 의해 움직이고 있는 천체의 운행과도 같은 것이다.

K는 H가 권유했던 두 번째 실험을 떠올렸다. 첫 번째 실험으로 아내가 가짜라는 확증을 잡았다 해도 그 한 번의 증거로 아내를 위조인간이나 복제인간으로 단정한다는 것은 성급한 결론일지도 모른다.

한 번은 번이 아니다.

K의 머릿속에 어디선가 들었던 금언金言이 떠올랐다.

가톨릭 사제로부터 들은 강연의 내용도 떠올랐다.

'형제 여러분. 한 번의 실수로 인한 죄는 죄라고 할 수 없습니다. 죄는 두 번째로 이루어지는 반복부터 성립되는 것이며 중독 현상을 갖고 있는 법입니다.'

사소한 증거가 많이 있다 하더라도 어젯밤 한 번의 실험으로 아내를 죄인이라고 단정할 수는 없다. 따라서 오늘은 H가 치료 방법으로 제시한 두 번째 임상실험을 시행할 것이다.

그렇게 생각하자 K는 일단 가짜 아내를 용서할 수 있을 것 같았다. 두 번째 임상실험을 거친 후에야 K는 아내가 백 퍼센트 가짜인가, 아닌가를 확신할 수 있을 것이다. 그 후에 아내를 단죄한다 하더라도 늦지는 않는다. 그때까지 K는 아내의 기만행위에 대한 후속 조치를 유예하기로 결정하였다.

부엌 쪽으로부터 달그락거리는 소리가 들려오고 식빵에 버터를 발라 굽는 익숙한 냄새가 풍기는 것으로 보아 아내는 벌써 일어나 아침을 준비하고 있는 모양이었다.

용서하자.

그 낯익은 빵 굽는 냄새를 맡으며 K는 소리를 내 중얼거렸다.

지금 이 순간만큼은 아내를 믿고 용서하자.

참을 수 없는 요의가 느껴져서 K는 용수철이 튕기듯 벌떡 일어나 화장실로 갔다. 변기 뚜껑을 열고 세찬 소변을 보면서 K는 자신의 성기에서 노란 액체의 분비물이 거품을 일으키며 수직 낙하하는 것을 보았다. 소변에서는 시금털털한 알코올 냄새가 풍겼다. 변기 물을 내리고 K는 잠시 심호흡을 하였다.

어제 아침 K는 변기 물을 내리고 돌아서는 순간 소스라치게 놀랐었다. 맞은편 거울 속에 서 있는 사람이 자신이 아니라 누군가 몰래 들어와 숨어 있던 침입자 같았기 때문이다. 거울 속 사람은 실오라기 하나 걸치지 않은 완전한 나신이었다. 오늘도 그런 뜻밖의 일이 벌어질 것인가. K는 보자기를 펼쳐 비둘기를 날리는 마술사처럼 몸을 돌려 거울 속을 보았다. 다행히 거울 속 K는 잠옷을 입은 모습이었다.

틀림없는 나로군.

K는 안심하였다.

그러나 아직 완전히 안심할 단계는 아니다.

K는 머리를 흔들었다. 한 가지 숙제가 아직 남아 있었다. 스킨이었다. 어제 아침의 기억이 확실하다면 수십 년 동안 K가 애용하던 'V'라는 상표 대신 'Y'라는 낯선 브랜드의 스킨이 화장대 위에 놓여 있지 않았던가. 누군가에 의해서 슬쩍 바꿔치기가 된 것이다. 얼핏 보면 작은 단서처럼 보이지만 이 정밀한 쇼를 연출하고 있는 빅브라더의 입장에서는 치명적인 허점일 수도 있다. K는 생각이 떠오른 즉시 스킨의 상표를 확인하고 싶었으나 그 충동을 참았다. 그전에 K가 해야만 하는 일련의 순서가 있었기 때문이다.

K는 칫솔에 치약을 듬뿍 바른 후 이를 닦기 시작하였다. 컵에 물을 한가득 담아 치약 거품을 씻어 낸 후 K는 거울 속 얼굴을 바라보았다.

하루라도 면도를 하지 않으면 얼굴이 털북숭이가 되어 거뭇거뭇하였다. K는 비누 거품이 충분히 나도록 붓질을 한 후 얼굴에 듬뿍 발랐다.

K는 면도칼로 비누 거품을 밀어내면서 수염을 깎기 시작하였다. 털이 칼날에 의해서 단두대 위의 모가지처럼 잘려나가는 감촉은 아슬아슬한 쾌감이었다. K는 휘파람을 불기 시작하였다. K의 휘파람 소리는 공명으로 메아리쳐서 욕실을 맴돌았다.

면도 도중 칼날에 턱 부위가 살짝 베어 붉은 피가 나왔다. K는 휴지를 조금 뜯어 상처에 접착시켰다. 깨끗하게 수염을 깎자 K의 얼굴은 훨씬 밝아졌다. 드문드문 비누 거품이 남아 있어 K는 미지근한 물로 얼굴을 깨끗이 닦았다. 그리고 나서 문제의 스킨을 움켜쥐었다. 익숙한 솜씨로 술을 섞어 칵테일을 만드는 바텐더처럼 스킨을 이리저리 흔들었다. 손바닥 가득히 스킨을 따라 얼굴에 바르기 시작하였다. 스킨의 강력한 성분은 면도를 하다 다친 상처를 불에 달군 낙인으로 지지는 것처럼 강하게 자극한다. 얼굴이 얼얼해지면서 찌릿찌릿한 감전의 쾌감이 얼굴을 강타한다. 동시에 강렬한 냄새가 피어오른다.

그러나.

K는 머리를 흔들었다. K의 애용품인 'V' 스킨이 아니었다.

이 냄새는 마치.

K는 잠시 생각하였다.

어제 카페에서 만났다가 복도에서 우연이 스쳐 간 여인의 몸에서 풍긴 그 악취이며, 밤늦도록 술을 마셨을 때 무대에서 함께 춤을 추었던 나비 문신을 한 여인의 몸에서 풍기던 썩은 상처 위에 뿌린 소독약 냄새와 흡사하다.

K는 상표를 확인해보았다.

'X'였다.

K는 다시 혼란을 느꼈다. K가 수십 년간 애용하던 상표는 'V'였다. 어제 아침에는 돌연 'Y'로 바뀌어 있었고, 오늘은 'X'라는 새로운 제품으로 바뀌어져 있었다.

이것은 무슨 현상인가.

K는 새로운 영감을 얻을 수 있었다.

제3의 인물. 이 모든 게임을 총괄하는 보이지 않는 손은 아직 K가 즐겨 애용하는 스킨의 정보를 입수하지 못한 것이다. 빅브라더는 K의 DNA 같은 중요한 정보는 확보하였으나 취향 같은 사소한 부분은 완전히 파악하지 못하고 있는 것이다. 그래서 어제 아침 K가 보였던 의구심을 날카롭게 감지한 후 오늘 아침에는 전혀 새로운 제품의 'X' 스킨으로 바꿔치기해놓은 것이다.

나는 생각한다. 그러므로 존재하고, 존재함으로 나는 속지 않는다.

K는 제3의 존재를 향해 눈을 부릅떴다. 절대적 존재에 대한 최초의 저항 행위였다. K는 어디든 숨어 있는, 어디든 현존하는, 과거도 아니고 미래도 아닌 바로 이 순간에 존재함으로써 일시적인 절대자가 아닌 영원성을 가진 초월자를 향해 눈을 부라리고 이를 악물었다.

내일 아침에 보자.

K는 말을 뱉었다.

'X' 스킨이 그땐 무엇으로 바뀌는지 보자.

7시에 자명종이 울리게 되어 있다고 믿고 있는 빅브라더는 그 사소한 일이 K에게 있어서 오류임에도 불구하고 여전히 반복해서 행하고 있다. K가 옷을 벗은 아내의 모습을 혐오하고 있다는 사실 역시 파악하고 있지 못하였다. 이것은 유쾌한 일이 아닌가. 용용 죽겠지, 하고 혀를 내밀어 놀리는 어린아이처럼 K는 술래잡기에 실패한 그 절대자에게 혀를 내밀어 약을 올리고 싶은 느낌이었다.

물론 7시에 자명종을 울리게 하고 스킨을 바꿔치기해놓은 것은 K의 가짜 아내다. 아내는 어딘가로부터 하달되는 초월자의 명령을 철저하게 순종하게 되어 있는, 그렇게 설계된 로봇이며, 세뇌된 인간이며, 사람의 아들이 아닌 사람의 딸이다.

K는 샤워실에 들어가 뜨거운 물이 나오도록 손잡이를 돌렸다. 어젯밤에도 샤워를 했지만 잠들기 전과 깨어난 직후에 K는 두 번씩 샤워를 하는 습관이 있었다.

K는 밤보다 아침의 샤워를 더 즐기는 편이었다. 찬물을 틀어 알맞게 온도를 맞춘 후 K는 물줄기 속에서 수영선수처럼 푸하 푸하 소리를 내며 비누칠을 하였다.

손바닥으로 가슴과 어깨를 문질렀다. 사타구니로 손이 갔지만 어젯밤처럼 발기되지는 않았다.

K는 샤워실을 나와 낯익은 마른 수건으로 얼굴을 닦고 거울을

들여다보았다. 낯익은 얼굴이 찍어낸 판화처럼 거울 속에 떠올라 있었다.

K는 빗을 들고 머리를 정성들여 빗었다. 머리카락 속에 낯익은 새치가 드문드문 섞여 있는 것은 어제와 다름없었다. 처음에는 거울을 보면서 직접 흰머리를 솎아냈다. 그러나 시간이 흐를수록 늘어나는 흰머리를 감당할 수 없었다. 일일이 뽑아내다가는 대머리가 될 판이었다.

K는 포기하고 그대로 내버려두기로 하였다. 그러나 갑자기 오늘 아침에는 새치를 몇 가닥 뽑아내고 싶은 충동을 느꼈다. 그렇게 하지 않으면 어제 아침의 풍경과 너무나 똑같기 때문이었다.

방 안의 가구를 옮겨놓는 것만으로도 풍경이 바뀌고 기분 전환이 되듯이 오늘 아침에는 몇 올의 새치를 뽑아내는 것으로 변화를 주고 싶다고 K는 생각하였다.

K는 확대경을 들고 조심스럽게 손가락을 세워 새치를 뽑았다. 따끔하는 주삿바늘의 통증과 같은 미묘한 느낌이 들었다. K는 세 가닥의 새치를 뽑아 쓰레기통에 넣고 내친김에 코털제거기를 사용해 코털도 깎았다. 콧구멍 속에 넣고 건전지로 작동하는 간단한 소형 기계였다. 간질간질한 느낌을 주었기 때문에 K는 연거푸 세 번 재채기를 하였다.

마음이 가벼워진 K는 휘파람을 불며 화장실을 나와 침실 겸 안방을 거쳐 문을 열고 거실로 나왔다. 큰길로 향한 채광창으로 눈부신 가을 햇살이 무차별로 쏟아지고 있었다.

아내는 부엌의 싱크대 앞에서 무언가를 썰고 있었다. K가 아침마다 먹는 채소들이었다. K는 아침이면 양상추, 셀러리, 토마토, 바나나, 시금치, 브로콜리, 양파 등을 썰어서 만든 샐러드를 주로 먹고는 하였다.

"잘 잤어, 여보."

K가 아내의 뒷모습을 보고 말을 건넸지만 아내는 채소를 써는 일에 열중하느라 K의 목소리를 듣지 못하였다. 아내는 도마 위에 놓인 시금치를 탁탁 소리를 내며 썰고 있었다. K는 다시 말을 걸지 않고 자신의 머그잔에 끓여놓은 커피를 따른 후 식탁 앞 의자에 앉았다. K는 커피를 좋아했으므로 기대감을 가지고 한 모금 들이켰다.

기대했던 대로 낯익은 커피의 맛이었다. K는 낯익은 커피를 마시면서 식탁 위에 놓인 신문을 집어 들었다.

어제 새벽 2시쯤 서해 앞바다에서 진도 5.6의 지진이 발생

어제 새벽 2시에 서해 앞바다에서 지진이 발생했는지 부서진 가옥의 사진이 톱뉴스로 게재되어 있었다. 서해 앞바다에서 지진이 발생하였다면 서울에도 당연히 영향이 있었을 것이다. 그런데도 K는 전혀 진동을 느끼지 못하고 깊은 잠에 빠져 있었던 것이다. 그 돌발적인 지진의 여파로 인해 자명종이 울리고 스킨이 바뀌었나, 하고 K는 잠시 생각했지만 어처구니없는 상상력이었으므로 이내 생각을 떨쳐버리고 다시 한 번 아내의 뒷모습을 향해 목소리를 내어 말하였다.

"잘 잤어, 여보."

아내의 얼굴이 낯선 스킨처럼 바뀌지 않고 낯익은 아내의 얼굴인가를 확인하고 싶었기 때문이다.

아내가 몸을 돌려 K를 정면으로 보면서 대답하였다.

"잘 못 잤어요. 잠결에 온 아파트가 흔들려서 무서웠어요. 아침에 보니 서해 앞바다에 지진이 발생했더군요. 그런 것도 모르고 당신은 코를 골며 잘만 잡다."

K는 커피를 마시면서 신문을 들췄다.

"주의하세요. 오늘도 강력한 여진이 발생할지 모른대요. 커피맛 어때요."

전에 듣지 못한 아내의 다정한 목소리였다.

아내가 가까이 다가와 안전거리를 침범한 순간 K는 본능적으로 경계심을 느꼈다. 그러한 경계심을 아내에게 들키지 않기 위해 K는 빠르게 대답하였다.

"맛있어. 아주 맛있는 커피야."

K는 이 거대한 정체불명의 쇼에서 주인공 역할을 적절하게 해내고 있는 자신에 대해 만족감을 느꼈다. K는 어느덧 명배우가 되어 있었다.

2장 10시 5분

　카페 '에옹'을 찾는 것은 쉽지 않았다. '에옹'은 신촌로터리에 새
로 생긴 대형 백화점 뒤편에 있는 골목을 따라가다 작은 시장 거리
를 지나 다시 주택가로 접어드는 곳에 위치하고 있었다.

　백화점에서는 주말을 맞아 정기세일을 하고 있었다. 수많은 차
량이 주차장으로 진입하고 있어 골목은 이를 정리하는 주차요원의
호루라기 소리와 경적 소리, 재래시장으로 밀려드는 사람과 가까
운 곳에 위치한 젊은 대학생들까지 합세하여 활기를 띠고 있었다.

　K는 승용차를 몰고 골목으로 진입하는 것은 무모한 짓이라고 생
각하였다. 멀리 떨어진 공용주차장에 차를 주차해놓고 P교수가 알
려준 '에옹'이라는 카페를 걸어서 찾아가기로 결심하였다.

　10시가 백화점 개관 시간이었는지 수많은 사람이 문 앞에서 돌

격 자세를 취하고 있었다. 대부분 여성이었지만 드문드문 남자도 보였다.

K가 P교수에게 전화를 한 것은 거의 10년만의 일이었다. 다행히 P교수는 연락이 되었다. P교수는 한때 누이의 남편이었다. P교수는 10년 전만 해도 K의 매형이었다. 누이와 P교수가 이혼한 이후부터 K는 P교수와 아무런 상관이 없는 사이가 되었으므로 자연 서로 왕래를 하거나 연락을 하는 일이 끊어졌다.

K는 한때 누이보다 P교수를 더 좋아하였다. P교수가 자신의 제자 중에서 한 사람을 소개해주었기 때문이다. 그 여인이 바로 지금의 아내다. 청년시절 K는 이성에게 끌리지 않았으며 성적 매력도 느끼지 않아 자신은 평생 결혼하지 못할 것이라고 생각하였다. P교수는 그러한 K에게 적극 연애를 권하였고 그리고 결혼을 강요하였다. K가 아내의 정조를 유린하였으므로 마땅히 책임을 져야 한다는 반강제적인 압박으로 K를 밀어붙였다. K는 마지못해 이를 허락하였다. P교수가 아니었다면 K는 아직도 독신이었을 것이다.

P교수는 인정이 많은 편이었다. 부모 없이 청년기를 맞은 K를 가엾어하는 눈치였고 조연급의 배우이자 탤런트인 누이보다 K를 더 보살펴주었다. 나이는 정확하게 기억나지 않지만 K보다 열 살 정도 연상이었다. 미국 유수의 대학에서 영문학 석사과정까지 밟은 엘리트였다.

어느 날 누이와 P교수는 갑자기 이혼하였다. 그 이유에 대해서는 K도 모르고 있었다. 누이가 다른 남자와 바람을 피웠다는 정황이

포착되었지만 정확지는 않았다. 두 사람이 이혼한 이후 P교수와 K
는 한 번도 만난 적이 없으며 누이와의 연락도 점차적으로 끊어졌
다. 간혹 텔레비전의 드라마에서 단역배우 역할을 하더니 어느 순
간 그것마저 끊겼고 그리고 사라졌다.

K는 오늘 아침 10여 년 만에 처음으로 누이에게 전화를 걸었다.
어제저녁에 H가 충고한 대로 유일한 가족인 누이를 만나 혈연으로
서의 유대감을 테스트하고 누이 집에 보관되어 있을 사진을 통해
아버지와 어머니의 옛 기억을 반추하면서 스스로의 정체성을 확립
하는 2차적 실험을 감행하기 위해서였다.

K는 누이에게 전화를 거는 것이 어색하였다. 10여 년 전에 빌려
준 돈을 되돌려받기 위해 채무자에게 전화를 거는 고리대금업자의
행위와 같은 파렴치한 일처럼 여겨졌다.

휴대폰에 입력된 누이의 집으로 전화를 걸자 두 번 신호가 가더
니 이내 끊기고 그런 전화번호는 없으니 다시 확인하고 걸어달라
는 안내원의 멘트가 흘러나왔다.

난감한 K에게 P교수의 이름이 떠오른 것은 그때였다.

P교수는 누이의 연락처를 알고 있을 것이다. 두 사람 사이에 열
살쯤 된 아이(사내인지 딸인지는 정확히 기억나지 않지만)가 하나 있었
으므로 P교수는 정기적으로 누이의 계좌에 생활비를 보내주었을
것이다. 이따금 자신의 아이와 만나서 아버지와 아들 혹은, 아버지
와 딸과의 혈연관계를 일수 도장 찍듯 확인하였을 수도 있다. P교
수의 연락처도 바뀌었을지 모르지만 굳이 알려고 들면 P교수가 근

무하는 대학으로 전화를 걸어 안내원에게 최근 연락처를 알아낼 수 있을 것이다.

K의 생각은 적중하였다. P교수의 전화번호는 국번만 바뀌었을 뿐 예전 그대로였다.

"여보세요."

P교수의 목소리를 듣는 순간 K는 P교수임을 확신하였다.

"안녕하세요, 매형. 나는 K입니다."

무심코 K는 P교수를 매형이라 불렀다. 딱히 부를 호칭이 떠오르지 않았기 때문이다.

"어쩐 일인가."

P교수는 공식적인 목소리로 경계 태세를 취하였다.

"다름 아니라, 누이의 연락처를 알까 해서요."

K가 변명하였다.

"누이가 연락도 없이 전화번호를 바꿨고 행방불명되어서 매형에게 전화를 걸면……."

K는 말을 끊었다.

"죄송하지만 매형을 뭐라고 부르면 좋겠습니까."

"그냥 이름을 부르기로 하지. 어차피 그것이 공식 명칭이니까."

"이름보다는 교수님으로 부르겠습니다."

"그렇게 하지. 하지만 나는 자네를 처남이라고 부르겠네. 처남의 아내는 잘 있는가."

매형, 아니 P교수는 한때 K의 아내가 자신의 제자였음을 기억하고 있었다.

"잘 있습니다. 그래서 말입니다. 교수님께 전화를 걸면 누이의 행방을 알 수 있을 것 같아서요."

"물론 알 수 있지. 적어도 3년 전까지의 연락처는. 처남의 누이는 3년 전에 다른 남자와 결혼을 했어. 자동적으로 내가 처남의 누이에게 생활비를 보낼 의무가 없어졌지. 그 이후부터는 어떻게 됐는지 모르겠네. 이사를 하였는지, 전화번호를 바꾸었는지, 또 다시 이혼을 하였는지, 아니면 죽었는지."

P교수는 잠시 말을 끊었다가 다시 이었다.

"죽었다는 표현이 지나쳤다면 용서하게. 3년이라면 충분히 사람이 돌발적으로 죽을 수도 있는 기간이니까."

P교수는 말에 굶주린 사람처럼 보였다. 처음에는 마음을 들키지 않으려고 K의 눈치를 살피는 것 같더니 이내 방심한 상태가 되었다.

"그러지 말고 만나기로 하지. 오랜만에 만나서 얘기를 나누세. 누이 연락처는 만나서 가르쳐주지."

P교수가 일방적으로 만날 장소를 정하였다. 신촌에 있는 '에옹'이라는 이름을 가진 정체불명의 카페였다. 10시에 만나기로 했기 때문에 K는 조금 서둘렀다.

K가 '에옹'이라는 간판이 보이는 골목에 이르렀을 때 P교수로부터 전화가 왔다. 갑자기 일이 생겨 한 30분 정도 늦을 것 같은데 먼저 카페에서 커피를 마시며 기다리지 않겠느냐는 내용이었다. K가 '상관없습니다. 천천히 볼일을 끝내고 오십시오'하고 선선히 대답

하자 P교수는 잠시 망설이다가 말을 이었다.

"혹시 카페에서 처남을 낯선 사람 취급하거나 입장을 거절한다면 '올렝카'를 이곳에서 만나기로 되어 있다고 말하게나."

"올렝카가 뭡니까. 카페 회원들이 사용하는 암호입니까."

"그 카페에서 불리는 내 이름일세. 올렝카를 잊지 말게나."

"알겠습니다."

어차피 휴일 오전이고 다른 볼일이 없었으므로 K는 느긋하게 여유를 즐겼다.

주택가와 상가가 교차하는 경계의 골목에 '에옹'이라는 간판이 있었다. 간판이 너무 작아서 사람을 유혹하는 옥외광고가 아니라 아는 사람들만 비밀리에 출입하는 접선 장소처럼 보였다.

K는 문을 열고 계단을 내려가 지하실로 갔다. 지하로 가는 벽면 전체에 K의 침실에 걸려 있는 르누아르의 그림이 똑같이 그려져 있었다.

K는 문을 열고 카페로 들어갔다. 실내는 어두웠다. 작지도 크지도 않은 카페의 내부에는 벌써 대여섯 명의 손님이 앉아 있었다. 모두 여자들이었다.

"어디서 오셨습니까."

K가 입구로 들어서자 넥타이를 맨 카페 종업원이 경계심을 드러내며 다가와 물었다. 종업원은 수염을 기르고 있었다.

"커피를 한잔 마실까 해서요."

K는 대답하였다.

종업원은 고개를 흔들며 말하였다.

"우리는 커피를 팔지 않습니다."

K는 종업원이 거짓말을 하고 있다고 생각하였다. 실내에는 커피를 내리는 향긋한 냄새가 가득했고, 앉아 있는 여인들은 너나 할 것 없이 커피가 든 잔을 들고 있었다.

"커피 향이 나는데요. 그리고 저기 앉아 있는 손님들도 커피를 마시고 있지 않습니까."

"아."

종업원은 머리를 끄덕이며 수긍하였다.

"평일에는 마실 수 있지만 오늘은 회원의 날입니다. 특별한 회원이 아니면 커피를 마실 수 없습니다. 아시다시피 오늘은 일요일 오전입니다. 일반 손님을 상대로 한다면 마땅히 가게 문을 닫아야 하지만 카페의 문을 연 것은 회원들 때문입니다. 다른 날 오시기 바랍니다. 죄송합니다."

종업원은 험악한 얼굴에 비해서 지나치게 상냥하였다. K는 P교수의 말이 떠올랐다.

"실은 손님을 만나러 왔습니다. 아마도 이 카페의 회원 같은데요, 이름이 올렝카입니다."

"올렝카요. 올렝카 말씀입니까."

"그렇습니다."

"그렇다면 진작 말씀하시지요. 이리 오십시오."

종업원은 날카로운 눈빛이 되어 K의 모습을 머리에서 발끝까지 훑어본 후 구석진 자리에 안내하였다.

"혹시 피팅룸이나 파우더룸을 이용하고 싶습니까."

피팅룸이라면 옷을 바꿔 입는 탈의실을 의미하고 파우더룸이라면 화장을 고칠 수 있는 장소를 말한다. 그러나 이곳은 카페이지 수영장이나 연극 무대의 분장실이 아니지 않은가. K는 의아한 표정으로 종업원을 올려다보았다.

"아니요, 하고 싶은 생각이 없습니다."

"생각이 바뀌신다면 제게 말씀을 하십시오. 열쇠를 드리겠습니다."

종업원의 얼굴에 순간 비웃는 듯한 조소가 떠올랐다.

"커피를 한 잔 주십시오."

다행히 K가 앉은 곳은 흡연구역이었다. 흡연석이라는 팻말이 벽면에 붙어 있었다. K는 주머니에서 담배를 꺼내 피워 물었다.

어둠이 눈에 익자 카페의 실내가 한눈에 드러났다. K의 시선을 끈 것은 멀찌감치 떨어져 앉아 있는 한 무리의 여인이었다. 그들은 한결같이 지나치게 눈에 띄는 옷을 입고 있었다. 그래서 옷이라기보다는 가면무도회용 무대의상처럼 보였다.

카페로 내려오는 계단 벽면에 그려진 르누아르의 작품 속 인물처럼 긴 드레스에 팔꿈치까지 오는 흰 장갑을 끼고 흰 모자에 우산까지 쓴 복장이어서 그림 속에서 튀어나온 모델들처럼 보였다. K는 그 여인들이 어딘가 부자연스럽다는 느낌을 지울 수가 없었다.

종업원이 커피를 가져왔다. 커피는 아주 맛있었다.

그때였다. 문에 달린 방울이 울리고 두 사람이 들어왔다. 종업원과 반갑게 인사를 나누는 것으로 보아 이 카페의 정식 회원인 모양이었다. 두 사람 다 말끔한 정장 차림으로 비교적 K와 가까운 자리에 앉았다.

커피가 나오자 두 사람은 말없이 커피를 마시면서 K를 쏘아보았다. 두 사람은 약속이나 한 듯 K를 의식하고 있었다. 의식한다고 해서 거리낄 것이 없어 K는 커피 맛을 즐기며 앉아 있었다. 잠시 후 두 사람 중 한 사람이 종업원을 불러 뭐라고 귓속말을 하며 은밀하게 K를 가리켰다. K는 사내가 이 카페의 이방인인 자신의 정체에 대해서 종업원에게 묻고 있다는 사실을 직감하였다. 종업원이 뭐라고 대답하자 사내는 고개를 끄덕이고는 무슨 물건을 받아 들고 어디론가 사라졌다. 다른 사내는 여인들과 다정하게 눈인사를 하고는 가까이 다가가 뭐라고 떠들어댔다. 여인들은 합창하듯 호호호, 하고 웃었다. 여인들을 한바탕 웃긴 후 사내는 다시 돌아와 제자리에 앉았다. 여전히 그 사내는 K의 존재를 의식하고 있었다.

K는 시계를 보았다. 10시 30분이 넘어서고 있었다. 아직 P교수는 소식조차 없었다. K는 빈 커피 잔을 들고 종업원을 불러 말하였다.

"커피, 리필 가능한가요."

"물론입니다."

종업원은 잔에 가득 커피를 따라 왔다.

K는 커피를 마시면서 피우던 담배를 눌러 껐다. 실내에서는 낮

익은 팝송들이 계속해서 흘러나오고 있었다. 〈흑인 오르페〉도, 〈검은 돛배〉라는 노래도 흘러나왔다. K는 두 사내 중 한 사람이 사라졌던 방향으로부터 여인 하나가 나타나는 모습을 보았다. 그 여인은 사내의 옆자리에 앉았다.

사라졌던 한 사내 대신 느닷없는 배우의 등장처럼 나타난 여인은 곁에 앉아 있던 사내의 담배를 빼앗아 피우기 시작하였다.

사라진 사내는 어디로 간 것일까.

음악 소리가 없으면 충분히 그들의 대화를 엿들을 수 있을 텐데, 음악이 적당한 크기로 방음벽 역할을 하고 있었다. 앉아 있던 나머지 사내도 일어섰다. 그 사내도 먼젓번 사내가 사라진 내실 쪽으로 들어갔다.

K는 다시 담배를 피워 물었다. 담배 말고는 딱히 시간을 보낼 만한 다른 방법이 없었기 때문이다. 맛있던 커피도 두 번째 잔부터는 물렸다. 담배를 피우면서 K는 P교수가 언제 올까 하고 문 입구를 주시하였다.

잠시 후 두 번째 사내가 사라진 곳에서 또다시 한 여인이 나타나 그 여인 곁에 앉았다. K가 지켜보는 가운데 마술쇼를 벌이는 것 같았다. 어느새 두 사내가 사라지고 카페 안은 온통 여자뿐이었다. 남자는 K 혼자였다. K는 이곳이 매우 이질적이고 낯설게 느껴졌다.

문이 열리고 다시 한 사람이 들어왔다. K는 한눈에 P교수임을 알아차렸다. K는 일어나서 P교수를 맞았다.

"오래 기다렸지."

P교수가 K를 쳐다보며 말하였다.

"막 떠나려는데 아내가 할 말이 있다고 해서."

K는 P교수가 말하는 아내가 처음에는 누이가 아닌가 생각하였다가 그럴 리가 없다고 판단하였다. 곧 P교수가 새로 결혼한 두 번째 아내를 말하는 것임을 깨달았다. 두 번째 아내를 맞기에 P교수는 많이 늙어 있었다. 10년 만에 만났지만 P교수는 완전히 노인이 된 느낌이었다. 흰머리는 물론 몸도 많이 야위고 등은 굽어 있었다.

"미안하게 됐어."

P교수가 거듭 사과하자 K는 대답하였다.

"아, 아닙니다."

P교수가 자리에 앉자 종업원이 다가왔다.

"열쇠를 드릴까요."

"내 넘버를 알지요."

"12번, 맞습니까."

종업원이 대답하였다.

"그렇소. 12번이 내 열쇠 번호요."

종업원의 말대로 P교수에게 건네진 열쇠에는 '12'라고 쓰인 동그란 플라스틱 표가 붙어 있었다.

"커피도 한 잔 주시오."

P교수가 말하자 종업원은 대답하였다.

"알겠습니다, 올렝카 회원님."

P교수는 탁자 위에 종업원으로부터 받은 열쇠를 올려놓았다.

"자넨 얼굴이 좋아 보이는군. 아이는 몇인가."

"그대로 딸아이 하나입니다."

"참 오래 못 봤지, 세월이 많이 흘렀군."

P교수는 혼잣말을 하듯 중얼거렸다. K는 P교수 양쪽 귓불에 매달린 금속 제품을 보았다. 귀걸이였다. K는 의아하였다.

쉰 살 중반이 넘은 교수가 양쪽 귀에 귀걸이를 달고 있다니.

"10여 년쯤 되었지, 자네를 못 본 지가."

"그렇게 되었을 겁니다."

"세월이 많이 흘렀군. 그동안 많은 것도 변하고 말이야."

"변한 것은 없습니다."

K는 대답하였다.

"내겐 10여 년 동안 변함이 없습니다. 10년 뒤에도 그럴 겁니다."

K의 말은 의도와 다르게 철학적인 메시지가 되었다. P교수는 인문학 교수답게 K의 개똥철학에 수긍을 하였다. 커피가 오자 P교수는 말을 끊고 잠시 커피 맛을 음미하였다. 뭔가 중요한 이야기를 꺼내기 위해 타이밍을 고르는 듯 보였다.

"미리 얘기하겠지만."

긴 침묵 끝에 P교수가 말하였다.

"나는 이제부터 다른 사람으로 변신할까 하네. 양해를 구해두지만 자네는 내 변신에 깜짝 놀랄지도 모르겠네."

"상관없습니다."

K는 별 의미 없이 대답하였다.

"카프카의 변신처럼 갑자기 다족류 벌레가 되지만 않으신다면 크게 놀라지 않을 겁니다."

K는 P교수가 영문학을 전공하였으므로 문학적 수사법을 사용하였다.

"어쩌면 다족류 벌레보다 더 놀랄지도 모르지. 어쨌든 기다려보게. 파우더룸에 잠깐 다녀올 테니까."

P교수는 열쇠를 들고 카운터 안쪽으로 사라졌다.

K는 P교수의 말이 무엇을 의미하는지 이해하지 못하였다. 변신이라면 변장이나 변복처럼 단순히 외향의 모습이 바뀌는 것이 아니라 배추벌레가 나비가 되는 것처럼 본태가 바뀌는 탈바꿈을 의미한다. 알에서 부화한 동물이 성체가 될 때까지 여러 형태로 변하는 변태變態를 뜻하기도 하는데, 그렇다면 P교수는 드라큘라와 같은 흡혈귀로 변신한다는 것일까. 화가 나면 초록빛 근육질의 괴물로 변하는 SF영화의 주인공처럼 P교수가 헐크로 변한단 말인가.

K는 식은 커피를 찔끔찔끔 마시면서 P교수가 나타나기만을 기다렸다.

한참 후, 밀실로부터 한 여인이 나타나 K를 향해 앞으로 걸어오고 있었다. 어디서 많이 본 듯한 낯익은 모습의 여인이었다. 여인역시 카페에 앉아 있는 다른 여인들처럼 복고풍의 서구적 복장을 하고 있었다.

"오래 기다렸지."

여인이 K에게 웃으며 말하였다. K는 어리둥절하였다. 생면부지의 여인이 K에게 다가와 다정하게 말을 걸었기 때문이다.

"이 사람아, 날세."

여인은 자신의 가슴을 가리키며 말하였다. 그녀가 가리킨 가슴은 지나치게 크고 볼륨이 있어 보였다. K는 그녀가 다름 아닌 P교수임을 알아차렸다. 그제야 P교수가 말하였던 변신이라는 단어가 무엇을 의미하는지 알 수 있었다. K는 더 이상 어리둥절해하지 않았다.

"자네는 무엇을 좋아하나."

그녀, 아니 K의 한때 매형이었던 P교수는 불쑥 K에게 물었다.

"이를테면 취미활동 같은 것 말일세. 등산이나 우표 수집, 골프와 같은 레저활동 말이야."

"글쎄요."

K는 생각하였다. 마땅한 대답이 떠오르지 않았다. 그러나 없다고 하면 그녀의 질문을 묵살하는 것 같아 머뭇거리며 대답하였다.

"일주일에 한 번씩은 성당에 갑니다. 그것이 딱히 취미활동이라고는 할 수 없지만."

"종교도 취미라고 할 수 있지. 자네가 일주일에 한 번씩 성당에 가는 것처럼 나도 일주일에 한 번씩은 이곳에 들러 여장남자가 되네. 여장남자가 내 취미일세. 의학적 용어로는 '에오니즘 Eonism'이라고 부르지. 루이 15세 때, 최고의 여장미인으로 사교계의 꽃이 된 프랑스 외교관 '에옹'의 이름을 본떠 '에오니즘'이란 단어가 탄생된 거네."

K는 카페의 이름이 어째서 '에옹'이라는 낯선 단어를 사용했는

지 그 연유를 알 수 있었다.

"자네가 기다리고 있어서 내가 업up은 했지만 아직 풀업full up은 하지 못했네. 업이란 여자의 옷으로 바꿔 입는 것이고, 풀업이란 완전히 화장까지 끝난 후의 변신을 뜻하는데, 자네 때문에 화장은 꼼꼼히 하지 못했어. 자네가 양해해준다면 여기서라도 화장을 하고 싶은데, 괜찮겠나."

"물론입니다, 교수님."

P교수는 들고 있는 명품 핸드백에서 거울과 화장품 세트를 꺼냈다. 탁자 위에 거울을 고정시켜 놓고 P교수는 화장을 시작하였다.

"지금 이 순간부터 나는 대학 교수도, 자네의 매형도 아닌 올렝카라는 여인이야. 자네도 나를 올렝카라고 불러주게나."

"알겠습니다, 올렝카님."

K는 겸연쩍지 않았다. P교수가 원하는 대로 불러줄 자신이 있었다. K도 베드로나 피터라는 세례명으로 불리지 않는가. 아내의 세례명은 엘리자베스다. P교수가 올렝카라는 이름으로 불린다는 것도 특별히 이상한 일은 아니다.

"님 자는 빼주게. 그냥 다정하게 올렝카라고 불러주게."

"알겠어요, 올렝카."

P교수는 순간 환하게 웃었다. 그 얼굴은 기쁨에 넘쳐 있었고 행복에 겨운 신혼의 새색시 같은 표정이었다. K는 어느 시인이 이름을 불러주자 내게 와서 꽃이 되었다고 노래하였듯 올렝카라는 이름을 부를 때마다 P교수가 행복감을 느끼며 피어나는 꽃처럼 화사

해짐을 느꼈다. 안쓰러운 것은 화사한 표정을 짓기에 P교수는 너무 늙어 있었고, 정교하게 여장을 하였지만 팔뚝에는 수북이 털이 나 있었다. 목소리는 일부러 여성화하기 위해 가성을 쓰지 않고 자신의 목소리를 그대로 사용하고 있어, 언밸런스하다는 느낌을 지울 수가 없었다. 그러나 P교수가 쓴 여성용 가발은 예외적으로 올렝카와 아주 잘 어울렸다. 올렝카는 거울을 들여다보면서 속눈썹에 마스카라를 칠하고 입술에 새빨간 립스틱을 바르는 등 일련의 화장 작업을 계속하였다. 올렝카는 마치 성욕을 느끼는 변태성욕자처럼 눈빛을 번뜩이고 있었다.

"내가 내 안에 들어 있는 여성성을 발견한 것은 40대 중반 이후였네. 어느 날 낯선 골목을 지나다가 빨랫줄에 걸린 여자의 속옷을 보고 그것을 훔쳤지. 그리고 한번 입어보았는데 그렇게 기분이 좋을 수가 없었어. 일찍이 그리스의 시인 아리스토파네스는 플라톤의 「향연」에서 말하였다네. 태초에 남자와 여자, 그리고 남자이며 여자인 세 가지 성性이 있었다고. 남자는 해이며, 여자는 땅, 남자이며 여자는 달이었지. 남자이자 여자인 제3의 인간은 점점 교만해져서 제우스의 눈에 거슬릴 정도가 되었어. 그러자 제우스는 제3의 인간을 둘로 갈라놓았고 그렇게 둘로 떨어진 인간은 서로 반쪽을 찾아 방황하게 되었네. 남자이자 여자인 제3의 인물이야 말로 인간의 원형이며, 미래에 있어서도 가장 진화된 호모루덴스라고 할 수 있지. 남자이자 여자인 제3의 인간이 늘어난다면 성범죄나 성차별, 사회적 부조리 등은 자동적으로 해결될 걸세. 그리고 가정은 보다 자유롭고 일종의 성의 해방구 역할을 할 것이 분명하지 않 겠는가. 그러나 오해하지는 말게. 나는 양성애자도 아니고, 동성애 자는 더더욱 아니네. 어디까지나 여장에서만 성적인 흥분을 느끼 고 여장을 할 때만 변신하는 것뿐이야. 이것은 오로지 심리적 안정 때문이지. 우리를 동성애자로 생각하고 접근하는 사람이 있을 때 는 견딜 수 없는 혐오감을 느낀다네. 나는 얼마든지 남편이 아내 역 할을 동시에 할 수 있고, 여자가 남자 역할을 할 수 있다고 생각해. 성은 얼마든지 공산共産화할 수 있으며, 가정은 소유욕이나 질투심 이 없는 지상의 낙원이 될 수 있다고 생각하네."

"교수님이 이렇게 일주일에 한 번씩 올렝카가 되는 것을 아는 사 람이 있습니까."

"전혀 모르지. 아내도 모르고, 아이도 모르고 있네. 참, 자네 누 이와 이혼한 뒤 5년 후에 나는 재혼을 했네. 기분이 언짢은가."

"아닙니다, 올렝카."

"올렝카라는 이름이 아름답지 않은가."

"특이한 이름입니다. 미국이나 영국 이름은 아닌 것 같고."

"러시아 이름이네. 안톤 체호프의 단편소설「귀여운 여인」에 나오 는 여주인공 이름일세. 사랑스럽고 제목 그대로 귀여운 이름이지."

"귀여운 여인이 되고 싶습니까, 올렝카."

장난을 걸 속셈으로 K가 물었다. 거울을 들여다보던 올렝카가 거울 속에서 K의 눈과 마주쳤다. 순간 K는 P교수의 눈에서 교태 를 보았다.

"그럴 수만 있다면. 아아, 그럴 수만 있다면."

남성의 성기가 달린 P교수는 어머니의 자궁 속으로 거꾸로 뛰어들고 싶어 한다. 그리하여 사랑스럽고 귀여운 여인으로 다시 태어나길 원한다.

"내가 자네를 이곳에서 만나자고 한 것은 오늘이 일주일에 한 번씩 있는 회원의 날이고 이날을 그냥 허비해서 넘기면 심리적 공황에 빠져 일주일간 고통을 느끼기 때문이었네. 일종의 월경과 같은 생리 현상이지. 물론 자네는 내 비밀을 지켜주리라 믿어. 그래서 여기서 만나자고 한 것이지만."

드디어 화장이 끝났는지 파우더로 얼굴을 두드리고 나서 올렝카는 거울을 닫고 화장품 세트를 핸드백 속에 집어넣었다.

전보다 한결 여성성이 강조되었지만 여전히 기괴한 모습이었다. 이런 복장으로 거리에 나간다 해도 무리는 없어 보였다. 거리의 사람들이란 웬만하면 남의 모습에 주의를 기울이지 않는다. P교수는 충분히 올렝카의 귀여운 여인 역할을 할 수 있을 것이다. 눈치 빠른 사람이 P교수의 정체를 알아차린다 해도 그것이 범죄행위가 아닌 이상 올렝카는 P교수의 말대로 해방구의 거리에서 자유를 느낄 것이다.

"이제 본론으로 들어가세. 3년 전까지만 해도 자네 누이와 연락을 했으니까, 이 전화번호는 바뀌지 않았을 걸세."

K는 올렝카가 건네준 메모지를 받아 주머니에 넣었다.

"자네 누이는 참 좋은 사람이었네. 누이는 자네를 정말 사랑했어. 언제나 말끝마다 내 동생 내 동생 하고 걱정을 했지. 물론 나도 자네를 좋아했었네."

"알고 있습니다, 올렝카."

"3년 전에 새로운 사람을 만나서 재혼했다는 연락이 왔었지. 정말 행복하길 바라네."

"저도 그렇습니다, 올렝카."

"전화로 누이의 연락처를 가르쳐줄 수 있었는데도 내가 오늘 자네를 이렇게 만나자고 한 것은 오래간만에 내 아들에게 선물을 사주고 싶어서였네. 자네도 알다시피 자네의 누이와 나 사이에는 아들이 하나 있지 않은가. 오래전에는 가끔 만나기도 했지만 나 역시 새장가를 들고 나서는 완전히 연락이 끊겼네."

"아들이었습니까."

"아들이었지. 그래서 오랜만에 애비로서 아들에게 선물을 주고 싶네. 누이를 만나게 되면 선물을 나 대신 전해주지 않겠나."

"물론입니다, 올렝카."

"요 앞 로터리에 백화점이 있네. 올 때 보니 마침 세일기간이더군. 괜찮다면 자네와 함께 백화점에 가고 싶은데, 괜찮을까."

"물론입니다, 올렝카."

"내 모습 때문에 함께 가기가 거북하다면 자네가 앞장서고 내가 몇 걸음 떨어져 가기로 하세."

"상관없습니다. 지금 있는 그대로의 모습이 보기 좋습니다."

"그럼, 가기로 할까."

K는 올렝카와 함께 일어섰다. 종업원이 오자 올렝카가 말하였다.

"여기 백화점에 다녀올게요. 커피 값은 다녀와서 계산하겠습니다."

"알겠습니다, 올렝카 회원님."

두 사람이 문 입구로 나오자 앉아 있던 여인들이 모두 일어섰다. 올렝카에게 연장자의 예의를 갖추는 모양이었다.

"잘 다녀오세요, 올렝카 언니."

K가 변신한 모습을 확인했던 두 사내 중 한 사람이 다정하게 하얀 손을 흔들며 인사하였다. 올렝카는 두 사내에게 다정스런 말을 던졌다.

"반가워요, 제시카. 그리고 난정이도."

인사를 건네고 나서 올렝카는 계단을 올라 거리로 나갔다. 가을 햇살이 깨어진 유리 조각처럼 골목길 위에 박살이 나 있었다. 눈이 부신 듯 올렝카는 핸드백에서 선글라스를 꺼내 쓰고 양산을 펼쳐 들었다. K는 올렝카가 양산만은 쓰지 않았으면 하였다. 그 양산은 고전적이어서 벼룩시장 같은 데서 파는 앤티크한 골동품처럼 보였기 때문이다. 양산은 사람들의 시선을 가리는 것이 아니라 오히려 표적이 되고 있었다. 거리의 사람들은 대부분 흘깃거리며 올렝카를 보았지만, 정작 본인은 오히려 그 시선을 즐기는 듯하였다. K 역시 개의치 않기로 하였다.

"팔짱을 끼기로 하지."

올렝카가 장갑을 낀 손을 내밀었다. K는 올렝카와 팔짱을 끼고 나란히 걸었다. 처음에는 올렝카가 자신이 여인으로 변신하였음을 만끽하기 위해 팔짱을 낄 것을 제안한다고 생각했다. 그러나 잠시 후 K는 올렝카가 그 같은 제안을 왜 했는지 그 이유를 짐작할 수 있었다. 올렝카가 신은 구두의 굽이 지나치게 높아 충분한 연습을 하였다 하더라도 걷는 것이 불안하고 위태로웠기 때문이다. 팔짱을 끼자 두 사람은 마치 다정한 연인처럼 보였다.

백화점 광장에서는 한 무리의 젊은 아이돌 그룹이 노래를 부르고 있었다. 여기저기서 아악 아악거리는 소녀 팬들의 함성이 들렸다. 올렝카가 그 가수들의 모습을 감상하고 싶어 했으므로 K는 함께 발걸음을 멈춘 후 노래하고 춤추는 가수들의 공연을 보았다.

"이따금 이렇게 여장을 하고 올렝카로 변신하면 격렬한 성적 충동을 느낀다네. 수음手淫을 해서라도 성적 충동을 해소하고 싶지만 나는 그것을 자제하고 있네."

올렝카는 별 뜻도 없이 혼자서 독백한 후 백화점 안으로 K를 이끌었다. 상점 위치를 잘 알고 있는 듯 올렝카는 에스컬레이터를 타고 3층 매장으로 갔다. 그곳은 주로 여성들을 위한 전문 매장들이 있는 플로어였다. 사람들의 집중되는 시선을 무시하고 양산을 접은 올렝카는 빠른 걸음으로 여성들의 속옷을 파는 상점 앞에 가서 섰다.

"살 생각은 없네. 그러나 아이쇼핑은 하기로 하지."

올렝카가 매장 안으로 들어서자 낯이 익은 듯 판매원들이 몰려와 올렝카를 맞았다. K는 쇼핑이 끝나기를 기다리는 남편처럼 매장 의자에 앉아서 휴식을 취하였다.

매장 안에는 각종 여성 속옷이 진열되어 있었다. 가슴을 가리는 브래지어와 매춘부들이나 입을 만한 자극적이고 원색적인 팬티, 슈미즈와 같은 속치마, 드로어즈처럼 생긴 속바지, 탑과 같은 각종 언더웨어들이 즐비하였다. 올렝카는 일일이 점원의 안내를 받으며 이를 꼼꼼히 체크하고 있었다. 그녀의 얼굴은 만발한 꽃이 피어 있는 정원을 산책하는 듯한 행복감으로 충만하였다. 기어이 마음에 들었는지 망사스타킹과 포르노 배우들이나 입을 팬티를 사서 쇼핑백에 넣었다. 그 팬티는 올렝카의 성기를 감출 수 없을 만큼 작고, 무게를 감당할 수 없을 만큼 투명하고 얇았지만 올렝카는 매우 만족해 보였다. K는 올렝카가 만족하면 그만이라고 생각하였다.

다음에 간 곳은 영캐주얼 매장이었다. 열 살부터 열여덟 살 정도의 청소년들이 입을 만한 옷 중에서 올렝카는 겨울에 입을 수 있는 방한복과 바지 하나를 산 후 말하였다.

"내 기억이 정확하다면 열세 살이 되었겠지만 일부러 열다섯 살 정도의 애들이 입을 만한 옷을 골랐네. 작으면 입을 수 없지만, 크면 언젠가는 입을 수 있으니까. 이것을 전해주겠나."

올렝카는 포장된 옷가지가 들어 있는 쇼핑백을 K에게 건네주었다.

"틀림없이 전하겠습니다, 올렝카."

"선물과 더불어 이 말도 전해주겠나. 이 애비가 사랑하고 있다고 말일세. 아니면 보고 싶어 한다고. 두 말 중에 하나는 자네가 그때 상황을 보고 선택해서 전해주도록 하게."

K는 올렝카가 거짓말을 하고 있다고 생각하였다.

올렝카는 아들을 사랑하지도, 보고 싶어 하지도 않는다. 그런 말은 손님을 왕처럼 모신다는 백화점의 캐치프레이즈와 같은 선전 문구다.

그러나 K는 대답하였다.

"그 말을 전하겠습니다."

두 사람은 백화점을 나섰다. 거리로 나오자 올렝카는 양산을 폈다.

"여기서 헤어지도록 하세. 어차피 나는 '에옹'으로 돌아가야 하니까."

"커피 잘 마셨습니다, 올렝카."

"잘 가게."

올렝카는 장갑을 낀 손을 내밀며 말하였다.

"악수를 할 때는 장갑을 벗어야 하지만 지금의 나는 올렝카이니까 장갑을 낀 그대로 하겠네. 여자들은 악수를 할 때 장갑을 벗지 않더라도 에티켓에서 벗어난 것은 아니니까."

두 사람은 악수를 나누었다.

백화점 정문 앞에서 두 사람은 헤어졌다. 올렝카는 다시 카페로 돌아가기 위해 골목 쪽으로 걸어갔다. K는 주차장으로 가기 위해 반대편으로 한참을 걷다가 돌아서서 올렝카를 확인해보았다. 그렇지 않아도 큰 키에 하이힐까지 신은 거인 하나가 둥둥 떠 흐르는 인파 위에서 넘치는 홍수에도 버티고 선 미루나무처럼 우뚝 서서 걸어가고 있었다.

한때 대학 캠퍼스였던 거리에는 수많은 작은 극단, 언더그라운드의 뮤직홀, 화랑과 같은 문화 시설들이 상가와 어울려 독특한 분위기를 형성하고 있었다. 대학 본부가 있던 광장에서는 아마추어 밴드들이 연주를 하고 있었다. 비둘기들이 날아다니고, 샛노랗게 물든 은행나무 잎들이 와사등瓦斯燈처럼 휘황한 가스불빛을 내뿜고 있었다.

K는 10년 만에 누이를 만나러 가는 이상 간단한 선물이라도 사야 한다고 생각하였다. 대학로 상점 거리에 낯익은 빵집이 보였다. 알맞은 선물이라 생각하며 K는 생일파티용 케이크 한 상자와, 팥빵과 크림빵을 섞어 샀다.

선물이라고 설명하자 여종업원은 예쁘게 포장해주었다. 내친김에 K는 약국을 찾기 위해서 거리를 돌아다녔다. 어제 아침 강아지에게 물린 상처가 덧이 났는지 욱신거리고 둔한 통증이 일었다. 소독약으로 상처를 닦아내고 붕대를 감는 것이 좋을 것 같았다. 통증을 없애기 위해 진통제도 몇 알 사야 했다. 두 개의 약국이 눈에 띄었지만 일요일이어서 문은 닫혀 있었다. 하는 수 없이 K는 다시 차를 몰고 언덕길을 올라가며 생각하였다.

'웬일이냐.'

10여 년 만에 K가 전화하자 누이가 전화 저편에서 복권에 당첨된 사람처럼 비명을 질렀다. 예전 목소리 그대로였다. K는 가슴이 뭉클하였다. 피를 나눈 누이에 대한 혈육의 정 때문인지 아니면 10여 년 만에 목소리를 들었으면서도 잊지 않고 반가워하는 이 지상에 단 하나밖에 없는 동기간으로서의 인연 때문인지 정확히 분간할 수 없었다.

K는 누이를 만나고 싶어서 전화를 걸었다고 말하였다. 누이는 그렇지 않아도 항상 K를 보고 싶어 했다고 말하면서 지난번에는 정말 미안하게 되었다고 사과하였다. K는 누이가 말하는 '지난번에는'이 무엇을 뜻하는지 알 수 없었지만, 누이가 K를 진심으로 보고 싶어 했다는 진정성은 느낄 수 있었다.

누이는 자신이 사는 아파트의 위치를 가르쳐주고는 마침 점심시간이니 차린 것은 없지만 함께 밥을 먹자며 미리 계획하고 있었던 것처럼 말하였다. 마치 제3의 인물이 미리 누이에게 K가 방문할 것이라는 사실을 알려준 것처럼 누이는 알맞게 반가워했고, 알맞게 사과했고, 알맞게 점심 초대까지 하였다.

K는 낙산 기슭에서부터 경사진 언덕으로 올라가면서, 지난번에는 정말 미안하게 되었다는 누이의 수수께끼와 같은 말을 다시 떠올렸다.

'지난번에'가 언제, 무엇을 의미하고 있는 것일까. P교수와 이혼한 사실에 대해서 미안하다는 것일까, P교수의 말대로 K와 협의도 없이 다른 남자와 3년 전 쯤 재혼하면서도 연락을 취하지 않았다는 사실이 미안하다는 것일까, 아니면 그동안 아무런 소식도 없이 연락을 끊었다는 사실에 대한 사과인가.

아파트는 오래전에 지은 서민 아파트답게 성냥갑 같은 5층의 사각 건물이 몇 동 산정에 위태롭게 서 있었다. 대학로 뒤쪽 낙산 정상에 이런 아파트 단지가 있을까 싶을 정도로 절벽에 지은 제비집처럼 아슬아슬하였다. 높은 옹벽으로 되어 있어 요새와 같이 보이는 낡고 허름한 아파트였다.

K는 누이가 가르쳐준 대로 3동 주차장에 차를 세웠다. 아파트 건물과 건물 사이의 빈틈으로 탁 트인 시야가 펼쳐졌다. 도심 거리가 무릎을 꿇은 모습으로 굴복하고 있었다. 오래된 건물이라 엘리베이터도 없었다. K는 5층까지 걸어 올라가야 했다.

복도에서 부부 싸움하는 소리, 아이들의 울음소리, 된장찌개 냄새, 자전거를 타는 아이들의 고함 소리, 아파트 벽에 줄을 매달고 햇살에 말리는 빨래들, 느닷없는 고함 소리와 텔레비전의 소음, 아파트 광장에서 들려오는 채소 장수의 확성기 소리, 펼쳐진 도시로부터 들려오는 파도 소리와 같은 자동차의 경적 소리, 어디선가 술에 취해 노래를 부르는 목쉰 소리, 이에 화답하는 하모니카 소리, 복도를 돌아가는 쥐들과 쥐를 쫓는 도둑고양이의 울음소리, 복도에 내놓은 음식쓰레기통에서 풍기는 악취, 남이 보거나 말거나 문을 열어놓은 방들마다 풍겨오는 사람들의 때 묻은 체취, 열린 방에서 들려오는 12시를 알리는 날카로운 시보 소리. 그런 온갖 소리와 냄새와 풍경들이 K의 감각기관의 포충망 속에 갇힌 곤충처럼 채집되고 있었다. 그것은 K에게 낯익은 풍경이었다.

누이의 집은 꼭대기 층에서도 가장 오른쪽에 있는 막다른 곳에 위치하고 있었다. 현관문은 닫혀 있었다. 문에는 십자가가 걸려 있고 십자가 속에는 A교회의 이름이 새겨져 있었다. 누이가 A교회에 나가고 있는 기독교 신자가 아니라면, 액세서리로 공연히 붙여놓은 듯 보였다.

누이는 K보다 더 독실한 가톨릭 신자였다.

그것은 어머니의 영향 때문이었다. 누이는 성당에서 P교수와 혼인미사를 올렸다. 가톨릭에서는 이혼이 금지되었기 때문에 누이는 개신교로 개종했을지도 모른다. 어쩌면 기독교에도 발을 끊고 무신론적 냉담자가 되었을지도 모른다. A교회에 나가는 것은 누이가 아니라 P교수와의 사이에서 나온 열세 살가량의 아들(K에게는 조카가 될 것이다), 아니면 3년 전에 재혼한 새 남편(K에게는 매형이 될 것이다)일지도 모른다.

K는 초인종을 눌렀다. 곧 안에서 반응이 일고 현관문이 열렸다. 문 앞에는 몸집이 큰 여인이 웃음 띤 얼굴로 서 있었다. 낯선 모습

이었다. 그 낯선 여인이 다름 아닌 누이라는 사실을 깨닫기에는 적지 않은 시간이 걸릴 정도로 변해 있었다. 한때 배우를 할 정도로 날씬하고 예뻤던 누이는 얼핏 봐도 120킬로그램이 넘을 정도로 비만한 몸집으로 변해 있어 지상에 존재했으나 지금은 멸종해버린 공룡처럼 보였다.

"K로구나, 어서 와라."

누이는 K에게 말을 건넸다. 목소리만은 변치 않은 그대로였다. 사춘기 때 변성하지 않도록 일부러 거세시킨 파리넬리처럼 청명한 고음의 목소리였다.

K는 P교수로부터 건네받은 쇼핑백과 케이크 상자를 들고 집 안으로 들어섰다.

"사는 것이 누추해서 미안하다."

누이는 먼저 들어가 K를 안내하였다. 날씨가 더웠으므로 창문은 활짝 열려 있었다. 여과 없이 산 아래의 도심 풍경이 펼쳐져 있어 단애의 절벽 위에 세워진 방갈로에서 해변의 개펄을 보는 느낌이었다.

K가 온다는 전갈을 받고 대충 치웠지만 원래는 정돈이 안 된 상태로 물건이 널려 있었던 듯 거실은 어수선하였다.

"앉아라. 얼굴 좀 보자."

누이는 소파에 K를 앉힌 채 두 손으로 배구 경기에서 리시브를 하듯 얼굴을 받쳐 들었다.

"그대로구나. 머리에 새치도 있고, 주름살이 약간 있지만 예전 얼굴 그대로다. 언제부터 안경을 썼냐."

"4, 5년 전부터 눈이 나빠져서."

K는 말을 흐렸다. 오랜만에 누이를 만났으므로 반말을 써야 할지 존댓말을 써야 할지 구분이 되지 않았다.

"나 많이 변했지."

누이는 K의 볼을 가볍게 쥐었다 놓으며 말하였다.

누이는 자신의 말대로 많이 변해 있었다. 호리호리하고 날씬했던 몸매는 살찐 멧돼지의 모습으로 변해 있었고, 부드럽고 아름답던 갈색의 머리카락은 서리를 맞은 시든 배추처럼 거칠고 윤기가 없었다. 배우 생활을 할 때 손을 댔던 쌍꺼풀과 성형수술 부위가 세월의 부작용으로 변형이 와서 두 눈은 눈병이 난 듯 부어 있었고, 코는 흐르다 굳은 촛농처럼 주저앉아 있었다. 실제 나이 이상으로 얼굴에 주름이 잡혀 있었다. 나이를 감추기 위해서 염색을 하였지만 염색할 적절한 타이밍을 놓친 듯 머리의 가운데 부분은 희고 바깥 부분은 검은 빛깔이 퇴색된 잿빛이었다.

누이는 K를 맞기 위해서 서둘러 화장을 한 듯 보였다. 립스틱은 화장이라기보다는 음식을 먹다 묻은 붉은 토마토케첩과 같았고 눈썹은 그리다 만 미완성의 스케치 같았다. 평소의 무신경이 그대로 드러나듯 옷은 지나치게 헐렁해서 부댓자루처럼 보이고 그 옷 속에 비만한 육체가 포장이 덜된 고깃덩어리처럼 들어 있었다.

몸매가 좋은 편이어서 배우 생활을 할 때 누이는 몸매를 과시하는 육체파 여인 역할을 주로 도맡았다. 헐렁한 옷 사이로 풍만한 젖가슴이 그대로 드러났다. 컸던 젖가슴이 몸의 비만과 비례하여 함께 성장하였는지 브래지어를 하지 않은 누이의 젖가슴은 일부러 성형수술로 가슴을 키운 포르노 배우처럼 우람하였다.

"세월이 나를 이렇게 만들었단다."

누이는 자신의 몰염치한 꼬락서니가 자신의 탓이 아니라 세월의 탓이라는 것을 강조하기 위해서 크게 한숨을 내쉬었다.

"저건 뭐야."

누이는 K가 들고 온 백화점 쇼핑백과 케이크 상자를 가리키며 말하였다.

"누이의 전화번호를 알기 위해 오전에 P교수를 만났어. 그랬더니 아들에게 선물로 주라고 백화점에서 방한복과 바지를 사주더군."

"덜떨어진 자식."

누이는 진저리를 치면서 포장지를 뜯었다.

"선물을 주면서 아들에게 이 말을 전해달라고 당부하더군."

"뭐라고 하더냐, 그 자식이."

"보고 싶다고. 그리고 또 말했어."

"뭐라고."

"사랑한다고. 보고 싶고 사랑한다고 전해달라고 말했어."

누이는 방한복을 자신의 몸에 대보았다. 거인이 소인국 사람의 옷을 입어보려는 것처럼.

"아들은 어디 갔어."

누이는 물끄러미 K의 얼굴을 보았다. 집 안에 다른 누가 있는지 문 닫힌 방 안쪽에서 계속 달그락거리는 소리가 들려오고 있었다.

"방 안에 누가 있나."

K는 달그락거리는 소리가 들려오는 방을 가리키며 물었다.

"그 앤 죽었어. 3년 전에 물놀이를 갔다가 익사했어."

누이는 대수롭지 않게 말하였다.

"내가 이미 그 자식에게 통보를 했으니까, 그 자식도 지 아들이 죽은 걸 알고 있을 거야. 그런데 죽은 아들에게 전하라고. 사랑한다고, 보고 싶어 한다고 전하라고. 지 아들이 죽은 것도 기억하지 못하는 그놈은 한마디로 미친 자식이야."

누이는 제 머리를 손가락으로 가리키면서 한 바퀴 돌렸다. 얇은 옷 속으로 팬티 라인이 보이고 P교수 아니, 올렝카가 백화점에서 샀던 속옷과 비슷한 외설적인 무늬가 적나라하게 드러났다. 120킬로그램이 넘는 거구지만 누이의 몸은 충분히 뇌쇄적이었다.

"이것은 뭐냐."

"내가 케이크를 사왔어."

"고맙다. 나는 워낙 빵을 좋아하거든."

누이는 식탁 위에 케이크를 올려놓고 플라스틱 나이프로 잘랐다. 그리고는 접시에 옮겨 담아 허겁지겁 먹기 시작하였다. K는 누이가 폭식증에 사로잡힌 사실을 깨달았다.

"먹을래."

누이는 예의상 그렇게 물어본 듯 입가에 크림을 묻히면서 삽시간에 케이크 한 조각을 먹어치우고, 다시 한 조각을 담아 먹기 시작하였다. 그것은 먹는 것이 아니라 입안에 털어 넣는 행위였다. 입가에 묻은 크림과 풍만한 젖가슴 위에 떨어진 크림을 손가락으로 닦아 올려 입으로 핥으면서 누이는 말하였다.

"네 아내는 잘 있지. 딸아이도 잘 있고. 딸아이는 많이 컸겠다. 우리 아들보다 세 살 밑이었으니 올해 열 살쯤 되었겠구나. 잘됐다. 그 미친 자식이 준 선물은 네가 가져가서 딸아이에게나 줘. 요즘 아동복은 남자용 여자용 따로 없는 유니섹스잖아. 조금 크겠지만 작은 것보다는 낫겠지. 뒀다가 훗날 입으면 되니까."

누이의 대화는 대답을 기대하는 것이 아니라 추악한 자신의 걸신들린 모습을 감추려는 의도적인 눈가림처럼 계속 이어졌다.

"아이는 누굴 닮았냐. 네 아내를 닮았냐. 말끔한 것을 보니 출세한 것 같구나. 하기야 어릴 때부터 너는 빈틈이 없고 깔끔한 아이였으니까."

대형 케이크의 반쪽이 순식간에 사라졌다. 누이는 이번에 케이크 대신 빵을 꺼내 들었다. 누이는 일정한 시간 안에 누가 많이 먹는가를 겨루는 시합에 출전한 선수처럼 보였다.

그때였다.

달그락거리는 소리가 멎더니 방문이 열렸다. 남자 하나가 방에서 나왔다. 누이가 빵을 먹다 말고 말하였다.

"이리오세요, 여보. 당신에게 소개해줄 사람이 있어요."

남자는 울긋불긋한 등산복을 입고 있었고, 어깨에 배낭을 멘 상태였다. 등산이라도 가려는 옷차림이었다.

"내가 너에게 말했지, 다시 재혼했다고. 내 서방이야."

남자가 등산모를 벗고 K를 쳐다보았다. 그리고는 손을 내밀어 악수를 청하면서 말하였다.

"말은 누이를 통해 많이 들었소, 반갑소."

K는 악수를 하며 남자의 얼굴을 보았다. 몹시 낯이 익었다. 낯이 익은 것이 아니라 잘 아는 사람이었다. 바로 어제 처제의 결혼식 때 만났던 정체불명의 장인이었다. K는 자신이 잘못 보았나 하고 다시 한 번 확인하였다.

지나치게 검은 빛깔로 염색한 머리와 유난히 흰 미백색의 틀니, 악수를 할 때 쥐었던 손의 감촉, 유난히 많은 주름살의 굴곡 등 사위인 K에게 있어 한때는 죽은 것으로 되어 있었던 바로 그 장인이었다.

어제, 결혼식장에서.

K는 자신도 모르게 결혼식장에서의 이야기를 꺼내려다 말고 입을 다물었다. 아내의 말이 정확하다면 K와 아내가 결혼했던 15년 전에 장인은 장모와 이혼함으로써 공식적으로는 사망선고를 받은 사람이었다. 그 사람이 3년 전에 누이와 재혼한 현재의 남편인 것이다. 결국 어제의 그 사람은 K의 장인이었고 오늘의 이 사람은 K의 매형인 것이다.

"그럼 놀다 가시오."

장인은 아니 매형은 다시 등산모를 눌러쓰고 말하였다.

"나는 등산을 가기로 약속한 친구들이 있어 먼저 나갑니다, 처남."

남자는 웃으며 말하였다.

"자주 놀러오시오."

남자는 밖으로 나갔다.

K는 혼란을 느꼈다. 어제 카페에서 만났던 노출증 여인의 미행이 한밤의 술집으로 이어지고, 그 추적은 K의 휴대폰을 주웠던 대리운전 기사에게 승계되었다. 그 추적은 고정간첩이라고 할 수 있는 아내 행세를 하는 낯익은 가짜 아내에게 다시 인계되었다. 치밀한 원격조종은 어제 결혼식장에서 만났던 장인이자 누이의 두 번째 남편인 매형에게 자동으로 인계되어 K의 일거수일투족을 언제 어디서나 한 치의 오차도 없이 감시하며 기록하고 있는 것이다.

그렇다면.

K는 생각하였다.

이 비만한 여인은 과연 K와 피를 나눈 누이임에 틀림이 없는가. 이 여인도 K의 누이를 가장한 가짜인간인가.

K는 머리를 흔들었다. 아니다. 이 여인은 진짜 누이다. 비록 세월이 흘러 모습은 변해버렸지만 오누이만이 느낄 수 있는 친밀감이 느껴진다. 어젯밤 아내에게서 느낄 수 없었던 다정함과 보온병 같은 온기가 느껴지고 있다. 틀림없는 K의 누이인 것이다.

K는 오랜만에 누이를 잘 찾아왔다고 생각하였다. H의 말대로 누이는 K의 혼란된 정체성을 찾는 데 결정적인 도우미 역할을 해줄 수 있고, K를 둘러싸고 벌어지는 이 알 수 없는 미궁의 음모를 파헤

치는 결정적인 증인이 될 수도 있을 것이다.

"혹시 앨범이 있어."

K는 H의 충고를 떠올리며 새로운 실험을 시도할 필요성을 느꼈다.

"앨범이라니."

"우리 어렸을 때 가족사진 같은 것 말이야. 아버지 어머니와 함께 찍은 사진 같은 것 말이야."

"물론 있지."

누이가 머리를 끄덕였다.

"아빠와 엄마뿐 아니라 너와 내가 함께 찍은 추억의 사진들도 있지."

누이는 앨범을 찾기 위해 거실 이곳저곳을 뒤졌다. 얇은 옷 속에 숨겨진 누이의 살덩어리가 투명하게 비쳤다. 맨 젖가슴으로 인해 솟은 검은 빛깔의 유두는 옷 바깥으로 돌출되어 잘 익은 포도 알처럼 굵고 자극적이었다. K의 시야 정면으로 앨범을 찾느라 엎드린 거대한 여인의 엉덩이가 보였고, 팬티 라인 속으로 검은 음모가 그대로 보였다. 누이는 한낮에 방문한 외판원을 유혹하는 할 일 없는 유부녀처럼 보였다.

K는 자신의 시선이 의도하지 않았음에도 불구하고 누이의 옷 속에 숨겨진 육체의 선을 따라 움직이고 집중하고 그곳에서 멈추는지 이해할 수 없었다. K는 그런 시선을 친밀감이나 오누이간의 친숙감 때문이라고 자위하였지만, 솔직히 표현하자면 정욕에 따른

충동 때문이라고 말할 수 있을 것이다.

앨범을 찾은 누이는 K 옆에 바짝 붙어 앉았다. 누이의 몸에서 땀냄새가 났다. 추악한 악취가 아니라 정겨운 냄새였다. 순간 K는 그 냄새가 오래전 가족들의 품속에서 맡던 낯익은 체취임을 인지하였다.

"사진을 보렴. 이 앨범 속에 들어 있는 사진은 우리 가족들만의 추억이야. 이게 뭔지 아니."

누이는 앨범 맨 앞 장에 붙어 있는 네잎클로버를 가리키며 말하였다.

"내가 대학생 때 덕수궁 잔디밭에서 뜯은 네잎클로버란다. 그때 엄마와 나 그리고 너 우리 세 식구가 함께 덕수궁에 갔었지. 생각이 나니."

누이는 손을 뻗어 K의 목을 감싸 쥐었다.

"아이구, 내 새끼. 어디 갔다 이제 왔어."

누이의 입술이 K의 얼굴 이곳저곳을 더듬고 입술 위에 멈추었다.

"지난번에는 미안하게 됐어. 하지만 보다시피 내 신세가 이 모양이 꼴이니 누굴 도울 수 있겠니. 지난번 일은 미안하다, 용서해라."

누이는 K가 이해할 수 없는 말을 되풀이하였다. 누이가 K의 귀를 쓰다듬었다. K는 숨이 가빠져서 몸을 비켜 조금 떨어져 앉았다.

"그럼, 앨범을 보고 있어. 나는 그동안 점심을 차릴게. 국수 좋아하지."

누이는 K의 식성까지 기억하고 있었다. 틀림없는 K의 누이였다.

"특히 김치말이 국수 말이야."

누이는 주방으로 사라졌다. K는 혼자가 되었다. 윗옷을 벗어 옷
걸이에 걸고 바지를 걷어 올린 편안한 자세로 앨범을 들춰 보기 시
작하였다.

앨범 속에는 K가 열 살 무렵 죽은 아버지의 사진도 있었다. 사진
속의 아버지는 군복을 입고 있었다. K는 아버지가 한때 군인이었
다는 사실을 기억하지 못하고 있었다. 더구나 틀림없이 K를 낳은
아버지지만 아무런 감정도 느껴지지 않았다. K에게 있어 아버지는
K를 입양해 키운 양부 이상도 그 이하도 아니었다. K는 동정녀에
게 태어난 독생자獨生子와 다름없었다.

그러나 어머니는 달랐다. 어머니의 사진을 본 순간 K는 가슴이
뭉클해지는 감정을 느꼈으며 누선에서 물기가 배어 나왔다. 흑백
사진 속에서 실제로 살아 있었는지 아니면 사진 전시회에 출품하
기 위해 연출한 예술사진 속의 인물인지는 모르지만 한때는 K의
아버지와 어머니였던 사람들과 인형처럼 예쁘게 치장을 하고 교태
를 부리고 있는 어린 누이의 모습이 K의 눈에 들어왔다.

마치 등장한 사람들이 모두 죽어버린 찰리채플린의 무성영화의
매끄럽지 못한 영상을 보는 것 같았다. 어릴 때 곤충을 채집하여 날
카로운 핀으로 찔러 견본틀 위에 꽂아 놓듯 아버지를 비롯한 K의
가족들은 의식의 포충망으로 채집하여 보관하고 있는 박제된 곤충
이 아니겠는가.

그 박제된 곤충들이 한때는 날개를 퍼덕이며 살아 있던 나비였을

까, 잠자리였을까, 말똥구리였을까, 박물관에 진열된 박제된 동물처럼 한때는 살아서 초원을 달리던 표범이었을까, 노루였을까, 기린이었을까. 옛날 옛적에 아버지와 아들이 살고 있었다, 라는 유치한 동음반복어의 옛날이야기를 해주던 아버지는 살아 있던 인물이었을까, 유령이었을까. 그러나 다른 가족들과는 달리 엄마의 모습만은 갓 잡아 채집병 속에 넣은 곤충처럼 아직 살아서 파득파득 날갯짓을 하고 있었다.

어머니, 누이 그리고 K는 한가족임에 틀림이 없었다. 특히 어머니와 함께 찍은 K의 초등학교 졸업사진은 한가족임을 증명하는 분명한 단서였다.

사진 속의 K는 상고머리에 하얀 옷깃이 도드라져 보이는 그 무렵의 전형적인 학생복을 입고 있었다. 손에는 졸업장이 들어 있는 통을 자랑스레 들고 있었다. 어머니는 한복을 입고 K가 대견한 듯 등 뒤에서 K를 껴안고 있었다.

K는 두 장의 사진을 골랐다.

한 장은 K가 초등학교를 졸업할 때 어머니와 함께 찍은 사진이고, 또 한 장은 덕수궁에서 어머니, 누이와 함께 찍은 사진이었다. 두 번째 사진에서 대학생의 누이는 한층 성숙했으며 K는 사춘기에 접어들 무렵의 중학생이었다. 덕수궁 잔디밭에서 누이는 네잎클로버를 찾았을 것이다. 누이는 그것을 행운의 상징처럼 앨범 첫 장에 붙이고 있지만 누이의 인생은 네잎클로버의 행운과는 거리가 먼 불행한 것이었다. 시간은 그곳에 정지되어 포즈pause가 걸린 정지

화면 같았다. K는 그 두 장의 사진이 자신에게 필요한 치료제임을 알 수 있었다.

K는 언젠가 H가 이야기했던 거울요법을 떠올렸다. 한쪽 팔을 잃은 환자가 잃어버린 환상幻想의 팔로부터 계속해서 극심한 통증을 느낄 때의 유일한 치료 방법인 거울요법. 거울을 통해 환자가 느끼는 통증이 실제로 존재하는 통증이 아니라 환상사지幻想四肢에 대한 착각임을 인지케 하는 대증요법처럼, 두 장의 사진 역시 K의 정체성을 찾는 거울이자 특효약이 될 수 있을 것이다.

엄마에 대한 기억이 확실한 이상 가짜 엄마는 존재하지 않으며 누이에 대한 존재감이 분명한 이상 누이의 복제인간은 존재하지 않을 것이다.

한때 분명히 K의 가족이었던 어머니와 누이의 존재는 K를 악몽에서 깨어나게 할 것이며 세뇌 상태의 최면에서 벗어나게 할 것이다.

앨범 후반은 누이의 인생편력이었다. 많은 사진이 가위로 잘려나가고, 오려 붙인 채 훼손되어 있었다. 잘려나간 부분에 있던 인물은 전남편 P교수와 익사 사고로 죽은 아들이었을 것이다. 더 이상 둘러볼 이유가 없었으므로 K는 앨범을 닫았다.

K가 두 장의 사진을 골라내는 동안 누이는 주방에서 국수를 삶고 김치를 잘게 썰어서 면 위에 얹고 김칫국물에 물을 넣어 희석한 다음 그 속에 참기름을 넣고 얼음까지 띄워 점심을 완성하였다. 요리를 하는 동안 누이는 큰 소리로 노래를 부르고 있었다.

아아, 어떻게 하나. 우리 만남은 빙글빙글 돌고. 여울져가는 저 세월 속에 좋아하는 우리 사이 멀어질까 두려워. 아아, 어떻게 하나. 우리 만남은 빙글빙글 돌고……

누이는 고장 난 레코드판처럼 같은 음절을 반복해서 부르고 있었다.

"다 됐다."

준비를 끝내고 손을 씻은 후, 누이가 다가왔다.

"이 두 장의 사진을 내게 줄 수 있겠어."

K는 앨범에서 뜯어낸 두 장의 사진을 보여주며 물었다.

누이는 케이크를 먹으면서 두 장의 사진을 확인한 후 말하였다.

"물론이지. 나도 외로울 땐 가끔 앨범을 들춰 보니까 갖고 있어라. 너도 외로울 땐 엄마의 사진에서 위안을 얻을 수 있을 거야. 엄마가 너를 얼마나 사랑했는지 기억나니. 죽을 때까지 너는 엄마의 희망이었어."

K는 두 장의 사진을 지갑에 넣으면서 기억을 떠올렸다. 어머니가 돌아가셨을 때 누이와 K는 어머니의 곁에 있었다. 어머니의 눈동자가 K를 향해 고정되어 있었다. 의사는 어머니가 죽었다며 사망선고를 하였다.

어머니의 눈동자는 계속 K의 얼굴에 멈춰 있었다. 눈을 뜨고 잠을 자는 수면장애자처럼. 누이는 울면서 어머니의 눈을 감겨 드리라고 하였다. K는 누이의 말을 이해할 수 없었다. 죽은 엄마의 눈꺼풀을 감겨준다고 해서 죽음이라는 깊은 잠을 편히 잘 수 있는 것은 아니지 않은가. 있는 그대로 내버려두는 것이 좋을 것이라고 생각하면서도 K는 손으로 어머니의 눈을 감겨 드렸다. 누이가 울면서 이렇게 말했던 것이 기억난다.

"잘 자요, 엄마. 잘 주무세요, 엄마."

연극은 끝났다. 커튼은 닫히고 엄마 역할과 누이 역할을 하던 두 배우는 분장을 지우고 사라졌다. 무대를 채우던 박수 소리도 사라지고, K는 이곳에서 한때 누이 역할을 하던 여배우와 '가족'이라는 팸플릿에 실린 옛 사진들을 훑어보며 점심을 먹고 있는 것이다.

국수는 맛있었다. K는 한 그릇을 다 비웠다. 누이는 국수 대신 K가 사온 빵을 먹었다. 이미 케이크는 모두 먹고 나머지 빵을 삼키고 있는 중이었다. 누이의 체중은 곧 150킬로그램이 되고, 200킬로그램을 넘어 혼자서는 일어서지도 걷지도 못하게 될 것이다.

"다시 한 번 말하지만 지난번에는 정말 미안했어."

누이는 치매에 걸린 노인처럼 두 번이나 했던 말을 처음인 것처럼 반복하였다.

"그 지난번에가 도대체 언제인데."

K는 비로소 물었다. 묻기를 기대했던 것처럼 누이가 빠르게 대답하였다.

"3년 전쯤이야. 내가 갓 재혼을 했을 때였어. 두 번째 남편은 임대업을 하는 부동산업자인데 벌이가 신통치 않아 근근이 살아갈 정도였지. 하지만 그것이라도 내겐 하느님과 같았어. 먹고살 수 없어 한때는 노래방 같은 데 도우미로 나가기도 했을 정도였으니까. 바로 그 무렵에 네게서 편지를 받았어."

"편지라니."

"내게 보낸 편지."

"내가."

"그래, 네가 내게 보낸 편지."

K는 누이에게 편지를 보낸 적이 없었다. 전화번호도 모르고 사는 곳도 몰랐던 소원한 관계였던 K가 어떻게 누이에게 편지를 보낼 수 있단 말인가.

"나는 네 편지를 지금까지 보관하고 있어. 생전 처음으로 너에게서 받은 편지니까."

"담배를 피워도 될까."

K가 묻자 누이가 대답하였다.

"둘이 함께 피우자."

주머니에서 담배를 찾았다. 뭔가 딱딱한 것이 걸려 나왔다. 어젯밤 대리운전 기사에게 받은 명함이었다. K는 그것을 다시 주머니에 넣고 담배를 꺼내 누이와 함께 피우기 시작하였다.

"네가 내게 간곡히 부탁했지만 보다시피 내 사정으로는 네 부탁을 들어줄 수 없었단다. 미안하다, K야."

처음으로 누이는 K의 이름을 불렀다. K는 누이의 이름을 기억하려고 정신을 집중하였다. 그러나 떠오르지 않았다.

불확실한 누이의 이름은 곧 발견되었다. 누이가 찬장 속에서 문제의 편지를 꺼내와 식탁 위에 놓았기 때문이다. 오래된 편지봉투였다. 봉투 겉면에 잊었던 누이의 이름이 적혀 있었다.

KJS

K의 성이 K였으므로 누이의 성도 K라는 것은 당연한 일이지만 JS라는 이름은 낯설었다.

그러나 그것은 분명히 누이의 이름이었고, 필체 역시 K 자신의 글씨였다. 지문처럼 필체는 아무리 교묘하게 모사를 해도 완벽하게 속일 수 없다는 것이 범죄 수사의 정석이 아닌가.

K는 누이에게 편지를 보낸 적이 없다. 그럼에도 불구하고 자신이 쓴 필체의 편지가 이곳에 놓여 있는 것이다. 누이는 봉투 속에서 내용물을 꺼내 식탁 위에 펼쳤다. 공책 크기의 양면지 두 장에 쓴 편지였다. 한눈에 보기에도 그것은 분명히 K의 필체였다.

"오랜만이야, 누나."

누이는 담배를 피우면서 편지를 읽기 시작하였다. 목소리는 누이의 전성기 때의 여배우와 같은 음색을 띠고 있었다.

"그동안 잘 있었어. 연락을 해야지 하면서도 전혀 하지 못했어. 미안해, 누나. YD는 잘 커(YD는 죽은 조카의 이름이다. K는 까마득히 잊어버렸던 조카의 이름을 상기할 수 있었다). 벌써 초등학교 4, 5학년이 되었겠네. 외삼촌으로서 가끔 보살펴줘야 한다는 걸 알면서도 마음대로 안 되더군……."

K는 편지의 내용이 전혀 마음에 안 들었다. 필체는 백 퍼센트, K

의 글씨와 일치하지만 내용은 백 퍼센트, K의 표현 방식이 아니었다. 편지는 학교에서 숙제로 내는 얼굴 모르는 군인에게 보내는 위문편지 형식을 취하고 있었다. K는 그런 식의 가식적인 표현을 혐오하였다. 그런 표현은 공약을 토해내는 모리배의 정치 선전 문구와 같은 것이다.

"무슨 진통제 같은 것 없을까."

K는 JS의 낭독을 제지하기 위해서 화제를 바꾸었다. 문을 닫아 약국에서 사지 못한 진통제가 떠올랐기 때문이다. JS는 낭독을 멈추고 K를 쳐다보았다.

"왜. 어디 아프니."

"응. 발목을 다쳤어."

"넘어졌니."

"실은 말이야."

K는 말하였다. 누이의 마음을 다른 방향으로 전환시키기 위해서는 약간의 충격요법이 필요하다고 생각하였다.

"강아지에게 물렸어."

"강아지에게 물리다니. 어디 보자."

JS는 K에게 바짝 다가왔다. 젖가슴이 K의 얼굴에 정면으로 부딪혔다. JS는 K의 양말을 벗겼다. 강아지에게 물린 어제의 상처는 빨갛게 성이 나서 부풀어 있었다. 핏물까지 배어 있었다.

"이런, 이런."

JS는 혀를 차면서 K를 소파로 밀어 넣었다.

"이건 진통제로는 안 돼. 소독을 해야 해. 소독에는 입으로 빼는 것이 최선이지. 뱀에 물리면 상처 부위를 빨아 독을 빼는 것처럼, 강아지에게 물려도 상처 부위를 빨아 독소를 빼내야 한단다. 개의 이빨과 침에도 독이 있기 마련이니까."

JS는 K의 발에 입을 대었다. JS는 익사 직전의 사람을 물 밖으로 끌어내 인공호흡을 하는 구조대원처럼 보였다. JS는 더러운 K의 발목을 자신의 입으로 빨기 시작하였다.

진공청소기의 흡입력처럼 K의 발목에 흡착된 입의 에너지는 강력하였다. K는 당황하였다. 즉각적이고 저돌적인 JS의 접문接吻에 당황한 K는 몸을 빼기 위해서 주춤거렸다. 이러한 낌새를 눈치챘는지 JS가 억압하듯 말하였다.

"독소를 빼내지 않으면 광견병에 걸릴지도 몰라. 그대로 있어."

그러한 행위가 K에게 득이 될 수 있는 최대의 배려이며 아직도 정확한 내용은 알 수 없는 '지난번의 그 미안함'을 상쇄할 수 있는 보상 행위인 듯 JS는 헌신적인 자세로 K의 상처 부위를 빨았다. JS의 입술은 공격해야 할 상처 부위에 밀착되었다. 혀는 그 상처 부위를 집요하게 핥고 있었다. 그 행위에 열중하고 있어서 JS의 엉덩이가 K의 휴대폰에 저장된 포르노의 영상처럼 클로즈업되었다. 성행위를 연상시키는 누이의 포즈가 마치 펠라치오의 오랄섹스 체위처럼 보였다.

어린 K가 연필을 깎다가 칼에 손을 베어 피가 났을 때 JS가 달려와 피를 핥아 먹으며 말했었다.

"피는 소중한 거니까, 함부로 버리면 안 돼. 먹어야 한단다."

어렸을 때부터 누이는 혈액을 애호하는 '블러드 페티시즘'에 사로잡힌 '해마토필리아' 환자였을까. 아니면 드라큘라와 같은 흡혈귀였을까.

그 순간 K는 폭발하는 에너지를 느꼈다. 그 에너지는 지금까지 K가 한 번도 느끼지 못한 제어되지 않은 광기와 같은 힘이었다. 검은 연기만 뿜어내다가 내부에서 끓어오르는 용암의 불꽃을 한꺼번에 분출하려는 폭발 직전의 활화산에서 느껴지는 징후와 같은 마그마였고, 산이 무너지고 땅이 갈라지기 직전의 지각변동과 같은 표징이었다. 그것은 사정 직전에 느껴지는 쾌감에 대한 기대감, 그 쾌감에 대한 불안, 정액을 사정해서는 안 된다는 근원적인 원죄의식과 자책감, 사정 후에 다가올 슬픔과 허무와 고립감에 대한 본능적인 두려움. 이러한 복합적인 감정들이 혼합된 할례의식과 같은 고통스러운 느낌을 동반하고 있었다.

K는 성기가 발기되면서 온몸의 소름이 돋는 전율을 느꼈다. 이래서는 안 된다고 K는 머리를 흔들었다.

이것은 정신적인 근친상간이다.

K는 이를 악물고 중얼거렸다.

됐어, JS 누이.

K는 선언하듯 몸을 강하게 수축하였다. 빨판처럼 흡착되었던 JS의 입술이 떨어졌다.

"그만하면 충분해. 갈게, 누이."

자신의 육체적 흥분을 들키지 않기 위해서 K는 양말을 신고 옷걸이에 걸린 윗옷을 꺼내 입었다. K는 서둘러 걷어올렸던 바지를 도로 내렸다.

"이것은 네가 가지고 가라. 어차피 내겐 소용도 없으니깐. 네 딸아이에게 줘."

누이는 P교수가 백화점에서 산 선물을 넣은 쇼핑백을 K에게 건네주면서 말하였다. K는 식탁 위에 놓인 편지를 보았다.

"이 편지도 내게 빌려줘. 사진 두 장과 함께 틀림없이 돌려줄 테니."

"그렇게 해."

JS는 선선히 응답하였다. K는 편지를 주머니에 넣고 돌아섰다.

"잘 있어. 이제 가끔 연락도 하고 만나기로 해."

K의 말은 거짓이 아니었다. K는 JS와의 만남이 H의 충고에 의한 임상치료의 일환이라 할지라도 자신의 정체성을 확증할 수 있는 유일한 실험 방법임을 입증하였으므로 이따금 누이와의 만남을 통해 대증요법을 지속할 필요가 있었기 때문이다.

"그래 잘 가거라."

JS는 아파트 문 앞에서 K를 껴안았다.

"아이구, 내 새끼. 또 다시 만나자."

K는 누이의 집을 나왔다. 내려가는 계단에서 10여 마리 정도의 쥐가 떼를 지어 빠르게 도망치는 모습을 보았다. 쥐들이 저렇게 이동을 하는 것은 지진이 일어나기 전의 징후라는 내용을 읽었던 기

억이 떠올랐다.

그러나 지진 같은 건 K와는 상관없는 일이었다. 아직도 내부에서는 뜨거운 용암이 들끓고 있었다. 지각의 가장 약한 부분을 공략하여 그곳을 통해 용암이 분출하듯, K 내부에서 용솟음치던 에너지는 K의 몸에서 가장 예민하고 약한 부분을 향해 착암기처럼 지층을 뚫고 있었다. 그 지층은 K의 성기였다.

4장 14시 47분

　일요일이라 대학로는 차량의 출입이 통제되는 보행자의 천국이었다. K는 우회도로를 통해 대학로를 빠져나갈 수밖에 없었다.

　큰길로 돌아나가는 입구에서 K는 차를 세웠다. 참을 수 없는 요의를 느꼈기 때문이다. K는 눈에 띄는 커피전문점으로 뛰어 들어갔다. 들어가자마자 화장실 쪽으로 달려가서 소변을 보았다. 소변을 보면서 K는 참을 수 없었던 것은 요의가 아니라 내부에서 폭발하는 마그마와 같은 유동성 에너지 때문임을 알았다. 성기는 여전히 발기해 있었다. 발기부전 치료제의 부작용으로 인한 지속적인 발기처럼.

　K는 화장실을 나와 빈자리에 앉았다. K는 커피를 주문해 마시면서 생각하였다.

어떻게 이럴 수가 있는가.

K는 화가 났다.

어떻게 누이인 JS에게 성욕을 느낄 수 있단 말인가. 그러한 감정이 정확히 성욕이라고는 말할 수 없다 하더라도 육체적인 흥분의 시그널임은 분명하지 않은가. K는 발정한 동물인가.

동물은 근친과도 짝짓기를 한다. 하지만 K는 이성을 가진 인간이 아닌가. 인간에게 있어 근친상간은 넘어서는 안 될 금기이자 터부다. 성경에는 하느님이 소돔과 고모라를 멸망시킬 때 유일한 의인이었던 롯의 아내가 돌아보지 말라는 계명을 어기고 돌아봤다가 소금기둥이 된 이야기가 나온다. 홀로 된 아비를 모시고 살던 두 딸은 대가 끊길 위기에 처하자 아버지 롯에게 술을 먹인 후 술 취한 틈을 타 차례로 씨를 받는다. 성경은 이 장면을, 이리하여 롯의 두 딸은 아버지의 아이를 가지게 되었다고 표현하고 있다.

롯의 딸이 낳은 아이는 아버지의 아들이자 딸의 남동생이며, 딸은 아이의 어머니이자 아이의 친누이가 되어 정상적인 혈연관계를 교란시킨다. 그렇다고 롯이 인륜을 저버린 죄인인가. 롯은 하느님의 징벌을 벗어난 단 한 사람의 의인이 아니었던가.

K는 물론 의인은 아니다. 10여 년 만에 보는 누이에게서 분출하기 직전의 용암과 같은 폭발적인 성적 충동을 느낀 것은 무슨 이유 때문인가. 그 감각은 여전히 살아 있었다. 강아지에게 물린 상처를 빨 때 JS의 흡착된 입술의 감촉과 휘감는 혀의 감각은 한 번 새겨지면 지울 수 없는 낙인으로 K의 육체에 여전히 남아 있었다.

K는 신음 소리를 내면서 커피를 마시고, 심장의 박동 소리를 들으며 커피를 마셨다.

커피숍 안에는 손님들이 별로 없어 한가하였다. 천장 쪽에 설치된 대형 텔레비전에서는 남녀 아나운서가 나와 번갈아가며 뉴스속보를 진행하고 있었다. 지난밤 서해안에서 발생한 지진에 관한 긴급뉴스였다. 보도에 의하면 새벽 2시쯤 발생한 지진은 진도 5.6의, 지금까지 우리나라에서 발생한 지진 중 가장 강력한 지진이었다. 진원에서 가까운 섬의 피해 상황을 화면은 여과 없이 보여주고 있었다. 그 처참한 모습은 상상할 수 없는 것이었다. 가옥은 쓰러지고, 전봇대가 넘어지고, 화재가 발생하고, 사망자는 스무 명을 넘었으며, 부상자만 해도 아직 정확하게 파악할 순 없지만 백 명에 가까울 정도라는 내용이었다.

K는 그 뉴스를 지켜보았다. K의 눈을 사로잡은 것은 그 참혹한 피해 현장이 아니라 마당에서 펄떡이고 있는 물고기들의 모습이었다. 지진이 나자 갑자기 물고기들이 주택가 마당 위에서 펄떡이기 시작했다는 것이었다. 그 모습은 잔인한 인간 비극 속에 들어 있는 역설적인 희극의 모습이었다.

지진은 수백 명의 목숨을 위태롭게 했지만 그 대신 지각변동을 일으켜 투망질을 하지 않아도 바다가 뒤집혀 물고기들을 수백 마리씩 한꺼번에 포획하는 성과를 올린 것이다.

남자 아나운서로부터 마이크를 넘겨받은 여자 아나운서가 뉴스를 이어갔다.

문제는 이 지진이 강력한 지진을 예고하는 전진前震이며, 서울은 진원에서 멀리 떨어져 상관이 없을 듯 보이지만 수직으로 연결된 진앙이어서 각별한 주의가 필요하다고 말하였다. 그리고는 이번 지진은 지하의 단층 밑에 축적되었던 고압 상태의 마그마가 저항이 약한 해구를 공격함으로써 일어난 것으로 보인다고 설명하였다.

물끄러미 텔레비전을 보고 있던 K는 아나운서의 모습이 낯이 익다는 느낌을 받았다. 텔레비전에 나오는 고정 뉴스 아나운서가 낯이 익은 것은 당연하지만 K의 느낌은 이질적인 것이었다. K는 그 낯익은 얼굴의 정체를 곧 파악하였다. 여인은 어젯밤 술집에서 만난 나비 문신을 한 여인이었으며, 더 거슬러 올라가면 카페에서 자신의 넓적다리 안쪽을 보여준 노출증 여인이자, 복도를 스쳐 지나가면서 악취를 풍기던 바로 그 여인이기도 하였다.

텔레비전 카메라는 고정돼 있지 않고 이따금 여자 아나운서의 모습을 클로즈업하였다. 틀림없는 그 여인이었다. 그 여인이 이제는 아나운서의 대리 역할을 하고 있는 것이다. 과연 그럴 수 있을까. 한 여인이 동시에 카페에 나타나고, 술집에 나타나며, 방송국에 나타나고 텔레비전 화면에 등장할 수 있는 것인가.

복제인간이라면 가능하다.

K는 생각하였다. 복제인간, 인간의 체세포를 떼어 내 다른 몸에서 추출한 난자의 핵을 빼고 그곳에 체세포를 확산시키면 유전형질이 똑같은 복제인간을 만들 수 있다. 이미 복제 양은 태어났으며, 뒤이어 생쥐와 같은 설치류 동물의 복제가 뒤따를 것이다. 10여 년

전에는 우리나라에서도 복제 소가 탄생하지 않았던가.

K는 주머니를 더듬어 담배를 꺼냈다. 종업원에게 담배를 피워도 괜찮냐고 묻자, 종업원은 야외로 장소를 옮겨야 한다고 말하였다. K는 커피숍 밖으로 나왔다. 야외에는 파라솔이 설치되어 있었고, 국화 화분 몇 개가 놓여 있었다. 가을 날씨가 화창해서 실내에 있는 것보다 기분이 좋아졌다. K는 담배를 피워 물었다.

차량 통행이 금지된 대로로 수많은 젊은이들이 나와 데이트를 즐기고 있었다. 어떤 사람은 축구게임을 하고, 어떤 외국인은 윗옷을 벗고 맥주를 마시면서 노래를 부르고 있었다. 그 외국인들 사이로 코트를 입은 한 여인이 걸어오고 있었다. 그 코트가 낯이 익었다. 이제 K는 알 수 있었다. 간질환자들은 발작이 시작되기 직전에 몽롱한 현기증을 느낀다. 개미들은 비가 오기 직전에 자신의 집 주변에 흙을 쌓고, 쥐들은 지진이 일어나기 직전에 떼를 지어 안전지대를 찾아 대피한다. K에게도 그런 육감이 생긴 것이다. 오관으로는 느낄 수 없는 자연의 신비한 섭리나 깊은 본질을 직감적으로 포착하는 기능인 식스센스가 생긴 것이다. 그 슈퍼센스는 '낯이 익다'는 인식에서부터 출발한다.

K는 그 여인을 집중해서 관찰하였다.

여인의 코트뿐 아니라 검은 원피스, 헤어스타일, 걸음걸이, 얼굴, 그 모든 부분이 낯이 익었다. 그 여인은 어제 보았던 그 노출증 여인이자 나비 문신을 한 여인이며 텔레비전에 나온 아나운서임이 틀림없었다. 이제 그 여인은 K가 실존하는 지점을 파악한 후 그곳에 익명의 존재로 등장하고 있는 것이다.

K는 그 여인이 정면으로 걸어오고 있었기 때문에 자신을 겨냥해서 오고 있는 것이 아닐까 하는 경계심을 느꼈다. 그 복제인간은 K 앞을 스쳐 지나갔다. 얼핏 여인으로부터 풍겨오는 냄새를 맡은 듯싶었다. 분명 어제의 그 악취였다. 이 괴리현상은 어떻게 정의할 수 있을까.

H의 진단대로 K는 10여 년 만에 JS를 찾아 틀림없는 누이라는 사실과 함께 앨범을 통해 어머니의 존재를 확인함으로써 자신의 실존이 시뮬레이션의 가상적 현실에서 벌어지고 있는 모의실험이 아님을 확증할 수 있었다.

그럼에도 불구하고 외부의 현상은 여전히 뒤바뀌고, 엇갈리고, 뒤틀리고, 왜곡되며, 혼돈되고 있는 것이다.

K는 직사광선이 얼굴을 비추고 있었고, 파라솔이 그 햇빛을 차단하고 있지 않았기 때문에 그림자 쪽으로 방향을 바꿔 앉았다.

실내 창가 쪽 K가 앉았던 자리에 한 여인이 앉아 있었다. 낯이 익다는 육감이 K의 의식에 한 겹의 그물망을 던졌다. 좀 전에 K 옆을 스쳐 지나가던 그 여인이 K가 앉았던 바로 그 자리에 앉아 있었다. K에게 자신의 존재를 시위하고 있듯이 여인은 시선을 피하지도 않고 K의 눈을 정면으로 바라보았다.

K와 눈이 마주치자 여인은 의식적으로 코트의 단추를 풀고 가슴이 나오도록 벌렸다. 실내에 앉은 다른 사람들은 여인의 뒷모습과 옆모습만 볼 수 있을 뿐, 여인의 정면을 볼 수 있는 사람은 K뿐

이었다.

투명한 유리창이 가로막고 있었지만 두 사람 사이는 3미터도 안 되는 근접한 거리였다.

여인은 아무렇지도 않게 손가락으로 윗옷의 단추 하나를 풀었다. 단추 하나만큼의 공간이 열리고 그 공간을 통해 여인의 목이 드러났다. K도 그 여인의 시선을 굳이 피하지 않았다. 여인이 다시 두 번째 단추를 풀었다. 가슴골이 드러났다. 그 골이 깊은 계곡처럼 보인 것은 여인의 큰 젖가슴 때문일 것이다. 여인은 거리낌 없이 세 번째 단추를 어루만졌다. 풀려는 순간 한 남자가 여인 곁으로 다가왔고 옆 의자에 앉았다.

유리창으로 가려져 있어 두 사람의 대화는 엿들을 수 없었지만 다정한 연인 같았다. 남자는 조각처럼 잘생긴 미남이었다. 어딘가 낯이 익었다. 어제 그 카페에서 본 노출증 여인 앞에 앉아 있던 사내일까 하고 생각했지만, 그 사내의 뒷모습만 보았을 뿐 정면은 보지 못하였으므로 유리창 안의 남자가 어제 카페에서 보았던 그 사내의 복제인간인가 아닌가 여부는 판단할 수 없었다. 그러나 K는 남자가 낯이 익었다. K는 남자가 누구의 복제판인가를 알 수 있었다. 처제와 결혼을 한 새신랑이었다. 이미 수십 번 결혼식을 해본 것 같은 자신감과 뻔뻔함이 노골적으로 드러나 보이던 그 모습 그 대로였다.

지금쯤 처제와 발리로 신혼여행을 떠났을 새신랑이 아내 몰래 비행기를 타고 밀입국한 것일까. 그것은 시간적으로나 공간적으로 불가능한 일이다. 그러나 복제인간이라면 얼마든지 가능하다. 복제인간 A는 발리에서 신혼여행을 즐기고 있고, 복제인간 B는 대학로에서 복제인간 D와 데이트를 즐기고 있다. 그들이 마시는 커피도 복제커피이며, 그들이 앉아 있는 커피숍은 가상현실 속의 시뮬레이션 모의 실험장인 것이다.

잠시 멈췄던 여인의 노출증은 다시 시작되었다. 그 남자의 등장이 창밖의 K에게 자신의 은밀한 부위를 보여주는 아슬아슬한 쾌감을 가중시키는 듯하였다. 여인은 붉은 혀로 자신의 입술을 빨았다. 그 붉은 혀에서 K는 JS의 혀를 떠올렸고, K는 다시 흥분 상태에 빠져들었다.

여인의 손가락이 코트의 깃 속으로 숨어 들어가 세 번째 단추를 어루만지며 소매치기를 하듯이 감쪽같이 풀어 내렸다. 그 동작으로 실크 블라우스가 벗겨지려 하자, 여인은 재치 있게 옷자락을 잡아당겼다. 그것은 단정하게 옷깃을 여미려는 몸짓처럼 보였으나 실은 부끄러움을 가장한 교태여서 조금씩 조금씩 옷깃이 벌어지고 있었다. 브래지어를 하지 않은 가슴이 유두만 제외하고는 거의 노출되었다.

여인은 노련한 스트리퍼 같았다. 유리창을 칸막이로 한 밀실에서 자신을 훔쳐보는 관음증의 손님에게 자극을 제공하는 풀 서비스의 콜걸처럼 여인은 정교하게 과도로 껍질을 벗겨나가듯 자신의 속살을 보이며 관능을 연출하고 있었다. 이어서 놀라운 일이 벌어졌다.

여인의 손이 슬그머니 옆자리에 앉은 사내의 손을 잡아당겨 벌어진 옷 속으로 집어넣었다. 사내 역시 당황한 기색 없이 기다리고 있었다는 듯 두 사람은 서로의 얼굴을 마주 보며 웃었다. 사내의 손은 여인의 블라우스 속에서 피아노 건반을 두드리듯 연주하고 있었다.

공개된 장소에서의 애무가 두 사람을 흥분시켰는지 둘은 남의 시선을 개의치 않고 입을 맞추었다. 사내의 머리가 여인의 얼굴과 유리창 사이로 비좁게 삽입되어 여인의 얼굴을 덮었다. 사내의 얼굴이 여인의 얼굴을 가렸지만 눈동자가 있는 여인의 얼굴 윗부분은 여전히 K와 마주 보고 있었다. 눈을 감고 키스에 집중해야 할 텐데도 여인은 눈을 감지 않고 사내와 키스하면서 K의 두 눈동자와 눈싸움을 벌이고 있었다. 입술의 키스는 옆자리의 사내와 하고 있었으나 눈동자의 키스는 유리창 너머의 K와 나누고 있는 것이다. 그것은 그룹섹스이자 혼음의 형식을 띤 성의 콤플렉스였다.

그때였다.

K의 주머니 속에서 휴대폰이 울렸다. 전화는 아니고 문자메시지가 온 것이다. 메시지의 내용은 단문이었다.

더 보고 싶으세요.

K는 유리창 안의 여자가 문자메시지를 보낸 것이 아닐까 하는 느낌을 받았다. 그것은 불가능한 일이었다. K가 지켜본 바에 의하면 여인은 누구에게 문자메시지를 보낸 적도 없고 휴대폰을 꺼내

대화를 나눌 겨를도 없었다. 단순한 스팸 문자일까. K는 하루에도 몇 번씩 스팸 문자가 날아오는 것을 잘 알고 있었다. 주로 대출에 관한 정보였으나 간혹 성매매를 위한 선정적인 문자메시지도 있었다.

더 보고 싶다면 번호를 누르세요.

K는 문자메시지를 다시 확인하였다. 메시지 끝에는 전화번호가 명기되어 있었다. 단순한 우연이라고 판단 내린 K는 휴대폰의 폴더를 덮어 탁자 위에 놓았다. 문득 담뱃갑 위에 꽂힌 명함이 보였다.

지난밤 대리운전 기사로부터 받은 명함이 주머니 속에 들어 있다가 담뱃갑과 비닐 포장 사이에 끼워졌던 모양이다. K는 그 명함을 빼어 보았다. 대리운전 기사로부터 받은 네임카드였지만 명함 겉면에는 이름 대신 벌거벗은 여인의 나체 사진이 실려 있었고 그 밑에는 낯선 문구가 인쇄되어 있었다.

역삼점 성인방
쓸쓸하고 외로울 때는 럭셔리 걸을 찾아오세요.
Membership Only. 100% Reservation.
Opens 11 am to 06 am, 365 Everyday.
35분 4만원, 60분 7만원

K는 카드의 뒷면을 확인하였다.

The club and Manager Service.

Sweetheart mood. Kiss, Hug, Talk, Event, Party.

전화번호 ○○○-○○○○-○○○○

K는 그 전화번호가 낯이 익었다. K는 휴대폰의 폴더를 열고 좀 전에 도착한 스팸 문자를 확인하였다. 화면에 전화번호가 떠올랐다. 전화번호와 비교해본 결과 명함의 번호와 일치하였다.

그렇다면 역삼점의 성인방에서는 아무에게나 무작위로 스팸 문자를 보낸 것이 아니라 K를 겨냥해서 발송한 것이다. 그 표적의 시간까지 정확하게 꿰뚫고 있었다. K가 일요일 15시 23분 15초(K 자신의 시계로 확인하였다)에는 대학로의 S커피숍에 앉아 있을 거라는 사실을 위성보다 더 정확하게 예측했던 것이다. 이에 앞서 어제는 노출증 여인과 나비 문신의 여인으로, 오늘은 텔레비전의 아나운서로 변장한 여인을 정확한 시각에 맞춰서 K가 앉았던 커피숍 의자에 앉게 함으로써 유리창을 통한 접선이 시작되도록 한 것이다. 그보다 앞서 어제 그 대리운전 기사는, 휴대폰 습득자 '을'은 24시간 전에 벌써 앞으로 있을 K의 미래를 한순간도 놓치지 않고 예견하고 있는 것이다. 그들은 K가 누이인 JS를 만나도록 유도했을 것이다. H의 충고는 그들의 협박에 넘어간 미끼일 것이다. JS를 보고 느낀, 얇은 지층을 뚫고 분출하려는 마그마적 욕망도 그들이 투여한 특수 성분의 약 때문인지도 모른다.

K는 알고 있다.

기차역 대합실에 붙어 있는 열차 시간표에는 열차가 도착하고 떠나는 시간이 게재되어 있다. 특별한 일이 아니고는 대부분의 기차가 정해진 시각에 맞추어 도착하고 떠난다. 이것은 공공질서이며 계획된 약속이다. K의 모든 생각과 모든 행동도 미리 치밀하게 조작된 컴퓨터처럼 일정한 순서에 따라 떠오르고 움직이고 있는 것이 아닐까. K는 예정된 시간에 맞춰 도착했다가 떠나는 인간열차이자 기계인간인 것일까.

K가 만약 지금 다른 커피를 마시고 싶다면 그 생각조차 입력된 정보에 따른 빅브라더의 지시 때문이며, 빅브라더의 통제를 벗어나기 위해서 일부러 커피를 마시지 않고 오렌지 주스를 선택한다 해도 이러한 사소한 일탈 역시 사전에 계획된 빅브라더의 의중과 일치하고 있는 것이다.

K는 그 초월자의 원격조종에서 한순간도, 한 치의 공간도 벗어날 수가 없다. K는 마땅히 명함에 적힌 성인방으로 전화를 걸고, 카드에 적힌 내용대로 Reservation을 하기 위해 시간을 예약하고, Kiss 또는 Hug, Sweetheart mood를 즐기기 위해 역삼동으로 가야 한다. 이것은 거역할 수 없는 예정된 시간표이며, 보이지 않는 손의 지상명령이며, K에게 누이인 JS로부터 강력한 성욕을 느끼게 하려고 아버지 롯에게 술을 먹이고 씨를 받았던 두 딸처럼 K에게 특수 성분이 혼합된 술을 먹였던 것이다. 근친상간의 원죄를 통해 보이지 않는 손은 장거리 릴레이경기에서 다음 선수에게 바통 터치를 하게 하였다. 이를 통해 인류는 멸망치 않고 여전히 존재하고 있지 않은가.

전화를 걸어야 한다. K는 지상명령에 저항할 수 없었다. K의 육체는 분출 직전의 화산처럼 충분히 예열 豫熱되었고, 육체 속의 용암은 유리창 너머의 예고편으로 충분히 가열 加熱되어 있었다.

K는 고개를 들어 유리창 안을 들여다보았다. 여인과 사내는 사라지고 없었다. 자신들의 역할을 충분히 완수한 이 두 명의 밀사는 K가 다른 생각에 잠겨 있는 사이 신기루처럼 사라져버렸다. 다른 장면에 출연할 때까지 무대 뒤 휴게실에서 대기하기 위해 사라지는 연극배우들처럼.

K는 명함에 적힌 그 전화번호를 눌렀다.

"여보세요."

기다리고 있었다는 듯 상대방은 금세 전화를 받았다.

"성인방입니까."

"그렇습니다."

사내는 훈련병처럼 또박또박 말을 받았다.

"예약을 할까 하는데요."

"오늘은 일요일이라 손님이 많습니다. 몇 시쯤이 좋겠습니까."

"그곳의 위치가 어디입니까."

"강남역 쪽으로 오시면 됩니다. 강남역에서 5분 거리입니다."

"그러면 4시 30분쯤이 좋겠습니다."

"4시 45분으로 하시지요. 손님이 몇 분 대기하고 있으니까요. 그 정도면 여유가 있습니다."

"좋습니다."

K는 머리를 끄덕였다. 사내가 다시 물었다.

"몇 타임을 원하십니까. 1차는 35분이 기본이고, 2차는 60분까지 가능합니다. 그 이상의 오버 타임도 가능하지만 값이 두 배로 올라갑니다."

"그것은 그곳에 가서 정하면 안 될까요."

"좋습니다, 오시지요. 강남역 4번 출구로 4시 35분까지 와서 기다리십시오. 제가 지금 거신 휴대폰으로 전화를 할 겁니다. 이제부터 손님은 우리 럭셔리클럽의 정식 회원이십니다. 회원님의 넘버는 손님의 전화번호 끝자리인 5110번입니다. 앞으로 우리는 손님을 5110번 회원님이라고 부를 것입니다. 우리는 철저하게 손님의 사생활을 보호하고 있기 때문에 손님은 비밀번호 5110으로 언제나 파티를 즐길 수 있을 것입니다."

사내는 대화의 내용을 전부 암기하고 있는 듯 보였다.

"예외적이긴 하지만 출장 파티도 가능합니다."

"알겠습니다."

K는 폴더를 닫았다. K는 자리에서 일어섰다. K는 지령을 받은 공작원처럼 즉시 임무를 수행하기 위해서 커피숍을 나왔다.

5장 16시 32분

　신시가지에 위치한 지하철역은 몹시 혼잡하였다. 이어서 교통의
요충지답게 사람들로 넘쳐흐르고 있었다. 사내가 말했던 4번 출구
를 찾는 것은 어렵지 않았다. 입구를 찾아 지하상가를 가로지르고
있을 때, 휴대폰에 벨이 울렸다. K는 멈추지 않고 걸어가면서 전화
를 받았다. 아내였다.

　"나예요."

　아내의 첫마디는 고정된 레퍼토리였다.

　"어디 있어요."

　"강남역이야. 누굴 만나기로 했어."

　"오늘 저녁 미사는 아무래도 참석 못할 것 같아요. 친정집에서
어머니와 함께 시간을 보내야 할 것 같아서요. 어머니가 허전해해

서 마음을 달래줘야 할 것 같아요. 딸아이도 함께 있을 거니까 당신 혼자 미사에 참석하세요. 저녁을 먹고 집에 오면 더욱 좋구요."

"알았어."

일방적인 통고 내용의 전화였다. K는 전화를 끊었다.

K는 성인방에 예약한 시간을 무심코 16시 30분으로 정한 것은 대학로에서 강남역까지의 이동 시간을 계산하였다기보다는 18시 30분에 시작하는 저녁 미사 시간에 맞춰 성당에 가려는 본능적인 잠재의식 때문임을 깨달았다. 35분, 60분 단위의 만남에서 한 시간 정도는 시간이 소요될 것이므로 적어도 17시 30분에는 볼일을 끝내고 출발해야 미사 시간 전까지 도착할 수 있을 것 같은 예감 때문이었다.

지하상가를 가로질러 4번 출구로 나와 입구 근처에 서 있을 때 K는 갑자기 하늘이 흐려진 사실을 깨달았다. 거센 바람까지 불고 있어 가로수들의 잎사귀가 사정없이 떨어져 포도鋪道를 이리저리 뒹굴었다.

대각선 방향의 높은 빌딩 위에 세워진 전광판은 날씨가 흐려지자 영상의 광도가 상대적으로 밝아져 선명하게 보였다. 전광판에서는 K가 커피숍에서 본 지진에 관한 뉴스속보가 여전히 이어지고 있었다. 낯익은 노출증의, 나비 문신의, 아나운서의, 스쳐가는 행인의, 유리창 너머의 그 복제여인은 뉴타운 로터리에 설치된 전광판 위에서 K를 지켜보고 있었다.

출입구 옆에 위치한 화단에서 한 떼의 쥐들이 나타났다. 쥐들은 사람들의 시선을 의식하기에는 뭔가 다급했는지 주위를 아랑곳하지 않고 화단에서 튀어나와 우왕좌왕하면서 비명을 지르는 여인들의 가랑이 사이를 통과해 순식간에 사라져버렸다.

난간에 몸을 기대어 서자, K의 등에 지층을 뚫는 듯한 진동이 느껴졌다. 처음에는 지진의 예비 동작처럼 생각됐지만 K는 곧 그것이 갱도를 달리는 지하철의 미세한 진동임을 깨달았다.

그때였다.

휴대폰의 벨이 울렸다. K는 전화를 받았다.

"5110번 회원님이세요."

낯익은 사내의 목소리였다.

"그렇습니다."

"제 말을 잘 들으세요. 지금 계신 곳이 4번 출구 맞으시죠."

"그렇습니다."

"그럼 맞은편에 S 빌딩이 보이시나요."

K는 사내가 말하는 S 빌딩을 확인하였다. 휴일인데도 거대한 S빌딩의 내부에는 밝은 형광불빛이 포도송이처럼 알알이 박혀 있었다.

"보입니다."

"그럼 S 빌딩 건너편 길을 따라 계속 내려오세요. 골목이 하나 나오는데, 그 골목은 무시하고 그대로 직진하세요. 그럼 사거리가 나옵니다. 거기에서 우회전하세요. 그리고 한 백 미터 정도 오시면 왼쪽으로 B 오피스텔이 나옵니다. 그 오피스텔 8층 119호실로 와서 일단 초인종을 누르세요."

"알겠습니다."

K는 사내가 시키는 대로 큰길을 따라 걸었다. K는 골목을 지나 사거리에 이르렀다. K가 우회전해서 음식점이 즐비한 먹자골목을 지나 다시 사거리에 이르자 왼쪽으로 오피스텔처럼 보이는 건물이 나타났다. K는 태엽을 감으면 감은 만큼 걷고, 벽을 만나면 다시 돌아서서 걸어가는 병정인형이나 로봇처럼 보였다.

K는 갑자기 바람이 불고 쌀쌀해진 변덕스러운 가을 날씨에 한기를 느꼈다. 오피스텔 건물 로비로 들어서자 내부의 온기로 추위는 가셨다.

엘리베이터를 타기 위해 K는 로비 한구석에 있는 승강기 쪽으로 걸어갔다. 순간 낯익은 사람이 K의 곁을 스쳐 지나갔다. 낯이 익은 사람임에는 틀림없으나 누구인지는 떠오르지 않았다. K는 생각할 필요를 느끼지 못하였다.

엘리베이터가 1층에서 멎자 사람들이 우르르 내렸다. 역시 낯익은 사람들이었다. 그러나 어디서 만났는지 떠오르지 않았고 생각할 필요조차 못 느꼈다.

엘리베이터에는 서너 명이 타고 있었다. 건물 외벽이 유리로 장식되어 있어 거리 풍경이 보였다. 땅거미가 내려 상대적으로 더 밝아진 전광판에서는 낯익은 아나운서의 모습이 보였다. 낯익은 사람들은 각자 자신이 원하는 층에서 엘리베이터가 멈추면 내려서 하나씩 사라졌다.

K는 8층에서 내렸다.

승강기 앞 벽면에는 10 단위로 구분된 호수별 방 번호의 안내판
이 붙어 있었다. 안내판에는 110호까지는 왼쪽으로, 120호까지는
오른쪽으로 가라는 손가락 모양의 그림이 그려져 있었다. K는 갈
림길에서 오른쪽으로 방향을 틀어 119호실 앞으로 걸어갔다. 119
호실 앞에는 배달시켜 먹고 내놓은 음식 그릇들이 수북이 쌓여 있
었다.

K는 초인종을 눌렀다. 충분한 시간이 흘렀는데도 안에서는 반응
이 없었다. 문 한가운데에 복도의 상황을 살필 수 있는 볼록렌즈가
달려 있었다. 그 볼록렌즈를 통해 방 안의 매니저는 K의 모습을 살
핀 후 문을 열어도 되는 방문객인가 아니면 초대받지 않은 불청객
인가를 판가름하고 있을 것이다. K는 다시 초인종을 눌렀다. 문이
열렸다. 완전히 열린 것은 아니고 두꺼운 금속으로 만든 체인의 잠
금장치는 그대로 둔 채 얼굴만 겨우 알아볼 수 있도록 틈새가 벌어
졌다.

"누구십니까."

"회원입니다."

K는 머뭇거리며 대답하였다.

"회원 넘버는…… 5110입니다."

K가 비밀번호를 말하자 비로소 문이 열렸다.

"들어오세요, 회원님."

매니저처럼 보이는 사내는 경계를 풀고 K를 맞이하였다. 실내에
는 작은 홀이 하나 있었고, 칸막이로 된 쪽방이 연이어 연결되어 있

었다. 고정석으로 보이는 카운터 옆에 작은 소파가 놓여 있었다. 소파에는 낯익은 사람 하나가 앉아서 책을 보고 있었다. 틀림없이 어디선가 본 낯익은 사람이었지만 기억상실증에 걸린 것처럼 아무것도 떠오르지 않았고 생각할 필요도 없었다.

"앉으세요, 회원님."

소파를 가리키면서 매니저가 말하였다. K는 소파에 앉았다. 두 사람이 앉기에도 좁은 맞은편 소파에 앉아 있던 사내가 흘깃 K를 보았다. 얼핏 보기에 어제 처제의 결혼식에서 만났던 장인이자 좀 전에 JS집에서 본 매형과 닮아 있었지만 분명히 그 사람인지, 복제 인간인지, 닮기만 한 다른 사람인지는 분간이 가지 않았다.

좁은 복도 끝에서 또 다른 사내가 나타났다. 사내는 맛있는 음식을 배불리 먹은 듯한 흡족한 얼굴로 카운터에 앉아 있는 매니저에게 지갑을 열어 값을 치르고 사라졌다. 사내의 뒷모습은 바닥 난 기름 때문에 경고등이 깜박여 주유소에서 기름을 한껏 넣은 후 날쌔게 사라지는 승용차의 뒷모습처럼 보였다.

"이리 오시지요."

매니저는 K의 맞은편에 앉아 있는 사내에게 말을 건넸다. 낯익은 사내는 보던 책을 덮고 자리에서 일어나 순번을 기다렸다 차례가 오자 치과 치료를 받기 위해서 병실로 들어가는 환자처럼 빠르게 사라졌다.

K는 아무도 없는 소파에 앉았다. 벽시계가 16시 50분을 가리키고 있었다. 예약 시간보다 5분쯤 초과해 있었다.

K는 앉아 있던 사내가 놓고 간 책을 펼쳐 보았다. 세일러복을 입은 미니스커트의 소녀들이 나오는, 오래전 K가 텔레비전에서 스쳐 보았던 캐릭터들이 등장하는 만화책이었다.

달의 요정 세일러문.

K는 만화책 같은 것에 흥미가 없었으므로 책을 덮고 주위를 돌아보았다.

실내는 조용해서 방음벽이 설치된 방송국의 부스 안과 같았다. 작은 평수의 실내는 짧은 시간에 손님들을 맞이하기 위해 공중전화부스와 같은 작은 방으로 나누어져 있었다. 대여섯 개의 쪽방은 손님들이 기다릴 정도로 만원이었다. 어림잡아 지금 이 방에는 열 명 이상의 사람들이 함께 모여 있을 것이다. 그럼에도 숨소리조차 들리지 않았다. 방마다 방음벽을 설치했기 때문일까. 그럴 리는 없다. 참아도 터져 나오는 기침 소리, 재채기 소리는커녕 신음 소리, 삐걱거리는 침대 소리, 조용히 앉았다 일어나기만 해도 서걱거리는 바람 소리와 같은 미세한 소음조차도 완벽하게 차단되어 있었다. 유대인을 한꺼번에 집어넣은 후 가스로 학살하였던 포로수용소의 샤워장처럼 기분 나쁜 침묵의 중압감으로 짓눌려 있었다. 그 침묵 속에서 낯익은 사람들은 낯선 여인들과 전단지에 나오는 문구처럼 Sweetheart mood로 Kiss를 하고, Hug를 하고, Talk를 하고, Event를 하고, Party를 하고 있다. 침묵의 Kiss, 침묵의 Talk, 침묵의 Sex.

알지도 못하고, 본 적도 없는, 체온을 느낄 겨를도 없는, 대화를 나눌 기회조차 없었던 남자들은 생면부지의 여자와 입을 맞추고, 포옹을 하고, 귓가에 속삭인다. 나는 너를 사랑해. 그것은 하소연이자, 애원이자, 절규이자, 비명이며, 타는 갈증이자, 목마름이며, 결핍이자, 상처이며, 통곡이자, 소리 없는 아우성이다. 그것은 사람들이 낯익은 물에 빠져 죽기 직전의 익사 상태에 이르렀을 때 심폐 기능을 소생시키는 인공호흡과 같은 것이다. 낯익은 사람들이 거식증에 걸려 영양결핍으로 죽어갈 때 식도 속에 관을 집어넣고 액체로 된 유동식을 흘려 넣어 영양분을 공급하는 구명호스와 같은 것이다. 그것은 관계이며, 소통이며, 억압에서 벗어나기 위한 몸부림이며, 탈출이며, 존재의 증명이며, 해방이자 자유이며, 한편으로는 어둠이며, 죄악이며, 자해이며, 허무이며, 절망이며, 폭력이며, 파괴이자 자살행위인 것이다.

그때였다.

매니저가 다시 나타났다.

"이리 오시지요"

K는 일어나 매니저의 뒤를 따랐다. 매니저가 안내한 곳은 작은 화장실이었다. 변기와 세면대가 붙어 있는 것만으로도 가득 찬 세면실에 들어서자 매니저는 거울 앞에 놓인 치약과 칫솔을 건네주면서 말하였다.

"이를 잘 닦으십시오."

칫솔은 한 번도 사용하지 않은 새것이었다.

"미리 말씀드릴 것이 있습니다, 5110번 회원님."

매니저는 세면실 입구에 서서 또박또박 국어책을 낭독하듯 말을 이었다.

"키스하실 때 옷 위로 젖가슴과 허리, 엉덩이의 모든 부분을 만질 수 있습니다. 그리고 마무리는 손님이 직접 알아서 하셔야 합니다. 치마 속으로 손을 넣어 맨살을 만지시거나 옷을 벗기려 하시거나 폭력을 사용하시거나 강제로 섹스를 하려고 하시다가는 비상벨이 울릴 것이며, 곧 바로 퇴장되실 것입니다."

치약을 입에 가득 물고 있었으므로 K는 고개를 끄덕였다. 매니저의 매뉴얼은 이어졌다.

"기본요금은 이미 말씀드렸다시피 35분에 4만 원, 25분을 추가해서 한 시간을 채우시려면 3만 원을 더 내셔야 합니다."

K는 거울을 보면서 칫솔질을 계속하였다.

"마지막으로 말씀드릴 것은 퇴장할 때 절대 환불은 있을 수 없다는 것입니다. 아시겠습니까."

매니저는 모든 주의사항을 설명한 후 K를 보았다. K가 대답 대신 머리를 끄덕이자 매니저는 문을 닫고 사라졌다.

K는 양치질로 치약 거품을 씻어내고 내친김에 얼굴과 손을 닦았다. K는 세면실을 나왔다. 소파에는 새로운 손님으로 보이는 사내가 손톱을 깎으며 앉아 있었다.

"이리로 오시지요, 회원님."

기다리고 있었다는 듯 매니저가 K를 맞아 안내하였다. 복도의 맨 끝 방이었다. 문을 열고 안으로 들어섰다. 누워서 휴식을 취할

수 있는 소파 하나가 놓여 있는 것만으로도 내부가 가득 찬 단칸방
이었다. 방 안에서는 퀴퀴한 곰팡이 냄새가 났다. 아마도 창문이
없어 환기가 잘되지 않는 모양이었다. 매니저는 선반 위에 놓인 시
계에 태엽을 감으면서 말하였다.

"30분이 되면 일단 알람이 울립니다. 시간을 연장하실지 아닐지
는 그때 가서 결정하시면 됩니다. 이 버튼을 누르시면 카운터와 곧
장 연결이 되니까요."

매니저는 사라졌다.

K는 소파에 앉아서 방 안을 살펴보았다.

선반 위에는 물티슈와 두루마리 화장지가 놓여 있었다. 벽의 한
면은 전부 거울이었다. 거울은 방 안에서 일어나는 모든 자신들의
행위를 엿보라고 상자 앞면에 확대경을 달고 그 안에 여러 가지 그
림이나 색종이를 넣어 만든 요지경 같은 역할을 하고 있었다.

문 반대쪽에서 여인 하나가 불쑥 등장하였다. 손님이 드나드는
출입구와 손님을 접대하는 여인이 등장하는 출입구는 분리되어 있
었다. 여인이라기보다는 소녀였으므로 K는 내심 놀랐다. 잠시 후
그런 착각은 여인이 입고 있는 복장 때문이라는 사실을 깨달았다.

여인은 샛노란 머리카락에 팔뚝까지 올라오는 흰 장갑을 끼고 있
었다.

영국 해군들이 입던 두 개의 흰 선이 그려진 줄무늬에 큰 옷깃이
달린 세일러복의 가슴에는 젖가슴보다 큰 빨간 리본이 달려 있었
다. 치마는 주름이 져 있었으며, 짧아서 엉덩이가 그대로 보일 정도

였다. 여인은 치마 아래 무릎까지 오는 흰 부츠를 신고 있었다. 전부 끈을 풀었다 다시 매는 구식 스타일이어서 끈을 풀었다가 다시 신고 조이는 데만 오랜 시간이 걸릴 정도로 구두 매듭이 다족류 벌레의 발처럼 촘촘하였다. 전체적으로 사람이 입는 옷이 아니라 만화 속에 등장하는 인물이 입는 전형적인 캐릭터 복장이었다.

K는 그 소녀의 복장이 소파에서 보았던 「달의 요정 세일러문」이라는 만화에 나오는 여주인공의 의상과 똑같다는 사실을 깨달았다.

여인은 K의 곁으로 와서 소파에 앉았다.

"아저씨, 안뇽."

소녀는 K에게 웃으며 말을 건넸다. 귀에 몹시 익은 말투였다. K의 딸이 K를 만날 때마다 꺼내는 의례적인 인사말이었다. 가까이에서 본 여인은 복장 그대로 소녀의 모습이었다. 화장기가 전혀 없는 민낯이었는데도 잔주름 하나 없이 고무줄과 같은 탄력을 가지고 있었다.

"몇 살이야, 아가씨."

K는 망설이다가 입을 열었다.

"몇 살처럼 보여여어."

"미성년자로 보이는데."

"미성년자는 아니여어. 주민등록증 보여드릴 깜."

"이름은."

"세일러문."

소녀는 가슴에 달린 붉은 리본을 가리키며 말하였다.

"달의 요정 세일러문."

여인의 목소리는 사람의 목소리가 아니라 녹음된 목소리가 흘러 나오는 인형의 톤을 닮아 있었다. 실제로 세일러문은 사람처럼 보이지 않았다. 영화에서 특수한 메이크업에 사용하는 고급 실리콘으로 만든 리얼돌Real doll 처럼 보였다. 움직일 때마다 꺾이는 손목과 무릎 등도 사람의 몸체를 흉내 내어 특수 제작된 리얼돌의 몸짓처럼 보였다.

K는 손을 내밀어 세일러문의 어깨를 만져보았다. 어깨 역시 말랑말랑하여 사람의 피부처럼 보였지만 유방을 확대할 때 사용하는 실리콘의 감촉이었다.

"뭘 원하시남."

세일러문이 혀를 빨면서 K를 빤히 쳐다보았다.

"Hug를 원하시남, Kiss를 원하시남, Talk를 원하시남, Event를 원하시남."

K는 어디선가 읽은 잡지의 내용이 떠올랐다.

코스튬 플레이costume play.

복장을 뜻하는 'costume'과 놀이를 뜻하는 'play'의 합성어로 줄여서 코스플레이cosplay라는 신세대의 유행 문화. 만화와 게임 등장인물들을 친구로 삼아 성장한 캐릭터 세대의 신종 마니아 문화.

K는 지금 인간이 아니라 만화 속에 나오는 캐릭터, 달의 요정 세일러문을 만나기 위해서 이곳에 온 것이다.

세일러문은 팔뚝까지 오는 흰 장갑을 낀 손에 막대사탕보다 큰 보석이 달린 지휘봉 같은 것을 들고 있었다. 그 지휘봉을 K의 입술과 가슴 그리고 K의 은밀한 부분에 갖다 대면서 낮은 목소리로 주문을 외웠다.

"기적의 세일러문 달의 요정으로 변해여어."

"그게 뭐지."

K는 다시 물었다.

"마법의 봉. 이것을 휘두르면 기적이 일어나여어. 그래서 아저씨와 나는 전사가 되는 거예여어."

"전사라니."

"지구를 지키는 미래전사. 아저씨는 하얀 장미기사 레온으로 변하고, 나는 생명의 나무를 지키는 수호의 전사로 변해여어."

"생명의 나무라니."

"아저씨는 Kiss보다는 Talk를 원하시남. 그런가 봐여어."

세일러문은 다정하게 K의 얼굴을 감싸 안았다. 세일러문의 입술이 K의 입술로 다가왔다. 신병을 훈련시키는 숙달된 조교처럼 세일러문은 K와 입술을 부딪치고 혀를 들이밀었다. 달콤한 느낌이었다. 키스를 전문으로 하는 프로처럼 세일러문은 애무하던 입술에서 얼굴을 떼고 K의 귓가에 뜨거운 입김을 불어 넣으며 숨죽여 말하였다.

"우리 같이 생명의 나무를 지켜여어, 레온님."

"생명의 나무가 도대체 뭐지."

K는 질문을 되풀이 하였다.

"생명의 나무는 지구인을 지키는 나무인데, 악당 앤과 앨런이 그
것을 죽이려 해어. 살릴 수 있는 방법은 지구인들의 에너지인데,
이 에너지만이 생명의 나무를 구할 수 있어어여."

생명의 나무.

세일러문으로 변신한 소녀가 지키려는 지구를 살리는 유일한 생
명의 나무. 그것은 성경에 나오는 창조신이 만든 선악과가 아닐까.
성경에는 창조신이 자신이 만든 최초의 인간 아담에게 에덴동산을
돌보게 한 후, 이 동산에 있는 나무 열매는 무엇이든지 마음대로 따
먹어라, 그러나 선과 악을 알게 하는 나무 열매만은 따 먹지 마라,
그것을 따 먹는 날 너는 반드시 죽는다고 말하는 장면이 나온다.

뱀의 유혹에 빠진 이브가 아담에게 열매를 따줌으로써 원죄原罪
가 생겨났으며 인간은 영원한 생명을 잃어버리고, 파라다이스에서
추방당한다. 너는 먼지이니 먼지로 돌아가리라는 창조신의 말대로
인간은 먼지로 돌아가게 된다. 생명의 나무를 잃어버리게 되는 것
이다. 달의 요정 세일러문이 살리려는 지구 위에서 죽어가는 생명
의 나무. 그것은 창조신이 만든 그 생명의 나무가 아닐까.

"생명의 나무를 살리는 세일러문의 노래를 불러드릴깜."

세일러문은 마법의 봉으로 K의 얼굴을 쓰다듬며 부드럽게 말
하였다. K가 그래 달라고 응낙도 하지 않았는데, 세일러문은 노래
를 부르기 시작하였다.

미안해 솔직하지 못한 내가
지금 이 순간이 꿈이라면
살며시 너에게로 다가가
모든 걸 고백할 텐데.
전화도 할 수 없는 밤이 오면
자꾸만 설레이는 내 마음
동화 속 마법의 세계로
손짓하는 저 달빛
밤하늘 저 멀리서 빛나고 있는
꿈결 같은 우리의 사랑.

세일러문의 목소리는 의외로 맑고 청아하였다. 야밤에 창문 밖
에서 부르는 세레나데와 같은 Sweetheart의 Mood를 띠고 있었다.
세일러문의 노래 소리는 이어졌다.

수없이 많은 별들 중에서
당신을 만날 수 있는 건
결코 우연이라 할 수 없어.
기적의 세일러문.

노래를 끝내고 나서 다시 세일러문이 K의 입술을 찾으며 속삭
였다.

"이렇게 하얀 장미의 기사 레온을 만난 것은 결코 우연이라고

할 수 없어여. 기적의 세일러문. 난 지금 생명의 나무를 함께 구할 전사를 찾고 있어여어. 레온 아저씨, 나와 함께 미래 전사가 되어여어."

"어떻게 하면 내가 레온이 되는데."

"여기 자주 오면 되어여어. 와서 다른 매니저도 찾지 말고, 다른 계집애들에게 한눈팔지도 말고 오직 이 세일러문만 찾으면 되어여어. 오직 나하고만 일촌을 맺으면 되어여어. 자, 약속."

세일러문은 새끼손가락을 K에게 내밀었다.

K는 별로 반응을 보이지 않았다. 세일러문의 말처럼 하얀 장미의 기사 레온이 될 생각도 없으며, 지구를 살릴 생명의 나무를 구할 용기도, 사명감도 없었기 때문이다. 그보다도 K가 반응을 보이지 않은 이유는 심청이가 아버지의 눈을 뜨게 하기 위해 인당수에 몸을 던지듯 지구를 구하기 위해 애니메이션의 가상현실 속으로 몰입한 세일러문처럼 자신이 만화 속 가상인물로 변신하기에는 너무 나이가 많이 들었기 때문이다. 세일러문은 K의 손을 강제로 잡아 새끼손가락을 펴서 자신의 새끼손가락과 깍지를 만든 후 자신의 엄지와 K의 엄지를 맞부딪치면서 노래하였다.

"하늘땅 별땅 각기 별땅 퉤퉤퉤."

세일러문은 침을 뱉는 시늉으로 약속을 마무리하였다. 그때였다. 선반에 놓인 알람이 따르릉거리며 울었다. 동시에 스피커에서 매니저의 목소리가 흘러나왔다.

"30분이 지났습니다. 어떻게 하시겠습니까, 회원님."

세일러문이 K의 귀에 바짝 입을 들이대고 유혹하듯 말하였다.

"한 타임 더 채워여어. 레온 같은 손님이 나는 좋으니깐. 변태 같은 노인도 아니고, 미친 고딩도 아니고 말이에여어. 레온에게만 허락하는데 매니저가 뭐래든 치마 밑의 속살은 얼마든지 만지는 것을 허락해줄게여어. 레온이 원한다면 맨가슴도 만져두 되어여어."

"어떻게 하시겠습니까, 회원님."

매니저는 재촉하고 있었다.

"한 시간을 마저 채우겠습니다."

K는 말하였다.

"알겠습니다."

스피커폰이 꺼졌다. 세일러문의 입술이 K의 입술을 찾았다. 세일러문의 입술이 K의 입술에 흡착되었다.

순간 K는 JS가 발목의 상처를 빨 때의 감각을 느꼈다. 잠시 유예되었던 용암이 지층의 엷은 부분을 향해 격렬하게 분출하려고 끓어오르기 시작하였다. 세일러문의 입술이 JS의 입술로 대체되었다. K는 어떤 고문에도 굴복하지 않겠다고 결심하였던 레지스탕스가 최후에는 어쩔 수 없이 비명을 지르듯 신음 소리를 내뱉었다.

제발.

K는 헐떡였다.

제발 나를 내버려둬. 이것은 내가 원하는 게 아냐-

세 사람이 자신의 순서를 기다리고 있었다. 남자 두 명에 여자 한 명이었다. 지은 죄를 고백하기 위해 고해소 앞에 서 있었으므로 그들은 미사 시간이 되어 끊임없이 입장하는 다른 신자들의 눈치를 살피고 있었다. 또 한편으로는, 우리는 너희들과는 달리 사소한 죄라도 고백할 만큼의 굳은 신앙을 가지고 있다는 자부심 같은 표정을 동시에 떠올리고 있었다. 고해소는 가톨릭에 있어서 더러운 죄의 때를 클리닝하는 영혼의 세탁소이자 보이지 않는 손이 지배하는 지상 위의 중앙법정이다. 피고인으로 끌려나와 법정에서 판사의 판결을 받는 것이 두려운 것처럼 고해의 상대자가 사제라 할지라도 사제는 그 순간 보이지 않는 창조신의 대리인이자 리틀 빅브라더였으므로 당연한 두려움이 뒤따랐다.

신자들의 이러한 불안을 달래려는 듯 고해소 앞 벽면에는 낯익은 성경 구절이 쓰여 있었다.

아들은 "아버지 저는 하늘과 아버지께 죄를 지었습니다. 이제 저는 감히 아버지의 아들이라고 할 자격이 없습니다"라고 말하였다. 그렇지만 아버지는 하인들을 불러 "어서 제일 좋은 옷을 꺼내 입히고 가락지를 끼우고 신을 신겨주어라. 그리고 살찐 송아지를 끌어내 잡아먹고 즐기자. 죽었던 내 아들이 다시 살아왔다. 잃었던 아들을 다시 찾았다" 하고 말하였다.

'돌아온 탕아'로 비유되는 이 성경 구절을 통해 아버지를 배신하여 죄를 지었다 하더라도 죄를 고백하고 용서를 구하면 아버지는 잃어버린 아들을 다시 찾았다며 용서할 뿐 아니라 축제를 벌일 정도로 기뻐한다는 의미를 담은 내용이었다.

K는 자신의 순서를 기다리며 생각하였다.

과연 나는 죄를 지었는가. 선악과를 따 먹은 최초의 인간의 후예이니 나의 피 속에는 원죄를 저지른 죄의 유전자가 흐르고 있다. 그러한 원죄 이외에 고백할 만한 본죄本罪를 지었는가. 성인방에서 7만 원을 주고 달의 요정 세일러문과 가벼운 키스와 스킨십을 나눈 것이 유죄인가.

K는 정확히 그 밀실에서 45분을 머물렀다. 한 시간에 해당하는 돈을 지불할 이유도 없었다. 매니저는 만 원을 깎아주겠다고 했으나 K는 나머지 시간의 대가까지 지불하였다. 세일러문에게 따로

만 원의 팁도 주었다. 그렇게 할 만큼 K는 부유하지는 않았지만 세일러문이 지구를 위해서 생명의 나무를 구해야 한다고 역설하였기에, 그 캠페인에 동참하기 위해서 따로 만 원을 후원금으로 기부한 것이다.

K는 그 돈이 성을 사고파는 매춘의 대가라고 생각하지 않았다. K는 세일러문과 육체의 매매 행위는 하지 않았다. 간단한 Kiss, 간단한 Hug, 간단한 Sweetheart의 메뉴만 선택하였을 뿐 더 이상의 풀코스 뷔페는 선택하지 않았다. 그것은 실로 가벼운 스킨십이었다.

JS의 집에서부터 격발된 육체적 용암의 욕구는 대리인인 세일러문에게 발사하지 못하였다. 불발탄이었다. 세일러문은 인간이 아니라 실리콘으로 정교하게 제작된 고무인형이자 리얼돌이었다. 만화 속에서나 성적 접촉이 가능할 뿐, 사각형의 만화 컷을 벗어나지 못한 목각인형 피노키오와 같은 추상적 존재일 뿐이었다. 그러므로 K는 죄의식을 가질 필요가 없었다.

30분 정도 일찍 성당에 도착한 K가 이례적으로 고해성사를 해야겠다고 결심한 것은 세일러문보다 JS에 대한 강박관념 때문이었다.

JS는 K의 친누이다. K는 분명하게 그 사실을 확인하였다. 또한 어머니의 존재를 확인함으로써 가족을 통한 자신의 정체성을 입증할 수 있었다. 그런데 K는 친누이에게서 뜨거운 욕망을 느꼈다. 욕정인지 탐욕인지, 무엇인지는 정확히 모르겠지만 뱀의 유혹을 받은 최초의 여인이 선악과를 바라보며 느낀 '과연 먹음직스럽고 보기에도 탐스러운 것'과 같은 맹렬한 유혹이었다. 그것은 있어서는 안 될 터부였다. 근친의 누이에게서 욕정을 느꼈다는 사실은 유죄이며 용서받지 못할 행동이며 길티guilty인 것이다.

성경에도 누구든지 여자를 보고 음란한 생각을 품는 사람은 벌써 마음으로 그 여인을 범하였다, 오른 눈이 죄를 짓거든 그 눈을 빼어 던져버려라, 라고 말하고 있지 않은가.

K가 JS에게서 느꼈던 감정이 무엇인지는 모르지만 더럽고 음란한 생각임에는 분명하였다. K는 친누이인 JS를 마음으로 범한 셈이다. 이 마음이야 말로 지옥에 던져지는 패륜적 행위인 것이다.

대기하고 있던 세 사람 중 두 사람은 이미 고해소로 들어갔다. 남은 사람은 K와 앞자리의 남자뿐이었다. 안경을 쓰고 은퇴한 교장 선생님의 온화한 표정을 지닌 노신사였다. 손에는 묵주를 들고 있었다. 묵주를 든 손이 가늘게 떨리고 있었다.

인격적으로 보이는 이 노신사는 무슨 죄를 지은 것일까. 겉으로 보이는 모습과는 달리 실제로는 남을 속이고 기만하는 사기꾼인가, 아내 몰래 바람을 피우는 바람둥이인가, 전문적으로 남의 물건을 훔치는 도둑인가. 무슨 죄를 지었기에 손에 들린 묵주가 흔들릴 정도로 죄책감을 느끼고 있는 것일까.

앞서 들어간 여인은 무슨 죄를 사제에게 고백하고 있을까. 고급 모피에, 나이는 좀 들었지만 화려한 화장을 한 상류층의 중년 여인임에 틀림이 없었다. 여인은 무슨 죄를 지은 것일까. 한꺼번에 모든 재산을 잃어버리고 세리에게 귀중품마다 차압 딱지를 받고 압수당한 듯한 여인의 얼굴에 붙어 있는 주홍글씨의 차압 인장은 무엇 때문인가. 보기와는 달리 산부인과에서 소파 수술을 받아 간통하고 있는 남자의 아이를 죽이는 살인죄를 저지르고 온 현행범인가.

세 칸으로 나누어진 고해소는 반대편에도 똑같은 고해소가 양립하고 있었다. 고백하는 신자들이 많지 않았기 때문인지 한쪽 고해소는 폐쇄되어 있었다. 그것을 알 수 있는 것은 고해소 입구 위쪽에 설치된 시그널 때문이었다. 사람이 들어갈 때마다 시그널에 불이 켜졌고 사람이 나오면 꺼졌다. 고해소 가운데에는 신부가 앉아서 동시에 양쪽의 신자들을 맞고 있었다.

고해소 시그널의 불이 꺼지고 모피를 입은 여인이 나왔다. 여인은 손수건으로 눈가를 닦고 있었다. 눈물을 흘렸던 모양이다. 그 눈물이 죄의 고백을 통한 카타르시스의 감동 때문인지, 고해성사를 하였다는 자신에 대한 대견함 때문인지, 그런 의식을 통해 느끼는 센티멘털한 감수성 때문인지는 정확히 모르지만 여인은 울면서 자리로 돌아갔다. 앞에 서 있던 노신사가 고해소로 들어가자 시그널에 불이 들어왔다.

K의 순서는 바로 다음이었다. 뒤늦게 온 두 사람이 K 뒤쪽에 서 있었다. 한 사람은 말쑥한 정장을 입은 회사원 타입이었고, 그 뒤에 선 사람은 교복을 입은 여고생이었다. 얼핏 본 여고생의 얼굴이 낯이 익었다. K는 그 여고생이 달의 요정 세일러문과 닮아 있다고 생각하였다. 그러나 달의 요정 세일러문은 아직 영업 중일 터이므로 여고생과 세일러문은 별개의 인물임이 확실했다.

차례가 다가오자 K는 긴장하였다. 죄의 고백에 대한 두려움 때문이 아니라 고해하는 절차가 제대로 떠오르지 않았기 때문이다. K는 고해성사를 자주 하지 않았다. 의무적으로 부활절과 성탄절에는 고해성사를 하였지만 그 내용도 딱히 죄라고는 할 수 없는 것들이었다.

K는 죄를 짓지 않은 무죄한 사람이었다. 보이지 않는 손인 창조신 이외의 신은 섬기지 않아 우상을 숭배하는 죄를 저지른 적도 없었다. 안식일을 거룩하게 지내지는 않았지만 천박하게 지낸 적도 없었다. K는 천박한 취미를 가진 속물은 아니었다. K는 간음해본 적도 없고, 거짓말을 해본 적도 없고, 남의 아내와 타인의 재물을 탐낸 적도 없었다. 특히 K는 거짓말에 대해서는 결백하였다.

K는 거짓말을 하지 않는 사람이 아니라 거짓말을 모르는 사람이었다. 초등학교 때 K는 우수한 성적을 내지는 않았지만 담임선생님으로부터 '정직한 학생'이라는 소견을 받을 정도로 정직한 소년이었다.

때문에 K는 의무적으로 고해성사를 할 때가 다가오면 신부에게 고백할 죄를 떠올리려 애를 쓰고는 하였다. K는 정직한 사람이었으므로 없는 죄를 있는 것처럼 꾸며낼 재능도 없었다. K는 고해성사가 필요 없는 사람이었다. 그러나 K는 신앙을 가지면 율법을 지키는 것이 '마땅하고 옳은 일'이라고 생각하는 사람이었다.

K의 고백은 그래서 주로 자선에 관한 것이었다. K는 남에게 온정을 베풀거나 재물을 기부하거나, 남을 위해서 봉사하거나, 헌신

하거나, 희생하거나 하는 일에 대해 무관심하였다.

K는 남의 일에 관심을 갖는다는 것은 사생활을 침해하는 독선이라고 생각하고 있었다. K에게 타인은 '너'라는 2인칭이었다. '너'는 '그'라는 3인칭과 일치하는 것이기도 하였다. 물질적인 자선 행위와 정신적인 자비 행위는 모두 '나'와 '너'는 다르지 않고 하나이며, '나는 곧 너'고 '너는 곧 나다'라는 등호等號와 같은 모순된 진리라고 K는 생각하고 있었다.

K가 최근에 했던 고백성사는 지난봄 부활절 무렵이었다. 그때 K가 사제에게 고백했던 내용은, K가 고심 끝에 생각해낸 가진 것을 남에게 주지 못한 무자비의 죄였다. 예수가, 자신이 굶주렸을 때 먹을 것을 주었고, 목말랐을 때 마실 것을 주었고, 나그네가 되었을 때 따뜻하게 맞이하였다고 의인들에게 말하자 의인들은 저희가 언제 주님께 먹을 것을 주었고, 마실 것을 드렸습니까, 하고 묻는다. 이때 예수는 분명히 말한다. 너희가 여기 있는 형제 중에 가장 보잘 것 없는 사람에게 해준 것이 바로 나에게 해준 것이다, 라고.

예수의 말은 최후의 심판 때, 예수라는 임금의 오른편에 앉을 사람들에게 행한 가르침이었다. 예수의 말이 진리라면 K는 예수의 오른편에 앉을 만한 자격이 없는 사람이다. K는 굶주린 사람에게 먹을 것을 준 일도 없고 병들었을 때 돌보아준 일도 없고 감옥에 갇혔을 때 찾아준 적이 없는 무자비한 사람이었다. 그런 자신이 유죄라고 생각하지는 않았지만 임금인 예수가 유죄라고 단정하였으므로 K는 사제에게 자신의 비정한 죄를 고백했던 것이다.

K는 굶주린 사람에게 먹을 것을 주지도 않았을 뿐 아니라 만약 자신이 굶주린 사람이 될 경우에도 결코 남에게 도움을 받지 않을 자신이 있었다. 병이 들어도 남에게 간호를 기대하지 않을 것이며, 헐벗을 때에도 남에게 동정을 받지 않는다는 것이 K의 인생철학이었다.

매사 그런 식이었다.

고해성사를 할 때마다 고백 내용은 K에게 일어난 구체적인 실제 상황이 아니라 추상적인 것들이었다.

그러나.

고해소의 시그널이 깜박거렸다. 고백을 마친 신자가 나왔다. K는 빈 고해소로 들어가면서 생각하였다.

오늘의 고해성사 고백 내용은 분명한 유죄다. 음란한 생각을 품는 것만으로도 이미 그 여인을 범하였다는 예수의 율법이 옳다면 나는 친누이인 JS와 근친상간의 대죄를 범한 것이다.

K는 장궤에 꿇어앉았다. 벽에는 고해성사를 하는 순서를 적은 안내문이 걸려 있었다. 얼굴을 보지 않고 목소리만으로 사제와 이야기를 나눌 수 있도록 설치한 원형의 작은 문이 벽 한가운데에 위치하고 있었다. 그 문에는 상대방의 얼굴을 알아볼 수 없도록 작은 구멍이 숭숭 뚫려 있어 목소리만을 원활하게 전달할 수 있는 마이크 역할을 하였다. 기다리고 있는 동안 사제는 반대편에 앉아 있는 사람과 대화를 나누고 있는지 내용을 알 수 없는 두런거리는 소리가 작은 구멍을 통해 흘러나왔다.

K는 가슴에 성호를 그었다. K는 평생 처음 죄다운 죄를 고백한다는 사실에 긴장하고 있었다. 어딘가 하자가 있는 물건을 들고 물물교환 시장에서 원하는 물건과 교환하려는 얄팍한 상술의 장사꾼처럼 K는 부담감을 느꼈다.

그때였다.

K가 무릎을 꿇은 고해소 쪽의 문이 덜컥 열리는 소리가 났다. 사제 쪽의 문은 열고 닫을 수 있는 개폐식 장치가 되어 있었다. 사제는 낮은 소리로 말하였다.

"하느님의 자비와 은총을 굳게 믿으며 그동안의 죄를 뉘우치고 사실대로 고백하십시오. 아멘."

"고백한 지 7, 8개월이 되었습니다, 신부님. 지난 부활절 때 하였으니까요."

K는 알고 있는 순서대로 입을 열었다. 보이지는 않지만 사제실에 앉아 있는 신부가 누구인지 알고 있었다. 나이 든 주임신부의 목소리였다. 잠시 후면 시작될 미사를 집전하게 되어 있어 주임신부는 미사 시작 30분 전에 미리 와 신자들의 고해성사를 담당하고 있었다.

"죄를 고백하십시오."

주임신부가 기침을 쿨럭이며 말하였다.

"신부님 나는 오늘 죄를 지었습니다. 생전 처음 성을 팔고 사는 음란한 장소에 갔었으며 모르는 여자와 입을 맞추고 포옹을 하였습니다."

"구체적인 행위까지 이어졌나요."

K가 침묵을 보이자 다시 사제가 콜록이며 대답을 재촉하였다. K는 사제의 말이 무엇을 뜻하는지 알 수 없어 뜸을 들이다가 대답하였다.

"구체적인 성행위에는 이르지 않았습니다⋯⋯. 그보다도 큰 죄는 오늘, 10여 년 만에 누이를 만났는데 누이에게서 욕망을 느꼈습니다⋯⋯. 그 욕망이 성적인 것인지 다른 충동인지는 모르겠지만 음란한 생각임에는 틀림이 없습니다."

K는 말을 끊었다가 강조를 하기 위해서 덧붙였다.

"피를 나눈 친누이에게서 말입니다."

K는 더 이상 말을 하지 않았다. 필요도 없는 말을 덧붙이고 있다는 자의식 때문이었다. K는 자신의 행동이 극적인 효과를 노리는 삼류 연극배우의 오버액션 같다고 생각하였다.

"이 밖에 알아내지 못한 죄도 모두 용서하여 주십시오."

K가 고백을 끝냈으나 사제는 아무런 말도 하지 않았다. 쿨럭쿨럭 기침 소리만 요란하게 들려왔다. 심한 감기에 걸린 모양이었다. 코 푸는 소리가 난 후 사제의 목소리가 문창 앞으로 다가왔다.

"너무 자책하지는 마십시오, 형제님. 다만 그런 생각과 행동이 반복되고 반복의 버릇으로 중독되지 않도록 주님께 기도하십시오. 보속補贖을 드리겠습니다."

의외로 간단하게 사제는 결론을 내렸다. K가 생각하는 죄의 형량에 비해 사제의 판결문은 간결하였다. 죄가 K의 생각만큼 무게가 나가지 않기 때문인지 아니면 감기의 고통으로 인해 빨리 끝내려는 사제의 조바심 때문인지 알 수 없었다.

"보속으로는 「요한 복음서」 8장을 읽으시고 「주의 기도」 세 번을 외우십시오. 사죄경을 드립니다."

사제는 낮은 소리로 경을 외우기 시작하였다.

"인자하신 하느님 아버지. 성자의 죽음과 부활로 세상을 구원하시고 죄를 용서하려고 성령을 보내주셨으니, 교회를 통하여 이 교우에게 용서와 평화를 주소서. 나는 성부와 성자와 성령의 이름으로 이 교우의 죄를 용서합니다. 아멘."

K도 성호를 긋고 따라 하였다.

"아멘."

"주님을 찬미합시다. 주님께서 죄를 용서해주셨습니다. 평안히 가십시오."

덜컹 문이 닫혔다. K는 순서에 의해 말하였다.

"감사합니다."

K는 고해소를 나왔다. 불과 3, 4분만의 짧은 고백이었다.

그처럼 짧은 성사에도 K의 죄는 용서받을 수 있는 것일까.

용서의 표징으로 손바닥에 도장을 찍거나 면죄부를 발행해주면 좋을 텐데.

K는 자신의 지정석이라 할 수 있는 오른쪽 좌석 앞에서 세 번째 줄에 앉으며 생각하였다.

미사 시간이 가까워 성당 안은 신자들로 꽉 차 있었다. 성가대는 오늘 부를 노래를 연습하고 있었다. K는 사제가 보속을 준 내용대로 눈을 감고 예수가 직접 가르쳐준 「주의 기도」를 세 번 외우기 시작하였다.

기도문은 음양가나 술가들이 술법을 부릴 때 외우는 주문呪文처럼 느껴졌다. 기도를 세 번 바치고 나서 K는 앞좌석 뒤쪽에 위치한 보관대에서 두꺼운 성경을 빼 들었다. 그곳에는 항상 신자들을 위한 성가책이나 성경책이 비치되어 있었다. K는 사제가 말하였던 대로 「요한 복음서」를 뒤져 8장을 찾아 눈으로 읽어 내리기 시작하였다.

……그때에 율법 학자들과 바리사이들이 간음하다 붙잡힌 여자를 끌고 와서 가운데에 세워 놓고, 예수님께 말하였다. "스승님, 이 여자가 간음하다 현장에서 붙잡혔습니다. 모세는 율법에서 이런 여자에게 돌을 던져 죽이라고 우리에게 명령하였습니다. 스승님 생각은 어떠하십니까?" 그들은 예수님을 시험하여 고소할 구실을 만들려고 그렇게 말한 것이다. 그러나 예수님께서는 몸을 굽히시어 손가락으로 땅에 무엇인가 쓰기 시작하셨다. 그들이 줄곧 물어대자 예수님께서 몸을 일으키시어 그들에게 이르셨다. "너희 가운데 죄 없는 자가 먼저 저 여자에게 돌을 던져라." 그리고 다시 몸을 굽히시어 땅에 무엇인가 쓰셨다. 그들은 이 말씀을 듣고 나이 많은 자들부터 시작하여 하나씩 하나씩 떠나갔다. 마침내 예수님만 남으시고 여자는 가운데에 그대로 서 있었다. 예수님께서 몸을 일으키시고 그 여자에게, "여인아, 그자들이 어디 있느냐? 너를 단죄한

자가 아무도 없느냐?" 하고 물으셨다.

K는 사제가 어째서 성경의 이 부분을 읽고 묵상하라고 숙제를 주었는지 그 이유를 알 것 같았다.

여인은 간음하다 현장에서 붙잡힌 현행범이었다. 그들의 전통법에 의하면 돌로 쳐 죽일 수도 있는 중죄이자 대죄를 저지른 부정한 여인이었다. 그런 부정한 여인을 예수는 교묘한 방법으로 살려주고 나도 네 죄를 묻지 않겠다, 어서 돌아가라, 그리고 이제부터는 다시는 죄짓지 말라 하며 용서하고 있는 것이다. 사제는 K가 죄를 고백함으로써 예수로부터 나도 네 죄를 묻지 않겠다는 식의 용서를 받았으며 다시는 두 번 이상 되풀이하여 악습이나 중독이 되지 말라는 자신의 충고와 부합되는 구절을 K로 하여금 읽게 함으로써 시너지 효과를 주기 위함이었던 것이다. 사제로부터 선택받은 성경의 그 장면은 너무나 생생하여 한 편의 영화를 보는 것처럼 영상적인 이미지를 간직하고 있었다.

K는 예수의 행동이 마음에 들었다. 그러나 더 마음이 끌렸던 것은 예수에게 올가미를 씌우려던 율법학자들이었다. 논리적으로 보면 그들은 악인이었지만 죄 없는 사람이 먼저 돌로 쳐라, 라는 예수의 반박을 곰곰이 생각한 후 자신들의 유죄를 스스로 인정하고 사라졌던 양심적인 사람들이 아닌가.

K는 지금껏 수많은 사람을 봐왔다. 그들은 죄 없는 사람이 아닌 분명히 유죄 판결을 받은 사람들인데도 돌을 들어 쳤으며, 화염병

을 들고 던졌으며, 최루탄을 쏘았으며, 불을 질렀으며, 총을 쏘았으며, 한낮에 비행기를 납치하여 건물을 들이받는 테러를 자행했으며, 무자비한 살상을 했으며, 핵폭탄을 투하했던 것이다. 그러나 성경 속 악인들은 스스로 자신이 유죄임을 인정하지 않았는가. 물러서서 깨끗하게 사라지지 않았던가. 그러나 K가 느낀 그 장면의 절정은 질문을 받고 계속해서 땅바닥에 무엇인가를 쓰던 예수의 침묵이었다.

예수는 도대체 무엇을 땅바닥에 계속해서 쓰고 있었던 것일까. 의미 없는 낙서인가, 스케치인가. 아니면 곧 대답할 수 없는 난처한 지경에 이르게 되자 자신의 다음 행동을 숙고하는 침묵인가. 아니면 광기의 군중들을 달래기 위해 숨고르기식의 침묵을 구사함으로써 시간을 벌고, 교묘한 심리전술을 쓰고 있는 것일까.

마치 한 여인을 살리고 죽이는 러시안 룰렛처럼 막대한 판돈이 걸린 도박에서 예수는 풀하우스를 잡고 의기양양한 율법학자들에게 침묵을 통한 포커페이스 속에 에이스 포카드를 내놓는 위대한 도박사처럼 승부를 걸고 있는 모습이었다.

K는 승부사로서의 예수가 좋았다. 고도의 긴장감이 깃든 스릴러 영화 후반에 극적인 반전을 향해 치닫는 알프레드 히치콕 연출의 명장면을 보는 느낌이었다.

마침내 미사가 시작되었다. 신자들이 일어나 성가대의 합창을 따라 노래를 부르기 시작하였고 두 손으로 성경책을 허공으로 들어 올린 사목위원들과 어린 복사들, 신을 대리해서 K의 죄를 용서해준 주임신부가 중앙 제대를 향해 입장하였다.

　K는 한 여인이 한 옥타브 높은 소프라노의 음색으로 성가를 따라 부르는 소리를 들었다. 여인은 바로 뒷좌석에 있어 튀는 소프라노의 음색이 귀에 거슬릴 정도로 가깝게 느껴졌다. 목소리는 미성이었다. 그러나 그 목소리에는 특별한 대접을 받으려는 성악가를 지망했다가 억울하게 낙방한 아마추어의 조바심이 들어 있었다. 얼핏 K는 여인의 얼굴을 보았다. 방금 전 K 앞에서 고해성사를 보던 모피를 입은 여인이었다. 여인은 노래를 부르다 말고 자신을 살피는 K의 시선을 의식하고 그 시선이 자신의 뛰어난 노래 솜씨에 있는 것으로 착각한 듯 목소리를 포르테로 끌어올렸다.

　다른 자리로 옮기려 했으나 신자들로 가득 차 있어 K는 그냥 참기로 마음을 다잡았다. 소프라노의 여인은 미사가 진행되는 동안 계속 K를 괴롭혔다. K는 전례에 집중할 수가 없었다. K는 미사의 전례를 좋아하는 편이었다. 도서관에 가면 남을 방해하지 않기 위해 조심스럽게 행동해야 하고, 책을 대여해 읽어야 할 의무가 있는 것처럼 성당에 온 이상 그 전례가 형식적이라 해도 집중해야 한다고 K는 생각하고 있었다. K는 성당에 온 이상 마땅히 볼록렌즈로 태양광을 하나의 초점으로 모아 개미를 태우듯 정신을 집중해야 한다고 생각하는 사람이었다. 소프라노의 여인은 미사 내내 K를 괴롭혔다. 합창뿐 아니라 미사가 진행될 때마다 작은 소리로 '아멘', '아버지', '찬미예수'를 덧붙였다. 남의 이목을 꺼리는 듯한 작은 소리였지만 그 목소리에는 자신감이 깃들어 있었다.

K는 여인이 고해소에서 고백한 죄가 무엇인지는 알 수 없지만 틀림없이 자만심에서 우러난 독선일 거라고 상상하였다. 여인은 사제에게 인정을 받고 싶어서 한층 더 높은 소프라노의 음색으로 벽으로 가려져 있어 상대방을 모르는 익명 상태에 있다 하더라도 자신이 누구인지 분명히 드러내려 애썼을 것이다. 평소보다 짙은 향수를 뿌리고 담임선생에게 관심을 끌려고 교탁 위에 꽃다발을 갖다놓는 사춘기 소녀처럼 '아름다운 죄'의 꽃다발을 털어놓았을 지도 모른다.

아름다운 죄.

아름다운 죄는 얼마든지 있지 아니한가. 사랑하면서 헤어진다 는 여배우의 눈물, 잘못을 뉘우친다는 협잡꾼 정치가의 90도로 꺾 이는 조직폭력배적 인사법, 먹이를 잡아먹을 때 불쌍해서 우는 것 이 아니라 삼킬 때 턱에 있는 누선을 자극하여 흘러내리는 악어의 눈물, 민중을 위하고 가난한 이웃을 위한다면서 건배하는 고급 포 도주. 그렇다면 아름다운 죄로 무성한 지상의 꽃밭에서 아름다움 으로 치장된 정체를 가린 악惡의 꽃들은 얼마든지 꺾어도 되지 아 니한가.

백설공주가 독이 든 아름다운 사과를 먹고 죽었듯이 아름다운 죄 때문에 천사의 날개는 여지없이 부러지고 있지 아니한가.

여인의 목소리는 바람둥이의 노련한 애무에 감응하면서 신음하 는 교성처럼 들릴 정도였다. 여인이 신음하는 '아멘'은 '안아줘'라 는 소리로 들렸고, '찬미예수'는 '아이 좋아'의 교태로, '아버지'는

'여보'의 감창雨暢으로 느껴졌다. 그런 교성들은 지금도 수많은 사찰에서, 성당에서, 교회에서, 아름다운 죄의 세탁소인 성전에서, 낯선 여관방의 얇은 벽을 뚫고 들려오는 낯선 여인의 비명 소리처럼 울려 퍼지고 있다. 아름다운 죄는 텔레비전으로, 방송으로, 책으로, 음악으로, 미술의 온갖 예술로, 영상매체로, 인터넷으로 전 세계로 급속도로 퍼져나간다. 아름다운 죄는 병원으로, 대학으로, 학교로, 가정으로, 국회의사당으로, 청와대로, 가발이라도 써야 할 독재자의 머리통을 향해, 오사마 빈 라덴의 총구를 향해 단숨에 퍼져나가 전염병처럼 확산되고 있다. 먹음직스럽고 보기에 탐스럽고 사람을 영리하게 해줄 것 같은 그 아름다운 원죄에 취해 팔뚝에 주삿바늘을 꽂고 배에는 자살폭탄을 감고 천국을 꿈꾸며 테러와 함께 죽어가고 있는 것이다.

이러한 K의 산란散亂은 사제의 강론과 함께 진정되었다.

강론은 「마태오 복음서」에 나오는 '재난의 시작'이라는 제하의 내용이었다. 예수는 언제 세상이 끝날 징조가 나타나겠습니까, 라는 제자들의 질문에 장차 많은 사람이 내 이름을 내세우며 나타나서 내가 그리스도라고 떠들면서 수많은 사람을 속일 것이고 여러 번 난리가 나고 전쟁도 일어날 것이며, 한 민족이 일어나 다른 민족을 치고 곳곳에서 기근과 지진이 일어날 것이다, 라는 구체적인 표징과 함께, 세상은 무법천지가 되어 사람들 마음속에서 따뜻한 사랑을 찾아볼 수가 없게 될 것이고 그러고 나서야 종말이 올 것이다, 라는 예언을 하는 장면이었다. 사제는 기침을 하던 고해소 안에서

와는 달리 이 같은 종말론에 관한 성경의 예언을 부언^{附言}해 열띠고 강한 어조로 역설하고 있었다.

사제는 바로 지금이 그런 때라고 말하였다.

"형제자매 여러분 보십시오. 오늘도 전 세계에서는 전쟁이 벌어지고 테러가 일어나며, 전염병이 창궐하여 동물들에게도 치명적인 병들이 퍼져 나가 살처분하고 있습니다. 낙태 수술로 연간 3백만 명 이상의 아이가 죽어가며 처참한 기근과 지진이 일어나고 있습니다."

사제는 우리나라에서 일어났던 지진 중에서 가장 강도가 높았던 지난밤의 지진은 종말이 가까워진 시대의 징표로 우리 모두는 거짓 예언자들과 거짓 그리스도에게 속지 말고 신랑이 언제 올까 기다리는 신부들처럼 등잔에 기름을 가득 채워 잠에서 깨어 기다려야 한다고 힘주어 말하였다.

K는 사제가 지나치게 공포를 조장하고 있다고 생각하였다. 질병이나 화재, 재앙과 같은 최악의 상황을 강조함으로써 보험을 강조하는 종교보험설계사 같다고 느꼈다.

지난밤에 일어난 지진이 가장 높은 강도의 지진이고, 전쟁의 위협이 상존하고 있으며, 전 세계에 전쟁과 기근과 전염병이 창궐하고 있다고 하더라도 종말이 가까워왔다는 사제의 단정적인 결론은 지나친 기우라고 K는 생각하였다. K가 흥미를 느낀 부분은 거짓 그리스도와 거짓 예언자들이 여기저기서 나타나고 많은 사람을 속일 것이라는 구절이었다.

사제의 등 뒤 중앙 제단 벽에는 거대한 십자가상이 걸려 있었다. 그 십자가상 위에 청동으로 조각한 예수의 몸이 매달려 있었다. 처참하게 죽은 예수의 몸 위로 비둘기 모양의 성령이 내려오고 있었다.

순간 K는 생각하였다.

어제 아침 자명종으로 시작된 불가사의한 현상은 이틀 동안 계속되어 아내는 가짜 아내로 결론 내렸고, 이 혼돈 상태에서 벗어나기 위해 K는 H로부터 두 가지의 임상실험을 권유받아 JS와 어머니의 옛 사진을 통해 자신의 정체성을 회복하였다. 그러나 미스터리한 연속적인 기현상과, 정교하게 복사한 위조지폐와 같은 복제인간의 출현으로 가상현실에서의 시뮬레이션과 같은 망상은 여전히 계속되고 있다.

그렇다면 저 제단 위에 걸린 십자가상은 실제 그리스도의 상징인가, 아니면 예수가 예언한 거짓 그리스도의 모형인가. 예수의 말이 진리라면 세기말에 이르러 거짓 예언자는 거짓 그리스도의 형상으로 등장한다고 못 박고 있지 않은가.

K의 의심은 다음 단계로 발전하였다.

내가 믿고 있는 하느님은 우주 만물과 인간을 창조한 창조주인가, 아니면 하느님으로 위장한 거짓 하느님의 현신인가. 내가 믿는 예수는 과연 인류를 구원한 구세주인가, 아니면 살아 있는 사람처럼 실리콘으로 정교하게 만든 인형 리얼돌과 같은 적敵그리스도인가, 아니면 리얼돌과 같은 모조품이 아니라 기적을 일으킬 수 있는 권능까지 지닌 살아 있는 악신인가. 저 예수의 머리 위로 내려오는 비둘기는 성령의 모상模像인가, 아니면 악령의 상징인가.

광야에서 40일간 단식한 후 예수를 유혹한 악마는 그 어떤 예언자보다 율법을 꿰뚫고 있었고 예수를 높은 산으로 데리고 가서 잠깐 사이에 세상의 모든 왕국을 보여주며 저 권세와 영광은 내가 받은 것이니 당신에게 주겠소, 라고 말하였다. 그렇다면 이 지상의 모든 왕국과 모든 나라는 악마의 소유인가. 권력은 총구에서 나오는 것이 아니라 악마에서 나오는 것이라면, 그리고 정치의 권력이 우리를 지배한다면 우리는 악마의 지배를 받고 있단 말인가.

하늘나라가 다가왔다는 예수의 첫 번째 공식 선포가 진리라면 우리는 하늘나라의 시민이 아닌가. 그렇다면 하늘나라를 가장한 적그리스도는 예수를 유혹한 교묘한 거짓말과 달콤한 논리로 우리의 영혼을 유혹해 허상의 권세와 영광을 약속함으로써 우리를 지상의 노예로 만들고 있는 것은 아닐까.

강론이 끝나자 다음 순서로 미사가 진행되었다. 등 뒤의 여인이 계속해서 '아멘'과 '찬미예수'를 입에서 토해내고 있었지만 더 이상 K의 몰입을 방해하지는 못하였다. K는 전례에 열중할 수 없었다. K의 시선은 줄곧 그리스도가 매달린 십자가상 위에 머물러 있었다.

십자가.

예수가 우리의 죄를 대신해 못 박혀 죽었다는 십자가. 가로세로로 엇갈린 두 개의 직선 막대기가 교차되어 이루고 있는 단순한 형태의

십자가. 그 십자가는 명품을 증명하는 라벨처럼 기독교의 등록상표
이다. 두 손은 가로로 된 막대기에 못 박히고, 다리는 세로로 된 막
대기에 못 박혀 죽은 기독교의 고유 바코드 bar code, 십자가. 순간 K
의 머릿속에 뫼비우스의 띠가 떠올랐다.

　뫼비우스의 띠.

　독일의 수학자 A.F.뫼비우스가 처음으로 제시했기 때문에 '뫼비
우스의 띠'라고 불리는 기하학적 모형. 좁고 긴 직사각형의 종이를
180도로 한 번 꼬아 끝을 연결하면 동일한 위상에 기하학적 성질
을 가진 곡면의 형태가 완성된다. 이 띠에는 여러 가지 특성이 있
다. 띠 안쪽에서 선을 칠해 나가면 안쪽은 전부 칠해지지만 바깥
쪽은 칠해지지 않는 양측곡면兩側曲面과 띠의 바깥쪽에서 칠해나가
면 안쪽까지 모두 칠해지는 단측곡면單側曲面의 두 모순된 특징을 가
지고 있다. 따라서 뫼비우스의 띠는 안쪽과 바깥쪽의 구별이 없으
며 좌우의 방향을 정할 수 없는 단일경계를 갖추고 있고 시작도 끝
도 없는 연속성을 지니고 있는 것이다.

　그렇다, 저 십자가도 뫼비우스의 띠처럼 안쪽과 바깥쪽의 구별이
없고 시작과 끝도 없고 좌우 방향을 정할 수 없는 '예수의 띠'인 것
이다. 비록 두 개의 막대기가 십자 형태로 서로 엇갈려 있지만 예수
의 모습은 바깥과 안의 경계가 없고 시작도 끝도 없는 알파요 오메
가인 것이다. 하지만 적그리스도 역시 저 십자가를 자신의 등록상
표로 삼고 있지 않겠는가. 명품을 모방한 가짜 상품일수록 상표의
위조에 전력을 기울이는 것처럼.

과연 K가 믿는 예수는 실제의 그리스도인가, 악마의 적그리스도인가.

K는 혼란을 느꼈다. 전례는 하이라이트로 접어들고 있었다.

예수가 최후의 만찬 때 제정하였던 성체를 받아먹는 영성체 시간이 다가온 것이다. K는 예수의 몸이라는 작은 밀떡을 받아먹는 그 순간을 가장 좋아하였다.

K가 미사에 참석하는 가장 큰 이유 중 하나는 성체 때문이었다. 가톨릭에서 말하는 것처럼 실제로 영성체 순간 밀떡이 예수의 몸과 피로 현신한다는 말을 그대로 믿지 않는다 하더라도 K에게 위안이 되고 드물지만 초자연적인 환희까지 느끼는 것은 사실이었다. 그러나 혼란을 느낀 K는 자리에서 일어나 사제에게 성체를 받기 위해 열을 지어가는 동안 평소와 다르게 가슴이 두근거리는 기대감을 느끼지 못하였다.

네덜란드의 화가 에셔 작품에 뫼비우스의 띠 위를 개미가 지나가고 있는 유명한 작품이 있다. 뫼비우스의 띠 위를 기어가는 그림 속 개미는 영원히 종착지에 도착할 수 없다. 왜냐하면 가도가도 제자리로 돌아올 수밖에 없기 때문이다.

"그리스도의 몸."

성체를 분배하는 사람이 K가 다가가자 흘깃 얼굴을 보더니 K의 손바닥 위에 성체를 올려놓았다.

"아멘."

K는 화답한 후 제대에서 물러나며 성체를 입속에 넣었다. 자리

에 돌아와 앉았지만 평소의 초자연적인 감동은 없었다.

나는 개미다.

K는 혓바닥 위에서 침에 녹는 밀가루의 냄새를 맡으며 중얼거렸다.

나는 뫼비우스의 띠를 기어가는 개미다. 내가 가는 이 현상의 띠는 안과 밖이 없고, 시작도 끝도 없다. 두 개의 직사각형으로 보이는 띠는 실제로는 180도 뒤틀린 띠의 연결일 뿐이다. 마찬가지로 K에게 있어서 이 모순된 가상현실의 이중성은 누군가에 의해서 180도로 뒤틀린 왜곡된 현상일 뿐인 것이다.

뒤늦게 영성체를 하고 K의 뒷좌석에 앉은 여인의 입에서 이성을 잃은 신음 소리가 들려왔다.

"아멘, 아멘, 아아아메에엔 –"

7장 19시 42분

　탁자 위에 놓인 호출기가 부르르 몸부림쳤다. 주문한 스파게티
가 나온 모양이다. K는 호출기를 들고 카운터에 가서 커피와 해물
크림 스파게티를 받아 들고 자리로 돌아왔다. 아내는 오늘도 처갓
집에서 늦게 돌아올 모양이었다. K는 혼자서 저녁을 해결하고 집
으로 돌아가는 편이 좋으리라 생각하였다.

　성당에서 가까운 조그만 레스토랑이었지만 스파게티의 맛은 좋
았다. 해물도 싱싱하고 크림 속에 녹은 치즈의 맛도 훌륭하였다.
식욕도 맹렬했으나 K는 스파게티에 집중할 수가 없었다.

　죄의식이 아직 완전히 사라지지 않았기 때문이다. 키스를 매개
로 성행위를 주고받는 불법 장소에 갔다는 죄의식보다 JS에게 느
꼈던 알 수 없는 욕망이 불안의 주원인이었다. K 스스로 판결을 내

려도 경범죄가 아닌 인류의 금기를 깨는 중죄임이 분명하였다. 그런 중죄가 3, 4분의 짧은 고백만으로, 「주의 기도」를 세 번 외우고, 성경의 한 구절을 읽는 것으로 무죄가 될 수 있는가. 못은 빼도 못자리는 남는 것이 아닐까. 사제에게 한 고백만으로 죄가 용서받을 수 있다면 그것은 빠른 시간 안에 밀수품을 사고파는 불법 거래 행위에 지나지 않을 것이다.

미진한 감정의 찌꺼기를 느끼며 스파게티를 포크에 돌돌 말아 맛없게 먹던 K는 문득 하나의 문장을 떠올렸다. 미사 시작과 동시에 공동으로 고백하는 죄에 대한 통찰 내용이었다. 신자는 '생각과 말과 행위'로 하느님께 죄를 지었다는 사실을 고백한 다음 주먹으로 자신의 가슴을 세 번 때리면서 말한다.

'내 탓이요, 내 탓이요, 내 큰 탓이로소이다.'

모든 죄가 남의 탓이 아닌 바로 내 자신이 선택한 것이며, 그러므로 그 책임은 내게 있다는 인민재판식의 공개 사죄문이었다.

K의 몸에서 전율이 흘렀다.

그렇다. 이 모든 죄의식은 세일러문의 탓도 아니고 누이인 JS의 탓도 아니다. 오직 나의 탓이다.

메아 쿨파 Mea Culpa.

라틴어로 '나의 잘못'을 뜻하는 이 단어는 K가 어머니를 따라 성당을 드나들었을 때 사제들이 사용하던 라틴어의 한 구절이었다. 그 무렵, 사제들은 신자들을 정면으로 보지 않고 십자고상이 있는 벽 쪽을 바라보며 처음부터 끝까지 라틴어로 된 제례문을 외웠다.

"메아 쿨파, 메아 쿨파, 메아 막시마 쿨파(내 잘못을 통하여, 내 잘못을 통하여, 나의 가장 중대한 잘못을 통하여 고백하나이다)."

사제의 알 수 없는 라틴어 전례문 중에서 K는 그 부분을 또렷이 기억하였다. 그 부분에 이르면 사제는 춤을 추며 노래를 부르듯 자신의 가슴을 두드리면서 리드미컬하게 낭송하였기 때문이다.

훗날에 이르러서야 K는 그 라틴어가 내 탓이요, 내 탓이요, 내 큰 탓이로소이다, 라는 경문으로 번역되었음을 알게 되었다. 지금도 K는 자신의 가슴을 때리며 통회의 기도를 외울 때면 번데기 속에서 나비가 날갯짓을 하며 껍질을 찢고 나오는 듯한 몸짓을 보였던 어린시절 사제의 모습을 떠올릴 수 있었다.

K는 잠시 포크를 내려놓고 중얼거렸다.

이 모든 것은 '메아 쿨파'에서 비롯되었다. K는 지금껏 어제 아침부터 시작된 불가사의한 현상들이 아내를 비롯한 딸, 강아지, 휴대폰, 성냥갑, 처제와 죽음에서 부활한 장인, 넓적다리를 보인 노출증 여인, 휴대폰을 습득하고 그 대가로 보험을 강요한 '을', 대리운전 기사, H, H의 아내, H의 간호사, 한때 매형이었던 P교수, 친누이 JS, 텔레비전 화면에서 나오는 노출증의 그 여인, 투명한 창문 너머로 젖가슴을 보여주던 노출증 여인의 복제인간, 세일러문 등 K를 제외한 모든 존재가 시뮬레이션의 가상현실 속에서 K를 속이고 통제하고 조종하고 세뇌시키고 있기 때문이라고 생각했던 것이다.

그러나.

K는 포크로 스파게티의 면을 말아 올리면서 생각하였다.

이 모든 불가사의한 현상 중심에는 K가 있다. 아내가 고정간첩이고, 장인이 가짜며, 노출증 여인이 감시자이고, 대리운전 기사가 미행자이고, 강아지가 바꿔치기한 장물이고, P교수가 의심스러운 존재라고 여기게 된 모든 의혹의 출발점에는 K 스스로가 K가 아닐 수도 있다는 대전제가 먼저 선행되어야만 했던 것이다. 그래야만 이 모든 난해한 등호의 방정식은 간단하게 풀리게 된다.

이 모든 가상현실에서 바뀐 사람은 다름 아닌 K다.

K 본인이 가짜이며, 짝퉁이며, 복제인간이자, 추적자이며, 위조 인간이다. 이러한 기현상은 다름 아닌 K의 탓이고, K의 탓이며, K의 큰 탓 때문인 것이다(이 생각을 하면서 K는 손을 들어 자신의 가슴에 못을 박듯 세차게 쾅쾅쾅 세 번 내리쳤다).

나는 내가 아니다. 나는 지금까지의 내가 아니다. 금요일 밤의 그 미스터리한 한 시간 반에 걸친 의식의 공백 동안, 나는 알 수 없는 어떤 존재에 의해서 납치되었을 것이다. 그리고 수술을 받아 페이스오프 되었으며, 머리 속에 나의 모든 정신과 육체의 유전자 정보가 든 칩을 삽입함으로써 나는 나의 복제인간이 된 것이다. 그 칩은 99퍼센트는 실제 나의 DNA 정보와 일치하지만 1퍼센트는 실제 나의 정보와 오차를 보인다.

지상에서는 백 퍼센트의 완전한 일치가 존재할 수 없다. 단 1퍼센트의 미세한 오차 때문에 자명종은 7시에 울렸으며, 아내에게 친밀감을 느끼지 못했고, 강아지는 K의 발을 물어뜯었고, 죽었던 장인은 갑자기 나타났다.

원래 장인은 15년 전 K의 결혼식에 참석했을 것이다. 없던 장인이 갑자기 등장하는 깜짝 출현에 당황했던 것은 '참' K의 기억을 복제 K가 완벽하게 재생해내지 못하였기 때문이다. K는 '참' K가 아니다. 그러므로 친누이인 JS에게 성욕을 느낀 것이다. 인간은 동물이 아니다. 동물이 아니고서야 어떻게 누이에게 성욕을 느끼고 격렬한 흥분 상태에 빠질 수 있단 말인가. 그 이유는 의외로 간단하다. 지금의 K가 지금까지의 K가 아니므로 JS는 지금까지의 K의 누이였지만 지금의 가짜 K의 누이는 아니기 때문이다.

JS는 외간 여자다. 따라서 낯익은 타인인 JS에게서 강간범과 같은 살의적 욕망을 느낀 것은 금기를 깨뜨린 패륜이 아니라 남녀 간에 일어날 수 있는 정상적인 성적 충동인 것이다.

모든 것이 내 탓이며, 메아 쿨파이고 메아 막시마 쿨파다.

K는 바꿔치기 당했다. 눈 깜짝할 사이에 핸드백이나 가방을 바꿔치기하는 전문 털이범과 같은 알 수 없는 조종자, 보이지 않는 손, 빅브라더, 제3의 초월적 존재에 의해서 K의 영혼은 날치기당했으며, K의 육체는 바꿔치기 당한 것이다.

이제야 분명해진다.

스파게티는 아직도 많이 남아 있었지만 K는 포크를 내려놓았다.

K는 K가 아니다. 그러면 지금의 K는 누구인가.

K는 커피를 마시고 싶었다. 카운터에 가서 카푸치노를 주문하였다. 레스토랑에는 손님이 많이 앉아 있었고, 사람들이 들고 다니면서 마실 커피를 테이크아웃 하느라 주문은 밀려 있었다.

K는 다시 호출기를 들고 자리로 돌아왔다. 문득 JS로부터 전해 받은 의문의 편지가 떠올랐다.

JS가 세 번이나, 지난번에는 정말 미안하게 되었다고 사과했던 K의 편지. K는 JS에게 편지를 쓴 기억이 전혀 없었다. 그러나 한눈에 보아도 그 편지의 필체는 정확히 K의 필체가 아니었던가. 사람의 필체는 지문이나 혈흔만큼 백 퍼센트 증거가 될 수 있는 결정적 단서 중 하나다.

'참' K는 JS에게 편지를 썼을 것이다. 그러나 복제인간 K는 JS에게 편지를 썼던 정보를 빠뜨린 칩을 두뇌에 이식받았기 때문에 이를 기억하지 못하는 것이다.

호출기가 다시 진저리를 쳤다. 카운터에서 커피를 받아들고 K는 자리에 앉았다. 앉자마자 K는 주머니 속에서 JS로부터 빌린 편지를 꺼내 탁자 위에 놓았다. 봉투 앞에는 JS의 주소와 이름이 명기되어 있었으나 편지를 보낸 '참' K의 이름은 보이지 않았다. 봉투 뒷면을 살펴보자 그곳에 자필임이 분명한 K의 이름이 적혀 있었다. 주소는 K가 살고 있는 아파트의 주소와 전혀 다른 곳이었다.

K는 우표에 찍힌 날짜도 면밀히 살펴보았다. 스탬프 속에는 3년도 넘은 오래전의 접수 날짜가 찍혀 있었다. K는 봉투 속에서 편지를 꺼내 읽기 시작하였다.

오랜만이야, 누나. 그동안 잘 있었어. 연락을 해야지 하면서도 전혀 하지 못했어. 미안해, 누나.

K는 '참' K의 문장력이 마음에 들지 않았다. K는 '미안해, 누나'라든가, '오랜만이야, 누나'라고 하는 일부러 꾸미는 인사말이나 사교성 말은 선호하지 않는 편이었다.

그렇다면 '참'나인 K1은 지금의 나인 K2보다 감성이 풍부하고 다소 감상적인 성격을 가지고 있는 것일까.

K는 편지를 읽어 내려갔다.

YD는 잘 커. 벌써 초등학교 4, 5학년이 되었겠네. 외삼촌으로서 가끔 보살펴줘야 한다는 걸 알면서도 마음대로 안 되더군.

여기까지가 이미 JS로부터 전해들은 편지의 내용이었다. K2 즉, 지금의 K는 K1의 상투적이고 사탕발림의 표현이 다른 목적을 가지고 JS의 환심을 사기 위한 일종의 사기꾼적 의도임을 간파하였다. K2는 계속 읽어 내려갔다.

사는 게 바빠서 말이야. 그래서 말인데, 누나. 나를 조금 도와주지 않겠어. 갑자기 난처한 일이 생겼어. 그 내용은 편지로 말할 수 없어. 나중에 만나서 말하든지, 잘 수습이 되면 그때 가서 찾아가 설명할게. 한 3백만 원만 꿔줬으면 해. 거저 달라는 것은 아니고 6개월만 빌려달라는 말이야. 누나의 사정도 족하지는 않겠지만 내가 워낙 급해서 그래. 그러니까 3백만 원만 아래 계좌로 입금해주었으면 좋겠어. 계좌번호는 ○○○○-○○○-○○○○○이야. 늦어도 이번 주 금요일까지는 이체해줘. 부탁이야, 누나. 다시 한 번 말하지만, 미안해. 이 세상에서 단 하나뿐인 JS 누나에게.

편지는 이렇게 끝맺음하였다.

이 세상에서 단 하나뿐인 동생 K가.

더러운 자식.

K2의 입에서 욕이 흘렀다. K2는 K1을 이해할 수 없었다. K2가 아무리 K1의 복제인간이라고는 하지만 편지의 내용으로 미루어 볼 때, 감정을 드러내는 K2와 K1의 EQ는 1퍼센트의 오차 허용 범위를 훨씬 넘어선 것이었다.

K2는 자신이 K1의 복제품이라 할지라도 그런 센티멘털한 성격에 대해서는 못마땅하였으며, 그 부분만큼은 닮지 않았다는 사실이 다행이라는 생각이 들었다. 더욱이 K2를 더 역겹게 한 것은 편지 말미에 추신으로 덧붙인 내용이었다.

P.S.

JS 누나. 요즘은 가끔 엄마가 생각나, 엄마가 보고 싶어. 그리고 무슨 일이 있으면 연락해. 내 핸드폰의 번호는 ○○○-○○○○-○○○○이야.

K2는 알 수 있었다. JS가 세 번씩이나 K1에게 지난번에는 미안하게 되었어, 라고 사과한 이유를. JS는 K1의 부탁을 들어주지 못하였다. JS의 사는 형편도 구차해 보였는데, 3년 전에 3백만 원이라는 거금을 선뜻 마련해줄 수는 없었을 것이다. 그것이 JS의 마음

에 미안함으로 남아 있었던 것이다. 두고두고 미안해서 JS는 편지를 버리지도 못하고 보관하고 있었던 것이다. K2는 커피를 마시면서 중얼거렸다.

K1에게 돈을 보내주지 않은 것은 현명한 판단이었어. 충분히 그럴 여유가 있었더라도 보내주지 않은 것은 잘한 일이야. JS, K1은 사기꾼이야.

K2가 지금 K1에게 질투를 느끼고 있는 것일까. K2는 순간 생각하였다. 자신은 본래의 '참' K인 K1을 비난할 자격이 없는 꼭두각시와 같은 가짜이자 위조인간이다. 그런 K2가 어떻게 주인공인 K1을 비난할 수 있겠는가. K2가 친누이가 아닌 JS에게 느꼈던 성적 충동과 같은 욕망은 JS가 두고두고 미안함을 느낄 만큼 소중히 여기고 있는 친동생인 K1에 대한 반사적 적개심을 동반한 질투 때문일 것이다.

K2는 K1의 휴대폰 전화번호를 확인하였다. K2가 모르는 낯선 번호였다. 만약 K2가 K1에게 전화를 걸어서 통화를 시도한다면 K2의 본체인 K1이 지금 어디에 갇혀 있으며, 어떤 모습으로 은닉되었는가를 알 수 있지 않겠는가.

K2는 커피를 한 모금 더 들이켰다. 전화를 걸어야 한다고 K2는 생각했으나 금방 실행에 옮길 수는 없었다. 두려웠기 때문이다.

K1의 존재가 드러난다면 지금의 K 즉, 가짜 K2는 어떻게 될 것인가. 백일하에 자신의 비밀이 드러나고, 가짜의 정체가 밝혀진다면 K2는 용도 폐기된 첩자처럼 암살되거나, 햇빛을 받으면 부서지

는 흡혈귀처럼 산산이 분해되어 먼지로 돌아갈지도 모른다.

차라리 K1을 의식하지 않고 그냥 가짜 K2로 살아가는 것이 어떨까.

다소의 오차는 있지만 가면의 K2로서 진짜[眞我]의 K1을 흉내 내며 살아가는 것도 나쁘지는 않을 것이다, 라고 K2는 생각하였다. 그러나 K2는 정직한 사람이었다. K1과 달리 연민의 정에 사로잡히거나 감상적으로 사물을 보는 휴머니스트가 아니었다.

K2는 냉철한 이성을 가진 지식인이자 모범적인 금융인이었다. K1의 존재를 안 이상 그것을 모른 체하며 K1의 아내와 섹스를 하고, K1의 딸에게 아버지라 불리고, K1의 친구 H와 술을 마시고, K1의 친누이인 JS에게 성욕을 느낀다는 것은 용서받을 수 없는 죄를 짓는 불가촉不可觸 악인의 화신이 되는 것이다.

K1에게 전화를 걸어 만날 것을 약속하고, 서로의 입장을 직시하고, 각자의 의견을 충분히 나눈 다음, 각자 있어야 할 자리로 돌아가는 것이 정의로운 일이며, 무죄 증명인 것이다.

생각이 거기까지 미치자 K2는 모든 것이 일목요연해짐을 느꼈다. 지금까지 있었던 이틀 동안의 혼란을 일시에 해결할 수 있을 것 같은 영감을 느꼈다.

K2는 휴대폰을 들고 편지에 적힌 K1의 번호를 입력하였다. 통화 버튼을 누르자 연결음이 울렸다. 한 번, 두 번, 세 번. 홀수를 좋아하는 K2는 연결음이 열다섯 번 울릴 때까지 기다렸다. 상대방은 전화를 받지 않았다. 그새 전화번호가 바뀌었을까, 하고 잠시 생각

했지만 안내원의 멘트가 없는 것으로 보아 K1의 전화번호는 살아 있음이 분명하였다. 그렇다면 K1은 전화를 받을 수 없는 비밀 장소에 인질로 잡혀 있는 것일까.

K2는 남은 커피를 단숨에 들이켰다. 일어서야겠다고 결심한 순간 K1의 손에 들린 휴대폰이 따르릉- 울렸다. 화면에는 K2가 방금 걸었던 전화번호가 찍혀 있었다. K1으로부터 걸려온 전화였다.

K2는 길게 한숨을 쉬고 호흡을 가다듬은 다음 폴더를 열고 전화를 받았다. 상대방이 먼저 말을 하기 전에 자신의 목소리를 들려주기 싫었으므로 K2는 숨을 죽이고 기다렸다.

"여보세요."

상대방 역시 약간 뜸을 들였다가 먼저 입을 열었다.

K2는 그 목소리를 들은 순간 소름이 끼치는 것을 느꼈다. 자신의 목소리였다. 자신의 목소리는 자신의 귀에 낯설게 느껴지는 것이 보통이다. 하지만 영어회화를 공부하기 위해서 수시로 목소리를 녹음해두었다가 되풀이해서 들었던 K2로서는 K1의 한마디 목소리가 비수가 되어 날아와 K2의 의식을 찌르는 것을 느꼈다.

틀림없는 K다.

"여보세요."

K2가 대답이 없자 K1의 목소리는 경계를 하는 듯 낮아졌다.

"누구야. 전화를 걸었으면 말을 해야 할 거 아냐."

거칠고 사나운 협박조의 말투였다. K2로서는 한 번도 사용해본 적이 없는 범죄형의 성문聲紋을 가지고 있었다. 말투는 달랐지만 목소리의 성문은 K2의 것과 일치하였다. 만나지 않았다 하더라도 동일한 필체와 동일한 성문, 이 두 가지만 가지고도 K1이 K2의 모체임이 분명해지는 것이다.

"너…… 누구냐고. 이런 젠장."

K2는 더 이상 침묵할 수 없었다.

"K씨죠."

오랜 침묵 끝에 들려온 목소리였기 때문에 K1은 다소 당황한 듯 대답하였다.

"그렇소. 당신 뉘시오."

K1의 목소리는 경계심을 늦추지 않고 있었다.

"나는."

K2는 선의의 거짓말을 하기로 결심하였다. K2로서는 어쩔 수 없는 선택이었다.

"JS의 부탁을 받고 전화를 드리는 겁니다."

"JS. JS라니…… JS가 누군데."

"전화를 받으신…… K씨의…… 누이 되는 분 말입니다."

K2는 말을 더듬거렸다. 그제야 K1은 JS가 누구인지 알아차린 듯 한결 누그러진 목소리로 말하였다.

"그렇소. JS는 나의 누나요. 그런데 전화를 거는 사람은 JS와 어떤 사이요."

"일단 만나서 이야기를 나누기로 하지요."

K2는 공식적이고 이성적인 말투로 K1의 마음을 진정시켰다. K1

은 기대감 같은 것이 들었는지 선선히 대답하였다.

"그럽시다. 만납시다. 젠장 할, 언제쯤이 좋겠소."

"지금 당장은 어떠십니까. 그쪽만 괜찮으시다면."

이야기를 나누면 나눌수록 K2는 상대방의 목소리가 귀를 막고 듣는 자신의 목소리임에 틀림없다고 생각하였다.

"그럽시다, 젠장 할. 어차피 나는 딱히 할 일도 없는 건달이니까. 이리로 오시오. 나는 지금 혼자서 술 한잔 마시고 있소. 그러니 이리 와서 한잔합시다."

K2는 K1의 돌변한 태도가 어디에서 기인하는지 조금은 짐작할 수 있었다.

K1은 K2에게 자신이 지금 있는 곳을 찾아올 수 있도록 상세하게 설명하였다. K2는 K1이 말하는 약도를 머릿속에 메모하였다.

"한 시간 안으로 가겠습니다."

K2가 사무적으로 말하자 K1이 껄껄 웃으며 말하였다.

"오늘밤 안으로만 오슈. 얼마든지 기다릴 테니까. 헛허허허."

K1은 전화를 끊었다. K2는 담배를 피우고 싶었다. 담배를 피우면서 이 상황을 정리해보자고 생각하였다. 상황은 이미 돌이킬 수 없는 기정사실로 진행되고 있었다. K2의 판단은 현명한 것일까. K2가 자신의 원형인 K1을 만난다는 것은 보이지 않는 손, 빅브라더의 불문율을 깨뜨리고 신성을 모독하는 일이 아닐까.

그렇다 하더라도.

K2는 담배를 꺼내 물면서 머리를 흔들었다.

이미 주사위는 던져졌다. K2의 의지와 상관없이 예정된 시간표대로 보이지 않는 손에 의해서 조종되고 통제되는 존재라면, 뜻밖에 K2의 원형인 K1을 만나는 것도 예정된 순서일지 모른다.

담배를 한 모금 빨아들이는 순간 K2가 앉아 있는 의자가 강하게 흔들렸다. 누군가 세차게 밀었나 하고 생각한 찰나, K2는 의자에서 미끄러져 바닥으로 굴렀다. 레스토랑 전체가 흔들리고 있었다. 사람들의 비명 소리가 들리고 레스토랑 벽에 진열해놓은 와인 병이 삽시간에 바닥으로 떨어져 부서졌다. 그 유리 파편이 K2 앞쪽에 쓰러진 여인의 종아리에 날아와 예리하게 박혔다. 금세 붉은 선혈이 뿜어져 나왔다.

지진이다.

누군가 소리를 질렀다. 천장에 매달린 샹들리에 한 개가 떨어지는 것을 K2는 똑똑히 보았다. 그 밑에 아무도 없어서 다친 사람은 없었다. 장식용으로 비치해놓은 어항이 뒤집어지면서 K2의 눈앞에서 산산이 부서졌다. 어항 속에 들어 있던 열대어들이 마룻바닥 위에서 파닥거리고 있었다. 레스토랑은 난파된 배 위의 갑판 같았다. 레스토랑 뿐 아니라 창밖으로 보이는 거리 풍경도 폭풍 속을 표류하는 침몰 직전의 배처럼 출렁이고 있었다. 지구는 삽시간에 바다로 변해버린 것 같았다.

맞은편 건물에 부착되어 있던 간판이 바람에 떨어지는 낙엽처럼 흩어져 아스팔트 위를 강타하였다. 아슬아슬하게 전신주를 잡고 균형을 취하고 있던 사내 곁으로 추락하였다.

울부짖는 비명 소리 같은 것도 들렸다. 갑자기 불이 나갔다. 등화관제 훈련을 하듯 실내는 캄캄해졌다. 정전은 레스토랑이 있는 건물에만 한정된 듯 창밖은 여전히 밝아서 그 빛은 충분히 레스토랑 안을 채우고 있었다. 어디선가 흐느끼는 소리가 났다. 갑자기 모든 것이 가라앉았다. 흔들리던 지축이 거짓말처럼 고정되었다.

K2는 자신이 피우던 담배가 불이 붙은 채 손가락 끝에서 여전히 타고 있는 것을 보았다. 한 모금 빨아들인 담배 길이 그대로였다. 불과 담배 한 모금을 빨아들인 짧은 순간에 벌어진 지진이었다. 길어 봤자 30여 초도 되지 않은 지진이었으나 그 강도는 K2가 지금까지 한 번도 겪어보지 못했던 무시무시한 충격이었다.

간밤에 일어났던 지진이 우리나라에서 지금까지 발생한 것 중 가장 규모가 큰 지진이었다는 뉴스 보도를 K2는 실감할 수 있었다.

K2는 쓰러진 의자를 바로 세우고, 그 위에 앉았다. K2는 30여 초도 안 되는 그 지옥과 같은 현장을 생중계하듯 낱낱이 지켜보았다. 뫼비우스의 띠가 180도로 꼬인 것과 같이 거대한 지표와 산맥과 지축과 대륙의 지구가 뫼비우스의 띠처럼 뒤꼬인 것이다.

레스토랑에 불이 들어왔다. 지진의 충격이 가시지 않은 사람들은 천장에서 흩날린 흙먼지를 뒤집어쓰고 큰 소리로 떠들고, 울며, 흥분한 상태로 어디론가 전화를 걸고 있었다.

K2는 왜 저들이 이렇게까지 소란을 피우고 있는지 이해가 가지 않았다. 이 정도의 공포와 충격은 한밤에 꾸는 악몽에 비하면 아무것도 아니지 않은가. 악몽에 시달리는 자신이 한갓 꿈의 헛장난임

을 알면서도 깨어나려야 깨어날 수 없는 그 절망감. 소리를 질러도 질러도 외마디 소리조차도 나오지 않는 고독감. 그것에 비하면 이 정도의 테러는 사소한 것이다.

지구는 인류에 대해 자살폭탄과 같은 테러를 감행한 것이다. 이 성난 지구의 테러를 조종하는 보이지 않는 손은 누구인가. 사제의 말처럼 세기말의 그리스도인가, 아니면 그리스도를 가장한 적그리스도인가.

K2는 침착하게 앉아서 담배를 끝까지 피웠다. 그리고 일어서서 카운터로 가 계산을 하였다. 카운터에 앉아 있던 여종업원은 울면서 돈을 받았고, 울면서 거스름돈을 내주었다. 여인의 손에서 붉은 피가 흐르고 있었다.

K2는 레스토랑을 나왔다. 가까운 거리에 검은 물체가 누워 있었다. 거대한 동물의 시체처럼 보였다. 주차해둔 차로 가면서 K2는 그 검은 물체가 무엇인지 살펴보았다. 그것은 가로수였다. 가로수가 뿌리째 뽑혀 쓰러진 것이다.

8장 21시 12분

이면도로로 접어든 순간 K2는 거리가 지나치게 조용하다고 느꼈다. 용산역 바로 앞에 있는 샛길이어서 당연히 역세권을 중심으로 번잡한 상가가 형성되어 있으리라 생각하였다. 그러나 코너를 돌아 도로 입구로 들어섰을 때 K2는 너무나 다른 거리 풍경과 맞닥뜨렸다.

이곳은 청소년 출입금지 구역입니다

골목 입구에 커다란 입간판이 세워져 있었다.

큰 거리 건너편으로는 재개발을 반대하는 철거민들이 시위를 벌이고 있었고, 이를 막는 전투경찰들과 대치하고 있었다. 여기저기서 화염병이 나뒹굴었다. 경찰들이 발사한 최루탄으로 일대는 아수라장을 이루고 있었다.

　K1이 가르쳐준 장소로 오는 동안 K2는 지진 때문에 일어난 거리의 피해 상황을 낱낱이 볼 수 있었다.

　고가도로가 무너지고 아스팔트가 갈라지는 대형 피해는 없었지만 그래도 시내는 시가전을 벌인 전쟁터와 같았다. 낡은 건물들은 무너져 폭삭 가라앉았고, 구조대원들은 매몰된 사상자를 구출하기 위해 굴삭기를 동원하고 있었다. 곳곳에서 누전으로 인한 화재가 발생했고, 이를 진화하기 위해 소방차들이 출동하여 여기저기서 사이렌 소리가 들려왔다. 놀란 시민들이 건물 밖으로 쏟아져 나와 들쥐들처럼 거리를 배회하고 있었다.

　넘어진 가로수와 전봇대, 뒤집힌 자동차, 진동으로 떨어진 간판의 추락에 부상을 당한 환자들을 실어 나르는 구급차의 경보 소리도 요란하였다.

　만에 하나 있을지 모르는 상가의 약탈을 방지하기 위해 거리마다 경찰차들이 경광등을 번득이며 삼엄한 경계를 펴고 있었다.

　그러나 K2의 눈으로 보면 해일이 잠시 방파제를 넘어 해안을 휩쓸고 간 어촌 풍경에 지나지 않았다. 도심의 거리는 떨어지고, 추락하고, 깨지고, 무너지고, 뒤틀리고, 꼬이고, 부딪치고, 흔들린 혼돈은 있었지만 한 바퀴 레일을 돌고 도착한 롤러코스터처럼 언제 그랬냐는 듯 시치미를 떼고 있었다.

　그 평온이 K2가 들어선 골목길에서는 한층 더 과장되게 느껴졌다. K2는 완충지대인 유령의 거리에 들어선 느낌이었다.

입구에서 거리의 끝이 빤히 보일 정도로 이면도로는 2백여 미터도 못 미치는 짧은 직선 코스였다. 거리 양옆에 똑같은 높이와 크기의 건물들이 줄지어 서 있었다. 건물 앞쪽은 한결같이 유리로 만든 대형 쇼윈도가 펼쳐져 있어 얼핏 보면 양장점들이 모인 패션 거리 같은 느낌이었지만, 천천히 걸어가면서 들여다본 풍경은 전혀 다른 이질적인 모습이었다.

투명한 쇼윈도 너머로 울긋불긋한 색등이 켜져 있었다. 그 안에서는 거의 벗다시피 한 여인들이 앉거나, 서거나, 움직이거나, 춤을 추거나, 노래를 부르고 있었다. 먹고, 마시고, TV를 보고, 잠을 자는 그런 일상의 모습이 아니라 일부러 유리창을 통해 자신들의 모습을 보여주려고 전위예술을 하듯 라이브쇼를 하고 있는 몸짓들이었다.

어떤 여인은 노골적으로 걸어가는 K2를 향해 손짓을 하였고, 어떤 여인은 일부러 다리를 벌리고 유리창에 바짝 몸을 기댄 채 엉덩이를 흔들었다. 거리 자체가 하나의 거대한 수족관 같은 느낌이었다. 쇼윈도 안에 들어 있는 여인들은 형형색색의 열대어와 같이 물속을 부유하고 있는 관상어처럼 보였다.

K2는 이곳이 여인의 몸을 살 수 있는 사창가임을 알았다. 손님들은 거리를 지나면서 마치 마음에 드는 옷을 고르거나, 상품을 선택하거나, 식욕이 당기는 음식을 주문하듯 여인들을 간택할 수 있을 것이다.

이곳은 인육을 사고파는 인간시장이다. 집창촌集娼村인 것이다.

K2는 여인을 사기 위해 이 골목에 온 것이 아니기 때문에 비교적

자유롭게 활보할 수 있었으나, 몇몇 행인은 자신의 성적 취향에 맞는 노예를 고르기 위해 발정 난 수캐의 눈빛을 번득이며 한결같이 바지 호주머니 속으로 손을 넣어 달아오른 성기를 붙잡고 반복해서 거리를 어슬렁거리고 있었다.

어떤 사람은 여인을 선택하기 위해서가 아니라 심리적 만족을 위해 백화점을 돌아다니며 아이쇼핑을 하는 유부녀들처럼 얼굴에 약간의 미소와 충혈된 홍분과 호기심을 드러내며 노예들이 벌이는 핍쇼Peep Show를 공짜로 즐기고 있었다.

사내들의 시선을 충분히 느끼고 있는 여인들은 자신을 엿보는 노예상의 눈빛과 마주치면 어떤 때는 가죽으로 만든 채찍을 휘두르기도 하고, 아이쇼핑만을 하는 치사한 변태성욕자 앞에서는 일부러 엉덩이를 까고 항문을 보이거나 요강에 오줌을 싸는 배변 행위를 연출해 보이기도 하였다.

K2는 한 집 한 집 유심히 살피면서 천천히 거리를 걸었다. 여인들은 본능적으로 K2가 유혹할 만한 대상이 아니라는 사실을 알아차린 듯 비교적 무심하였다. 그것은 정확한 것이었다.

K2는 전혀 여인들에게서 성적 홍분이나 호기심 같은 자극을 느끼지 않았다. 여인들은 정교하게 만들었지만 살아 있는 생화가 아닌 종이로 접은 조화에 불과하였다. K2가 한 집 한 집 유심히 살펴볼 수밖에 없었던 것은 K1이 자신을 만나기 위해서는 우선 '월매집'이라는 상호부터 찾아야 한다고 가르쳐주었기 때문이다.

집창촌에는 대부분 간판이 걸려 있지 않았다. 어떤 집은 특이하게 네온이 번득이는 호화로운 간판을 내걸기도 하였다. 강도 높은 지진도 이 집창촌에는 전혀 영향을 미치지 못한 것 같았다. 깨진 유리창도 없었고 어지러운 잔해도 없이 거리는 살수차로 물을 뿌린 것처럼 깨끗하고, 미숙아들의 인큐베이터 안처럼 조용하였다.

K2는 골목 끝에 이르러서야 자신이 찾던 '월매집'이라는 간판을 발견할 수 있었다.

쇼윈도 안에서는 서너 명의 여자들이 앉아 화투를 치고 있었다. 지나가는 행인들을 유혹하는 호객 행위나 심지어 몸을 팔 생각조차 없는 듯 무릎을 세우고 가랑이를 벌린 채 화투에 열중하고 있었다.

K2는 유리문을 열고 안으로 들어섰다. 문 여는 소리에 여인들은 노름을 멈추고 K2를 쳐다보았다.

"어서 오세요, 서방님."

"어디 갔다 이제 오시남, 얄궂은 서방님."

여인들이 일제히 K2를 붙잡으며 아양을 떨었다.

"미안합니다."

K2는 공손이 말하였다.

"사람을 찾으러 왔습니다."

"나를 만나러 오셨겠지."

한 여인이 K2의 바짓가랑이 사이를 어루만지며 깔깔거렸다.

"……월매를 만나러 왔습니다."

"월매엄마를."

K2의 바지를 더듬던 여인이 정색을 한 얼굴로 말하였다.

"이제 보니 늙은이를 좋아하는 변태 아저씬가 봐. 월매엄마는 왜. 젖이나 빨아 먹으려고."

"젖이야, 나도 있지. 아가야."

다른 여인이 자신의 유방을 꺼내 보이며 맞장구쳤다.

"젖 먹어라, 아가야. 그렇지 않아도 젖이 불었다."

"월매엄마를 만나서 뭘 하시게."

"레인저의 부탁을 받고 왔습니다."

K2가 말하자 한순간 여인들의 표정이 바뀌었다. 여인들은 서로가 서로를 쳐다보면서 눈치를 살폈다. 눈짓으로 합의를 본 듯 여인 중 하나가 홀 안으로 사라졌다.

"앉으세요."

한 여인이 K2에게 간이의자를 가리켰다. K2는 그 의자에 앉았다.

"커피 드세요."

좀 전과 전혀 달라진 말투로 다른 여인이 잔에 커피를 타 오면서 말을 건넸다. K2는 그 커피를 받아 한 모금 들이켰다.

그때였다. 안쪽에서 한 여인이 나타났다. 비만한 여인이었다. 여인 역시 가슴이 파인 홈드레스를 입고 목에는 번득이는 목걸이를 하고 있었다. 그것은 마치 사나운 개를 통제하기 위해 모가지에 걸어 둔 개목줄처럼 보였다.

"누굴 만나러 왔다고요."

비만한 몸짓과는 달리 소프라노 톤의 목소리로 여인은 K2를 보며 물었다.

"레인저를 만나러 왔습니다."

여인은 날카롭게 K2를 살펴보았다.

K2는 여인에게서 낯이 익다는 느낌을 받았다. 그런 느낌과 동시에 성당에서 고해성사를 했던 모피 옷을 입은 여인의 모습이 오버랩되었다. 미사 내내 '아멘'과 '찬미예수', '아버지'를 중얼거려 K2의 신경을 거스르고, 소프라노 톤의 성가로 자신의 존재를 드러냈던 그 여인의 모습이었다. 월매는 그 '아멘'의 여인과 쌍둥이처럼 닮아 있었다. 월매와 아멘의 여인은 틀림없는 동일한 인물이었다. K2는 그런 일이 자주 일어나는 것에 이미 익숙해져 있었으므로 개의치 않기로 하였다.

성당에서 거룩하게 아멘을 외치던 그 소프라노의 정체가 실은 집 창촌에서 성을 파는 포주 월매라는 비밀이 밝혀진다 해도 K2와는 상관없는 일이었다. 입으로는 정의를 부르짖으며 행동으로는 부패와 뇌물과 타락과 위선과 구제불능의 권위와 야합하는 지식인들의 이중성보다는 훨씬 양심적이라는 것을 잘 알고 있었기 때문이다.

간음하다 현장에서 잡힌 창녀 마리아 막달레나는 훗날 예수의 부활을 제일 처음으로 목격했던 성녀 중의 성녀가 아닌가. 포주 월매와 아멘의 여인이 둘이 아닌 하나라 할지라도 하늘나라에는 충분히 들어갈 수 있는 자격이 있을 것이다.

"레인저를 만나서 뭐하시게. 지금 레인저는 이곳에 없어. 나도 레인저가 어디 있는지 몰라."

K2는 춘향이의 어머니가 거짓말을 하고 있다고 생각하였다. 그래서 좀더 친절해지기로 마음을 바꾸었다.

"한 시간 전쯤에 레인저와 통화를 했습니다. 자신을 만나려면 이곳에 와서 월매부터 찾으라고 하더군요."

월매는 담배를 피워 물었다. 다섯 손가락 모두에 보석이 박혀 눈부시게 반짝이고 있는 반지들이 K의 눈에 들어왔다. 한참을 생각하던 월매가 말하였다.

"잠깐 기다려봐."

월매는 일방적으로 반말을 하고 안으로 사라졌다.

홀에 켜둔 TV에서 지진에 관한 속보가 진행되고 있었다. 진도 6.2의 대지진이었다는 내용의 뉴스가 한낮에 보았던 나비 문신 여인의 입을 통해 연속으로 보도되고 있었다. 사상자가 정확하게 확인되지는 않았지만 이미 3백여 명에 육박할 것이라는 내용이었다. 죽은 어린아이를 안은 한 어머니의 울부짖은 얼굴이 화면에 클로즈업되고 있었다. K2의 말이 사실인지 아닌지 전화로 확인한 듯 월매는 한층 밝아진 표정으로 나타났다.

"가보슈. 얘 향단아."

TV를 보고 있던 앳된 얼굴의 여인이 냉큼 다가왔다.

"이 손님, 요 앞 치킨센터로 안내해드려라."

여인은 앞장섰다. K2는 고맙다는 인사를 하려 했으나 월매는 이미 사라지고 없었다. K2는 향단이의 뒤를 쫓아 거리로 나왔다. 실내화를 질질 끌면서 앞장서 걷던 여인이 생각난 듯 K2를 쳐다보면서 말하였다.

"이제 보니 레인저 아저씨와 똑 닮았네. 두 분이 형제신가요."

K2는 망설였다.

향단의 눈썰미는 정확하였다. K2는 레인저, K1의 분신이다. 그러므로 두 사람이 닮은 것은 당연한 일이다.

"아저씨, 레인저 아저씨랑 형제 맞죠."

향단이가 묻자 K2는 대답하였다.

"형제라고 할 수 있지."

향단은 집창촌 거리를 벗어났다. 가각街角을 돌아서자 '치킨센터'라는 간판을 내건 허름한 가게가 나타났다. 향단은 가게 앞에 서서 K2를 돌아보며 말하였다.

"이 안에 있을 거예요. 들어가보세요."

K2가 뭐라고 대답할 사이도 없이 여인은 도망치듯 사라졌다.

치킨센터 안쪽 창문으로 털 뽑힌 벌거숭이의 통닭이 빙글빙글 화덕 속에서 돌아가고 있었다.

K2는 문을 열고 안으로 들어섰다. 실내조명은 희미해서 내부가 들여다보이지 않았다. 손님은 한 사람도 없었다. 휴일인데다가 지진까지 일어났으므로 역에서 내린 뜨내기손님들도 찾아올 경황이 없었을 것이다. 칸막이를 한 안쪽에서 낯익은 목소리가 들려왔다.

"누구슈."

구석진 자리에 한 남자가 앉아 있었다. 벽에 붙은 실내등을 뒤로하고 있어서 얼굴이 제대로 보이지 않았다. 사내 옆에는 한 여인이 함께 앉아서 담배를 피우고 있었다.

"레인저를 만나러 왔습니다."

K2가 약속된 암호명을 말하자 경계심을 보이던 남자가 큰 소리로 대답하였다.

"어서 오슈, 친구. 기다리고 있었소. 앉으시오."

K2는 레인저의 맞은편에 앉았다.

레인저는 에스키모 털모자를 쓰고 잔뜩 수염을 기른 모습이었다. 방한을 위한 털모자와는 달리 상반신은 한여름에나 입을 법한 반팔 티셔츠를 입고 있었다. 모자와 구레나룻이 레인저의 모습을 가리고 있었지만 K2는 레인저를 본 순간 자신과 똑같은 한사람이라는 것을 직감할 수 있었다. 자석이나 전류, 모든 사물에는 서로 끌어당기거나 보이지 않는 자력이 존재한다. K2는 레인저를 본 순간 강력한 자장磁場을 느꼈고, 긴장의 끈을 놓치면 자계磁界의 견인력에 의해 서로 합체될 것 같은 느낌을 받았다.

"술 한잔하실라우."

사내는 튀긴 닭 몇 조각이 담긴 접시 옆에 놓인 소주병을 들고 말하였다.

"사양하겠습니다. 차를 끌고 나와서요."

"그럼, 약한 생맥주나 한잔하시지. 나는 마시기 싫다는 사람에게 억지로 술을 권하지는 않으니까."

사내의 팔뚝에는 문신이 새겨져 있었다. 불빛이 흐려 문신을 정확히 판독할 수 없지만 몸에 꼭 달라붙는 붉은 빛깔의 복장에 투구와 긴 장화 그리고 허리에 붉은 허리띠를 찬, 가면을 쓴 만화의 주인공처럼 보였다.

"임자는 좀 딴 데 가 있어. 우리 둘이 볼일이 있으니까."

레인저가 말하자 치킨센터 주인으로 보이는 여인은 말없이 일어나 사라졌다.

레인저는 상당한 전주가 있는 모양이었다. 술잔을 쥔 손이 떨리고 있는 것으로 보아 중증의 알코올 중독자로 보였다. 하지만 자세는 흐트러진 데가 없었다. 용의주도한 방어 자세를 완벽하게 갖추고 있는 격투기 선수처럼 보였다.

"누나를 만나셨다고."

레인저는 단도직입적으로 말을 꺼냈다. 여주인이 500cc짜리 생맥주를 가져와 탁자 위에 놓고는 다시 사라졌다.

"그렇습니다."

두 사람의 목소리는 완벽하게 일치하였다.

주위 깊게 살펴보면 두 사람의 목소리뿐 아니라 말투, 몸짓, 손짓, 손등, 손가락, 귀, 눈, 코, 유난히 튀어나온 목젖 등 한 여인의 자궁인 거푸집에 쇳물을 부어 만든 동일한 주물鑄物임을 부인할 수 없는 동체同體였다. K2는 생맥주를 한 모금 들이켰다.

"그래, 뭐라고 합디까."

"보고 싶다고 말했습니다."

"단지 그것뿐인가."

갑자기 레인저의 목소리가 낮아졌다. 레인저는 협박하려는 듯한 음흉한 눈빛으로 K2를 노려보았다.

"그 말만을 전하기 위해서 나를 만나라고 하지는 않았을 텐데."

K2는 레인저가 무엇을 기대하고 있는지 알고 있었다. 레인저는 JS에게 3년 전 3백만 원이라는 거금을 송금해달라고 계좌번호를 적은 편지를 보냈다. 하지만 그 편지는 무응답으로 거절당한 셈이었다. 이제 와서 JS가 사람을 보내 자신을 만나게 한 것은 뒤늦게나마 레인저에게 그 돈에 상당하는 선물을 전해주기 위한 것이라고 짐작하였을 것이다. 단지 '보고 싶어 한다'는 말을 전하기 위해 K2를 특사로 파견하였을 리는 없을 것이라는 레인저의 추리는 합당하였다.

"그것뿐입니다. 그 외에 다른 용건은 없었습니다."

레인저는 주머니에서 무엇인가를 꺼냈다. 잭나이프였다. 손잡이 부분의 버튼을 누르자 날카로운 칼날이 금속성 소리를 내면서 튀어나왔다. 레인저는 그 칼을 접었다가 튀어나오게 하는 행동을 반복하고 있었다. 그런 모습은 오래전 싸구려 갱영화에서나 볼 수 있는 치졸한 연기였다. K2는 두려움을 느끼지 않았다.

"그럴 리가 없어. 어이, 친구. 보고 싶다는 말을 전하기 위해 자네를 보낼 리가 없어."

"사랑하고 있다는 말도 전해달라고 부탁했습니다."

K2는 내키는 대로 말하였다. 실제로 JS가 그런 말을 했는지 기억이 나진 않지만 강아지에게 물린 K2의 상처를 입으로 빨아주는 행동을 보더라도 JS가 친동생인 레인저를 얼마나 사랑하고 있는가를

미뤄 짐작할 수 있었다. K2는 자신이 거짓말을 하고 있다는 생각이 들지 않았다.

"보고 싶다고. 그리고 사랑한다고."

레인저는 소주를 한 잔 더 마신 후 잭나이프의 칼날을 빼내며 소리쳐 말하였다.

"이봐, 임자. 가게 문을 좀 닫지. 아무도 못 들어오게 해."

여주인은 어디선가 나타나 레인저가 시키는 대로 문을 안으로 걸어 잠갔다.

"이봐, 친구. 자네는 독 안에 든 쥐야. 여기는 함부로 들어올 수는 있어도 함부로 나갈 수는 없는 곳이야. 내가 마지막으로 묻겠는데, JS가 돈을 전해주라고 했을 거야. 자네는 그 돈을 받았을 테고. 그런데 돈을 보니 욕심이 생겼겠지. 이봐, 배달 사고를 낼 생각은 하덜 말어. 끝까지 시치미를 떼면."

레인저가 잭나이프의 칼날을 K2의 가슴에 대고 살짝 찌르며 위협하였다.

"내가 자네 몸을 샅샅이 뒤지겠어. 만약 나를 속이려 들었다면 자네는 오늘 끝장이야."

K2는 웃었다. 그리고 말하였다.

"나는 자네를 속일 이유가 없네."

K2가 전혀 겁먹지 않은 자세로 미소까지 띠면서 레인저를 자네라고 호칭하자 레인저의 얼굴이 일그러졌다. 순간 레인저의 손끝에서 잭나이프가 날았다. 나이프는 아슬아슬하게 K2의 얼굴 옆을

스쳐 등 뒤의 칸막이 널판에 내리꽂혔다. K2는 얼굴을 돌려 잭나이프의 행방을 확인하였다. 잭나이프는 널판에 붙어 있는 달력 속 수영복 입은 여배우의 젖가슴을 정확히 꿰뚫었다. K2는 손을 뻗어 잭나이프를 뽑아 그것을 레인저에게 돌려주었다.

"넌 누구냐. 짭새들 끄나풀이냐, 아니면 짜부냐. 날 잡으러 왔지. JS를 미끼로 날 체포하러 왔지. JS를 만난 적도 없지."

잭나이프를 건네받은 레인저는 살의를 보이며 으르렁거렸다. 순간 K2의 머릿속에 하나의 아이디어가 떠올랐다. 레인저의 의심과 분노를 진정시킬 수 있는 절호의 착상이었다. K2는 주머니를 뒤져 지갑을 꺼냈다.

K2는 지갑 속에서 JS에게 빌려온 두 장의 사진을 꺼냈다. K2는 말 없이 그 두 장의 사진을 레인저에게 건넸다. 레인저는 K2의 행동이 의외라는 표정으로 사진을 들여다보았다. 사진을 들여다본 레인저의 표정은 돌연 진지하고 풀이 꺾인 표정으로 바뀌었다. 레인저는 다시 소리를 높여 말하였다.

"임자, 실내의 등을 모두 켜봐."

여주인이 스위치를 올리자 실내가 한결 밝아졌다. 레인저는 말 없이 두 장의 사진을 집중해서 쳐다보았다.

그제야 레인저의 팔뚝에 새긴 문신이 무엇인지 K2는 알 수 있었다. 어렸을 때 즐겨 보던 〈파워레인저〉의 주인공이었다. 〈파워레인저〉는 싸우는 전사들인 전대물戰隊物 시리즈의 영어식 제목이었다.

K2는 지구를 지키기 위해 외계인과 싸우는 전사들의 시리즈에 심취했었다. 〈파워레인저〉는 K2의 우상이었다. K2는 레드, 블루, 그린, 옐로우, 핑크의 색깔로 분류되는 다섯 명의 레인저 중에서 자신이 레드라고 상상하고 있을 정도였다.

레인저가 팔뚝에 K2가 열광하던 시리즈의 주인공 레드의 모습을 문신으로 새기고 자신의 별칭을 레인저로 한 것이, 어렸을 때의 추억 속에서 빌려온 차명이라는 사실을 깨닫자 K2는 레인저에게서 친근감이 느껴졌다. 불을 밝히고 사진을 들여다보던 레인저가 얼굴을 들고 K2를 쳐다보며 물었다.

"이 사진들 어디서 났어."

"JS의 집 앨범에서."

"그렇다면 자네가 누나를 만났다는 사실은 분명해지는군. 나를 잡으러 온 끄나풀이거나 짜부는 아닌 게 분명하고."

레인저는 K2를 노려보며 말을 이었다.

"이 사진을 내게 전해주라고 누나가 부탁하던가."

"아니. 내가 빌렸네."

"자네가 왜. 이 사진은 우리 가족사진이야. 이 사진은 내가 초등학교 졸업식 때 엄마(레인저는 유아처럼 엄마라고 표현하였다)와 함께 찍은 것이고, 이 사진은 중학교 때인가 엄마와 누나와 함께 덕수궁 풀밭 위에서 찍은 사진이야. 그때 누나는 네잎클로버를 세 개나 찾아서 하나는 나에게 줬고, 하나는 엄마에게 주었어. 누나는 그것을 내게 주면서 잘 보관하고 있으면 행운이 올 거라고 말했지. 한때 그

네잎클로버를 지갑 속에 넣고 다녔어. 그러나 씨팔, 내게 행운은 찾아오지 않았어."

레인저는 K2보다 지난 과거의 추억을 더 생생하게 기억하고 있었다. 앨범 맨 앞 장에 붙어 있는 네잎클로버를 기억하지 못했던 K2보다 자세하게 기억하고 있지 않은가. 그렇다면 레인저는 누구인가. 두 사람이 동일인이라면 어째서 한쪽은 네잎클로버를 기억하고 한쪽은 그 사실을 까마득히 잊어버리고 있는 것일까.

지킬박사와 하이드.

한 인간 속에 선의 화신 지킬박사와 악의 화신 하이드가 동시에 존재하는 스티븐스의 소설. 악한 본성을 더 강력하게 추진하여 악의 화신으로 만들 수 있고, 선한 본성을 더 순수한 선으로 만들 수 있는 약물을 발명한 지킬박사는 금지된 반사회적 쾌락에 취하기 위해 약물을 복용하고 살인을 저지른다. 마침내는 약물을 복용하지 않아도 하이드로 변신하는 비극적인 이 작품처럼 레인저는 '나' 속에 들어 있는 하이드의 형상이며, K2는 '나' 속에 깃들어 있는 지킬의 형상인가. 아니다. 레인저가 자신의 말대로 불운한 인생을 살아온 범죄자라 할지라도 악의 상징인 하이드로 지칭할 수는 없으며, K2가 지금껏 단 한 번의 경범죄조차 저지르지 않은 무죄한 사람이라고 할지라도 선의 상징이라고 단정할 수는 없다. 왜냐하면 레인저는 곧 K2이며, K2는 곧 레인저이기 때문이다.

"한 가지 묻겠는데."

집중해서 사진을 쳐다보던 레인저가 정색을 하며 K2를 바라보왔다.

"내 엄마의 사진을 뭣 때문에 자네가 보관하고 있지."

"JS에게 빌렸어."

"왜. 뭣 때문에."

순간 레인저의 얼굴에 심상치 않은 표정이 떠올랐다. 마치 유령을 본 몽유병 환자의 표정이었다.

"자네의 얼굴이…… 왜 이렇게 낯이 익은 거지…… 이봐, 자네…… 언젠가…… 날 만난 적이 있지, 그렇지."

"천만에."

K2는 머리를 흔들며 대답하였다.

"오늘이 처음일세."

"그럴 리가 없어. 자네는 분명히 낯이 익어. 어디서 한두 번 만난 사이는 절대로 아니야. 이봐, 임자."

레인저는 자신의 확신을 증명하기 위해 여주인을 불렀다. 여인은 그림자처럼 등장하였다.

"이 친구 얼굴 좀 봐. 절대로 낯이 익지, 그렇지."

여인은 물끄러미 K2를 보고는 단순하게 대답하였다.

"낯이 익은 게 아니라 당신과 닮았어. 두 사람 쌍둥이 아니야."

그 말을 들은 순간 레인저는 당황하였다. 어딘가 낯이 익다는 선입견이 다름 아닌 자신과 닮았기 때문이라는 객관적인 평가로 이어지자 레인저는 눈을 부릅뜨고 K2를 노려보았다.

"맞았어. 어디서 본 낯이 익은 얼굴이 아니라, 나와 닮았어. 쌍둥이 같아. 나는 절대로 쌍둥이는 아니야. 그런데 내가 수염을 길러서 그렇지 마치 자네와 판박이 한 얼굴이야. 귀신이 곡할 노릇이군."

정신을 차리려는 듯 레인저는 소주를 한 잔 더 마셨다. 술은 그에게 마취제가 아니라 각성제 역할을 하는 것 같았다.

"도대체."

레인저가 낮은 소리로 물었다.

"자네는 누구야."

"나 말인가."

K2는 자신의 가슴을 가리키며 물었다.

"여기에 자네 말고 누가 또 있어. 자네 정체가 뭐야."

"나는 K야."

K2는 자신의 이름을 말하였다. 레인저가 펄쩍 뛰면서 말을 받았다.

"K는 내 본명이야."

레인저는 허탈한 표정을 지으며 K2를 의아한 눈빛으로 쏘아보았다.

"우리가 동명이인이라구. 자네의 혈액형이 뭐야."

"A형."

"키는."

"1미터 75센티."

"고향은."

"서울."

"그렇다면 이 여자는 누구야."

레인저는 초등학교 졸업식 때 K2와 찍은 여인의 얼굴을 손으로 가리키며 물었다.

"나의 어머니일세. 자네의 엄마이기도 하고."

"그럼 이 여자는."

레인저는 풀밭 위에 앉아 있는 JS를 가리켰다.

"내 누이일세. 자네의 누나이기도 하고."

"너 도대체 누구야."

레인저가 갑자기 소리를 높였다. 레인저는 잭나이프의 버튼을 눌러 칼날을 빼들었다.

"까불다간 쥐도 새도 모르게 죽는 수가 있다."

"나는 자네일세. 자네는 곧 나이기도 하고."

레인저의 얼굴이 K2의 얼굴 쪽으로 가까이 왔다. 거울을 들여다보듯 레인저는 K2의 코가 맞닿을 만큼 가까운 거리로 근접하였다. 두 사람의 얼굴은 한 치의 오차도 없이 일치하였다. 레인저의 생각이 K2의 마음에 전달되고 K2의 영혼이 레인저의 가슴으로 그대로 전달되는 알 수 없는 신비한 교감이 한순간 두 사람을 사로잡았다. K2는 거울 속에 비친 자신의 모습을 보듯 레인저의 얼굴을 마주 보며 생각하였다.

도플갱어 doppelgänger.

독일어로, 이중으로 돌아다니는 사람이라는 뜻이다. 분열된 또 다른 자기 자신의 생령生靈을 보는 심령현상을 말한다. 타인은 볼

수 없고 오직 자신만이 볼 수 있는 또 하나의 '나', 그렇다면 K2는
지금 또 하나의 자기 자신과 직면하고 있는 것이다. 영혼靈魂이 영靈
과 혼魂으로 나누어져 있다면, 레인저의 분신복제이자 영靈인 K2는
지금 자신의 정신을 지배하는 원형질의 혼魂인 레인저를 정면으로
직시하고 있는 것이다.

그때였다.

귀신을 보듯 K2와 얼굴을 맞대고 있던 레인저는 탁자 위에 자신
의 오른손을 등이 보이도록 올려놓았다. 레인저는 손가락을 활짝
펴서 그 손가락 사이를 칼날로 찍어 내리기 시작하였다. 칼날은 아
슬아슬하게 손가락을 피해 손가락 사이의 틈새를 빠르게 날아다녔
다. 활짝 편 레인저의 새끼손가락은 마디 하나가 없었다. 실수가
아니라 일부러 단지斷指한 듯한 형상이었다. 남에게 위협을 가하기
위해서 자른 것처럼 보였다.

"손바닥을 펴봐."

레인저가 K2에게 명령하였다. K2는 시키는 대로 손바닥을 펴서
탁자 위에 놓았다.

"손등이 보이도록 뒤집으란 말이야."

레인저는 자신의 오른손 등을 가리키며 말하였다. K2는 손등이
보이게 손바닥을 뒤집었다.

"손가락 사이를 활짝 펴봐. 나처럼 말이야."

K2는 손가락 사이를 벌렸다. 레인저는 물끄러미 K2의 손가락을
본 후 말하였다.

"자네 말대로 자네가 나이고, 내가 곧 자네라면 어째서 자넨 새끼손가락이 멀쩡한가. 보다시피 나는 마디 하나가 없는데."

"원래는 자네도 나처럼 있었겠지."

K2는 대수롭지 않게 대답하였다.

"내 손하고 똑같겠지. 지문도 똑같고, 손금도 똑같겠지. 다른 것이 있다면 자네는 새끼손가락의 마디 하나를 스스로 잘랐고 나는 자르지 않은 행동의 차이일 뿐이지. 자네가 턱수염을 기르고 나는 기르지 않은 것과 같은 외형의 차이지."

레인저는 K2의 손등을 거칠게 뒤집었다. 손바닥을 펼치고 자신의 손금과 일일이 비교해보았다. K2의 말은 사실이었다. 두 사람의 손금은 핸드프린팅을 한 손도장처럼 정확하게 일치하였다.

"귀신이 곡할 노릇이군."

레인저가 혼잣말로 중얼거렸다.

"이럴 수는 없는 거야. 이건 있을 수 없는 일이야."

레인저는 엄지손가락을 펴서 K2의 엄지손가락과 대비하였다. 레인저는 눈살을 찌푸리고 K2의 지문을 채취하는 수사관처럼 유심히 들여다보았다. 자신의 지문과 일치하고 있다는 사실을 확인하고는 다시 한 번 K2에게 물었다.

"도대체 자넨 누구야. 어디서 온 거야."

"나는 자네라니까, 자네는 곧 나고. 이것은 엄연한 사실이야."

"좆 같은 소리 말어. 이 새끼야."

레인저가 K2의 손바닥을 다시 손등이 보이도록 뒤집은 후 손가락 사이를 벌렸다. 그리고 좀 전에 했던 대로 손가락 사이의 틈새를 예리한 잭나이프의 칼끝으로 빠르게 찍어나가기 시작하였다.

"내 손가락이 잘린 것은 이 짓을 하다가 나이프의 칼날이 새끼손가락 마디에 박혔기 때문이야. 자네가 나고 내가 곧 자네라면 자네도 새끼손가락이 없어야겠지, 안 그래. 그래야 서로 공평할 게 아니야."

레인저의 칼이 물고기의 비늘처럼 번득였다. K2는 아무런 위협도 두려움도 느끼지 않았다. 태연자약한 K2의 모습을 이해가 가지 않는다는 표정으로 지켜보던 레인저가 갑자기 좋은 생각이 떠오른 듯 엄지손가락과 가운뎃손가락을 맞부딪쳐 소리를 내면서 말하였다.

"좋은 생각이 떠올랐어. 내가 자네고 자네가 곧 나라면 내가 어렸을 때부터 가위바위보 놀이를 좋아했던 것을 알고 있겠지."

"물론이지."

K2는 수긍을 하였다.

"가위바위보를 하면 누구에게도 져본 일이 없었으니까. 누이와 계단 오르기 가위바위보를 해도 항상 자네와 내가 이기곤 했었지. 동네 아이들과 딱지치기나 구슬치기를 해도 항상 땄을 정도였으니까."

"자, 어때. 우리 한 번 가위바위보를 해볼까. 만일 자네가 이긴다면 용서해주겠지만, 자네가 진다면 새끼손가락 마디 하나가 나처럼 잘려나갈 거야."

"서로 이길 수 없을 거야."

K2가 머리를 흔들며 대답하였다.

"아무리 노력해도 나는 자네를, 자네는 나를 이길 수 없을 거야."

"왜, 어째서."

레인저가 옥박지르는 목소리로 물었다.

"나는 자네고, 자네는 곧 나니까. 우리는 한몸이고, 또한 일심동체지. 자네가 가위를 생각하면 나 역시 가위를 생각할 테고, 보를 내면 나 역시 보를 낼 거니까."

"개수작 말어. 난 너를 이길 수 있어. 나는 지금까지 가위바위보를 해서 한 번도 진 적이 없어. 반드시 너를 이겨서 네 손가락을 잘라버릴 거야."

"좋아."

K2는 머리를 끄덕였다.

어렸을 때부터 K2는 가위바위보를 할 때면 가위부터 내고는 하였다. 가위부터 내면 이길 수 있는 확률이 반 이상 된다는 것을 경험으로 터득하고 있었기 때문이다. K2는 순간, 레인저 역시 자신과 같은 생각을 하고 있을 거라 직감하였다. 두 사람은 일심동체의 분신복제이자 도플갱어니까.

"자, 시작하지."

레인저가 오른손을 치켜들고 K2의 손을 노려보며 재촉하였다.

"가위, 바위, 보."

K2는 가위를 냈다. 레인저도 손가락 두 개가 펼쳐진 가위였다.

K2는 생각하였다. 처음에 가위를 냈다면 다음에는 주먹을 낼 가능성이 높다. 그럼 K2는 역으로 보자기를 낼 것인가. 아니다. K2는 판단하였다. 역시 가위를 고집할 것이다.

"우연은 어차피 있는 법이니까."

레인저가 씁쓸한 표정으로 말하였다.

"자, 다시 가위, 바위, 보."

K2는 이번에도 가위를 냈다. 레인저 역시 가위였다. 레인저가 악몽에서 깨어나려는 듯 신음 소리를 냈다.

"속도를 올리기로 하지. 가위, 바위, 보."

K2는 주먹을 냈다. 레인저도 주먹이었다.

"삼세번은 있을 수 있어. 젠장 할, 닥치는 대로 해보자고. 자, 시작해 이 새끼야. 가위, 바위, 보."

K2는 가위를 냈다. 레인저도 가위를 냈다. 다시 보를 냈다. 레인저도 보를 냈다. 생각할 겨를도 없는 무차별의 내기였다. K2가 주먹을 내면 레인저도 주먹을 냈다. 어김도 없고, 착오도 없었다. 이길 수도 질 수도 없는 내기였다. 어차피 승자도 패자도 없는 게임이었으므로.

파이가 소수점 아래 어느 자리에서도 끝나지 않고 3.141592653 58979…… 무한하게 계속되는 것처럼 두 사람의 관계는 무한급수이자 초월수다. 최근에 슈퍼컴퓨터를 4백 시간 가동시켜 파이의 값을 1조 2천 4백억 자리까지 계산해도 끝나지 않고 계속 반복되는 것처럼 두 사람은 가르려야 가를 수 없는 이위일체二位一體인 것이다.

그제야 레인저는 가위바위보로는 K2에게 이길 수도 질 수도 없다는 사실을 깨달았는지 손바닥을 거두고 고개를 끄덕이며 말하였다.

"자네 말이 옳았군. 우린 서로 이길 수도 질 수도 없는 한몸인 거야."

레인저는 화제를 바꾸었다.

"자네, 이것이 뭔지 아나."

레인저가 자신의 팔뚝에 새겨진 문신을 가리키며 말하였다.

"〈파워레인저〉. 붉은 옷을 입은 것을 보니 레드로군."

"우리는 어렸을 때 이 만화를 참 좋아했지."

아직도 영문을 모르면서 레인저는 무심코 '우리'라는 복수형을 쓰고 있었다. 레인저는 이 불가사의한 현상을 잠시나마 모면하기 위해 일그러진 표정으로 애를 쓰고 있었다.

"자네와 나는 둘이 아니야. 그러니까 우리가 아니지. 〈파워레인저〉의 전사들이 합체하면 악당을 물리치는 하나의 로봇이 되었어. 기억나나."

K2가 묻자 레인저는 대답하였다.

"물론이고말고."

레인저는 어린아이처럼 손뼉을 치며 웃었다.

"다섯 명의 전사들이 합체를 하면 천하무적의 로봇이 되었지."

"자네와 나는 전사들과 같아. 평소에는 레드, 블루, 핑크처럼 각자 활동하다가 악당을 물리칠 때는 하나의 몸으로 합체해 로봇이 되는 것 같이."

K2는 자신의 비유가 마음에 들었다.

합체 合體.

둘 이상이 합쳐져 하나의 몸이 되는 현상. K2와 레인저의 '우리'가 파워레인저에 열광하였던 것은 별개의 전사들이 유사시에는 합체를 하여 전혀 다른 천하무적의 로봇으로 변신했기 때문이다.

"그럼, 우리는 언제 합체가 될까."

레인저가 한결 다정해진 눈빛으로 K2를 마주 보며 물었다.

"우린 언제 합체가 되어 자네는 내가 되고, 나는 자네가 되어 하나의 '나'가 될까.

"나도 모르겠어."

K2는 생맥주를 마시며 대답하였다.

"내가 죽으면 자네도 동시에 죽겠지."

"그럴 거야."

"그렇게 되면 우리는 하나가 될까."

"그건 아무도 모르는 일이야."

"자네는 좋아 보이는군. 모범생 같아. 넥타이를 매고 신사복을 입고 말이야. 도대체 자네는 무슨 일을 하고 있나."

"나는 금융 계통의 회사에 다니고 있지. 회사원이야."

"결혼은 했나."

"했어. 딸도 하나 있어."

"나도 딸이 있어. 결혼도 했고."

대화를 나누던 레인저와 K2는 동시에 구멍으로 삽입한 열쇠의 비틀림으로 찰칵하고 빗장이 열리는 듯한 감응을 느꼈다.

"그렇겠군."

레인저가 쓴웃음을 지으며 말하였다.

"자네와 나는 별개가 아닌 한몸이니까. 자네의 아내가 내 아내고, 내 딸이 자네 딸이겠군. 그렇지."

"아마도 그럴 거야."

K2는 대답하였다.

"자네 아내의 이름은 YH, 딸아이 이름은 MS. 올해 열 살쯤 되었 겠고."

"그래, 맞았어. 그건 어쩔 수 없는 공동 운명이지."

"그렇다면 K."

레인저는 자신의 본명이자 K2의 이름을 사용하여 K2를 불렀다.

"보다시피 나는 뜨내기 건달일세. 감옥에 드나들어 별만 다섯 개가 붙은 전과 5범일세. 짐작했겠지만 지금도 떳떳지 못한 일로 살아가고 있지. 누나가 준 네잎클로버의 행운과는 거리가 먼 악당이라고 할 수가 있어. 하지만 자네는 나이면서 나하고는 거리가 먼 모범시민이야. 죄하고는 거리가 먼 사람이지. 그러니까 내가 악이라면 자넨 선이야. 이건 있을 수 없는 일이잖아, K."

레인저가 다정스럽게 K2의 손을 잡아 줘었다. 레인저의 고백처럼 험한 세상을 헤쳐온 거친 손이었다.

"옛날 엄마가 말했던 대로 사람이 하느님이 먹어서는 안 된다는 그 나무 열매를 따 먹어서가 아닐까. 그 나무 열매 이름이 뭐였지."

레인저는 자연스럽게 '하느님'이란 단어를 사용하였다. 무리는 아니었다. 레인저 역시 K2와 마찬가지로 어머니를 좇아 어렸을 때 부지런히 성당에 갔을 것이다. 그때 들었던 기독교의 교리들을 무의식중에라도 기억하고 있을 것이다.

"선악과였어."

"그래, 만약에 그 나무 열매를 따 먹지 않았더라면 자네와 나는 선도 악도 몰랐을 거야. 원래 이 세상에는 선도 없고 악도 없었을 테니까. 그랬으면 자네와 난 분리되지 않고 합체가 된 온전한 하나의 '나'가 되었을 거야. 그 하나의 '나'는 하느님이 창조했던 원래의 인간이 아닐까. 온전한 '나'가 되면 태어나지도 죽지도 않고, 시작도 끝도 없이 영원할 테니까."

갑자기 레인저의 눈가에 물기가 스며들었다.

촉촉해진 물기가 차츰 고여 들더니 몇 방울의 눈물이 되어 레인저의 눈에서 굴러떨어졌다.

"자네도 엄마를 사랑했겠지. 나는 정말 엄마를 사랑했어."

K2는 어머니에 대한 자신의 사랑이 사랑이라는 감정까지는 아직 미치지 않는다고 생각하였다. 하지만 K2는 머리를 끄덕여 동의하였다.

"아빠는 싫어했지."

혼잣말로 레인저가 말하였다.

"술만 마시면 엄마를 때리곤 했으니까. 그런데 이제는 내가 아빠보다 더한 술주정뱅이에 건달까지 되었어."

K2는 레인저의 감상적인 분위기가 싫었으므로 화제를 바꾸었다.

"기억하고 있나. 예전에 아버지가 이런 얘기를 자주 해주었지. 옛날 옛적에 아버지와 아들이 살고 있었다. 어느 날 아들이 아버지에게 옛날이야기를 해달라고 졸랐지. 그래서 아버지가 아들에게 옛날이야기를 해주었어. 이렇게 말이야. 옛날 옛적에 아버지와 아들이 살고 있었다…….

"기억나지. 인생이란 이 우스꽝스러운 옛날이야기처럼 돌고 도는 거야. 아들은 아버지가 낳고, 또 그 아버지는 할아버지가 낳고, 또 그 할아버지는 할아버지의 아버지가 낳고…… 이렇게 사다리를 타고 맨 끝에 올라가면 나를 낳은 최초의 아버지는 누구일까. 그 최초의 아버지는 누가 낳았을까."

K2는 시계를 보았다.

22시 25분을 넘고 있었다. 늦은 시간이었다. 이제는 헤어질 때가 되었다고 K2는 생각하였다. K2가 시계를 보는 모습을 목격한 레인저가 물었다.

"어디로 갈 셈인가."

"집으로 가야지. 아내와 딸이 기다리고 있을 테니까. 그건 자네도 마찬가지가 아닌가."

레인저는 식은 닭다리를 물어뜯으며 말하였다.

"집을 나온 지가 한 달쯤 넘었어. 어느 날 갑자기 마누라가 가짜처럼 느껴졌어. 딸아이도 함께 말이야. 누군가 바꿔치기한 것처럼 달라졌어. 그래서 집을 나와 보다시피 떠돌이 생활을 하고 있지. 여편네 역할을 할 계집년들은 쎄고 쎘으니까. 자네가 이미 만났던 월매도 그렇고, 저 계집도 날 서방으로 알고 있어. 나는 저 계집들의 기둥서방이야."

"이제 가야겠어."

K2는 작별 인사를 하였다. 레인저가 손을 들어 제지하며 말하였다.

"가기 전에 할 말이 있어. 이 두 사진 중 하나는 내게 주게. 신표로 서로 한 장씩 나눠 갖기로 하지."

"어느 사진을 갖겠나."

"나는 이 사진이 좋아."

레인저가 초등학교 건물을 배경으로 서 있는 졸업식 사진을 고르며 말하였다. 지금은 어디로 가버렸는지 알 수 없지만 한때는 K2와 레인저에게 엄마라고 불리던 그 여인은 빛바랜 사진 속에서 K2와 레인저의 몸을 등 뒤에서부터 껴안고 있었다.

"자네가 갖게. 이건 내가 가질 테니까."

K2는 덕수궁 풀밭에서 찍은 사진을 지갑 속에 넣었다. 레인저도 다른 사진을 자신의 지갑 속에 넣었다.

"이 다음에 우리가 또 만날 수 있을까."

"만날 수도 있겠지."

"그때 서로가 서로를 알아볼 수 없다면 이 사진들을 꺼내 보이

세."

부절符節.

역사책에 나오는 돌이나 대나무를 쪼개어 만든 부신符信.

이것을 가진 사람들은 서로 신표를 맞춰 완전한 하나의 형태를 확인한 후 상대방을 정식 밀사로 인정하였다. K2와 레인저는 먼 훗날 다시 만나게 된다 하더라도 이 사진을 보임으로써 서로가 둘이 아닌 하나임을 확인할 수 있을 것이다.

"잘 있게."

K2가 일어서며 말하였다.

"만나서 반가웠어."

레인저도 따라 일어서며 말하였다.

"계산은 내가 할 테니 자넨 그냥 가게나. 우리 다시는 안 만나는 게 서로 좋을 거야, 그렇지."

레인저가 K2의 어깨에 손을 두르며 말하였다. 두 사람의 키는 눈금을 그은 듯 똑같았다.

"자네가 교통사고가 나면 나도 날 것이고, 내가 칼을 휘둘러 누군가를 찌르면 자네도 남에게 피해를 주고, 내가 죽으면 자네도 같이 죽을 테니 말이야. 그러니까 우린 서로 모른 체하고 사는 게 좋을 거야. 어차피 누군가에게 말해봤자 미쳤다고 할 테니까."

레인저는 가게 입구까지 K2를 바래다주었다.

거리에는 치적치적 가을비가 내리고 있었다. 하나둘씩 불이 꺼져가는 큰 거리와는 달리 집창촌은 밤이 깊어갈수록 해안을 떠다니는 야광충夜光蟲처럼 빛을 뿜고 있었다.

"잠깐 기다려. 가을비를 맞는 것은 몸에 해로우니까."

레인저는 사라졌다.

K2는 비오는 골목을 바라보며 우두커니 서 있었다. 화단에서 한 떼의 쥐들이 재빠르게 나타났다 골목 안으로 쏜살같이 사라졌다. K2는 그렇게 큰 쥐 떼들의 이동은 본 적이 없었다. 피리 소리를 듣고 온 마을의 쥐들이 떼 지어 달리다 절벽에 빠져 죽는다는 동화 속 내용처럼, 쥐들은 여기저기서 나타나 들리지 않는 피리 소리를 따라 죽음을 향해 치닫고 있는 것처럼 보였다.

레인저가 우산을 들고 다시 나타났다.

"자, 이것을 쓰고 가게나. 자네가 감기에 걸리면 나도 감기에 걸릴 테니까."

레인저는 K2의 어깨를 툭 치며 웃었다.

레인저는 우산을 쓴 K2에게 손을 내밀어 악수를 청하였다. K2는 악수까지 나눌 필요는 없었으나 레인저의 호의를 거절하고 싶지 않았다. K2는 내미는 손을 잡고 악수를 하였다.

"잘 가게나."

레인저가 손을 흔들며 말하였다.

K2는 아무런 말도 없이 거리를 걸었다. 등 뒤에서 레인저가 자신을 지켜보고 있다는 사실을 알면서도 K2는 돌아보면 소금기둥이 된다는 소돔과 고모라의 이야기를 떠올리며 홀로 거리를 걸어갔다.

만약 치킨센터에서 본 레인저가 또 하나의 '나'라면 K2는 곧 죽을 것이다. 왜냐하면 오토스카피 Autoscopy 환자들에게 '도플갱어'의 현상이 나타난다는 것은 죽음이 가까워져 왔음을 알리는 불길한 징조이기에.

우산을 쓰고 걸어가는 K2를 보자 양옆 쇼윈도에서 벌거벗은 여인들이 휘파람을 불고, 춤을 추고, 소리를 질러 호객 행위를 하고, 일부러 치마를 들어 올려 팬티를 보이고, 어떤 여인은 물구나무를 섰다. 그러나 K2는 곧 죽음이 닥쳐온다 하더라도 두려워하지 않을 자신이 있었다.

K2의 눈에는 아무것도 보이지 않고 아무 소리도 들리지 않았다. K2는 그 순간 독존 獨存이자 독존 獨尊이었다.

어두운 교차로를 지나 오른쪽 간선도로로 차가 접어들자 차창에 부착된 내비게이션에서 메시지가 흘러나왔다.

"목적지까지 5백 미터 남았습니다."

내비게이션의 지시대로라면 목적지에 거의 도달한 셈이다.

밤이 늦었으므로 상가들은 철수하고 있었다. 어두운 거리에는 지진의 상흔이 드문드문 남아 있었다. 수도관이 터졌는지 갈라진 도로에서 물이 분수처럼 솟구치고 있었다.

가을비가 여전히 내리고 있었다. 와이퍼가 자동으로 차창에 맺힌 빗방울을 밀어냈다.

내비게이션의 지시대로 차를 운전해왔기 때문에 K는 간선도로가 낯설었고, 어디가 어딘지 방향을 짐작할 수 없었다. K는 평소에 내비게이션을 사용하지 않았다. K는 방향을 알 수 없는 먼 지방까지 여행을 가는 일도, 새로운 사람과의 약속으로 미지의 곳을 찾아가는 일도 거의 없어서 내비게이션을 사용하는 일이 드물었다.

K는 내비게이션이라는 기계를 싫어하였다. 자신의 판단이나 방향 감각 없이 오직 기계의 지시대로 차를 몰아 목적지까지 간다는 것은 줄을 움직이는 얼굴 없는 조종자인 괴뢰사傀儡師에 의해서 움직이고, 춤을 추는 꼭두각시 같은 느낌이 들기 때문이다. 그러나 어쩔 수 없었다. K는 레인저를 만난 후 차를 타고 집으로 가던 도중에 갑자기 방향을 바꾸었던 것이다.

K와 레인저가 동일한 하나의 '나'라면, K의 아내 역시 레인저의 아내와 동일한 하나의 '나'일 것이며, K의 딸 역시 레인저의 딸과 동일한 '나'일 것이라는 사실을 두 사람의 대화를 통한 문답으로 확인하게 되었다는 자각이 떠올랐기 때문이다.

그렇다면 K의 아내 역시 레인저 아내의 복제인간일지 모르며, K의 딸 역시 레인저 딸의 매트릭스인지도 모른다. 그런 사실이 아내가 가짜일지도 모른다고 의심하게 한 근본적인 원인이었다. 레인저 역시 K에게 분명하게 불평하지 않았던가.

'집을 나온 지가 한 달쯤 넘었어. 어느 날 갑자기 마누라가 가짜처럼 느껴졌어. 딸아이도 함께 말이야. 누군가 바꿔치기한 것처럼 달라졌어. 그래서 집을 나와 보다시피 떠돌이 생활을 하고 있지.'

K가 아내를 가짜처럼 느꼈다면 레인저 역시 자신의 아내와 딸이 어느 날 갑자기 가짜처럼 느껴져서 가출을 하고 집을 나와 떠돌고

있는 것이다.

그렇다면 레인저의 아내가 K의 진짜 아내일까. K의 지금 아내는 레인저의 진짜 아내가 아닐까. K의 딸도 레인저의 진짜 딸이고, K의 발을 물어뜯은 애완견도 레인저의 강아지가 아닐까.

K가 집으로 향하던 차의 방향을 바꾼 것은 그 순간이었다.

K는 주머니에서 레인저가 JS에게 보낸 편지를 꺼내 봉투에 적힌 주소를 확인하였다. JS에게 편지를 보낸 그 이후에 이사를 갔을지는 모르지만 현재로서 레인저의 집을 찾아가는 길은 이 방법뿐이었다.

K는 내비게이션에 그 주소를 입력하였다. 즉시 화면에는 레인저의 집으로 가는 방향 지시등이 켜졌다. 그 목적지는 K의 집으로 가는 방향과 정반대였다.

"백 미터 전방에서 좌회전하십시오."

내비게이션에서 새로운 안내 멘트가 흘러나왔다. 화면 하단에는 목적지까지 200미터 남았습니다, 라는 문장이 떠올랐다.

K는 기계가 시키는 대로 순종하였다. 지진으로 무너진 어두운 상가를 조금 내려가자 기계가 예고한 대로 작은 사거리가 나타났다. K는 좌회전하였다. 그곳은 단층가옥들을 허물고 급조해서 신축한 다세대주택들이 밀집한 신흥 주택가였다.

"목적지까지 직진하십시오."

길은 겨우 차 두 대가 엇갈려 지나갈 수 있는 좁은 협로였다. 아직 문을 닫지 않은 편의점만이 불을 환히 밝히고 있었다.

"목적지까지 백 미터 남았습니다."

K는 결승점을 앞둔 장거리 육상선수처럼 목적지가 가까워 오자 가슴이 두근거렸다. 바꿔치기 이전의 진짜 아내를 만날지도 모른다는 기대감과 호기심 그리고 약간의 불안감으로 마른 혀를 적시기 위해 K는 생수를 한 모금 들이켰다.

"목적지에 도착했습니다. 안내를 종료합니다."

모니터에서는 더 이상 안내가 이루어지지 않았다. 목적지를 따라 움직이던 붉은 선도 어느 지점에서 멈췄다.

K는 모니터가 지적한 목적지를 보았다. 그곳은 세탁소였다. 아직 영업을 하는 듯 세탁소는 불이 켜져 있었다.

지진으로 가지가 반쯤 부러져나간 가로수 옆에 바짝 차를 세우고 K는 세탁소 안을 쳐다보았다. 다행히 거리는 어둡고 세탁소 안은 밝아 승용차에서 세탁소 내부를 엿보는 K의 존재는 은닉되었다.

세탁소 안에서 한 여인이 옷을 다리고 있었다. 이미 가게를 닫을 시간이었음에도 옷을 다리고 있는 것으로 보아, 도와줄 일손이 없어 혼자 도맡아 세탁소를 꾸려나가고 있는 듯 보였다. 여인은 익숙하게 다림질을 하고 있었고, 이따금 다리미에서 스팀이 분무되었다.

내부에는 세탁해놓은 옷들이 주렁주렁 걸려 있어 정육점에 매달린 고깃덩어리들처럼 보였다. 내실로 보이는 세탁소 안쪽에는 대형 세탁기가 비치되어 있었다. 세탁을 하고 있는 중인지 원형 모터가 빙글빙글 돌아가고 있었다. 여인이 다림질하는 바로 위쪽 선반에 텔레비전이 놓여 있었다. 다림질을 하면서도 여인은 짬짬이 머리를 들어 텔레비전을 시청하였다.

가는 빗줄기가 세탁소의 유리창을 적시고 있었다. 더운 날씨가 아닌데도 반쯤 문을 열어놓고 있어 내부가 명료하게 보였다. 다리미의 열기가 여인을 덥게 하였는지 반소매의 허름한 여름용 티셔츠를 입고 있었다. 헐거운 옷 위로 젖가슴이 그대로 드러났다. 그 젖가슴은 낯이 익었다. 젖가슴뿐 아니라 몸짓, 텔레비전을 쳐다보는 목과 어깨의 선이 낯이 익고, 여인의 얼굴이 낯이 익었다. 아니 낯이 익다기보다는 분명 아내였다.

K의 아내가 세탁소에서 다림질을 하고 있는 것이다. 전혀 다른 장소, 전혀 다른 옷, 전혀 다른 헤어스타일, 전혀 다른 직업과 환경에도 불구하고 레인저의 아내, 세탁소의 여주인은 분명 K의 아내임이 틀림없었다.

K는 심사숙고하였다.

차에서 내려 여인을 아내처럼 대하며 외출했다가 막 들어온 남편처럼 태연히 들어갈 것인가. 레인저의 말대로라면 가출한 것은 벌써 한 달이 넘는다. 레인저의 아내는 K를 어떻게 맞이할 것인가. 뜨거운 다리미로 K를 위협하며 낯선 침입자라고 공격할 것인가. 비명을 지르며 경찰에게 신고를 할 것인가.

이제라도 아파트로 되돌아갈 것인가. 가서 K의 침대에서 가짜 아내와 합법적인 동침을 할 것인가. 그것은 간음이 아닌가. 그렇다면 어느 쪽이 K의 진짜 아내인가. 아파트의 여인인가, 세탁소의 주인인가. K는 도대체 누구인가. 금융 계통의 직장에 다니는 회사원인가. 포주의 기둥서방인 레인저인가.

그때였다.

세탁소 안에서 한 아이가 손에 작은 공을 들고 나타났다. K의 딸이었다. K의 딸은 엄마가 다림질하는 좁은 통로로 빠져나와 바깥에 서서 비가 여전히 오는지 손을 들어 하늘을 살폈다. 비가 그친 것을 확인하였는지 어딘가를 향해서 공을 던졌다. 순간 그 공을 향해 뭔가가 쏜살같이 달려갔다. K의 발목을 물어뜯은 강아지였다. 강아지는 어두운 거리에 떨어진 공을 재빠르게 찾아 입에 물고 K의 딸 곁으로 돌아왔다. 틀림없는 K의 딸 MS였다. 아파트의 딸과는 달리 세탁소의 딸은 머리를 두 갈래로 땋았고, 그 끝에는 리본을 매달았다. 아파트의 딸보다 더 생동감이 있고 명랑해 보였다.

K의 딸은 다시 공을 던졌다. 그 공은 공교롭게도 K가 앉아 있는 승용차의 보닛 위에 떨어져 땅 위로 굴렀다. 동시에 강아지가 공을 쫓아 K의 승용차 앞으로 다가왔다.

K는 자신이 앉아 있는 운전석 바로 앞, 부러진 가로수 사이에 공이 박힌 것을 보았다.

강아지는 그 공을 분명히 발견했으나 공을 물고 주인에게 돌아갈 생각은 하지 않고, 차 안에 있는 K를 보고 갑자기 짖기 시작하였다. 강아지는 자신의 실제 주인인 K를 알아보는 눈치였다. 오랜만에 본 K의 존재를 확인한 순간, 꼬리를 흔들면서 제자리에서 뛰기 시작하였다.

K는 차창을 열고 강아지를 진정시키기 위해 평소에 하던 대로 휘파람을 불었다. 하지만 강아지는 더 날뛰더니 삽시간에 K의 딸에게 돌아가 치마를 물고 잡아당겼다. K의 딸은 강아지가 보내는 신호를 알아차리고 강아지를 따라 승용차 앞으로 다가왔다. 딸은 가로수까지 왔을 때 한순간에 K를 알아보았다.

"아빠다."

딸이 소리를 질렀다. 그리고 달음질쳐서 다림질하고 있는 여인에게 달려가 조용한 거리의 정적을 찢으며 외쳤다.

"아빠다, 엄마. 아빠가 돌아왔어."

여인은 하던 다림질을 멈추고 승용차에 앉아 있는 K를 힐긋 본후 다시 아무런 일도 없다는 듯 다림질을 계속하였다. 딸아이는 강아지를 품에 안고 K에게 달려왔다.

"아빠."

열린 차창 밖에서 딸아이의 손이 스며들어와 K의 손을 잡아끌었다.

"들어와 아빠. 어서 집에 들어가."

K는 차 문을 열고 밖으로 나왔다. P교수가 건네준 백화점 쇼핑백을 손에 들고 차 문을 잠갔다. 소녀는 K의 손을 꽉 잡았다. 도망쳐 날아가는 나비의 날개를 손가락으로 움켜쥐듯이. 다시는 K를, 아빠를 날려버리지 않겠다는 소녀다운 투지를 불태우며.

"잘 있었니."

K는 레인저의 딸이자 자신의 딸에게 인사말을 건넸다.

"보고 싶었어, 아빠. 이게 뭐예요."

"너에게 주는 선물이란다."

"아빠 만세."

소녀는 기쁨의 비명을 질렀다. MS가 이끄는 대로 K는 세탁소 안으로 들어갔다. 묵묵히 다림질을 하고 있던 레인저의 아내가 앙칼지게 말하였다.

"이 화상이 어디 갔다가 이제 오는 거야. 어쭈, 수염도 깎고 신사복을 입은 꼬락서니 하고는. 못 보던 사이에 은행이라도 터졌나, 강도질이라도 하셨나."

"엄마."

MS는 엄마를 달래려고 여인의 겨드랑이에 손을 넣어 간질이며 말하였다.

"아빠가 내 선물을 사왔어, 봐."

MS는 자신에게는 큰, 그러나 잘 어울리는 방한복을 입어 보이며 어색한 두 사람의 분위기를 달래려는 듯, 세탁소의 좁은 통로를 모델처럼 걸었다.

"뭐 하고 있어, 이 웬수야."

딸의 재롱에 다소 화가 풀린 듯 여인은 K를 쳐다보며 소리쳤다.

"어서 들어가, 이 웬수야. 내 눈앞에서 어른대다간 다리미로 얼굴을 문질러놓을 테니까. 어이구 웬수 놈의 화상 하고는."

내실 쪽에서 삐 — 하는 경보음이 들려왔다. 기계 안에 있는 빨래들이 깨끗하게 세탁되고 건조까지 끝낸 상태를 알리는 알람 소리였다. 여인은 다림질을 잠시 멈추고 세탁기 쪽으로 다가가려다 자연 자신의 진로에 방해가 되는 K를 발견하자 버럭 소리를 질렀다.

"어서 방으로 꺼지지 못해."

K는 주춤주춤 내실 쪽으로 들어갔다.

천장에 매달린 세탁물 사이로 두 개의 내실이 보였다. 바깥쪽은 딸아이의 방이었고, 안쪽이 K의 부부가 쓰는 안방 같았다. 딸아이는 벌써 자기 방에 들어가 거울 앞에 서서 K가 사다준 바지를 입어보고 그 모양새를 감상하고 있었다. K는 안방으로 들어섰다. 반지하인지 열린 창밖으로 세탁소를 임대해준 주인집 마당의 화단이 벽에 고정시킨 액자처럼 걸려 있었다.

K는 몹시 피곤했으므로 선택의 여지없이 옷을 벗어 옷걸이에 걸었다. 딸아이의 방과 맞붙은 벽 사이에 좁은 공간이 있었다. 그곳은 화장실이자 간이 샤워실이었다.

잠들기 전에 샤워를 하는 것은 K의 오랜 습성이었다. K는 망설임 없이 옷을 벗고 화장실 안으로 들어갔다. 벽에는 샤워 꼭지만 달려 있었고 변기 쪽으로 물이 튀지 않도록 비닐 칸막이가 설치되어 있었다. K는 비닐을 둘러 몸을 가린 후 순간온수기의 스위치를 올렸다.

샤워기의 물은 금세 뜨거워졌다. K는 몸을 씻기 시작하였다. 피곤했으나 마음이 편안해서 실로 한 달 만에 집으로 돌아온 느낌이었다. 머리와 온몸에 비누칠을 하고 거품이 일도록 때수건으로 문지르는 동안 K의 성기가 발기하였다.

그 발기는 비누칠을 하는 물리적인 자극 때문이 아니라 지난 낮 JS로부터 비롯된 K 내부에서 끓어오르는 용암이 얇은 지층을 노려서 분출하려는 듯한 폭발적인 욕망 때문이었다.

장전은 되었지만 안전장치의 잠금으로 아직 발사하지 못한 총탄의 흥분이 샤워를 하는 K의 몸 내부에서 다시 솟아오르고 있었다. 방아쇠만 당기면 총알은 발사될 것이다.

늘 그러하듯 K는 휘파람을 불었다. K의 아파트 화장실과는 다르게 공명이 없었으므로 휘파람 소리는 단조로웠다.

샤워를 끝낸 K는 거울 앞에 서서 몸에 묻은 물기를 닦고 거울 속 자신의 얼굴을 쳐다보았다. 거울 속에는 K인지 레인저인지 분간할 수 없는 '나'가 떠올라 있었다. 분간이 되지 않는다고 하더라도 상관없는 일이었다.

K는 머리에 묻은 물기를 수건으로 털면서 방 안으로 들어와 앉았다. 이불을 깔아놓은 아랫목이 구들장처럼 따뜻하였다. 헝겊으로 가린 미니옷장을 열자 낯익은 K의 잠옷이 걸려 있었다. K는 잠옷을 입고 이불을 들춰 따뜻한 방바닥에 앉았다.

낯이 익기도 하고, 낯이 설기도 한 방 안의 풍경이 K에게 다가왔다. 키 낮은 화장대 앞 선반에 K의 결혼사진이 작은 액자 속에 넣어져 진열되어 있었다. 사진 속 신랑은 명백한 K 자신이었고, 사진 속 신부는 분명한 K의 아내였다.

리모컨을 들어 전원 버튼을 누르자 텔레비전이 켜졌다.

여전히 낯익은 여자 아나운서가 지난 오후에 일어난 진도 6.2의 지진은 사상 초유의 강력한 지진이었다고 보도하고 있었다. 멘트 중에 곳곳의 피해 상황을 담은 영상이 중계되었다.

끊겼던 가을비가 다시 쏟아지고 있는지 반쯤 열린 창밖 화단 위에 활짝 핀 국화를 적시는 비 소리가 자박자박 들려왔다. 어디선가 사이렌 소리도 울렸다.

여인이 다림질을 끝내고 가게 문을 닫는지 싸구려 목재로 만든 방문 밖에서 물건을 정리하는 소리가 들렸다.

K는 피곤한 데다 뜨거운 물로 샤워까지 한 뒤였고 또, 마음이 편안했으므로 팔베개를 한 채 깜빡 잠이 들었다. 얼마만큼 졸았을까, K는 강한 압박에 눈을 떴다. 누군가 자신의 몸 위에 앉아 있었다. 레인저의 아내이자 K의 아내였다.

방바닥에 누웠던 K의 몸은 어느새 이불 위에 옮겨져 있었고, 잠옷의 바지는 벗겨진 상태였다. 방 안의 불은 꺼졌으나 화장실의 문이 열려 있어 간접 조명 역할을 하고 있었다.

무슨 일인가 하고 K는 정신을 차렸다. K의 성기는 자신의 의지와 상관없이 발기되어 있었고, 그 위에 K의 아내가 자신의 엉덩이를 올려놓은 채 놀이터에서 시소를 타듯 위아래로 흔들고 있었다.

깜빡 잠들어 있는 사이에 아내는 세탁소 정리를 하고 들어와 이불을 깔고 K를 옮겨 누인 후, 잠든 K의 성기를 자극하여 K의 동의와는 상관없이 일방적인 성행위를 하고 있었다. K는 일종의 강간을 당하고 있는 듯한 느낌을 받았지만 불쾌하지는 않았다.

레인저의 말이 사실이라면 아내는 한 달 이상 K를 만나지 못했을 것이다. 그래서 그동안의 별거로 보류했던 부부간의 성적 욕구를 채우기 위해 강제로 성폭행을 하고 있다고 하더라도, K는 레인저의 아내를 충분히 이해할 수 있을 것 같았다. 비록 성적 행위로 표현되고는 있지만, 부부간의 인연은 우표와 같아서 처음에는 혀끝의 침만으로도 잘 붙지만 시간이 지나면 접착제를 따로 발라야만 봉투에 붙일 수 있듯이, 이렇게라도 성행위를 해야만 부부간의 접착이 가능하다는 사실을 재확인하는 행위였기 때문이다. 결국 K와 아내는 서로 육체적 물물교환을 나누고 있는 것이며, 날마다 수금을 하는 고리대금업자의 외상 장부에 일수 도장을 찍는 재계약 행위를 되풀이하고 있는 것이다.

그러나 지난 이틀 동안 K가 아파트의 또 다른 아내에게서 느꼈던 냉동된 시체와 같은 차가움, 해부실의 시체를 시간하는 변태성욕자 같은 섬뜩함, 세일러문처럼 살아 있는 인간의 피부가 아니라 실리콘으로 모조한 말랑말랑한 인조피부의 감각, 무화과 잎으로 엮어 가린 사타구니 속에 매달린 K의 위축된 성기와는 달리 세탁소 아내의 몸은 따뜻하였고, 친밀하였으며, 익숙하였다.

K는 자신을 올라타고 있는 아내의 옷 속으로 손을 넣어 젖가슴을 만졌다. 지금껏 한 번도 시도하지 않았던 행위였음에도 불구하고 K는 흡족하였다. 아내의 젖은 단단하게 팽창되어 있었고 유두는 탐스럽게 알이 굵었다. K는 엄마의 젖을 빨듯 아내의 유두를 빨았다. 순간 아내의 입에서 신음 소리가 흘러나왔다.

"어디 갔다 왔어, 이 새끼야."

열띤 목소리로 아내가 소리를 내었다.

"여기저기."

K는 대답하였다.

"여기저기서 뭐했어, 이 쌍놈의 새끼야. 사람을 잔뜩 기다리게 해놓고. 설마 사고 친 것은 아니겠지."

"아니야."

빗줄기가 굵어졌는지 반쯤 열린 창밖에서 쑤와아 – 하는 빗소리가 들려왔다. 누군가 엿보고 있는 것 같아 K는 창문 쪽을 바라보았다. 도둑고양이가 방 안에서 벌어지고 있는 낯선 풍경을 감상하고 있었다.

"나쁜 새끼, 더러운 새끼, 너 같은 놈은 맞아 죽어도 싸. 잘못했지, 잘못했지, 잘못했지, 이 새끼야. 대답을 해. 잘못했지, 잘못했지."

아내의 몸이 달아오르고 있었다. 잘못했지, 라는 말은 대답을 기다리는 질문이 아니라 비등점을 향해 끓어오르는 아내의 교성임을 K는 느꼈다. K 또한 한낮부터 끓어오르던 용암이 드디어 분출할 만한 엷은 지층을 발견한 것처럼 그곳을 향해 용솟음치는 것을 느꼈다.

"잘못했지, 잘못했지. 아아, 잘못했지."

"잘. 못. 했. 어."

K의 몸에 들어 있던 긴장된 총탄이 마침내 방아쇠에 의해 발사되었다. K의 아내 역시 하늘 높이 솟구쳤다가 일부러 줄을 끊어버

린 연처럼 알 수 없는 허공으로 날아올랐다.

물물교환은 성공리에 끝났으며 K와 레인저의 아내 혹은 아파트의 아내는 동시에 부부로서 확인 도장을 찍고, 성공리에 부부로서 재계약을 마친 후, 서로를 부둥켜안고 지난 낮에 P교수 아니, 올렝카가 말하였던 잃어버린 K의 반쪽과 아내의 반쪽이 서로 합쳐져 하나의 원형으로 돌아가게 되었다. 여인은 남자의 갈비뼈로 환원되어 시원의 진흙인간으로 돌아갔다.

2부 끝.

월요일

제 3 부

1장 7시

(PLAY)

느닷없는 소음 때문에 K는 잠에서 깼다. 강제로 깨어난 불쾌감 때문에 K는 어리둥절하였다. 잠과 현실의 모호한 경계에서 K는 자신을 깨운 소리의 정체가 무엇인지 잠시 생각해보았다.

자명종 소리였다.

따르릉 따르릉 따르르릉—

자명종은 자신의 존재를 드러내기 위해 필사적으로 울부짖었다.

따르릉 따르릉 따르르릉—

K는 투덜거리며 머리맡 탁자 위에 놓인 자명종의 버튼을 눌렀다.

비명 소리는 멎었다.

K는 아직 잠에서 덜 깬 상태였다. 자명종의 버튼을 눌러 끈 K는

필름을 영사기에 걸어 스크린에 투영하는 영사기사처럼 끊긴 잠의
필름을 의식적인 접착제로 강제로 이어 붙인 후 다시 잠들기 위해
눈을 감았다.

순간 K는 의식이 명료해졌다.

자명종이 울렸다면 일어나야 할 시간이 된 것이다. K는 무거운
눈꺼풀을 겨우 떠 시계의 숫자판을 쳐다보았다.

정각 7시였다.

7시라면.

K는 낮은 소리로 투덜거렸다.

일어나야 하는 시간이다. 일어나서 채비를 하고 출근을 서둘러
야 하는 시간이다……(STOP)……(FF)……(PLAY)……

K는 눈을 뜨고 주위를 둘러보았다. 낯익은 K의 아파트 안방이었
다. 물방울무늬의 커튼, 벽에 걸린 르누아르의 복사그림 액자, 옆자
리에 누워 있던 아내의 흔적, 베개에 붙어 있는 몇 가닥의 아내 머
리카락, 헝클어진 침대 시트, 머리맡의 스탠드, 스탠드 밑에 놓인
아내와의 결혼사진 액자, 부부 전용의 화장실 문, 반쯤 열린 옷장
문틈으로 보이는 아내의 외출복들.

침실의 풍경은 낯익은 K의 방이었지만 K는 당황하였다.

어젯밤의 그 세탁소는 어떻게 된 것일까. 세탁소 내실에서 벌였
던 K의, 레인저 아내와의 정사는 어떻게 된 것일까. 분명히 그곳에
서 제2의 아내와 부둥켜안고 죽음보다 깊은 잠에 빠져들었는데, 어
떻게 공간 이동을 하여 K의 아파트 침대 위에 누워 있는 것일까. 누

군가 한밤중에 K를 납치하여 이곳에 눕힌 것은 아닐까. 그것이 간밤에 꾼 꿈이었을까. 헌 테이프를 사용하여 새로운 녹음을 하였을 때, 현재의 상황을 녹음한 테이프 속에 간간이 섞이는 먼젓번의 싹둑싹둑 끊긴 음악 소리처럼, 시뮬레이션의 가상현실 속에서 일어나는 지워진 환각 같은 것일까. 아니면 방황彷徨일까.

링반데룽Ringwanderung

악천후로 인해 시야가 불분명한 경우에 제대로 목표 지점을 향해 가고 있는 것처럼 느껴지지만 실은 원Ring을 그리며 같은 곳을 되풀이해서 돌고 있는 환상방황環狀彷徨 같은 것이었을까. 뫼비우스의 띠를 기어가는 개미처럼 안쪽에서 출발하였으나 바깥쪽을 통과하여 다시 안쪽으로 단측곡면의 행진을 계속하는 시작도 끝도 없는 영원 속의 한 찰나였을까.

K는 그러나 더 이상 혼돈 상태에 빠져 있을 겨를이 없었다.

오늘은 월요일.

서둘러 출근 준비를 하지 않으면 회사에 늦을 것이다.

K는 상반신을 일으켜 자신의 몸을 살펴보았다. 상반신은 잠옷을 입고 있었지만 하반신은 어젯밤의 세탁소에서처럼 팬티도 입지 않은 알몸이었다. 그렇다면 어젯밤 바지를 벗은 K와 섹스를 나눈 여인은 세탁소의 아내인가, 지금 주방에서 K의 아침을 차리기 위해 빵을 굽고 커피를 끓이고 채소를 썰고 있는 아파트의 아내인가. K는 침대에서 일어나 화장실로 갔다……(STOP)……(FF)……(PLAY)……

참을 수 없는 요의가 느껴져서 K는 용수철이 튕기듯 벌떡 일어나 화장실로 갔다. 변기 뚜껑을 열고 세찬 소변을 보면서 K는 자신의 성기에서 노란 액체의 분비물이 거품을 일으키며 수직 낙하하는 것을 보았다. 소변에서는 시금털털한 알코올 냄새가 풍겼다. 변기 물을 내리고⋯⋯(STOP)⋯⋯(FF)⋯⋯(PLAY)⋯⋯

얼핏 보면 작은 단서처럼 보이지만 이 정밀한 쇼를 연출하고 있는 빅브라더의 입장에서는 치명적인 허점일 수도 있다⋯⋯(STOP) ⋯⋯(REW)⋯⋯(PLAY)⋯⋯

K는 안심하였다.

그러나 아직 완전히 안심할 단계는 아니다.

K는 머리를 흔들었다. 한 가지 숙제가 아직 남아 있었다. 스킨이었다. 어제 아침의 기억이 확실하다면 수십 년 동안 K가 애용하던 'V'라는 상표 대신 'Y'라는 낯선 브랜드의 스킨이 화장대 위에 놓여 있지 않았던가. 누군가에 의해서 슬쩍 바꿔치기가 된 것이다. 얼핏 보면 작은 단서처럼 보이지만 이 정밀한 쇼를 연출하고 있는 빅브라더의 입장에서는 치명적인 허점일 수도 있다. K는 생각이 떠오른 즉시 스킨의 상표를 확인하고 싶었으나 그 충동을 참았다. 그전에 K가 해야만 하는 일련의 순서가 있기 때문이다.

K는 칫솔에 치약을 듬뿍 바른 후 이를 닦기 시작⋯⋯(STOP) ⋯⋯(FF)⋯⋯(PLAY)⋯⋯

면도 도중 칼날에 턱 부위가 살짝 베어 붉은 피가 나왔다. K는 휴지를 뜯어 상처에 접착시켰다. 깨끗하게 수염을 깎자 K의 얼굴은 훨씬 밝아졌다. 드문드문 비누 거품이 남아 있어 K는 미지근한 물로 얼굴을 깨끗이 닦았다. 그러고 나서 문제의 스킨을 움켜쥐었다……(STOP)……(FF)……(PLAY)……

스킨의 강력한 성분은 면도를 하다 다친 상처를 불에 달군 낙인으로 지지는 것처럼 강하게 자극한다. 얼굴이 얼얼해지면서 찌릿찌릿한 감전의 쾌감이 얼굴을 강타한다. 동시에 강렬한 냄새가 피어오른다.

그러나.

K는 머리를 흔들었다. K의 애용품인 'V' 스킨이 아니었다.

이 냄새는 마치……(STOP)……(FF)……(PLAY)……

어제 '에옹'에서 만났던 올렝카의 몸에서 풍기던 향수 냄새였으며, JS의 몸에서 풍기던 체취와 세일러문의 몸에서 풍기던 화장품의 방향, 그리고 세탁소의 아내에게서 풍기던 땀 냄새가 뒤섞인 혼합된 냄새와 흡사하다.

K는 상표를 확인해보았다.

'D'였다.

K는 다시 혼란을 느꼈다. K가 수십 년간 애용하던 상표는 'V'였다. 그제 아침에는 돌연 'Y'로 바뀌어 있었고, 어제 아침에 다시 'X'로 바뀌더니, 오늘 아침에는 한 번도 듣지 못한 'D'라는 낯선 상표의 스킨이었다.

이것은 무슨 현상인가.

K는 새로운 영감을 얻을 수 있었다.

제3의 인물. 이 모든 게임을 총괄하는 보이지 않는 손은 아직 K가 즐겨 애용하는 스킨의 정확한 정보를 여전히 입수하지 못한 것이다. 빅브라더는……(STOP)……(FF)……(PLAY)……

K는 샤워실에 들어가 뜨거운 물이 나오도록 손잡이를 돌렸다. 어젯밤 K의 기억이 정확하다면 세탁소의 화장실에서 순간온수기를 가동시켜 샤워를 했지만……(STOP)……(FF)……(PLAY)……

K는 확대경을 들고 조심스럽게 손가락을 세워 새치를 뽑았다. 따끔하는 주삿바늘의 통증과……(STOP)……(FF)……(PLAY)……

아내는 부엌의 싱크대 앞에서 무언가를 썰고 있었다. K가 아침마다 먹는 채소들이었다……(STOP)……(REW)……(PLAY)……

마음이 가벼워진 K는 안방에 들어가 정장을 입었다. 전신거울에 비친 K는 전형적인 샐러리맨의 모습이었다. 바지는 주름이 제대로 잡혀 있었다. K는 수많은 넥타이 중에 붉은색을 골라 매었다. 그 붉은색 넥타이는 K가 선호하는 넥타이였다. 그 취향은 어렸을 때 K가 열광하였던 〈파워레인저〉에 나오는 전사 '레드'가 붉은 유니폼을 입기 때문일 것이다.

마음이 가벼워진 K는 휘파람을 불며 침실 겸 안방을 거쳐 문을 열고 거실로 나왔다. 큰길로 향한 채광창으로 눈부신 가을 햇살이 무차별로 쏟아지고 있었다.

아내는 부엌의 싱크대 앞에서 무언가를 썰고 있었다. K가 아침마다 먹는 채소들이었다. K는 아침이면 양상추, 셀러리, 토마토, 바나나, 시금치, 브로콜리, 양파 등을 썰어서 만든 샐러드를 주로 먹고는 하였다.

"잘 잤어, 여보."

K가 아내의 뒷모습을 보고 말을 건네자 아내는 고개를 돌려 K를 쳐다보며 대답하였다.

"잘 잤어요. 당신은요."

틀림없는 아내의 얼굴이었다.

"나도 잘 잤어."

K는 자신의 머그잔에 아내가 끓여놓은 커피를 따른 후 식탁 앞 의자에 앉았다. K는 커피를 좋아했으므로 기대감을 가지고 한 모금 들이켰다. 기대했던 대로 낯익은 커피의 맛이었다. K는 낯익은 커피를 마시면서 식탁 위에 놓인 신문을 집어 들었다.

어제 오후 8시 32분, 우리나라 최초로 진도 6.2의 대지진 발생

……(STOP)……(FF)……(PLAY)……

아내가 몸을 돌려 K를 정면으로 보면서 말하였다.

"어제저녁 지진이 났을 때 당신은 어디 있었어요."

"미사 후 근처 레스토랑에서 스파게티를 먹었어."

"무서워서 혼났어요. 온 아파트가 흔들리고 맞은편 아파트에서는 화재까지 났어요. 주의하세요. 오늘도 강력한 여진이 일어날지 모른대요. 많은 시민이 차를 타고 대전 이남 지방으로 피난을 가고 있대요. 생필품도 사재기하고 있구요. 우리도 안전지대로 떠나야 하지 않을까요."

"가긴 어딜 가. 나는 회사에 나가야 해."

"여보."

다정한 목소리로 아내가 물었다.

"간밤에는 어땠어요."

K가 모른 체하고 대답하였다.

"당신은 어땠어."

아내가 미소를 띠면서 말하였다.

"삼진 아웃은 아니었어요. 어젯밤에는 도대체 웬일이에요. 갑자기 카사노바라도 됐나요. 장외홈런까지 쳤으니…… 놀라워라. 놀라운 일이에요. 카사노바 아저씨."

K는 잠자코 신문을 펴들었다. K의 어깨를 가볍게 때리며 아내가 물었다.

"커피 맛은 어때요."

K는 빠르게 대답하였다.

"맛있어. 아주 맛있는 커피야."

"맛있는 게 커피뿐이에요."

아내가 찡긋 한 눈을 감으며 웃었다.

"아니 커피도 맛있지만 어젯밤의 당신도 맛있었어."

K는 웃지 않고 천연덕스레 농지거리를 하였다.

K는 어제 아침처럼 이 거대한 정체불명의 쇼에서 주인공 역할을 실감나게 해내고 있는 자신에 대해 만족감을 느꼈다. K는 이미 명배우가 되어 있었다.

(STOP)

K는 지하철역 구내로 가기 위해 에스컬레이터를 타고 지하로 내려갔다. 지하도는 백화점과 쇼핑몰의 지하층과 서울에서 출발하고 서울로 도착하는 모든 고속버스들의 터미널 지하층이 연계되어 있었다.

K의 직장은 여의도에 있었다. 이곳에서 출발하면 여덟 번째 역에서 내려 회사에 도착할 수 있었다. 30분이면 충분했으므로 K는 마음에 여유가 있었다.

월요일 아침이었다. 대부분 직장인인 승객들은 출근 시간에 맞추려고 바쁘게 지하도를 걷고 있었다. 지하도는 거대한 개미굴처럼 이리저리 뚫려 있었다. 그 미로를 바쁘게 걸어가는 사람들은 쉴 새 없이 먹이를 실어 나르는 일개미들이었다.

K는 늘 그러하듯이 서류가 들어 있는 공공칠가방을 들고 이따금 지하상가의 쇼윈도에 비치는 자신의 모습을 바라보며 옷매무새가 흐트러졌는지, 머리카락은 단정하게 정돈되어 있는지를 점검하면서 뫼비우스의 띠를 기어가는 개미처럼 익숙하게 걸었다.

지하도가 끝나고 역사驛舍로 연결된 지하철 입구에 이르렀을 때 K는, 예수천국 불신지옥이라고 쓴 피켓을 들고 한 손에는 성경책을 든 채 목쉰 소리로 뭐라고 떠들고 있는 한 사내를 보았다. 아무도 그 목소리에 귀를 기울이는 사람은 없었다. 사내는 마치 광야에서 울부짖는 선지자처럼 혼자서 절규하고 있었다.

K는 지나치면서 사내의 얼굴을 보았다. 무척 낯이 익었다. 지난 주말에 보았던 K의 장인 같기도 하고 JS의 남편 같기도 한 낯익은 사내는 소리를 지를 때마다 빠지려는 틀니를 교묘히 혀끝으로 밀어 넣으며 "회개하라, 하늘나라가 다가왔다"고 울부짖었다.

K는 낯익은 사내를 지나 9호선 출입구로 내려갔다. 고속터미널역은 3호선과 7호선, 9호선 등 세 개의 노선이 환승되는 대중교통의 중심지다. 교차로에 이르면 바쁘게 엇갈리는 사람들의 인파로 한류와 난류가 교류하는 꼭짓점처럼 혼잡하였다.

9호선 플랫폼은 가장 최근에 개통한 노선이어서 가장 낮은 지하 5층까지 내려가야 하였다. 지하세계로 가는 것이 아니라 잠수정을 타고 심해의 바다로 내려가는 느낌이었다.

K는 9호선 대합실로 내려가기 위해 계단을 걸어갔다.

양옆으로 사람들이 오르내리는 에스컬레이터가 설치되어 있었다. K는 걷는 것을 좋아했으므로 계단을 주로 이용하는 편이었다.

왼쪽 에스컬레이터 밑에서 한 여인이 올라오고 있었다. 그 여인은 낯익은 검은 원피스를 입고, 낯익은 선글라스를 쓰고 있었다. 틀림없는 노출증 여인이자, 나비 문신 여인이자, TV 화면에 나왔던 아나운서였다.

여인은 우연을 가장하고 있었지만 계단을 내려가는 K의 시선을 의식하고 있는 듯 주머니에서 손을 빼 머리카락을 어루만지며 흘깃 K의 얼굴을 보았다. 두 사람의 시선은 짧게 부딪쳤다.

두 사람이 엇갈리는 교차점에 이르렀을 때, 스쳐 지나가는 여인에게서 낯익은 악취가 났다. 여인은 남의 눈을 피해 손가락 두 개를 펴서 K에게 흔들어 보였다. K는 그 신호가 승리의 'V'자를 의미하는 것인지, 친밀하게 작별 인사를 나누는 것인지 분간할 수 없었다. 여인이 사라진 에스컬레이터 뒤로 낯익은 사내가 올라왔다. 빨간 모자를 쓴 보험설계사인 '을'이자, 낯익은 대리운전 기사였다. 사내는 곁을 스치면서 모자를 벗고 가볍게 K를 향해 목례하였다.

K는 알 수 있었다. 사내가 빨간 모자를 벗은 것은 K에게 무언의 작별 인사를 하려는 의도적인 행동이라고. 빨간 모자의 사내는 끊임없이 감시하고 있는 보이지 않는 손에게 들키지 않고 K에게만 모자를 벗어 보임으로써 은밀한 작별 인사를 보내온 것이다. 그제야 K는 손가락 두 개를 펴서 흔들었던 나비 문신 여인의 손짓도 작별 인사였음을 알 수 있었다.

줄지어 낯익은 얼굴이 올라왔다. 이번에는 야누스의 바에서 만난 게이였다.

사내는 이번에는 여성의 옷을 입지 않고 깔끔한 신사복을 입고 있었음에도 전체적으로 여성의 체취를 풍기고 있었다. 건장한 남자의 신체가 분명하였으나 일부러 지어 보이는 가벼운 몸짓과 손의 움직임 같은 것에서 여성성이 얼핏얼핏 드러나고 있었다.

사내는 손에 무언가를 들고 있었다. 새장이었다. 새장 속에는 앵무새가 울고 있었다. 사내가 K의 곁을 스치는 순간 새장 속 앵무새가 느닷없이 울부짖었다.

"야누스, 야누스."

앵무새는 새의 언어로 K에게 무엇인가 메시지를 전해주려고 애를 쓰는 듯하였다. 그러나 K는 새들의 언어를 알아듣고 대화를 나누었던 프란체스코가 아닌 베드로였으므로 소통할 수 없었다.

K는 9호선 대합실에 도착하였다. K는 카드를 사용하고 있어 승차권을 따로 구입할 필요가 없었다. 지갑을 꺼내 카드가 들어 있는 부분을 인식기에 가져다 대었다.

삐삑—

K는 무사히 개찰구를 통과하였다.

플랫폼은 한 층 더 아래에 있었다. K는 계단을 내려가기 시작하였다.

역시 에스컬레이터에서 한 무리의 사람들이 떠오르고 있었다. 낯익은 처제와 낯익은 새신랑, 그리고 낯익은 장모의 모습이었다. 처제는 웨딩드레스를 입었고, 장모는 손수건으로 눈가의 눈물을 닦고 있었다. 수십 번 결혼식을 올린 듯 익숙해 보이던 신랑은 주위를 둘러보면서 웃고 있었다. K의 바로 앞에서 계단을 내려가던 한 청년이 느닷없이 주머니에서 뭔가를 꺼내 신랑에게 던졌다. 오색 테이프였다. 신랑은 흰 장갑을 낀 손을 흔들었고, 그리고 천천히 K의 곁을 지나 사라졌다.

K는 문득 지난 이틀간 섀도 박스 속에 등장했던 모든 인물들이 어째서 갑자기 출근 시간에 맞춰 한 사람씩 등장하고 있는 것인지 의아하게 느껴졌다. 영화나 연극에서 거의 막바지 클라이맥스에 이르렀을 때 등장했던 배우들이 총망라되어, 극적인 효과를 가중시키기 위해서 보여주는 몹신mob scene과 같은 장면이었다.

다음에는 누가 나타날까.

K는 막연한 기대감이 들었다. 이어서 모피를 입은 성당의 아멘 여인이자 집창촌의 낯익은 월매가 등장하였다. 여인은 더운 계절이 아닌데도 화려한 부채를 들고 있었다. 일부러 K에게 보이려는 듯 부채를 우아하게 부치며 오르던 여인은 K와 어깨가 엇갈리는 순간 아주 작은 소리로 '아멘' 하고 중얼거렸다. 그 소리는 빅브라더의 귀에는 절대로 들어갈 수 없는 허공을 가르는 바람의 부채 소리였다.

역시 K에게 은밀한 작별 인사를 전한 것이다. 월매가 일부러 부채라는 소도구를 사용했던 것은 '아멘'이라는 작별 인사의 말을 부채 소리로 감추려는 세심한 배려 때문일 것이다.

이어서 양산을 쓴 한 여인이 에스컬레이터 위로 솟아오르고 있었다.

한눈에 보아도 그녀는 P교수, 아니 올렝카의 모습이었다. 팔뚝까지 올라오는 흰 장갑에 18세기 유럽에서나 볼 수 있는 롱드레스를 입은 올렝카는 K와 눈이 마주치자 붉은 립스틱을 바른 입술에 노골적인 미소를 띠워 올렸다.

그냥 보낼 수 없어서 K는 본능적으로 뭐라고 한마디 하려고 발길을 멈췄다. 그 순간 올렝카는 땀을 닦는 척 흰 장갑 낀 손을 얼굴로 들어 올리면서, 손가락 하나를 세워 자신의 입을 막았다. 조용하라는 무언의 신호였다. 올렝카는 바다를 표류하는 유령선처럼 천천히 사라졌다.

빛보다 빠른 속력으로 우주를 비행할 수만 있다면 흘러간 과거를 현재의 시각으로 분명히 볼 수 있고, 만날 수 있다는 것이 아인슈타인의 상대성이론이다. K가 지금 이 순간 빛보다 빠른 우주선을 타고 시간과 공간을 거슬러 어제로, 그제로, 1년 전으로, 10여 년 전으로, 100년 전으로, 역사가 존재하는 기원후 AD로, 예수가 십자가에서 처형되는 골고다의 언덕으로, 기원전 BC로, 에덴동산으로 올라갔음을 보여주기 위해 지난 이틀간의 오프닝 리허설에 등장했던 모든 배우가 이렇게 전부 등장하고 있는 것일까.

계단을 내려가는 K의 발걸음이 무거워졌다.

에스컬레이터에서 또 한 무리의 사람들이 올라오고 있었다.

이번에는 살아 있는 사람들이 아닌 3차원의 레이저 광선으로 만든 홀로그램 hologram이었다. 그들은 한가족처럼 보였다. 앞에는 한 소녀가 날개가 달린 천사 복장을 한 채 춤을 추며 천상의 나팔을 불고 있었고, 아버지로 보이는 군복 입은 사내가 거수경례를 하고 있었다. 그 옆으로 아름다운 여인이 품 안에 갓난아이를 안고 있었다. 갓난아이는 빨간 풍선에 매달린 끈을 고사리 같은 손으로 꽉 잡고 있었다.

그들의 모습은 너무나 행복해 보여서 낙원에서 춤추는 서커스 단원들처럼 보였다. K는 그 가족이 자신의 가족임을 깨달았다.

천사의 날개를 달고 머리 위에 성광聖光을 두른 소녀는 지금은 120킬로그램으로 비만해진 누이 JS였으며, 군복을 입은 사내는 K가 증오하던 아버지였다. 아이를 안고 있는 여인은 죽은 어머니였으며, 여인의 품에 안긴 풍선을 들고 있는 갓난아이는 K 자신이었다.

K는 스쳐 가는 어머니의 손을 잡기 위해 자신도 모르게 '엄마' 하고 손을 뻗었으나 단지 영상에 불과한 홀로그램은 스러지고 그 대신 K의 손에 뭔가 잡혔다. 아이가 들고 있던 빨간 풍선이었다. 빨간 풍선은 살아 있는 생물처럼 K의 손을 벗어나 허공으로 날아올랐다. 풍선은 역사의 천장에 닿아 멈춰 섰다.

K는 역구내驛區內로 내려갔다. 여의도로 가는 방향을 선택하여 플랫폼에 섰다. 다음 열차까지는 3분 남았다고 전광판이 명멸하고 있었다.

K는 지하철의 문이 열리는 지점에 서서 이제 3분 후면 모든 시뮬레이션이 끝나리라 예감하였다. 이틀간에 걸쳐 출연한 모든 배우들과 어린시절의 영상이 총망라되어 등장한 화려했던 공연이 끝나

고 관객들의 박수 소리에 맞추어 커튼콜을 하고 작별 인사를 올리기 위한 피날레 무대인사인 것이다. 이 180도 뒤틀린 뫼비우스의 가상현실은 3분 후면 막을 내릴 것이다.

맞은편 플랫폼에 교복을 입은 한 소녀가 책가방을 들고 서 있었다. 소녀가 입은 교복의 윗옷이 낯이 익었다. 교복의 칼라는 세일러복처럼 넓고 네모진 클래식 스타일이었다. K는 그 소녀가 변신하기 전의 세일러문이라는 것을 직감하였다. 그 순간이었다.

갑자기 플랫폼 전체가 흔들리기 시작하였다. K는 제자리에서 쓰러졌다. 귀를 찢는 듯한 굉음이 들려왔다. 플랫폼의 벽이 바싹 마른 나뭇잎처럼 부서졌다. 여기저기서 비명 소리가 들려오고 천장이 무너지면서 구조물이 쏟아져 내렸다. 천장에 매달려 있던 빨간 풍선이 둥둥 떠다녔다.

"지진이다."

K 앞에 쓰러져 있던 사내가 소리를 질렀다. 지축이 흔들렸다. 지구 전체가 불순물을 골라내고 가루만 곱게 치려는 체처럼 흔들리고 있었다. 철로 위로 치솟은 연기는 마치 지옥의 유황불처럼 뿜어져 피어오르고 있었다.

K는 쓰러진 채 얼굴을 들어 주위를 살펴보았다. 맞은편 플랫폼에 서 있던 교복 입은 소녀가 갑자기 책가방에서 무엇인가를 꺼냈다. 그것은 K가 성인방에서 보았던 '마법의 봉'이었다. 소녀는 마법의 봉을 휘두르며 뭐라고 주문을 외우고는 제자리에서 빙그르 돌았다. 순간, 교복을 입은 소녀는 세일러문으로 변신하였다.

물들인 노란 머리에 흰 장갑, 가슴에는 빨간 빛깔의 큰 리본을 달고 있었고, 무릎까지 올라오는 흰 부츠를 신은 어제의 모습 그대로였다. 세일러문은 마법의 봉을 흔들면서 평균대 위에서 균형을 유지하는 체조선수처럼, 위태로운 지층에 발을 딛고 서서 노래를 부르기 시작하였다.

다정히 감싸오는 저 달빛은
나를 보는 당신의 눈빛
수없이 많은 별들 중에서
당신을 만날 수 있는 건
결코 우연이라 할 수 없어.
기적의 세일러문.

그때였다.

아슬아슬하게 균형을 유지하던 세일러문의 손에서 무언가가 떨어졌다. 마법의 봉이었다. K는 그 봉이 어디에 떨어졌는지 확인하였다. 봉은 철로 위 좁은 공간 사이에 떨어져 있었다. 세일러문은 망설이지 않고 철로 쪽으로 뛰어내렸다.

K는 천장에 붙은 전광판을 쳐다보았다. 30초면 지하철이 도착한다는 안내문이 점등하고 있었다. 이 지진의 와중에도 어떻게 지하철이 운행할 수 있는가 의아해하면서 K는 망설였다.

세일러문은 마법의 봉을 움켜쥐었다. 그러나 마법의 봉이 철로 밑에 깔려 있어 쉽게 빼내지 못하고 있었다. 아가리를 벌린 지하 터널 속에서 뭔가가 덜컹이며 진입하는 소리가 들렸다.

K는 자신도 모르게 뛰어내렸다. K는 세일러문의 손을 잡고 다급하게 말하였다.

"일어나, 어서."

"안 돼요, 레온. 생명의 나무를 지키기 위해서는 마법의 봉이 필요해요."

"빨리."

어두운 터널 속에서 지하철의 전조등 불빛이 탈옥수를 향해 집중된 교도소의 스포트라이트처럼 뿜어져 나왔다. K는 이제 재빨리 대피하지 못하면 지하철에 깔려 죽을 것임을 간파하였다.

"안 돼. 제발 빨리."

"하얀 장미의 기사님."

달의 요정 세일러문이 말하였다.

"절 버리고 가세요. 어서요."

K는 세일러문의 손을 놓고 탈출할 수 없었다. K는 시뮬레이션 연극의 엔드 마크end mark가 다가올 때임을 깨달았다.

K는 더욱더 강하게 세일러문의 손을 쥐었다.

기진하여 더 이상 체력이 없던 손에 갑자기 강한 힘이 더해졌다.

K는 자신의 손을 의아하게 바라보았다. 그 찰나의 순간, K의 손에 누군가의 손이 합체되었다. K는 그 손의 주인공을 바라보았다. K1, 바로 레인저의 손이었다. 레인저는 K2를 보고 빙긋이 웃었다. 두 사람은 마침내 하나의 '나'로 합체하였다.

나는 곧 '나'가 되었으며, K1과 K2는 합체하여 온전한 하나의 'K'가 되었다. 온전한 K는 하늘과 땅이 갈라지기 전의 알파, K를 낳은 아버지와 아버지의 아버지, 아버지와 그 아버지의 할아버지, 그 할아버지와 그 할아버지의 아버지들이 태어나기 전의 태초로 돌아갈 때가 되었다고 생각하였다. 그것은 맨 처음 천지가 창조되기 전, 땅은 아직 모양을 갖추지 않았고 아무것도 생기지 않았으며, 어둠이 깊은 물 위에 뒤덮여 있었고, 그 물 위에 오직 말씀만이 존재하던 카오스의 신세기이자, 오메가의 천국이었다.

〈POWER OFF〉

　3부 끝.

쓸 수밖에 없는 운명이 소설가 모두를 구원하리라

소설가 김연수

1

우리를 영원히 매혹시키는 것들이 있다. 영원히 존재하는 것들. 예를 들면 우주라든가, 시간과 공간 같은 것들. 신비 역시 우리의 오감을 잡아끈다. 미지도 마찬가지다. 쉽게 변하지 않는 것들과 우리가 알지 못하는 것들이 우리를 잡아끈다. 영원과 마찬가지로 시원도 우리를 매혹시킨다. 애초 우리가 온 곳에 대해 우리가 아는 바는 거의 없다는 점에서. 우리가 어디서 왔는지 모르니까, 우리는 또 어디로 가는지도 알 수 없다. 삶이 여행인 까닭은 우리가 길 위에서 태어났기 때문이다. 우화들이 그렇듯, 살아가면서 우리는 '나는 누구인가?'라고 물을 수밖에 없다. 이건 어쩌면 나는 어디에서 왔는가라는 질문과도 통하는 것일지 모르겠다. 그걸 알 수 없다면, 이제 내가 어디로 갈 것인지 모를 수밖에. 말하자면 나는 신비에서 비롯했다가 다시 신비로 사라지는 셈이다. 인간은 신비와 신비 사이에 잠시 존재할 뿐이다. 이 여행은 그처럼 짧다.

최인호 선생의 소설을 처음 읽은 건 중학생시절이었다. 엊그제 같은데 벌써 중학교 3년을 아홉 번 정도 되풀이해서 보낼 수 있는 시간이 흘렀다. 누구나 살아가면서 한 번쯤은 지금까지와는 전혀 다른 세계가 일순간 펼쳐지는 경험을 하게 되는데, 내게는 그 즈음이 꼭 그런 시기였다. 최초의 충격은 마이클 잭슨이었다. 그는 1984년 그래미상 시상식에서 '문워크'를 선보였는데, 그게 얼마나 매혹적이었는지 나는 그만 팝송에 푹 빠져버렸다. 그 다음은 1984년 1월 1일, 뉴욕과 파리와 서울과 도쿄를 서로 연결한 위성생방송을 선보인 백남준의 〈굿모닝, 미스터 오웰!〉이라는 비디오아트쇼였다. 다들 그 생방송을 보면서 당시의 유행어인 지구촌이라는 말을 실감할 수 있었는데, 나는 비디오로 예술을 할 수 있다는 개념 자체에 놀랐다. 그건 정말이지 너무나 세련된 세계였다. 예술적 개념으로서 현대라는 게 도대체 무엇인지 두 눈으로 똑똑히 볼 수 있었다고나 할까. 나는 그런 풍토에서 10대를 보냈다. 나의 10대는 팝스타와 운동선수와 영화배우와 기타리스트들로 가득했다. 그중 한 명이 바로 최인호 선생이다.

그 무렵, 나는 그의 소설을 날마다 읽었다. 한창 내가 아는 세계 그 너머의 일들에 대해 호기심을 느끼던 시절이라 신문이 배달되면 처음부터 끝까지 한 자도 빼놓지 않고 읽었다. 요즘에는 인터넷이 있지만, 그때는 신문이 아니면 알 수 없는 것들이 너무나 많았으니까. 선생의 소설 역시 마찬가지였다. 몇 년에 걸쳐서 내가 스크랩을 해가며 읽은 소설은 『잃어버린 왕국』이었다. 《조선일보》 문화면 하단에 매일 소설이 실렸던 것 같다. 그때가 정확하게 언제인가 찾아보니 1985년이었다. 그렇다면 고등학교 입시를 준비하느라 매일 야간자습을 하던 시절인데, 무슨 시간이 나서 매일 소설을 읽었는지 모르겠다. 모르겠다고 막 썼지만, 사실은 그 이유를 알고 있다. 지금 생각해도 그게 참 묘한 일이라고 생각하지만, 연재하는 소설을 아예 처음부터 읽지 않았으면 몰라도 일단 읽기 시작하면 도무지 중간에 읽는 걸 멈출 수가 없었다는 점이었다. 중학생을 유혹하는 야한 소설도 아니고, 한일 고대사의 진실을 다루는 소설인데 그렇게 흥미진진했다니 지금 생각해도 놀랍기만 하다. 그렇게 해서 나는 선생의 소설에 빠져들기 시작했다.

오래간만에 『잃어버린 왕국』을 펼쳤더니 "『잃어버린 왕국』은 내게 있어 특별한 의미를 지닌 작품이다"라고 시작하는 '작가의 말'이 나왔다. 왜 특별하다는 것인지 작가의 말을 그대로 옮기면 다음과 같다.

『잃어버린 왕국』을 시작으로 내 소설의 소재는 역사로, 종교로 확산되기 시작하였다. 『길 없는 길』이나 『상도』 같은 장편소설도 결국 『잃어버린 왕국』을 그 시발점으로 하고 있는 것이다.

최인호 선생이 이 글을 쓴 건 2003년의 일이었다. '작가의 말'에도 나와 있다시피 "이 작품을 쓰기 전 나는 주로 도시적인 감수성으로 현대인의 소외를 다룬 현대소설만을 주로 써왔었다. 역사에 대해서는 관심조차 없었으며, 내가 쓰는 소설의 분야와는 전혀 관계없는 것으로 느껴왔었다"고 한다. 그렇다면 묘하게도 나는 2기 최인호의 시발점이라고 부를 만한 소설부터 시작한 셈이었다. 이 사실은 내가 얼마나 뒤늦은 독자인지 말해준다. 「깊고 푸른 밤」이며 『겨울나그네』, 『지구인』 등은 『잃어버린 왕국』에 빠진 뒤에야 읽었다.

물론 나는 '내도해파 來渡海破', 이 네 글자로 시작하는 장대한 미스터리를 파헤치는 『잃어버린 왕국』을 지금도 좋아한다. 순전히 이 글을 쓰기 위해서 다시 펼쳤을 뿐인데도 단숨에 50페이지를 읽어버렸다. 소설의 문장을 읽었을 뿐인데, 열네 살 소년시절로 돌아가는 느낌이어서 잠시나마 행복했다. 나 역시 소설가가 되고 난 뒤에야 알게 된 사실이지만, 인생의 어떤 시절과 함께 떠오르는 소설을 쓴 모든 소설가는 복되고도 복 많다. 내가 매일 아침 신문에 실린 이 소설을 읽을 때, 아버지는 아직 젊었고 어머니는 건강했다. 형과 누나는 아침마다 함께 밥을 먹었고, 나는 마음만 먹으면 어떤 사람이라도 될 것 같았다. 『잃어버린 왕국』은 그 시절의 내 인생을 그대로 떠오르게 만드는 책이다.

내게는 『잃어버린 왕국』이 특별하다고는 해도 최인호 선생의 본령이 현대소설에 있다는 것, 그것도 너무나 모던한 도시적 감수성에 있다는 건 나도 인정할 수밖에 없다. 왜냐하면 그 뒤로 내가 읽은 소설들은 모두 현대소설들이었기 때문이다. 그중에서도 가장

인상적인 건 「깊고 푸른 밤」이었다. 그 소설을 언제 읽었는지는 잘 기억나지 않는다. 아마도 고등학교 신입생시절이 아니었을까? 비평준화지역이라 고등학교 입시에 너무 신경을 쓰다보니까 일단 입학한 뒤에는 세상을 다 산 사람의 허무 같은 감정이 밀려들었다. 도무지 재미있는 일이 없고, 모든 게 한심해서 이런저런 일들을 해보다가 결국 소설을 즐겨 읽게 됐다. 그 결과 오늘날 이런 모습의 내가 탄생했다고 말하면 좀 뻥이고, 어쨌든 재미있는 게 없어서 소설을 읽기 시작한 건 맞다. 이것 저것 책들을 들여다보다가 그 소설을 읽게 됐을 테지만 과연 어떤 계기로 그 소설을 읽었는지는 전혀 기억나지 않는다. 대신에 1980년대 중반의 밤 풍경은 여전히 생생하다. 제일 먼저 밤이 있고, 그 다음에는 내 고향 김천의, 약간 전근대적인, 다소 어둠침침한 밤 풍경이 떠오르고, 그 다음에는 고독이 생각난다. 그때 나는 문학이란 참 고독한 일이구나, 글을 쓴다는 것만 고독한 게 아니라 글을 읽는다는 것마저도 고독하구나, 뭐 그런 생각을 했다. 당시에 나를 너무나 고독하게 만든 문장은 다음과 같다.

그들은 일주일 전 로스앤젤레스를 떠났다. 그들은 15번 도로를 따라 베이커에서 127번 도로로 갈라져 데스밸리, 죽음의 계곡을 거쳐 129번 도로를 따라 내려오다가 오랜차에서 395번 도로를 만났으며 그 길을 따라서 내려오다가 프리맨에서 178번 도로를 따라 베이커즈필드에 도착했다.

베이커즈필드는 찰스 디킨즈의 소설에 나오는 남주인공 이름 같은 도시였다. 베이커즈필드에서 그들은 99번 도로를 타고 북상했다. 그들은 프레즈노에서 99번 도로를 버리고 41번 도로로 접어들었다. 41번 도로는 요세미티의 국립공원으로 들어가는 간선도로였다. 요세미티를 거쳐 그들은 120번 도로로 빠져나와 맨데카에서 일차로 90번 도로를 다시 만났다가 5번 도로를 만났으며, 205번 도로를 거쳐 마침내 그들은 580번 도로로 해서 샌프란시스코에 들어선 길이었다.

이 문장들이 왜 그렇게 고독하게 읽혔을까? 이유는 잘 모르겠다. 길들이 서로 만났다가 헤어졌다고 썼는데, 그게 그렇게 슬프게 들렸다. 그때는 암튼 그랬다. 그로부터 많은 시간이 흐른 뒤, 나도 선생처럼 소설가가 됐다. 그리고 2006년 UC버클리의 작가 레지던스 프로그램에 참가한 덕분에 미국 서부지역에 머물 수 있었는데, 그때 나 역시 그 도로들을 따라 여행할 수 있었다. 그리고 그때의 체험을 바탕으로 「달로 간 코미디언」이라는 소설을 썼다. 이 소설을 쓸 때는 잘 몰랐지만, 나중에 「깊고 푸른 밤」을 다시 읽어보니 「달로 간 코미디언」의 마지막 부분, 여자 주인공이 아버지의 행로를 따라 샌프란시스코에서 라스베이거스까지 차를 몰고 가면서 도로 번호를 되뇌는 장면은 명백히 소년시절에 읽은 저 문장의 영향권 아래에 있었다.

태평양을 따라 이어진 어두운 도로, 그 절대의 고독 속을 운전하던 준호가, 아내가 보낸 녹음테이프를 꺼내 듣는 장면은 지금 읽어도 오싹할 정도로 감동적이다. 아니, 사실 소년시절에는 이게 무엇을 뜻하는지 잘 몰랐을 것이다. 이제는 알겠다. 침묵, 잠시 침묵의 의미를. 그게 무엇을 뜻하는지를.

(먼 곳에서) ……잘 불렀어요. 그럼 은경이가 한 곡 불러야지. 은경이는 요즘 앞니가 모두 빠졌대요. 앞니 빠진 생쥐 우물 곁에 가지 마라…… (잠시 침묵) ……아빠…… (잠시 침묵) ……아빠……(다시 침묵) …… (노랫소리) ……아빠하고 나하고 만든 꽃밭에 채송화도 봉숭아도 한창입니다. 아빠가 매어 놓은 새끼줄 따라 나팔꽃도 어울리게 피었습니다…… (박수 소리)

2

최인호 선생을 처음 뵌 건 선생의 중단편 소설전집이 출간되던 무렵이니까 2002년 봄쯤이었다. 총 다섯 권으로 출간된 그 전집의 뒷표지에 후배 소설가들이 선생의 작품에 대해 한마디씩 썼는데, 나도 거기 참여했다. 나는 앞에서 말한 대로 소년시절에 「깊고 푸른 밤」을 읽은 감회를 글로 썼다. 출판사에서는 책이 나오자, 선생과 뒷표지에 글을 쓴 젊은 작가들을 불러 이화여대 후문 석란이라는 음식점에서 조촐한 출판기념회를 열었다. 이래저래 초대받은 손님들이 많아 먼 발치에서 선생의 모습을 훔쳐보는데, 여전히 젊고 활력이 넘치고 또 말씀도 너무 잘 하시는 데다가 너무나 멋있게도 시가를 피우시는 것이었다. 내가 생각했던 그 모습 그대로라 어쩐지 안심이 됐다고나 할까. 중단편 전집을 낸 뒤에 선생은 좀 쑥스러운 모양이었다. 그건 아마도 『잃어버린 왕국』을 다시 펴내면서 쓴 그 '작가의 말'에 나오는 전환과 관련이 있는 것 같았다. 즉 『잃어버린 왕국』 이후 현대소설에서 멀어진 자신이 어딘지 어색하다고 느꼈던 게 아닐까. 그런 저간의 사정은 중단편 전집을 내면서 쓰신, 또다른 '작가의 말'에서 얼추 힌트를 얻을 수 있다.

문단에 데뷔한 것이 1963년 고등학교 이학년 때였으니, 사십 년에 가까운 세월이 흘렀는데 처음으로 중단편 문학전집을 상재하면서 까마득히 잊어버리고 있었던 지난날의 중단편들을 읽으며 떠오른 생각이 바로 스프린터들이 숨을 한 번도 쉬지 않고 단숨에 백 미터를 달린다는 이야기였던 것이다.

(…중략…)

그러나 이번 기회에 과거에 쓴 중단편을 새삼스럽게 읽어보는 동안 나는 문득 작가로서의 남은 인생을 또다시 숨 한 번 쉬지 않고 단숨에 백 미터를 달려가는 치열한 스프린터로 살아가고 싶다는 느낌을 강하게 받게 되었다.

그때의 결심이 열매를 맺은 결과, 지금 여러분이 이 책을 손에 들고 있는 것이다. 햇수로는 10년 가까운 세월이 흘렀을 뿐이지만,

그 사이에 많은 일이 일어났다. 무엇보다도 선생에게는 병이 생겼다. 나는 1년에 몇 번 선생을 뵙지 못하는 사람에 불과하지만, 그 기간 동안 선생에게 여러 번 심리적 고비들이 찾아왔을 것이라고 짐작한다. 선생 역시 작가이기 이전에 사람이니까, 그 고비들은 공평하게도 다른 사람들과 똑같은 고통과 절망을 선생에게 안겼으리라. 선생이 수술을 끝냈다거나 항암치료를 받는다거나 하는 소식을 들을 때마다 '어쩔 수 없음'에 대해서 생각했다. 삶이 신비라면, 그리고 탄생과 죽음이라는 두 개의 신비 사이에 우리가 잠깐 존재하는 연약한 것들이라면, 우리에게 '어쩔 수 없음'은 말 그대로 어쩔 수 없이 받아들여야만 하는 것이 아닐까.

그런저런 상념에 젖어 있는 내게 선생이 다시 소설을 쓴다는 이야기는 감동을 넘어서 충격이었다. 소설가가 된다는 것이 과연 무엇을 의미하는지 전혀 모르던 시절에 나는 소설을 증오했다. 글쓰기는 너무나 염증이 나는 일이었고, 내가 쓴 글은 이해되지 못할 문장으로 보였다. 그러다가 서서히 나는 소설가가 된다는 건 소설을 쓰는 사람이 된다는 것, 절망과 희망이 교차하고 꿈과 현실이 서로 뒤섞이는 순간에도 소설을 쓰는 사람이라는 걸 깨닫게 됐다. 그건 말로는 무척 쉬운 일이지만, 실제로 행하는 건 너무나 힘든 일이다. 왜냐하면 우리는 작가이기 이전에 사람이니까. 작가 역시 절망에 괴로워하고 희망에 웃으니까. 그런데 선생이 다시 소설을 쓰기 시작한 것이다. 선생은 이 소설을 매일 20매씩 규칙적으로 원고지에 썼다고 한다. 그것도 40년 전, 「술꾼」이나 「타인의 방」을 쓸 때의 그 호흡으로. 선생은 그런 식으로 다시 태어나고 있었던 셈이다.

그렇게 해서 선생은 『낯익은 타인들의 도시』를 썼다. 이 소설은 K 라는 남자의, 사흘에 걸친 이별 이야기를 다룬다. 이 이별은 자발적 이지 않고, 또 어떤 감상적인 태도도 허용하지 않는다. 단숨에 칼을 내리치듯이 하루 아침에 K로 하여금 자신이 익히 아는 현실에서 떠 날 것을 명령한다. 물론 K는 강력하게 저항하면서 자신이 아는 현 실로 돌아가기 위해서 안간힘을 쓴다. 그 과정에서 그는 자신의 현 실이란 스킨과 같은 사물들, 말투와 행동 등 아내의 습관들, 잊히지 않는 기억들이라는 걸 깨닫게 된다. 그런 것들이 없다면, 그의 현실 도 없다. 그렇다면 현실이란 곧 일상의 공간이라고 말할 수 있으리 라. 그렇다면 우리는 어떻게 이별하는가? 일상적인 것들에서 멀어 지면서. 연인들이라면 매주 토요일이면 서로 만나던 일을 하지 않거 나, 밤늦게까지 통화하던 습관을 버리면서. 헤어지고 나서 언제 눈 물이 제일 많이 났는지 생각하면, 이별의 본질이 무엇인지 알 것이 다. 연인의 손을 더 이상 잡지 못하는 게, 그게 바로 이별이다. 연인 이 아니더라도 우리는 그런 이별을 경험한다. 우리가 알던 현실이 붕괴될 때다. 이 현실이 붕괴되면 우리는 비일상의 공간으로 들어간 다. 이 공간은 신비의 공간이다.

이 공간을 이해하려면 선생이 1972년에 쓰신 「타인의 방」을 읽 어보는 게 좋을 것 같다. 『낯익은 타인들의 도시』는 「타인의 방」의 테마를 떠올리게 한다. 어느 날, 집에 돌아온 남자는 집이 일상의 공간이 아니라 비일상의 공간이라는 걸 깨닫는다. 일찍이 이 소설은 대도시의 덧없는 일상과 부조리한 삶의 양태를 다룬 문제작으로 널리 알려졌다. 문학평론가 남진우는 「타인의 방」에 대한 글에서 "가까스로 당도한 집에서 그를 기다리고 있던 것은 이웃의 의심스런 눈치와 아내의 외출, 그리고 사물의 반란이었을 뿐"이라며 "그는 타자가 기획한 무대에 등장한 어릿광대이며 속임수에 빠진 가련한 희생자에 불과하다"고 쓴 바 있다. 일상의 공간이 왜곡되면서 비일상의 공간, 연극 공간으로 바뀌는 것은 이번 소설에서도 마찬가지다. 또한 이 공간은 축제와 제의가 동시에 존재하는 공간이기도 하다.

K가 아내에게 넌지시 말하는 '전야제'는 소설의 후반부에 나오는 미사와 일맥상통한다. 전야제와 영성체는 모두 신비 즉, 비일상과 연결된다. 이건 현실의 웜홀과 같은 것이다. 이를 통해 우리는 신비 속으로 빠져들 수 있다. 우리가 본래의 우리 모습을 만날 수 있는 것은 이 일상의 틈을 통해서다. K가 또다른 자신을 만나는 순간은 지진의 균열이 일어날 때와 일치한다. 디디고 선 땅이 물렁해지는 이 의심의 순간은 진실의 순간이기도 하다. 그렇다면 의심을 통해 만나게 되는 진실은 무엇일까? 그건 일상이 우리가 생각하는 것만큼 견고하지 않다는 사실이리라. 동일본 대지진이 일어난 뒤, 쓰나미가 지나간 도시 풍경을 본 적이 있으리라. 그건 마치 꿈 속의 풍경을 보는 것 같았는데, 완전히 파괴된 그 모습이 꿈결인지 아니면 한때 거기서 소소한 희망을 품으며 사람들이 살아갔었다는 기억이 꿈결인지는 불분명했다. 현실은 언제든 그처럼 붕괴될 수 있

다는 점, 그게 바로 진실이다. 그런 점에서 이 소설은 거대한 별사인 동시에 어떤 붕괴에 대한 보고서랄 수 있다.

환락의 금요일 밤을 거쳐 토요일부터 시작된 소설이 성스러운 주일인 일요일을 거쳐 다시 일상이 시작되는 월요일에 끝나는 건 흥미롭다. 월요일은 '그날 이후'의 삶인 셈이다. '그 날 이후'의 일상은 어떻게 된 일인지 화면 속의 일상이다. '(STOP)······(FF)······(PLAY)' 같은 표현들이 잘 보여주듯이. 어쩌면 이건 K가 바라보는 자신의 삶일지도 모르겠다. 과거와 현재와 미래의 유령을 따라서 자신의 삶을 바라보게 된 스크루지처럼 그도 자신의 삶을 내려다보고 있다. 그리고 월요일 8시 14분, 아마도 일주일 중에서 가장 바쁜 시간에, 또 아마도 서울에서는 가장 바쁜 곳일 지하철 역이 보인다. 이 장면은 거대한 작별의 장면이다. 이틀 동안의 이야기 속에 등장한 인물들이 한 명씩 나와서 인사하면서 지나간다. 이건 현실의 붕괴 뒤, 그와 함께 사라진 현실의 꼭두각시들과 작별하는 의식이리라. 그리고 모든 것들이 사라진 곳에서, 어쩌면 거긴 쓰나미가 휩쓸고 간 일본의 해안마을 같은 곳일지도 모르는데, 바로 거기서 K는 본래의 자신을 만난다. 모든 것과 작별한 뒤에야 우리는 본래의 자신으로 돌아갈 수 있다는 것. 이 소설이 너무나 무겁게 읽히고, 그럼에도 머릿속에서 떠나지 않는 이유다.

　지금까지 많은 말을 썼지만, 선생의 작품에 대해 어떤 식으로든 코멘트를 한다는 건 꽤 부담스럽다. 후배여서 조심스럽다는 이야기가 아니라 그 누구의 소설이라도 나는 이제 뭔가 코멘트하는 걸 어려워하게 됐다. 선생과 같은 소설가에게 소설이 무엇을 뜻하는지 이제는 어렴풋하게나마 알 것 같기 때문이다. 평론가가 무슨 말을 하든, 또 독자들이 어떤 식으로 읽든, 글을 쓰는 행위는 그런 모든 일들과 무관하게 일어나는 것이리라. 그건 너무나 순수한 행위여서 어쩌면 선생 자신과도 무관할 수 있으리라. 우리가 이렇게 이 한 권의 소설을 손에 쥘 수 있었다는 것 자체가 그 사실을 반증한다. 그렇다면 선생은 소설을 계속 쓸 수밖에 없으리라. 이 계속 쓰고자 하는 힘이 아마도 우리 소설가 모두를 구원하리라. 해서 이제는 선생의 또 다른 소설을 우리는 기다릴 수밖에 없다.